A
SUSPEITA

SCOTT TUROW

A SUSPEITA

Tradução
Sandra Martha Dolinsky

Planeta

Copyright © S.C.R.I.B.E., Inc., 2022
Publicado em acordo com o proprietário.
Copyright © Editora Planeta do Brasil, 2024
Copyright da tradução © Sandra Martha Dolinsky, 2023
Todos os direitos reservados.
Título original: *Suspect*

Coordenação editorial: Franciane Batagin Ribeiro | FBatagin Editorial
Preparação: Ligia Alves
Revisão: Edgar Costa Silva e Caroline Silva
Projeto gráfico e diagramação: Nine Editorial
Capa: Rafael Brum
Imagem de capa: Елизавета Привалова/ Adobe Stock

DADOS INTERNACIONAIS DE CATALOGAÇÃO NA PUBLICAÇÃO (CIP)
ANGÉLICA ILACQUA CRB-8/7057

Turow, Scott
  A suspeita / Scott Turow ; tradução de Sandra Martha Dolinsky. – São Paulo : Planeta do Brasil, 2024.
  368 p.

  ISBN 978-85-422-2901-1
  Título original: Suspect

  1. Ficção norte-americana 2. Thriller I. Título II. Dolinsky, Sandra Martha

  24-4672   CDD 813

Índice para catálogo sistemático:
1. Literatura norte-americana

Ao escolher este livro, você está apoiando o manejo responsável das florestas do mundo

2024
Todos os direitos desta edição reservados à
Editora Planeta do Brasil Ltda.
Rua Bela Cintra, 986, 4º andar – Consolação
São Paulo – SP – 01415-002
www.planetadelivros.com.br
faleconosco@editoraplaneta.com.br

Acreditamos nos livros

Este livro foi composto em Maiola e impresso pela Geográfica para a Editora Planeta do Brasil em setembro de 2024.

Para Julian e Stacee

SUSPEITO
conj. do v. suspeitar
1. Acreditar que uma coisa é provável sem ter certeza.
//Eu suspeito de que ela esteja dizendo a verdade.
2. Duvidar ou desconfiar de algo.
//Eu suspeito de suas motivações.

substantivo
Indivíduo tido como o possível autor de uma infração.
//Ela é suspeita na investigação.

adjetivo
Duvidoso ou questionável.
//Seu esclarecimento é suspeito.

1. ALGUMA COISA ESTRANHA

— Tem alguma coisa estranha com o meu vizinho — digo a Rik.

Do outro lado da mesa da sala de reuniões, com relutância, ele tira os olhos pequenos e cansados do documento que está revisando. Por um segundo, parece estar tentando entender minhas palavras, mas logo me dá um sorrisinho malicioso.

— Já sei o que você está pensando — digo. — *Olha quem fala!* Mas ele é estranho mesmo. Talvez não estranho como eu, mas é.

— Quer dizer que ele não tem um prego enfiado no nariz?

— Engraçadinho — respondo.

Não estou usando hoje, e nem é um prego de verdade. É só um piercing gótico antigo que comprei de segunda mão – a cabeça e a ponta romba de um prego, que ficam uma de cada lado. É minha marca registrada há anos. Mas Rik diz que seria melhor eu pendurar no pescoço uma daquelas placas de trânsito que dizem "Curva acentuada à frente". Há dois anos, antes de começar a trabalhar aqui no escritório de advocacia dele como detetive particular, prometi tirar o piercing quando fosse conduzir entrevistas ou atender clientes. Por sinal, Rik está tão estressado com esse caso que eu coloquei um dos três vestidos que tenho – um reto, azul, cujas mangas compridas escondem algumas das minhas tatoos mais escandalosas.

— Pode debochar — digo —, mas tem alguma coisa errada com aquele cara. Ele mudou para lá faz um mês e não fala com ninguém. Não recebe visitas, não sai para trabalhar. As paredes internas daquele prédio são tipo aquelas telas japonesas, mas faz semanas que não escuto nada daquele apartamento. Parece até um monge que fez voto de silêncio; não tem gente falando, telefone, música, nada. Eu reparei que ele não tem carro. E nunca tirou a correspondência do inquilino anterior da caixa do correio. O carteiro tem que jogar a correspondência no chão, e ele passa por cima. Ele é bem esquisito.

— Parece um cara que quer sossego. O que significa que você devia deixá-lo em paz.

— Estou com um mau pressentimento em relação a ele — respondo.
Rik levanta sua mão macia.
— Pinky, por favor! Nós temos dez minutos antes da nossa primeira reunião com essa cliente. Vamos causar uma boa impressão, sim?

Esse caso viralizou na internet – foi manchete de vários jornais durante dias e inclusive fez sucesso em programas de fofoca da TV. Nossa cliente, a delegada de polícia daqui de Highland Isle, foi acusada por três policiais de exigir sexo em troca de promoções no trabalho – "sextorsão", como disseram alguns tabloides de supermercado. Foi registrada uma queixa na Comissão de Polícia e Bombeiros, a "P&B", como eles dizem, e estão pedindo a demissão da delegada Gomez. Pior ainda, o promotor de justiça abriu uma investigação e quer levar o caso ao grande júri federal, o que pode acabar até em prisão. A delegada está numa situação complicada.

Rik está relendo o arquivo, e eu digo:
— Não consigo entender aquele cara. Ele sai uma vez por dia, lá pelo meio-dia, com a mochila de ginástica. E na volta ele traz o jantar. Sete dias por semana é a mesma coisa. Qual é a dele? Será que está espionando alguém? Ou está no programa de proteção à testemunha?

Rik ergue os olhos de novo e fica evidente que ele não se lembra do que estou falando. Podemos dizer que Rik e eu somos meio que parentes. Sua querida e falecida mãe, Helen, se casou com meu avô, Sandy Stern, um pouco depois de eu nascer. Lembro de Rik quando eu era pequena; ele era um universitário supernerd, gordinho, tão confuso por causa do divórcio dos pais que conseguiu tomar pau na Easton College por não frequentar uma aula sequer durante quarenta e nove dias seguidos. Quando ele se recuperou e voltou, passou o curso todo meio perdido e quase não conseguiu se formar em direito.

Agora, uns vinte e cinco anos depois, o corpo dele tem um formato peculiar. Seu cabelo ralo e cor de rato parece espuma de sabão suja que vai se desfazer a qualquer momento. Mesmo assim, às vezes eu penso que seria bom ser como ele: uma pessoa que aprendeu com os problemas do passado e, como resultado, é gentil com todo mundo.

Depois de reordenar seus pensamentos, Rik me olha feio por eu ter falado de novo do meu vizinho.

— Pinky, a sua imaginação deve ser um dos lugares mais interessantes do mundo. É como viver em 4D. Está cheia de coisas que jamais poderiam acontecer, e para você são a atração principal.

— Ah, minha intuição é ótima! Você não diz que às vezes eu tenho PES?

— Sim, às vezes você tem percepção extrassensorial — diz ele —, mas outras vezes tem MFN.

— MFN? — penso um pouco antes de perguntar.

— Muita falta de noção.

Me provocar é um dos passatempos favoritos de Rik no trabalho. Desde pequena, ser objeto de gozação sempre me incomoda muito, mas com Rik eu levo numa boa. Ele é o melhor chefe do mundo, e as maiores risadas que ele dá são dele mesmo (como quando decidiu, no ensino médio, tirar o c de "Rick", achando que cortar uma letra do seu nome o tornaria descolado). Além disso, ele e Helen sempre me pareceram gostar mais de mim do que a maioria dos meus parentes.

— Vamos manter o foco — diz ele. — Não quero que a delegada mude de ideia. Você sabe o que esse caso pode fazer por nós.

Rik não atua em casos que atraem muita atenção. Eu fui paralegal no escritório de advocacia do meu avô antes de ele se aposentar. Ele e minha tia representavam os vigaristas mais ricos das Tri-Cities, e o escritório tinha a atmosfera tranquila e a mobília pesada de um saguão de banco. Com Rik, estou meio que na classe trabalhadora do mundo jurídico. Nosso escritório, em uma parte de Highland Isle que está em processo de revitalização, é apertado e tem nas paredes aqueles painéis baratos que as pessoas usam em porões. Nós cuidamos de muitos casos de acidentes de trabalho e de trânsito, para pagar a conta de luz. Rik adoraria fazer defesas que dão mídia, assim como vovô fazia, mas a maioria dos casos criminais que entram pela porta daqui são contravenções movidas a álcool – brigas de bar e adolescentes que são pegos dirigindo bêbados pela primeira vez. Aos cinquenta e dois anos, Rik acha que o caso da delegada Gomez pode ajudá-lo a finalmente crescer na profissão.

— Achei que ela já tivesse contratado você — digo.

— Nós conversamos em um café por uns dez minutos antes de a delegada sair de férias, mas nada de verdinhas na mesa.

Ele está se referindo a um adiantamento. No direito criminal, temos que receber adiantado, considerando que os clientes não costumam mandar cheques da prisão.

— Em tese, nós vamos resolver isso hoje — completa.

Ele volta a atenção de novo à queixa da comissão P&B, só por um segundo, mas de repente para e olha para mim.

— Como ele é? — pergunta.

— Quem?

— Seu vizinho maluco. Você não está de olho nele? *Como* ele é?

— Não sei — digo. — Asiático.

— Ele faz academia duas horas por dia. Deve ter o corpo bom, certo?

Sem dúvida, o homem é magro e está em forma, mas o que mais chama a atenção é a pele, de um tom rico que nunca vi antes. Mais ou menos como o ocre da minha caixa de giz de cera, mas mais lustroso. É alto também, tem mais de um e oitenta.

— Por que você está perguntando? — questiono.

— Porque talvez você esteja a fim dele.

— Não. O cara tem uns quarenta e cinco anos, e você conhece o meu histórico, Rik: mulheres mais velhas, caras mais novos.

— Pinky, não é da minha conta, mas o seu histórico parece com o de qualquer pessoa que nasceu humana.

— Engraçadinho — digo de novo, mas provavelmente ele tem razão.

Nomi, a assistente de Rik, coloca a cabeça para dentro da sala e avisa:

— A delegada Gomez chegou.

Como não é mulher de esperar, Lucia Gomez-Barrera irrompe na sala com uma explosão de energia positiva e imediatamente abre os braços para Rik.

2. A DELEGADA

Como Rik conta, a delegada e ele foram amigos no ensino médio. Ela era uma daquelas gostosonas que deixavam os garotos loucos só de andar pelos corredores, e Rik era o parceiro de laboratório dela nas aulas de biologia e não representava uma ameaça (além disso, ele já tinha um vínculo eterno com Marnie, sua atual esposa – fato que, francamente, não consigo entender. Com trinta e três anos eu ainda considero impossível ficar com uma pessoa para sempre, imagine começar a namorar firme antes de ter idade para dirigir).

Rik me apresenta como sua "detetive particular número um" e a delegada me oferece a mão. Mesmo nos dias de hoje, muitos policiais não gostam de pessoas como eu, tatuadas do pescoço aos tornozelos e com um moicano magenta (e uma parte raspada azul de um lado). Mas a delegada Gomez é calorosa como uma professora de jardim de infância, com um sorriso que é cem mil lúmens de pura luz e, veja só, covinhas. Uma delegada de polícia com covinhas!

Eu tenho uma ex que ainda é minha amiga e que está trabalhando em HI. Só para ganhar alguma credibilidade, pergunto sobre Tonya Eo à delegada.

— Tonya é uma policial de verdade — diz a delegada, o que é um grande elogio. — Acabou de ser nomeada sargento-detetive. Amiga sua?

— Nós fomos alunas na Academia do Condado de Kindle na mesma época.

— Faz mais de dez anos? Você prestou juramento?

— Não, eu marquei bobeira — digo, mas não conto que fui reprovada em um teste de doping. — É a história da minha vida.

Recebo um sorriso doce e solidário. A delegada Gomez está me causando uma impressão positiva, e isso é meio surpreendente. Nunca gosto de cara da maioria das pessoas, e definitivamente elas não gostam de mim. Costumo provocar hostilidade quase imediatamente nelas. Levei um tempo – e um ou dois psicoterapeutas – para perceber que ainda sou basicamente uma criança que tem medo de estranhos.

A primeira coisa que ela faz é entregar um envelope a Rik.

— Hipotequei minha casa de novo, Ricky. Espero que você faça por merecer, cara.

A delegada está com seu uniforme de gala, daquele azul-esverdeado de Highland Isle, que eu chamaria de cor de vômito. A jaqueta comprida, que deve estar cobrindo sua arma, tem tranças douradas sobre cada ombro e duas fileiras de botões de latão, e a estrela da polícia, também dourada, em cima do seio esquerdo. A luz daqui não é a que se escolheria em uma loja de cosméticos: fluorescente e forte, pois não temos janelas. Mesmo assim, a Lucia Gomez de carne e osso é mais bonita que a da TV, ainda que, diga-se de passagem, ela tenha bastante carne. Calculo que deve ter pouco mais de um metro e meio e uns setenta quilos. Tem um rosto redondo, maçãs do rosto de estrela de cinema, olhos escuros grandes e uma pele linda – "bege quente", como aquela cor de sombra da Sephora.

Para entrar no clima, Rik começa repassando os detalhes biográficos deles. Depois do ensino médio, praticamente perderam o contato e, quando se reencontraram, aqui, em Highland Isle, no máximo almoçavam juntos de vez em quando. No entanto, considerando o que a maioria dos policiais pensa dos advogados de defesa, Rik não se surpreende com o fato de, na crise que está enfrentando, ela ter procurado alguém que conhece desde sempre.

Quanto a seu passado, a delegada nasceu e foi criada em Highland Isle, com seus seis irmãos, em uma casa térrea de três dormitórios e um banheiro. O pai dela era soldador, equatoriano, e a mãe era mexicana; os dois já faleceram. A delegada se alistou no Exército um mês depois de se formar no ensino médio, porque imaginava que a G.I. Bill – lei promulgada em 1944 que estabelece benefícios para os veteranos de guerra – seria a única maneira de poder fazer faculdade. Depois de sobreviver à Guerra do Golfo, ela se matriculou na Academia de polícia do Condado de Greenwood JC, onde ouviu falar sobre a preferência da polícia pela contratação de veteranos de guerra, e a Força Policial Unificada do condado de Kindle ofereceu a ela um lugar na Academia.

— Nunca imaginei que você iria virar policial — Rik comenta.

— Nem eu. Mas adorei desde o começo, tirando as rondas com o Ritz, que foi meu primeiro oficial de treinamento. Mas senti que era isso que eu devia fazer, que poderia fazer a diferença todo dia. Eu me esforçava para ouvir todo mundo: vítimas, testemunhas, até os caras algemados.

Ela continuou a faculdade, à noite, e se formou em criminologia; depois fez mestrado, e em menos de seis anos era detetive do condado de Kindle.

— Eles estavam procurando mulheres na época — ela aponta, e dá de ombros humildemente.

Ela se casou com um colega detetive, mas o fato de subir na carreira mais rápido que Danny foi um problema para eles. Na esperança de salvar as coisas, ela trocou Kindle por Highland Isle, mas o casamento foi para o espaço mesmo assim, enquanto a carreira dela continuava avançando. Ela chegou a comandante, a número dois do departamento, em tempo recorde.

Quando o antigo delegado, Stanley Sicilino, foi demitido, há doze anos, pela primeira prefeita reformista de Highland Isle, Amity DeFranco Nieves, Lucia foi a escolha consensual para substituí-lo. Latina, criada em HI, currículo acadêmico robusto. Ela diz que já arranjou muita inimizade, mas que é assim que a coisa funciona.

Depois desse preâmbulo ameno, Rik entra no assunto propriamente dito, que é a queixa da P&B. Vovô me dizia que existem dois tipos de clientes: os que falam sem parar sobre o caso e os que fazem de tudo para evitar o assunto. Daria para imaginar que quem fala muito está indignado e é inocente, mas vovô dizia que muitos criminosos acham que a melhor coisa, tirando não ter cometido o crime, é fazer os outros acreditarem nisso. Já as pessoas acusadas injustamente – um grupo menor, sendo bem sincera – muitas vezes precisam se esforçar muito para se controlar.

Sem dúvida, a delegada não estava ansiosa para esta conversa. Depois de contratar Rik, ela tirou duas semanas de férias, para o casamento da filha mais velha, e prometeu não pensar no caso. E não pensou mesmo; Rik disse que teve que ligar para ela quatro vezes para marcar esta reunião.

Mas para mim é fácil entender por que é difícil para ela enfrentar as acusações, que me pareceram inconsistentes desde que Rik me explicou tudo.

— Por que isso seria um crime? — perguntei. — Transar com uma pessoa? O que o procurador federal está investigando?

— Porque ela é uma servidora pública — disse Rik.

— Porque ela é mulher, chefe. Os homens odeiam quando uma mulher faz o que quer com o corpo dela. As histórias desses caras não fazem sentido. Tudo bem, claro que os homens podem ser estuprados ou agredidos, mas são homens comuns, não os que carregam um três-oitão na cintura. Isso sem falar no básico: se o bilau não quiser jogar, não tem jogo. Como ela poderia ter forçado esses caras?

— Eles alegam que não queriam — disse Rik, e deu de ombros.

Há um mês, no dia em que Rik se encontrou com a delegada para tomar um café, só sabíamos os poucos detalhes que tinham vazado para a revista *Tribune*. Mesmo assim, ficou claro que algum conhecedor do funcionamento da política em ano eleitoral estava envolvido. É evidente que a queixa da comissão P&B, apresentada poucos dias depois, tinha sido planejada para pressionar ao máximo a prefeita Nieves, que está concorrendo de novo, a demitir a delegada. Mas a prefeita, que depois de doze anos no cargo aprendeu a se esquivar, disse que deixaria tudo para a P&B. Em vez de ceder, a delegada se recusou a sair de licença.

— É tudo mentira — diz a delegada. — Quero ver aqueles palhaços lá em cima testemunhando essa merda, dizendo que eu supostamente disse "Sexo ou...". É bem essa a postura dos policiais. Eles sempre pensam o pior de todo mundo, especialmente da metade dos policiais com quem trabalham, e vivem inventando merda sobre eles.

— Tudo bem, tudo bem — diz Rik, e assente com a cabeça várias vezes, tentando determinar se é seguro sondar mais. — Mas os três foram promovidos, certo?

— Claro. E eu assinei as promoções. Mas houve uma boa razão em cada caso.

Rik pede que ela passe um perfil dos três homens que a acusam – "os alegadores", como os chama, no típico humor sombrio do mundo da defesa criminal.

— Dois deles, Primo DeGrassi e Walter Cornish, trabalharam juntos na Narcóticos durante anos, até que eu os tirei de lá. Cornish se aposentou ano passado e DeGrassi saiu mais ou menos um ano antes. Pode acreditar: se você investigar — diz ela, apontando para mim —, vai ver que os dois estão ligados ao Ritz. Ele está por trás disso.

É a segunda vez que ela se refere a "o Ritz". Uma coisa que me assusta em relação às pessoas é que eu normalmente não consigo acompanhar o raciocínio delas nem fazer as conexões que todo mundo acha óbvias. Eu lembro que via TV, quando era criança, e ficava tão passada com o que acontecia com as personagens que pedia para Johnny, meu irmão mais novo, me explicar. "Por que ela disse que odeia ele? Achei que ela gostasse." "Ela gosta dele, por isso disse que odeia. Porque está muito decepcionada." Ainda hoje, muitas vezes me sinto perdida e meio em pânico.

— O Ritz? — pergunto, apesar de Rik preferir que eu me limite a ouvir. — O mesmo nome do hotel?

Ela me dá um sorriso simpático.

— É o apelido de um cara do mal.

Rik levanta a mão para poder redirecionar a conversa. Ele quer que ela conte primeiro sobre o terceiro policial da denúncia.

— Blanco? Nós o chamamos de Frito na delegacia. Ele é um grande mistério. Ex-coroinha e escoteiro de nível Eagle Scout. Estrela de Bronze no Afeganistão. Está sempre calado, nada altera aquele cara, veste a camisa da polícia. E eu sempre fui muito legal com ele, não imagino por que está inventando essa merda toda.

Rik faz outra anotação e diz:

— Certo. Estou no escuro como a Pinky. Quem é o Ritz?

A delegada responde com uma risada amarga.

— Todo mundo aqui sabe quem é o Ritz. Moritz Vojczek. — *Voi-tchek*.

— O da imobiliária? — pergunto, provando o argumento dela.

Ouve-se o nome de Vojczek em todo lugar. A empresa dele parece administrar todos os prédios da cidade, inclusive o meu. Ele é dono da maior imobiliária de Highland Isle e, sem dúvida, o incorporador mais ocupado. Se tiver um buraco no chão em HI, provavelmente vai ter uma placa na frente dizendo "Vojczek". Definitivamente, ele é poderoso por aqui.

— Li no *Trib* ano passado — diz a delegada — que o Ritz vale uns trezentos milhões de dólares. E ele deve tudo a mim.

— A você? — pergunta Rik.

— Eu o demiti da polícia assim que virei delegada. Bem, não demiti, só sugeri que ele saísse.

— Você não disse que fazia patrulha com o Ritz no condado de Kindle?

Eu continuo confusa.

— Isso — diz ela. — Nós dois começamos ali. Eu poderia passar a tarde inteira contando histórias sobre nós dois, mas o resumo é simples: ele vai cuspir no chão que eu pisar porque eu o derrubei. E ainda estou de olho na sujeira que ele anda fazendo por aqui.

— Que tipo de sujeira um magnata do setor imobiliário anda fazendo? — pergunta Rik.

— Sujeira das grandes. Quando o Ritz estava na Narcóticos, todo mundo sabia que ele traficava. Está mais discreto, mas não mudou de comportamento. Fentanil é a droga que dá dinheiro agora, provavelmente ele está metido com nisso. Eu adoraria testemunhar sobre a nossa rixa.

Rik fica sacudindo a cabeça por um tempo.

— Lucy, por enquanto você não vai chegar nem perto do banco de testemunhas.

Rik detalha o estranho fundamento processual do caso da P&B. Como as coisas estavam quentes na política, o procurador local, que atua como promotor, concordou em convocar uma audiência para que os três alegadores possam contar suas histórias, mas, por causa da Quinta Emenda, a delegada não vai apresentar defesa enquanto o procurador federal não a liberar.

— E esse é o melhor dos dois mundos para nós — diz Rik. — Vamos enfraquecer as histórias desses caras usando as coisas que Pinky está preparando. — Ele sorri para mim, e eu sei que não devo engolir em seco. — Quando os federais se recusarem a processar você, se o município ainda não tiver encerrado o caso, você vai se levantar e dizer: "Isso tudo é mentira, eu nunca transei com esses caras".

A delegada demora um bom tempo para falar, já sem as covinhas.

— Talvez não seja exatamente isso que eu diria — admite por fim.

— Ah — solta Rik depois de um tempo.

A delegada olha para seu relógio.

— Chega por hoje.

Rik pede que eu a acompanhe. Ele ainda está à mesa da sala de reuniões quando volto, massageando as têmporas. Olha para mim e filosofa:

— Clientes...

3. O VIZINHO ESTRANHO

Com Rik, acho que é a primeira vez na vida que eu saio para trabalhar de manhã sem sentir que estou indo para a prisão (trabalhar com vovô sempre foi legal, mas eram oito horas por dia dentro de uma fortaleza de papel).

Anos antes, eu estava empolgada para ser policial. Tinha certeza de que poderia ser menos imbecil que os caras que me assediavam quando eu estava na pior fase das drogas, logo depois que fraturei a coluna e tive que desistir do snowboard. E o jeito desconfiado como os policiais olham para as pessoas é, francamente, muito parecido com minha atitude básica em relação a todo mundo. Durante muito tempo, por ter sido reprovada na Academia, eu achei que havia perdido a chance de ser eu mesma.

Nunca pensei em ser detetive particular. Foi meu avô quem achou que talvez eu levasse jeito para a coisa. Quando vovô e minha tia, que eram sócios, decidiram se aposentar, se ofereceram para pagar um curso de detetive para mim. Eu pensei *por que não?*, mas não tinha ideia do quanto iria me dedicar a esse negócio.

Mas a verdade é a seguinte: eu adoro bisbilhotar. É muito emocionante. Talvez isso tenha algo a ver com a frequência com que deixo de perceber os sinais. Investigar é como ser o Homem Invisível – não aquele do livro que tive que ler no ensino médio, mas o do filme antigo: uma pessoa que pode vagar por aí e olhar as pessoas sem ser visto. Penso toda hora: *ah, então esse é o lance dessa garota!*

Quando estou atuando como detetive, posso fazer coisas que normalmente são difíceis para mim. Não preciso procurar palavras para falar com estranhos, porque estou ali para fazer perguntas: "O que você sabe sobre Fulano ou Beltrano?". Não ligo para os julgamentos das pessoas sobre a Pinky Maluca, porque estou trabalhando.

À noite, passo horas vendo vídeos no YouTube e visitando sites obscuros, tentando dominar o que chamo de DETBOT. Não tem nada a ver com algoritmos ou robôs; é tipo a cartola de mágico do detetive particular. Tudo começou com a licença de porte de arma, processo incluído no curso de detetive. Agora, estou sempre lendo e treinando habilidades – técnicas de vigilância, disfarces, recursos inteligentes para fazer as pessoas falarem etc.

Mas nada disso me ajudou a descobrir muita coisa sobre meu vizinho esquisito. Comecei a fazer anotações, suposições e tal, para poder analisar cada pequeno detalhe e somar dois mais dois, mas até agora nada.

Esta noite, depois da reunião com a delegada, quando estou chegando ao meu prédio, vejo que O Cara Estranho (ou OCE, como comecei a chamá-lo dentro da minha cabeça) está no velho saguão de ladrilhos, saindo. Ele é uma criatura de rotina. Considerando a sacola de plástico amarela que ele traz toda noite, deve estar indo ao Ruben's, um restaurantezinho mexicano que fica a dois quarteirões daqui, onde a família toda cozinha.

OCE é educado, devo admitir, porque segura a porta quando me vê subindo a calçada. Isso lhe permite se esconder de novo. Ele está literalmente protegido pelas vidraças chanfradas da velha porta de entrada quando passo.

— Oi — digo.

Ele não responde, não sorri. Nem sequer assente. E desaparece assim que eu passo.

Através da pretensa parede, grossa como uma hóstia, que separa meu apartamento do dele, pensei ter ouvido vozes não muito depois que ele se mudou, por volta de primeiro de março, e imediatamente decidi espioná-lo. Os velhos truques dos filmes da década de 1930 – encostar um copo na parede, ou usar um estetoscópio – funcionam muito bem, mas não há nada como os aplicativos de amplificação de hoje, que aumentam o som e anulam ruídos externos. Também são ilegais, de modo que nunca contei a Rik sobre eles. No curso de detetive, sempre diziam que nosso empregador pode ser responsabilizado por qualquer coisa que fizermos, o que me levou a adotar o que considero as Regras de Ouro do detetive. Regra um: não contar a seu chefe mais do que ele precisa saber. Dois: acima de tudo, nunca ser pego.

Se bem que, ouvindo OCE, não descobri quase nada. Na maioria das vezes não consigo nem captar o som dos sapatos dele no chão ou a madeira rangendo. É como se ele estivesse ali meditando ou vendo por quanto tempo consegue prender a respiração. Ouço a água no encanamento de vez em quando. Minhas duas maiores descobertas são que ele tem rinite alérgica, porque espirra alto de vez em quando, e que gosta do History Channel, especialmente programas sobre guerras antigas – essas eram as vozes que pensei ter ouvido. Fora isso, zero. Se ele digita em um teclado de computador, é silencioso. E deve estar vendo TV com fones de ouvido, porque nas últimas semanas nem isso eu ouvi.

Mas meu sentido-aranha me diz que esse cara está tramando alguma coisa esquisita ou perigosa. E se ele estiver construindo uma bomba e meu último pensamento, enquanto o prédio e eu estivermos nos transformando em um milhão de pedaços de entulho, for *eu sabia, eu sabia, porra!*? Então, quando vejo OCE virar a esquina, decido – como decido a maioria das coisas: sem pensar muito – segui-lo até o Ruben's. Isso não é estranho, porque passo lá pelo menos uma vez por semana. Só que geralmente é mais perto do horário de fechar, às nove.

Ruben abriu o restaurante depois do pior da pandemia. Tinha perdido o emprego, como tanta gente, quando os estabelecimentos fecharam. Isso acabou deixando muito espaço para restaurantes aqui ao redor do centro de Highland Isle, e a prefeita Amity usou parte do dinheiro federal recebido para a covid para financiar um programa de empréstimos, basicamente implorando às pessoas que tentassem de novo.

O Ruben's está indo muito bem, porque a comida é absolutamente incrível. As carnitas, em particular, rivalizam com o orgasmo do ponto G. Ruben usa carne desfiada – nada de carne moída – e temperos que dá para ver a família moendo na cozinha.

Três gerações dão duro ali à vista das pessoas no minúsculo salão. Os adolescentes picam os vegetais para fazer o molho picante. O grande sucesso dos comentários na internet é a avó, que fica sentada na frente de um forno de pedra quente, em um canto, virando tortilhas. A filha gata, que faz faculdade e cujo inglês é muito melhor que o dos pais, trabalha no salão, recebendo os clientes e anotando os pedidos. Quando as coisas se acalmam, ela volta para seus livros. Ela me disse uma vez que quer ser pediatra.

— O de sempre? — pergunta ela quando estou entrando.

— Pode crer — respondo.

Eu a acompanho até o caixa e encosto meu celular na maquininha de cartão. O Estranho, que avistei quando entrei, está sentado a uma mesinha a menos de três metros de mim, esperando sua comida.

Depois de fazer o pedido, eu me viro e finjo surpresa.

— Oi! — digo, toda calorosa e simpática, apesar de não ser muito boa nisso.

Ele está lendo um jornal. Algumas pessoas, e eu me incluo nessa, são tão tímidas que chega a doer, e se esse fosse o caso dele eu o deixaria em paz. Mas quem é tímido conhece seus semelhantes, e OCE não é esse tipo de pessoa. Ninguém o assusta. Seus olhos negros estreitos são duros como bolas de gude. Ele não diz nada e volta os olhos para o jornal.

Sou muito ruim em aceitar "Vá se foder" como resposta.

— Posso sentar com você enquanto espero? — pergunto.

Sua expressão azeda. Dá para ver que, se ele conseguisse articular as palavras, responderia "Cai fora"; mas ele sabe que, se me irritar, posso começar a tocar heavy metal às três da manhã. Então, ele faz um gesto com a mão, meio que dizendo "Não posso te impedir", e eu me jogo na cadeira de plástico do outro lado da mesa de dois lugares. Há dez mesas aqui, em duas fileiras, com forros de papel xadrez vermelhos, alinhadas entre a janela e a cozinha. Nas paredes, há tapeçarias coloridas, com figuras simples.

OCE continua absorto no jornal, com uma intensidade claramente fingida. O fato é que nunca vi um jornal no lixo ou na lixeira do nosso andar, que dividimos e que eu examino periodicamente, esperando, sem sucesso, encontrar sinais do que OCE está tramando. Meu palpite é que ele pegou um jornal que estava ali na mesa ou comprou esse por um motivo especial. Mais dois clientes estão esperando seus pedidos, mas estão fazendo o normal: olhando o celular.

— E esse tempo, hein? — digo.

Nossa, dá para fazer pior? Quando digo que sou péssima com pessoas, estou falando sério.

— Você acha que esse negócio de mudança climática é sério? — acrescento.

Talvez isso seja ainda mais idiota que meu primeiro comentário, portanto, morrendo de vergonha, eu me vejo balbuciando:

— É que eu faço snowboard; bem, fazia, antes de quebrar a coluna praticando, então eu tenho um interesse meio profissional na neve, e vejo que está diferente, quase não neva mais aqui. Ah, talvez eu nem precise te falar isso... você é daqui?

Ele fica me encarando com seus olhos negros, calculando se precisa responder.

— Este jornal não tem a previsão do tempo — diz.

São as primeiras palavras que o ouço pronunciar. Sua voz é fraca e ele tem um leve sotaque, como se tivesse sido criado com outro idioma além do inglês.

Eu me inclino um pouco para ver o que ele está lendo.

— É o *Wall Street*? — pergunto.

Ele olha para o topo da página, como se não tivesse certeza, e solta um som que significa sim.

— Ah, então você curte finanças? — pergunto.

— Não.

— É só um investidor?

— É só uma coisa para ler — diz ele.

Penso em perguntar o que ele pediu – não foram as épicas carnitas –, mas sinto que o cara está quase trocando de mesa. O jornal continua erguido, como uma barreira. Na cozinha, a família tagarela em espanhol a toda a velocidade, às vezes gritando para ser ouvida acima da música *ranchera* que toca para os clientes.

Por pura sorte, meu pedido chega antes do dele. O próprio Ruben sai da cozinha de avental e luvas de plástico, segurando a sacola amarela.

— Clarence — diz —, sua comida.

Para fazer pedidos e nos lugares onde preciso dar um nome, comecei a usar "Clarice", que colocaram em mim quando fui batizada. Em parte, porque ninguém nunca consegue acertar "Pinky". Sempre me chamam de Stinky, Peeky ou Penny, o que é muito irritante. E porque às vezes eu gosto de fingir um pouco. Na verdade eu gosto muito – outra grande vantagem de ser detetive, já que muitas vezes tenho que encenar umas histórias improvisadas para esconder o que estou fazendo.

Usar meu nome, Clarice, não é a mesma coisa, obviamente, mas também é um jeito de fingir, como se eu tivesse nascido em uma família diferente, ou em uma época diferente, ou de uma mãe diferente. O nome da minha avó materna era Clara, e ela enfiou um pano no escapamento do Cadillac dela e se matou na garagem, uns seis meses antes de eu nascer. Em homenagem a ela, recebi o nome de Clarice, mas minha mãe, ainda tomada pela dor, se sentia mal quando dizia um nome tão parecido com o da mãe dela, de modo que aceitou quando meu pai começou a me chamar de Pinky. Ele achava uma ótima solução, porque sua avó, com demência, não conseguia se lembrar de "Clarice" e sempre dizia "Olá, Pinky" quando me olhava, toda rosada, no berço.

Mas Ruben não entende "Clarice". Ele me chama de Clarence desde a primeira vez que vim aqui. Desisti de tentar corrigi-lo e simplesmente pego a sacola amarela.

Volto para Sua Estranheza à mesa e digo:

— Você vai voltar pra casa? Eu espero.

Ele não responde por um segundo, até que solta:

— Vou comer aqui. Se cuida.

Mais uma vez, o olhar que acompanha esse comentário é simpático como uma adaga.

— Ah, tá bom.

Fico ali mais um segundo e, por fim, saio pela porta, humilhada e me sentindo uma idiota. Que ótimo trabalho investigativo! Não sei nada mais sobre OCE, tirando o fato de que é meio babaca e tem certeza de que a vizinha tatuada dele é uma esquisita.

Já caminhei um quarteirão quando, de repente, mudo de direção e sigo para o sul, até uma lojinha de conveniência na esquina, onde pergunto se eles ainda têm alguns dos jornais da manhã. O sujeito atrás do balcão, que é da Ásia Meridional, simplesmente aponta. Encontro o *Wall Street* de hoje e pago.

Faço um caminho indireto para casa; vou olhando as janelas e paro duas vezes para dar uma olhada no celular. Quando estou chegando ao meu prédio, vejo exatamente o que esperava: OCE entrando com a sacola amarela do jantar. Como eu disse, é uma criatura de rotina. Reprimo a vontade de correr e dizer alguma coisa para envergonhá-lo, porque seria contraproducente deixá-lo perceber que não engoli sua desculpa.

Então, espero até ele entrar. Primavera ou não, é uma noite fria, e estou com um casaco bufante e short. Nesta parte do país, abril é um horror; às vezes é úmido, frio e escuro, e até neva um pouco.

Nosso prédio tem uma placa de latão na frente, que está ali há mais de um século e diz The Archer. O nome não é uma jogada de marketing inteligente; estamos na Archer Avenue. Acho que, cem anos atrás, os prédios tinham nome porque os endereços das ruas só estavam começando a ser usados. Enfim, é um edifício grande de tijolos amarelos, três andares, sólido como um castelo e construído em U. As alas que se projetam criam um lindo pátio na frente. Subo até o terceiro andar.

Acho que, quando o Archer foi construído, meu apartamento e o do vizinho estranho eram um só, provavelmente habitado por uma das grandes famílias de imigrantes europeus que estavam inundando Highland Isle. Agora, do meu lado, há uma cozinha, uma sala de estar minúscula e um quarto pequeno. O antigo banheiro foi dividido ao meio, me deixando com a banheira vitoriana e um chuveiro. Quando eu estava procurando apartamento para alugar, olhei também o de OCE. É maior, mas não vale os trezentos dólares a mais que o corretor da Vojczek estava pedindo.

Meu cachorrinho, Gomer III – Gomer, o Cocô, como o chamava uma mulher com quem eu estava saindo –, se anima, mas logo desanima ao me ver. Ele está sempre esperando que seja Helen – a mãe de Rik, sua dona original – que está chegando. Quando vovô foi para uma clínica, herdei o cachorro dele, já que a filha mais nova de Rik é alérgica. Por gratidão, eles me deram prioridade sobre os móveis de vovô. A maior parte das coisas que ele e Helen tinham era grande demais para este apê, mas fiquei com uma mesinha de vime para quatro pessoas, com tampo de vidro, que uso também como mesa de trabalho, e um lindo sofá azul, de tweed, que estraguei comendo na frente da TV.

Nesta noite, eu abro o jornal sobre a mesa antes de desembrulhar o jantar. Posso afirmar honestamente que nunca na vida abri o *Wall Street Journal*. As únicas notícias que me interessam são sobre esportes, e eu as vejo no Twitter e no *The Athletic*. Só reconheci o que Estranho estava lendo porque esse jornal era entregue todos os dias na recepção do escritório de advocacia do vovô.

Enfim, viro as páginas grandes uma a uma, procurando a matéria que estava diante de mim quando eu estava sentada no Ruben's, que tinha uma foto dos mais recentes destroços na Ucrânia. Do lado que OCE estava lendo, não encontrei muita coisa; só um monte de matérias de dez centímetros, a maioria resultados financeiros trimestrais de várias empresas. Para mim daria na mesma se estivessem escritos em etrusco; termos como "líquido do primeiro trimestre fiscal" e "EBITDA" me fazem lutar contra o hábito de parar de ler. Mas eu me forço a continuar, até que finalmente encontro a recompensa – ou o que pode ser a recompensa: uma bomba sobre a Northern Direct, a maior empregadora de Highland Isle.

Há doze anos, quando Amity Nieves venceu o chamado "prefeito vitalício", Lorenzo DeLoria, que estava sob acusação federal, sua primeira promessa de campanha foi uma renovação séria em Highland Isle. Com a ajuda do nosso representante no Senado, ela conseguiu um monte de dinheiro federal. O centro – que é o meu lado da cidade – está melhor agora, o que atraiu muitos hipsters insuportáveis para cá. O outro grande projeto de Amity, o chamado Tech Park, no semideserto bairro de Anglia, logo abaixo da interestadual, teve resultados bons e ruins. Na verdade, é a principal questão deste ano na disputa entre Amity e Steven DeLoria, filho de Lorenzo, que é meio que o pai mais bem-vestido e com um curso de oratória.

Em alguns sentidos, o Tech Park deu certo. Algumas empresas se mudaram para lá, inclusive uma desenvolvedora de software educacional e duas indústrias "verdes" – uma que fabrica um aparelho que melhora o sinal de internet e outra que é uma farmacêutica veterinária. Mas uns setenta por cento do espaço reservado para a primeira fase do Tech Park foram concedidos à Northern Direct, uma grande empresa do ramo de defesa e segurança, que constrói aqui sistemas de orientação para mísseis e aviões. É um lugar assustador, um edifício térreo com umas antenas de radar em cima, sem janelas, cercado por correntes e arame farpado e seguranças carregando fuzis AK-47.

A Northern Direct chegou com quase mil vagas de emprego e uma tempestade de merda. Os ultraliberais, que, para começo de conversa, odeiam os militares, uniram forças com organizações locais de direitos civis e abriram um processo para bloquear os incentivos fiscais que Amity deu à Direct, que, supostamente, estão impedindo que a prefeitura honre todas as promessas feitas aos moradores desalojados. Isso interrompeu o segundo estágio de desenvolvimento, o que é um problema para os empresários da região, como Rik, que comprou o prédio onde fica o nosso escritório prevendo uma grande demanda. Agora ele não consegue alugar as salas como esperava, e é por isso que nós estamos presos na parte mais melancólica do edifício.

Enfim, a matéria do *WSJ* diz que a Northern Direct acaba de fechar um contrato de 92.646.787 dólares, mais despesas, com o Departamento de Defesa, para fabricar um equipamento de segurança cibernética que vai proteger os sistemas de orientação aérea contra hackers. O jornal diz que os detalhes sobre o acordo são sigilosos devido a preocupações com a segurança nacional, incluindo o lugar onde o equipamento vai ser montado.

É possível que OCE estivesse lendo sobre a Direct simplesmente porque é uma empresa com forte presença nesta região. Ou porque ele parece ser um sujeito que gosta de guerras e é fascinado por sistemas de armas. Presumindo que o novo equipamento de segurança vai ser construído aqui, OCE, pelo que sei sobre ele, pode estar vendo nisso uma oportunidade de trabalho. Há muitas explicações inocentes, mas algumas sinistras também, que sempre vêm à mente das pessoas quando ouvem "segurança nacional". Talvez OCE seja um pacifista com a intenção de sabotar a Direct. Ou um ladrão de patentes que quer roubar essa nova tecnologia e vendê-la para outra pessoa. Eu seria capaz de evocar uma dúzia de possibilidades ruins.

Mas essa é minha primeira pista sólida. Aponto o dedo para a parede que dividimos e murmuro:

— Cara, tô de olho em você.

4. TONYA

Rik tem o escritório em Highland Isle há mais de vinte anos. Ele é muito leal ao lugar e é uma espécie de Google, que compartilha fatos e factoides com quem pergunte ou não. Agora eu sei que a população de HI cresceu desde o último censo e é de cerca de cento e vinte mil habitantes, e que é uma ilha de verdade do rio Kindle – coisa que eu, presa no Planeta Pinky, nunca tinha notado. A oeste, um pequeno afluente estreito, que não é muito mais que uma vala passando por baixo das estradas, separa Highland Isle dos elegantes subúrbios de West Bank, onde eu cresci em eterna infelicidade. A leste, atravessando uns mil e oitocentos metros de água, ficam o condado de Kindle e o norte de Kewahnee. Desde a época dos primeiros colonos, um movimentado porto operava por lá, cheio de cargueiros que transportavam cargas nobres do Centro-Oeste, como minério de ferro, carvão e trigo, para o resto do país.

Nos anos 1880, os trabalhadores portuários mais pobres, na maioria imigrantes italianos e irlandeses, foram os primeiros habitantes de HI. Nas velhas fotos sépia da época, a ilha não é mais que um pouco promissor montinho de areia e xisto no meio da água. Os homens iam para o trabalho em canoas; exceto no inverno, quando o Kindle congelava e eles iam a pé. E, no escuro, algum pobre coitado sempre pisava em uma parte mais fina e se afogava. Desde o início, Highland Isle foi nefasta e difícil – e cheia de crimes.

Na década de 1920, a máfia tinha assumido o controle, garantindo que os únicos crimes que ocorressem fossem os da sua responsabilidade – especialmente o contrabando de caixotes de bebidas ilegais que circulavam pelas Tri-Cities à noite. Também controlavam a administração da cidade, razão pela qual Highland Isle nunca foi absorvida pelo condado de Kindle.

Nos anos 1960, os brancos foram para os subúrbios próximos, e os latinos – a maioria formada por porto-riquenhos e mexicanos – se mudaram para cortiços de tijolos maciços que ficavam entre fileiras de casinhas térreas que sempre me fazem lembrar de sapos gordos. A máfia conseguiu mandar na cidade até doze anos atrás, quando o prefeito Lorenzo foi preso pelos federais por distribuir contratos municipais entre seus filhos, cunhado e vários primos. Ao todo, dezesseis DeLorias tiraram férias all-inclusive em vários presídios federais. Steven, o candidato a prefeito deste ano, foi o único parente próximo de Lorenzo não indiciado, mas só porque era novo demais.

Do meu apartamento em Highland Isle, são cerca de dez minutos de carro até o Mike's, o bar frequentado por policiais mais movimentado do condado de Kindle, que fica à beira do cinturão de casas do outro lado do rio, em Kewahnee, bem perto de um trevo da rodovia. É um bar sem frescura. Tem uma entrada independente que pode facilmente ser confundida com a garagem de alguém; é uma construção térrea, com telhado plano, uma cobertura de telhas em cima da porta e uma janela preta. Por dentro, é de madeira de pinho nodosa, com luminosos de neon – inclusive um que eu adoro, que é uma cachoeira de cerveja cintilante. Civis também o frequentam, mas normalmente são ignorados.

O Mike's é o lugar aonde os jogadores tendem a ir depois dos jogos da Liga de Softball da Ordem Fraterna da Polícia, de segunda e quinta à noite, agora que as coisas voltaram ao normal depois da pandemia de covid. (Como os policiais sempre querem parecer destemidos e não ligam muito para as regras, máscaras sempre foram uma visão rara aqui.) As regras da Liga exigem que cada time tenha duas mulheres em campo o tempo todo, e eu fui eleita a melhor atleta do ensino médio durante os três anos. Por isso, depois que fui reprovada na Academia, meus colegas de equipe da DP da rua Shakespeare descobriram um fundo discricionário que ainda paga minha taxa da Ordem Fraterna. Na lista eu consto como "Jogadora Regular" – não ouço em muitos outros lugares o adjetivo "regular" em referência a mim...

As vindas aqui depois dos jogos são, basicamente, minha vida social durante a temporada, que vai desde o atual frio de abril até o fim de outubro. Neste lugar, ninguém julga ninguém. As pessoas enchem a cara e contam todo tipo de mentira, histórias estranhas das ruas que ouviram há anos e que repetem como se tivesse acontecido com elas ontem à noite. Já ouvi três policiais afirmarem ter encontrado um rim humano intacto em um saco Ziploc. Aqui eu me sinto mais à vontade do que jamais vou me sentir no meio de uma multidão. Ninguém parece olhar muito para meu prego ou meu corte de cabelo (se bem que de vez em quando alguém me vê e sussurra "Infiltrada, não é?", enquanto me entrega uma cerveja, pensando que eu trabalho disfarçada e que minhas tatuagens saem no banho).

São sete da noite, momento entre o pessoal que vem para cá depois do trabalho e as pessoas que chegam para beber alguma coisa. O tempo esteve bonito em nosso primeiro jogo, semana passada, mas esta noite, se você não for um fumante, está frio demais para sentar no chamado jardim da cerveja, que nada mais é que um pátio com bancos de piquenique e vista para o terreno baldio ao lado, cheio de concreto quebrado de alguma construção, e a rodovia que passa mais acima. É uma noite para ficar aqui dentro, com a jukebox tocando heavy metal e o cheiro forte de cerveja derramada.

Achei que este seria um território neutro para me encontrar com Tonya Eo. Ninguém com quem ela se preocupe vai nos ver, já que a maioria dos policiais de HI nunca vem aqui, e os policiais do condado de Kindle sempre tratam os de HI como se fossem crianças de seis anos com estrelas de plástico no peito. Subo em um banquinho de madeira diante de um balcão alto e espero. Acho que as chances de que Tonya apareça são de cinquenta por cento. Mandei uma mensagem para ela no Facebook dizendo que queria conversar em off sobre assuntos policiais e ela respondeu "ok". Mas não terminamos de boa, de modo que, se fosse eu, não viria. Tirando alguns comentários inofensivos sobre os posts, Tonya – Toy, como às vezes a chamava – e eu não conversamos há doze anos.

Mas uns dez minutos depois aqui está ela, à paisana, com um sobretudo acinturado, que ela tira rapidamente e joga sobre um banquinho. Nunca olhei muito o feed dela, e estou feliz por ela estar tão bonita.

— Menina, você está linda! — elogio.

Ela me dá um sorriso tímido, meio contra a vontade.

— Perdi alguns quilos — justifica.

Está maquiada – coisa que nunca fez antes – e o cabelo está curto de um lado. E está usando um jeans preto, e vejo que agora tem cintura. Sem dúvida, está bem arrumada.

— Continua tomando a Miller Lite? — pergunto.

Ela fica feliz por eu lembrar, e faço um sinal para Dutch, o barman, trazer a cerveja para Tonya.

— Como vai a família? — pergunto.

— Na mesma. Meu pai está com alguma coisa nos rins.

— Já saiu do armário?

Ela recua um pouco e me olha com certa hesitação. Noto que ela não sabe bem se quer que nossa conversa siga para o lado pessoal, mas por fim responde.

— Faz uns anos.

— E?

— E todo mundo gritou e chorou, até que acabaram decidindo que "vou mudar de ideia", você sabe. E assim estão, esperando que eu mude de ideia. Como se eu fosse chegar com um marido e uma SUV cheia de crianças a qualquer momento.

— É foda.

— Eu me sinto melhor por ter contado, e não deveria ter me surpreendido. Meu tio, irmão da minha mãe, que está em Manila, trabalha com moda e é um amor. Eu o amo demais, juro. Ele é *totalmente* gay, mas ninguém da família enxerga isso. Eles falam: "O tio Eo? Ele é só diferente". Ele tem sessenta anos e minha mãe se refere a ele como solteiro, como se fosse o próximo a participar daquele programa de TV.

Dou risada. Ela é engraçada; sempre foi. Tonya não era de falar muito, mas seu senso de humor estava sempre engatilhado.

— E você? — pergunta. — Ainda odeia sua mãe?

— Para sempre. Papai ainda é um fracasso, mas não parece tanto agora que tem idade para se aposentar. Tá lembrada do meu avô? — pergunto, pois lembro de tê-la levado para conhecer Sandy e Helen. — Eu morava na casa dele e o ajudava, mas agora ele está morando em uma clínica. Eu moro sozinha, em HI.

Eu sei que ela também mora em HI, porque os policiais têm que morar onde trabalham, e a animação dela quando digo isso instantaneamente me provoca medo de ter enviado o sinal errado, como sempre faço. Mudo de rumo e foco no trabalho, mais seguro.

— Eu trabalho com Rik Dudek, sou detetive particular. Sabe quem é? — pergunto.

— Ele representou alguns criminosos em casos meus. Não é um picareta como os outros.
— É um cara legal.
— É advogado — diz Tonya.
— É o advogado da delegada. O que você acha dela?
— Acho que ela arrasa. Ela me promoveu.

Ela não sorri. Tonya é assim, durona, calada, impassível, determinada. Quando eu estava começando a conhecê-la melhor, anos atrás, entender que seu rosto não revelava suas impressões foi a primeira coisa que me fez perceber que havia mais nela do que aparentava.

— Na verdade eu aceitei a oferta de HI, em vez de Kindle, quando me formei na Academia, porque ela havia acabado de ser nomeada delegada — diz Tonya. — Achei que um departamento dirigido por uma mulher seria uma aposta melhor. Naquela época, no condado de Kindle, uma policial ou era mãe, ou uma bruxa, ou uma puta; eram as únicas maneiras de vê-la.

Na Academia, a maioria dos cadetes ficava bem longe de mim. Eu era uma lésbica esquisita, toda tatuada, que, pela minha vibe, estava fadada ao fracasso. Por fim, espalhou-se a notícia de que eu meio que quase fui para as seletivas das Olimpíadas, o que me serviu para alguma coisa; além do fato de eu arrasar no treinamento físico – como na corrida matinal –, onde vencia todos os rapazes.

Eu percebi que Tonya fazia questão de sentar ao meu lado nas aulas teóricas, como as de processo criminal. Ela era tão fechada que ficou evidente que não estava ali para conversar comigo, de modo que em pouco tempo eu saquei o que estava rolando. Mas eu não tinha certeza, porque, quando era criança, ela tinha emigrado com a família para cá, e de vez em quando eu notava nuances culturais nela. Então, eu não sabia se ela pretendia passar a impressão que parecia estar passando. Mas também era eu, claro. De vez em quando, em um bar, digamos, quem não me conhece me pergunta, de um jeito supersimpático, se eu não sou daqui.

Eu não a achava necessariamente atraente. Ela era linda, mas meio masculina, o que não faz meu tipo. Tem um rosto meio franzido, e a pele parecia ter sido bem ruim quando ela era adolescente; fisicamente, era mais cheinha. Mas também era interessante, discretamente engraçada, e não exatamente como qualquer outra pessoa que eu conhecesse. Tudo que eu sabia sobre os filipinos era que um garoto racista do ensino médio disse uma vez que eles comem cachorros, mas eu não imaginava que fosse verdade. A família dela era de uma das ilhas distantes, e todos os outros – o pai, a mãe e as duas irmãs – eram cuidadores de idosos. Uma vez eu perguntei a ela por que tantos filipinos trabalhavam com isso, pelo menos no condado de Kindle, e ela disse: "Nós respeitamos os mais velhos".

— Aliás, a delegada te elogiou — digo.

— É mesmo? E como você sabe?

Ela está desconfiada, como eu já esperava.

— Mencionei seu nome quando a conheci. Eu contei que conhecia uma pessoa do departamento dela.

— Tá.

— O que você acha das acusações da P&B contra ela? Sabe das alegações, né?

Ela sorri.

— Claro.

— E o que você acha?

Ela faz uma careta.

— Acho que é isso que a pessoa ganha quando se mete com homens.

Talvez isso seja uma indireta para mim, mas não vou entrar nessa. A verdade é que ela sempre teve um pé atrás com homens, como se eles estivessem só esperando para estuprar ou bater em uma mulher. Mas eu gosto dos homens. As pessoas mais confiáveis da minha vida são homens – meu pai, vovô, Rik. Sempre começo dando o benefício da dúvida ao cara e deixo que ele me mostre se é um idiota ou não. Coisa que, para ser sincera, muitos deles mostram. Mas a atitude de Tonya me dá uma oportunidade de tentar tirar alguma coisa dela.

— Sim — digo —, mas você não acha que é uma mentira insana? Você acredita que exista um homem no mundo, quanto mais três, que deixaria uma mulher mandar no pinto dele? Afinal, os caras são só esse pedaço de carne. Eles iriam dar porrada nela, sendo a chefe ou não. Não acha?

— Sem dúvida — responde ela. — Sim, você tem razão.

Então, ela se recosta e me avalia.

— Estamos fofocando ou o quê?

— Rik e a delegada estão contando comigo para descobrir coisas para desmentir as histórias dos três policiais de HI, mas até agora eu não tenho muita munição. Por razões óbvias, ela não pode sair perguntando por aí. Preciso de informações sobre esses caras, qualquer coisa ajuda. Pode ser tudo em off, não vou anotar nada.

— Não quero criticar, mas já você deu uma olhada nesses caras? Até Frito — diz ela, referindo-se a Blanco. — Ele é mais novo e é um cara legal, mas seria capaz de passar a vida toda dentro de uma academia. Os outros dois, Cornish e DeGrassi, são uns velhos escrotos, desculpa falar.

— Deve ter muita coisa sobre esses caras que eu gostaria de saber.

— Pra começo de conversa vou te dizer: não consigo ver Frito mentindo. Ele ia achar que Deus o mataria. Quanto aos outros dois... quando eu entrei, eles já eram os clássicos policiais em fim de carreira, policiais de merda, tristes, desde vinte anos atrás, quando descobriram que o trabalho não era um programa de televisão. Trabalhei um pouco com os dois. Na rua, tudo bem; eles protegeriam o parceiro se algo acontecesse. Mas não valem muito em nenhum outro lugar. — Ela abaixa a voz, para imitá-los. — *Você faz o relatório, ok?* Eles andam muito juntos.

Doze anos nas ruas fizeram dela outra pessoa, tão mais confiante que é difícil reconhecê-la. Fico feliz por ela e me pergunto, por um segundo, o que o distintivo teria feito comigo.

— Eles são dedicados à família? — pergunto.

— Acho difícil. Os dois pisaram na bola no casamento, pelo que ouvi. Bem, talvez a esposa do Primo ainda esteja segurando as pontas. São esse tipo de homem... metade dos sujeitos que vêm aqui são assim; enchem a cara e transam com quem podem. Na verdade eles nem precisam estar tão bêbados. Eu conheço a ex de Cornish melhor que ele.

— Ela também é policial?

— Não. Eu a conheço da igreja.

— *Igreja?*

Eu me controlo para não dizer mais nada. Sem dúvida, Tonya mudou um pouco.

— Faz bem para mim. Toda aquela vibração, a missa, a comunidade, sabe? E eu gosto do padre.

— Um padre jovem que é legal com lésbicas?

— Um padre velho legal. Mas, sim, ele não tá nem aí. Ele fala que Deus me fez também, essas coisas.

Deus acima de tudo. Foi por isso que, quando era mais nova, eu prometi a mim mesma que nunca seria uma adulta como os outros, que não acabaria aceitando coisas que no fundo jamais fizeram sentido para mim.

— Você não poderia ver se ela aceita falar comigo? A sra. Cornish?

— Paulette. — Ela não pensa muito antes de sacudir a cabeça. — Não posso me meter nisso. Confio cem por cento na delegada, mas ainda me resta muito tempo, sabe? Não quero ficar no time de ninguém. Esse negócio de lado de um, lado de outro, é ruim para o departamento e para mim.

— Eu entendo — digo —, mas aposto que Paulette não tem mais amor pelo ex, pelo que ele aprontou. Não quero que ela invente nada. Será que você não pode só perguntar? Diga a ela que sou uma boa pessoa e que não vou comprometer o lado dela. E depois você fica fora disso.

Ela ergue um ombro, evasiva. Ficamos nos olhando. A cada segundo, o passado começa a ocupar mais espaço.

Na Academia, depois de um tempo, eu meio que cedi e saí com Tonya alguns finais de semana. Os cadetes ficavam alojados em um antigo dormitório em ruínas da universidade, e cada um tinha um colega de quarto, mas a minha voltava para a casa dela às sextas-feiras, quando as aulas acabavam.

No assunto sexo, começando com meus supostos namorados no ensino fundamental, nunca fui muito boa em dizer não a alguém que parecesse me querer de verdade. Numa noite de sexta-feira, acabamos no meu quarto, naquela porcaria de colchão, fazendo a velha cama ranger. Os cadetes tinham que levar lençóis de casa, mas esse era o tipo de coisa de que eu nunca conseguia lembrar, e lembro de ter ficado com ela no colchão listrado de azul e branco depois da primeira vez. Ela chorava como se tivesse perdido alguma coisa. Eu era muito mais experiente.

— Pode deixar que eu sei o que estou fazendo — disse eu naquela ocasião.

— Percebi — respondeu ela. — E dá pra ver que você curte bastante.

— Sempre.

E é verdade. Quase sempre consigo me soltar, especialmente com alguém como Tonya, que é uma pessoa bacana.

Agora, pergunto a ela:

— Já ouviu algum dos três falar sobre Moritz Vojczek?

— Claro, ele é como o Pé-Grande, todo mundo fala dele. O cara passou de policial a zilhardário! O que você acha?

— Mas esses caras, especificamente, têm alguma ligação com Vojczek, que você saiba?

— Talvez. Dizem que o Ritz emprega muitos ex-policiais ou sujeitos que procuram mais agitação depois do expediente. Vojczek foi tenente de Primo e Walter quando estava na polícia. A delegada estava reorganizando a Narcóticos quando comecei. Ela se livrou do Ritz e separou Cornish e DeGrassi. Alguma coisa estava rolando. Dinheiro e drogas desaparecendo durante as apreensões... não tenho simpatia nenhuma por traficantes, você sabe. Mas, enfim, a delegada corrigiu isso.

Assinto várias vezes, para mostrar que tenho a mesma opinião.

— Você sabe se Cornish ou DeGrassi tem, tipo, inimigos na polícia, ou alguém que não goste deles? — pergunto.

— Não sei. DeGrassi é meio palhaço, dá muita risada. Cornish já é mais nervoso. Acho que não se dá bem com alguns policiais negros. Uns anos atrás ele brigou com um policial chamado Emmitt LaTreaux, que se ofendeu por alguma coisa que ele considerou racista.

Escrevo "LaTreaux" em um guardanapo.

— Preciso da sua ajuda para encontrar algumas coisas. — Prossigo antes que ela possa dizer não. — Você tem algum dos três no Facebook?

— Blanco.

— Você poderia adicionar os outros dois?

— Acho que sim.

— Só quero ver o feed deles. Fotos, perfil, um print aqui e ali, se você puder. Imprima, ponha em um envelope sem remetente e mande para mim, no escritório. Sem perguntas.

Ela franze os lábios.

— Vou pensar no assunto.

— Legal. Obrigada. Obrigada mesmo, isso pode ajudar a delegada.

Ela olha para mim através do copo de cerveja. Seus olhos, exatamente como me lembro, são muito negros. Estrelas mortas.

— Você está feliz? — pergunta ela.

É uma pergunta complexa, mas decido ser direta.

— Feliz? Não sei muito bem o que isso significa. Já tive muitas emoções na vida, principalmente no snowboard, tipo aqueles momentos em que você vê que vai dar merda, mas encontra a vontade de viver e tem uma fração de segundo para controlar a coisa. Aterrissar sempre foi uma emoção incrível, um triunfo. Meu corpo – minha habilidade – triunfando sobre o caos e a gravidade. Quando fraturei a coluna e os médicos me proibiram de saltar, vivi a parte mais difícil: saber que momentos como aqueles tinham acabado para sempre.

— Não sei se "feliz" um dia vai ser um estado para a Pinky — prossigo. — Acho que estou mais focada no "tudo bem", Toy. Só quero ficar bem. E estou. Eu adoro meu trabalho de detetive. Penso o tempo todo "não faça como fez na Academia". Fiquei na merda durante anos.

— É, você se fodeu — diz ela.

Terminamos – não numa boa – quando fui dispensada, então ela nunca soube da história toda. Nos primeiros dois meses, toda semana algum recruta ia embora, principalmente por ser reprovado nas provas escritas; no último mês, porém, todos nós achávamos que a aprovação era certa. Naquela época, meu maxilar começou a doer demais, como se estivesse quebrado, e procurei um cirurgião-dentista. Ele que disse que eu teria que tirar os dentes do siso e me deu uma carta para entregar ao tenente, dizendo que eu precisaria tomar hidrocodona depois, por causa da dor. O tenente disse que eu poderia pular o teste daquela semana – tínhamos que fazer xixi no potinho toda sexta-feira.

Depois que extraí os dentes, achando que merecia um brinde, usei um pouco de ecstasy também, simplesmente porque podia. Só que o tenente me falou que o comandante tinha passado por cima dele e decidido que eu teria que fazer o teste. Eu já disse que os policiais sempre desconfiam. Eu tinha passado pelo sistema socioeducativo na juventude, por uso de drogas; segundo a lei estadual, não poderiam me impedir de cursar a Academia por delitos menores, mas o comandante ficava de olho em mim o tempo todo, e nunca gostou da minha aparência. Na segunda-feira eu já estava expulsa.

— É a história da minha vida — digo a Tonya. — Mas eu sempre penso: "E se…".

Ela assente.

— Sei lá, Pinky. Eu sei que você adorava a ideia de ser policial, mas acho que ia considerar uma merda. Muita regra, coisas imbecis que a pessoa tem que fazer... você não teria tolerado isso.

— Estou meio diferente agora.

— Você nunca vai ser muito diferente. Aposto que, como detetive, você simplesmente vai e faz o que acha que vai dar certo, né?

— Basicamente.

— Então. Ser policial, um bom policial, não é isso. Eu adoro a maior parte e aceito aquilo de que não gosto, mas eu nasci para isso. Meus pais me criaram para ver a obediência como uma virtude.

Eu sei que a intenção dela é boa, mas ouvi-la dizer essas coisas me joga no calabouço da escuridão, onde eu acabo de vez em quando, lembrando quantas vezes eu pisei na bola e o preço que tive que pagar quase sempre. Voei longe em um 1080 que já havia feito uma dúzia de vezes no half-pipe, destruindo minha coluna e meu futuro, porque estava obcecada em um comentário desagradável que minha mãe havia feito naquela manhã. E agora, na vibe em que estou, volta com força total a lembrança de como eu dei mancada com Tonya, uma pessoa legal, com um coração praticamente intacto até eu pisar nele.

— Vou nessa — digo, e me levanto abruptamente. — Obrigada por ter vindo. Pense no que nós conversamos, ok?

Saio depressa, já me sentindo mal; não por Tonya, mas por mim mesma.

5. OUTRA COISA ESTRANHA

De vez em quando surge mais um detalhe estranho sobre meu vizinho. Por exemplo: todos os prédios de tijolos na área metropolitana das Tri-Cities foram construídos com a mesma cara há um século. Em vez de escadas de incêndio de ferro comuns, elas são de madeira e têm patamares de bom tamanho em cada andar, em frente à porta da cozinha de cada apartamento, que fica nos fundos. Alguns vizinhos chegam a colocar cadeiras de jardim ali para tomar um ar nas noites de verão. Por motivos que ainda não entendo, tanto as escadas quanto as varandas do condado de Kindle e das cidades próximas são sempre pintadas com tinta esmalte cinza pesado, cor de pombo.

Como nossos apartamentos são resultado da divisão de um só, OCE e eu dividimos a varanda dos fundos. Pouco tempo depois de ele se mudar, ouvi as tábuas rangendo por volta das duas da manhã e percebi, mesmo meio sonolenta, que o peso de uma pessoa provocava aquele ruído. Dei um pulo. Olhei pela persiana e vi um homem, e já estava correndo para pegar minha arma biométrica no cofre debaixo da cama quando percebi quem era. O sinal de celular anda uma merda ultimamente – na verdade, nunca foi bom –, e meu primeiro pensamento foi que ele estava tentando ligar para alguém na Ásia e estava ali fora procurando sinal. Até que vi a brasa cor de laranja: ele estava fumando.

É proibido fumar no prédio todo, inclusive nas varandas; desconfio que o objetivo seja evitar que as pessoas façam churrasco nos patamares e ponham fogo no prédio. Fui fumante durante anos e ainda acendo um cigarro às vezes, quando estou bêbada.

Assim, eu sabia que era uma merda para OCE ter que esperar até o meio da noite para conseguir sua pequena dose de nicotina, para ter certeza de que Arturo, o zelador, não o veria e os vizinhos não saberiam de onde provinha o cheiro. Mas, como escrevi nas minhas anotações: "*Ainda existem prédios em Highland Isle com área ou salão para fumantes no primeiro andar. Por que se mudar para cá, então?*".

Também acabei achando estranho enxergar tão pouco lá fora. Depois, fui conferir a lâmpada que fica entre nossas portas dos fundos, que deveria ficar acesa a noite toda, para o caso de um incêndio. A lâmpada estava solta. Eu a apertei de novo, mas no fim da semana ela entrou em curto.

***

Normalmente estou em casa durante o dia. Mesmo antes da covid, Rik me permitia fazer as coisas escritas – relatórios de entrevistas ou resumos de documentos – no meu apartamento, onde tenho menos distrações. Quando posso escolher, sempre prefiro ficar sozinha.

De modo que, muitas vezes, estou por aqui quando OCE sai com sua mochila de ginástica, e tenho algumas horas para bisbilhotar. Várias vezes fui até a varanda dos fundos para tentar espiar pela janela da cozinha dele, mas parece que ele colocou uma persiana, e aos poucos fui percebendo que está sempre fechada. Toda semana eu vasculho seu lixo orgânico e o reciclável, mas não descubro nada.

Uns dias depois de me encontrar com Tonya, estou em casa no fim da tarde, pesquisando na internet sobre os três sujeitos que vão testemunhar contra a delegada, quando ouço OCE andando no apartamento dele. Isso não acontece muito, e fico paralisada. Então, ouço sua porta da frente bater. Corro para a minha e escuto seus passos descendo a escada. Cerca de dez minutos depois, eu o escuto voltar.

No dia seguinte é a mesma coisa, e uns trinta segundos depois eu me esgueiro atrás dele. Imagino se talvez ele não estaria indo à casa de outro vizinho, mas, quando espio por entre as grades, vejo-o usando sua chave para abrir a porta do primeiro andar que dá para o subsolo. Eu mesma desço lá algumas vezes para falar com Arturo, mas agora ouço o zelador trabalhando lá fora, levando as latas de lixo para o beco, onde o lixeiro vai passar amanhã. Por fim, percebo que OCE deve estar indo ao pequeno depósito de tela de galinheiro que cada inquilino tem.

Na tarde seguinte, assim que ele sai com sua mochila de ginástica, desço correndo. O depósito de OCE, assim como seu apartamento, fica ao lado do meu, e ele o mantém fechado com um cadeado resistente. Dentro, vejo que ele guarda um único item, uma espécie de baú que, se não me engano, é feito de um material especial, cromado, usado para transportar equipamentos musicais caros, como amplificadores. É de vinil preto com rebites de alumínio, alças grossas de inox nos dois lados e rodinhas.

Abro meu depósito e entro para olhar mais de perto. Mesmo trancando o seu com cadeado, ele colocou outro para prender a trava central do baú, o que significa que está tomando muitas precauções para proteger o que há ali dentro. Como ele não tem carro, deve ter precisado despachar esse baú para cá, mas tirou as etiquetas do frete. Eu guardo meus esquis neste depósito – ainda viajo todo inverno com meu pai, por um ou dois dias –, então enfio um bastão de alumínio em um elo da corrente e cutuco o baú de OCE. Não se mexe, o que significa que tem alguma coisa muito pesada guardada ali dentro.

No dia seguinte, é a mesma coisa; ele desce e sobe. "*Meu melhor palpite é que ele pega alguma coisa que está nesse baú para usar e guarda de novo. Mas que porcaria é essa que a pessoa não pode guardar no apartamento?*" Decido que preciso dar uma olhada dentro do depósito.

Uma habilidade de DETBOT que pretendo aprender é arrombar fechaduras, e o depósito de OCE se apresenta como uma oportunidade de aprendizado. Por incrível que pareça, tem vários vídeos no YouTube ensinando isso. Para mim, o melhor é um da Inglaterra, que faz toda essa operação parecer bem simples. Você precisa de duas ferramentas: a primeira é uma pecinha de metal em forma de L que passa pela abertura da chave e alivia a pressão das molas que normalmente fixam os pinos para evitar que o miolo gire. A segunda é uma gazua ou um grampo, que funciona mais ou menos como a chave, levantando os pinos devagar até a altura que abre o mecanismo.

Compro as ferramentas pela internet e tiro fotos dos cadeados de OCE com o celular. Ambos são da marca Superlock. Também encontro na internet. Tudo chega em um dia, e eu treino à noite até conseguir abrir cada um em menos de trinta segundos.

Por definição, o que vou fazer – entrar no depósito de OCE e abrir o baú – é ilegal; invasão de propriedade, na melhor das hipóteses, provavelmente arrombamento e invasão, o que é crime. Se alguém – Arturo ou outro inquilino ou, Deus me livre, OCE – me vir lá dentro, vou falar que vi os cadeados abertos e a curiosidade me venceu. Não é muito convincente, mas deve servir para eu não me ferrar.

Meu plano é distrair Arturo, que tem tipo um escritório no subsolo, que é, basicamente, um armário. Corpulento, com uma perna ferrada que está sempre arrastando, Arturo deve ser a única coisa genuinamente superior neste edifício. Ele é uma dessas pessoas que fazem seu trabalho braçal como se estivessem lidando com códigos nucleares. As áreas comuns brilham. Eu mal desligo o interfone depois de explicar que tem alguma coisa quebrada no meu apartamento e ele já está na porta, sempre. O subsolo cheira ao desinfetante forte que ele usa para combater o mofo.

Eu o encontro em seu escritório, acabando de almoçar – sempre me emociono ao ver a maneira carinhosa como ele desembrulha as tortilhas que sua esposa embala. Digo a ele que estou saindo, mas pergunto se poderia dar uma olhada no meu apartamento, porque acho que ouvi esquilos nas paredes. Essa conversa, como a maioria das que tenho com Arturo, é conduzida em meu espanhol ruim, mas não lembro como se diz "esquilo" e tenho que fazer mímica para explicar o que quero dizer com *como una rata con cola peluda* (como um rato com cauda peluda). Quando ele entende, seu rosto pesado, com seu bigode preto grosso, deixa transparecer indignação. Ele não perde tempo e pega sua caixa de ferramentas. Com sua perna ruim, vai demorar um pouco mais para subir, e vai ficar batendo nas paredes e escutando. Devo ter pelo menos dez minutos.

Quando fico sozinha, abro o pesado cadeado da porta do depósito de OCE em menos de trinta segundos e entro sem fazer barulho. Pego a alça do baú para empurrá-lo um pouco, para poder abrir o outro cadeado, que está encostado na parede de concreto. Nesse momento, reconheço um erro, o que me preocupa de imediato, por medo de ter cometido outros. O baú não se mexeu quando o cutuquei porque as rodinhas estão travadas. Assim que as destravo, ele desliza como se estivesse sobre gelo.

Seguro o segundo cadeado e coloco a peça em L dentro dele com facilidade; mas desta vez tenho que aplicar mais força na gazua. O cadeado se abre, mas, no mesmo instante, a gazua se quebra na minha mão. Tudo acontece tão depressa que parece que a ferramenta foi projetada para quebrar. Um pedacinho pontiagudo de metal preto se projeta da ranhura da chave.

— Ai, caralho — digo baixinho.

Não posso simplesmente deixá-lo no buraco, porque OCE vai saber que alguém esteve aqui. Mesmo problema se eu roubar o cadeado certo. Se eu correr para meu apartamento para pegar um alicate, Arturo vai querer que eu espere ele terminar a inspeção. Não tendo escolha, fico de joelhos e coloco o cadeado na boca.

Estou agora em um momento que é a essência da Pinky. Fiz uma coisa realmente idiota, ignorando as possíveis consequências, e fui forçada a uma manobra que, por alguma lei eterna pior que a de Murphy, está fadada a dar merda. Vou cortar a gengiva e sujar tudo de sangue, ou quebrar um dente. Vou acabar presa, perder minha licença de detetive e meu emprego e, pior de tudo, vou ter que suportar aquele olhar da minha mãe. Mas não tenho como recuar agora. Pego a ponta do que sobrou da gazua entre os dentes da frente e mordo com força. Para minha surpresa, ela desliza suavemente na primeira tentativa.

Estou quase abrindo as travas quando me dou conta de que OCE poderia ter posto algum alarme no baú. Com a lanterna do celular, tento achar algo visível, como um fiozinho. Não vejo nada, mas não estou completamente convencida. Respiro fundo e sinto o coração bater na ponta dos dedos enquanto levanto as travas de inox e, depois, a tampa. Estou com tanto medo pelo que estou fazendo que levo uns dois segundos para acreditar no que vejo.

Nada.

O interior do baú de OCE é forrado com uma borracha preta grossa, de uns três centímetros de espessura. Alguma coisa frágil já foi guardada ali, mas o baú está vazio agora. Não tem poeira, nem um fiapo perdido ou um parafuso esquecido. Completamente vazio.

"Não consigo entender. Devo ter aberto o baú no momento errado do ciclo. Ele deve estar tirando alguma coisa do apartamento e guardando no subsolo por uns dez minutos. Mas o que é que ele não pode manter lá dentro? Da próxima vez que ouvir esse cara sair, vou atrás para ver o que ele está carregando."

***

Duas manhãs depois, por volta das dez e meia, eu o escuto sair a passos largos e sua porta bater. Abro a minha e corro para a escada.

É quando o vejo de rabo de olho enquanto corro por ele. Fico em pânico. OCE está parado diante de sua porta, com um olhar duro, mas divertido, o que não consegue esconder totalmente.

— Clarence — diz.

Meu coração bate forte. Com certo esforço, dou um sorriso alegre.

— Eu estava tentando te alcançar — informo.

— É mesmo? Por quê?

— Estive pensando... a gente podia tomar um café uma hora dessas. Lance de vizinhos, sabe?

Na mesma hora percebo que, como tantas vezes, falei bobagem. Aquele olhar divertido ainda paira nos olhos dele, mas agora ele mostra um sorrisinho. O sujeito acha que estou interessada nele; que, quando sentei com ele no restaurante, estava dando mole, e que agora estou investindo um pouco mais. Vizinha solitária procura um pau conveniente. Tenho que me controlar para não rir e dizer: "Não, não estou atrás de sexo. Não tenho dificuldade para achar isso".

— Uma hora dessas, quem sabe — responde ele, e se volta para a porta, com a chave na mão.

Mesmo tendo sido quase desmascarada, não resisto e avanço mais alguns centímetros, na esperança de vislumbrar alguma coisa lá dentro. Mas ele parece um rato e desliza por uma abertura incrivelmente estreita.

Antes que ele cruze completamente a soleira, deixo escapar:

— E qual é o seu nome?

Ele para, olha para trás e, depois de um momento, diz "Clarence". E fecha a porta.

***

Depois disso, fico tão exausta de medo e frustração que preciso me deitar. Esse cara é muito, muito mais esperto do que eu. Sem dúvida, um profissional. Mas de que tipo? Um assassino de aluguel, um caçador de recompensas, um policial disfarçado?

Estou deixando passar alguma coisa, mas o quê? Essa pergunta se repete como um mantra na minha cabeça enquanto estou aqui deitada na cama, olhando pela janela ao lado, que dá para a varanda e os tijolos aparentes dos prédios do outro lado do beco.

De repente eu me sento tão depressa que parece que alguma força externa me impulsionou. Já sei!

Quase não aguento esperar mais uma hora até OCE sair com sua mochila vermelha de academia, um pouco antes do meio-dia. Da janela da frente, eu o vejo atravessar o pátio e logo desaparecer na esquina. Já tenho nas mãos outro item DETBOT: meu binóculo – um lindo Nikon Monarchs, 10×42, que oferece um campo de visão incrível de até um quilômetro de distância.

Corro para a varanda. O erro que cometi quando estava tentando espiar pela persiana dos fundos fica óbvio agora: eu estava olhando na direção errada. Há umas três semanas, em questão de dias, os galhos das árvores, que eram meros gravetos nus, ficaram totalmente cobertos de folhas. Mesmo com a visão parcialmente bloqueada pela folhagem, porém, do nosso patamar dos fundos ainda dá para ver a Anglia e o Tech Park – e a Northern Direct, a empresa do ramo de defesa e segurança citada no *Wall Street* que OCE estava lendo no Ruben's. Quando me agacho, consigo enxergar com o binóculo o prédio da Direct e um funcionário da manutenção, de macacão, mexendo no equipamento instalado no telhado. As conchas brancas ao lado dele parecem antenas parabólicas, mas com uns tubos formando um triângulo sobre o centro do côncavo. São torres de transmissão de micro-ondas, cujos sinais, pelo que li, são mais seguros que os de celular ou telefone fixo. É assim que a Direct se comunica com seus clientes, nas Forças Armadas ou no Departamento de Defesa, e as mensagens enviadas e recebidas devem ser altamente sigilosas.

É isso que OCE está fazendo. Fumar é só um disfarce para explicar por que ele fica na varanda no meio da noite. Na escuridão, ele está usando algum dispositivo, que normalmente fica escondido no baú; um equipamento com o qual ele intercepta sinais da Direct ou monitora qualquer outra coisa que esteja acontecendo dentro da companhia.

Não sei para quem ele trabalha: se para os russos, os chineses ou simplesmente para um dos concorrentes da Direct. Mas finalmente o desmascarei.

OCE é um espião, caralho!

6. SOU COMO MUITAS MULHERES

— Veja bem, eu sou como muitas mulheres maduras. Não estou interessada em conquistar mais ninguém. Não quero dizer que não existam caras legais por aí, mas você sabe que o Ricky é comprometido.

Rik gargalha. Estamos de novo na sala de reuniões apertada, com sua iluminação irritante e sem janelas. A delegada acabou voltando, mas só depois que Rik ligou várias vezes. Estamos a menos de duas semanas da audiência, que é quando a preparação para o julgamento sempre fica superséria.

— Quem dera eu estivesse brincando — diz a delegada. — Os caras solteiros da minha idade são uns fracassados. A maioria. Muito mais que a maioria. Ficam nojentos depois de beber refrigerante. Ou são vagabundos. Ou bêbados. Ou preguiçosos. Ou simplesmente são imbecis. São as sobras.

— Você não tem ninguém, então? — pergunta Rik.

— Ah, claro — diz ela —, de vez em quando rola. Nem todo homem é um idiota. Mas na minha idade a gente não tem muita opção, sabe como é. Cada um tem o seu jeito. Sou boca-suja? Sou. Posso tentar falar menos palavrão e me comportar melhor na frente dos filhos de um cara, mas ele precisa parar de querer me comparar com o jeito como a santa mãezinha dele se comportava perto do pai. Portanto, um relacionamento longo... já parei de acreditar em contos de fadas. Se o cara tem cara de sapo e jeito de sapo, não espere que ele se transforme em um príncipe só porque você o beijou. Mas isso não significa que eu seja obrigada a fazer voto de castidade. Eu gosto de sexo; quem não gosta? Bom, essa é uma pergunta idiota, porque, pelo que ouvi dizer, muita gente perde o interesse, e não só as mulheres. Mas eu não sou uma delas. Portanto, uma ou duas vezes por mês, fico mais agitada e vou a um bar, e, se encontro um cara que entende minimamente do negócio e não vai me bater, não me preocupo com quem está se aproveitando de quem. Tem muitos homens que são bacanas quando você e eles querem a mesma coisa.

A delegada faz uma pausa enquanto aguarda que absorvamos sua franqueza.

— E com esses caras? — pergunta Rik, colocando o indicador sobre a pasta do caso, referindo-se aos três demandantes. — Alguma vez?

Ele está disposto a ficar só ouvindo por um tempo, só que, mais cedo ou mais tarde, vamos ter que saber que diabos vamos ter que defender.

— História longa ou curta? — pergunta ela.

— Curta, para começar.

— Tá certo. Resposta curta, de uma palavra: sim. Dois deles, Cornish e DeGrassi. Mas o terceiro, Blanco, não tem nada a ver. Vou te falar agora mesmo: Ritz está com esse cara na mão — diz ela, apontando para mim, querendo dizer que meu trabalho é descobrir como.

— Ok — diz Rik, tentando ao máximo se manter imperturbável, agora que temos os fatos.

Se bem que nós já sabíamos que iríamos ouvir isso.

Mas a delegada, naturalmente, quer se defender.

— *Escúchame*, eu sou a chefe de polícia deste *pueblito*. Isso não ajuda muito a ter uma vida pessoal, sabia? Pense comigo: vinte e quatro por sete, esta coisa — ela pega o celular — que nunca desliga. Quando eu durmo a noite toda, tenho vontade de soltar fogos. E aonde você quer que eu vá para relaxar, para tomar um drinque? Por causa do meu trabalho, sou obrigada a morar aqui em Highland Isle. Quer que eu saia dirigindo por aí depois de tomar umas doses? Melhor não. É por isso que eu escolho lugares aonde eu possa ir a pé.

— Poderia ir de bicicleta — sugiro.

Rik e a delegada me olham com estranheza. Esse é o tipo de merda que eu costumo falar. Faz todo o sentido para mim, até que sai da minha boca.

— E os carros de aplicativo? — diz Rik.

— Uber e tal? Às vezes eu preciso pegar. Não posso ficar parada em uma esquina dez minutos que já vejo homens trocando socos. Vou aos lugares que conheço; não sou uma menininha toda animada esperando atrás de um cordão de veludo por duas horas. Gosto de uns três ou quatro lugares; eu e muitos outros policiais. Porque todos nós moramos no centro, que é o que nós podemos pagar.

Depois de um instante, ela prossegue:

— Não quero dar uma de coitada, mas não tenho muitas opções. O que você quer que eu faça? Não vou ficar circulando dentro de um bar, com uma etiqueta com meu nome no peito, apertando a mão das pessoas, esperando que alguém me pergunte se pode me ligar um dia. Não estou procurando aventura. Quer que eu entre nesses aplicativos, para que todo sujeito com um caso pendente em HI me mande uma mensagem ardente? "*Mamacita*, você é muito gata." Eu sei o que eu sou. Portanto, se eu saio para beber, falo com os homens que conheço. Para ser sincera, isso que eu procuro funciona melhor quando há alguma familiaridade entre as partes; assim eu posso relaxar e não ter medo de que o cara seja um serial killer. Da parte deles, eles sabem que não precisam me pagar seis rodadas e ficar de conversa-fiada. Todo mundo consegue o que quer. E seis meses depois eu nem lembro mais quem era quem.

Rik está meio impaciente e olha de rabo de olho para ela.

— Está me dizendo que não lembra se saiu com esses homens?

— Não, claro que lembro. Mas não foi como eles estão dizendo.

— Mas, pelo que você lembra, as datas conferem? DeGrassi, início de 2019; Cornish, mais ou menos um ano depois.

— Ah, não sou uma adolescente, não anoto quem me beijou. Mas, sim, os anos estão corretos.

— E você nunca viu problema em levar seus subordinados para casa?

— Problema? Não sei. Não quando estou bêbada o bastante. E é sempre depois do expediente.

Ela sorri, como se achasse que Rik poderia achar engraçado. Mas ele não acha.

— Além do mais, verifique o regulamento do Departamento — disse ela. — Já viu alguma regra contra "confraternização", como eles dizem? A Ordem Fraterna não permitiria a demissão de um policial por bater na esposa ou nos filhos, ou por ter doze reclamações de cidadãos por uso de força bruta, porque, supostamente, não podem ser corroboradas. Então, você acha que o sindicato vai deixar um policial ser punido por ter dormido com um colega? Nesse departamento, como na maioria dos outros, não tem regras contra os funcionários se divertirem fora do horário de trabalho.

— Nem para a chefe? — pergunta Rik. — Você não comanda tudo?

— Quer dizer, então, que eles podem, mas eu não? Você pode achar que tenho a mente fechada, mas, para mim, regras são regras. Ou é certo ou é errado. Não estou dizendo que a P&B deveria me dar uma medalha, mas acho que a comissão poderia encontrar uma acusação menor, suponho. "Conduta prejudicial à moral e à disciplina". Se quiserem me acusar e me dar uma suspensão de trinta dias, podemos conversar sobre o assunto, mas não vou entregar meu distintivo. Eu segui as regras como as entendo. Não fiz nada de errado.

— Trocar sexo por promoção é crime, Lucy — diz Rik.

— E com razão. Mas isso nunca aconteceu. Leia as declarações desses três personagens. Mentindo ou não, nenhum deles afirma que eu disse ou fiz alguma coisa para forçá-los.

— Eles tinham solicitado promoções, e você os procurou — diz Rik.

— Foi o que eles declararam. Esse não é um bom padrão.

— Isso não chega nem perto da verdade, mas eu sei que você precisa de contexto. Quando uma mulher está no comando, esse negócio de "chefe" é mais complicado. Cornish e Primo têm a minha idade; já eram veteranos quando eu comecei, e no trabalho eles me chamavam de *sargento*. Mas isso nunca significou muita coisa, exceto que eu era a pessoa que lia os relatórios deles, como se os ajudasse com o dever de casa. Mas, quando eu entrava no bar, era sempre *Lucy*. É um território neutro, e você sabe como são os policiais. Os de hoje são iguais aos de trinta anos atrás. Não existia esse negócio de politicamente correto. Esses caras ficavam secando a minha bunda quando ela tinha metade do tamanho que tem agora, e nunca deixaram de secar. E, quando chega a uma certa idade, a mulher aprende alguns truques. Talvez eu não seja uma modelo fitness, mas ninguém nunca reclamou. Nunca precisei forçar ninguém, nem precisei dar o primeiro passo.

— Dois desses caras são casados, Lucy.

— Não comigo.

Rik franze a testa.

— Você conhece o reverendo Dalrymple melhor do que eu — diz ele, referindo-se ao pastor que preside a P&B. — E o adultério ainda consta dos Dez Mandamentos.

— O reverendo é um sujeito bem realista — responde ela. — Ele sabe a diferença entre os grandes e os pequenos pecados. E eu não sou nenhuma Jezebel. Tudo bem, não pedi licença à esposa de ninguém, mas todo cara casado que aparece na cama de uma mulher conta mais do que ela jamais gostaria de ouvir sobre os problemas do casamento dele. Como se diz no jargão jurídico mesmo? *Isso fala por si*. Esses caras ficam à espreita toda sexta à noite. Você acredita mesmo quando a patroa diz que não sabia de nada? O cara trabalha com uma coisa estressante e uma vez por semana só pensa em si mesmo. Não tem nenhum peso na consciência, como todos nós. A vida não é um mar de rosas, Rik.

Rik passa a fazer perguntas sobre o que ela lembra que aconteceu com DeGrassi e Cornish. Como ela afirmou antes, sua história é diferente da deles em vários pontos importantes; mas, afinal, esse negócio de fulano disse que sicrano disse é assim mesmo. Cabe a mim, claro, encontrar evidências para sustentar a versão da delegada, agora que sei qual é. Mas não sei por onde começar. E, por um instante, fico ali me sentindo mal por nós duas.

7. LIGO PARA TONYA

Assim que a delegada vai embora, ligo para Tonya. Eu estava tão infeliz quando nos despedimos da última vez que não tive pressa para falar com ela de novo.

— Estou com as coisas que você pediu — diz ela.

Digo de novo que ela pode colocar tudo em um envelope sem remetente.

— É mais fácil eu entregar pessoalmente. Às seis no Mike's.

Ela desliga, sem me dar tempo de responder.

Quando vovô foi para a clínica, me deu o carro dele. Não tem lugar para estacionar no Centro de Vida Avançada Aventura – esse é o nome da clínica –, e ele não poderia dirigir, de todo jeito. A família inteira reduziu a ingestão de ansiolíticos quando ele me entregou as chaves, e eu as aceitei praticamente pelo mesmo motivo. Mas não é o carro que eu teria escolhido para mim. Uma garota com tatuagens enormes e um prego no nariz acaba chamando a atenção quando sai de um Cadillac CTS top de linha. Tonya, que está chegando ao Mike's a pé enquanto saio de trás do volante, é como todo mundo e para no meio do caminho.

— Não acredito! — diz. — Está saindo com um gângster?

— É meu — respondo. — Sandy me deu.

— Ele pagou você para ficar com o carro? — pergunta ela, enquanto vamos juntas até a porta do bar. — Falando nisso, está saindo com alguém? — ela lança quando entramos, como se perguntasse como eu acho que os Trappers vão se sair na temporada de beisebol.

— Tem um cara no meu prédio — digo —, mas não sei no que vai dar.

Preciso mentir para que Tonya não tente se aproximar, e tenho que dizer que estou com um homem porque foi isso que ela pensou que eu queria e eu sei que é uma decepção para ela. Mas "um cara no meu prédio"? De onde eu tirei isso? É cada merda que sai de minha boca...

Para escapar do assunto, vou até o balcão de pinho nodoso para pedir as cervejas. Vejo um sujeito do meu time de softball, Slim Norris, e batemos os punhos em saudação. Gosto de vir ao Mike's, especialmente porque, para o bem e para o mal, eu amo policiais. Adoro o que eles fazem e a verdade que dizem, e o fato de que nunca têm esse negócio de corações e flores. O mundo em que eles vivem é duro e bem feio, e é preciso coragem para enfrentá-lo todos os dias. E eu, basicamente, acabei tentando absorver a atitude deles, parar de reclamar ou desejar que as coisas fossem diferentes e tocar a vida.

Quando volto à mesa alta, Toy tira um envelope A4, dobrado ao meio, do bolso interno de sua jaqueta.

— Seus prints.

— Alguma coisa interessante?

Ela dá de ombros.

— Os dois estão apoiando Steven. Isso significa que não estão apoiando Amity, o que significa que estão contra a delegada.

Olho furtivamente para os papéis, mas já vejo podres com um mero olhar. No perfil de DeGrassi está escrito que trabalhou na Administradora Vojczek. E o melhor é que no de Cornish diz a mesma coisa.

— Achei que você iria gostar de saber desse negócio da Vojczek — diz Tonya, percebendo minha expressão.

— Gostei mesmo.

— Essa é a boa notícia.

— E a má?

— Paulette Cornish não quer falar com você.

— Ela perdoou o ex?

— Não. Se Godzilla comesse ele vivo, ela daria metade das economias de sua vida inteira pelo vídeo, para poder assistir mil vezes.

— Então, por que ela não quer nos ajudar a desmoralizar ele no banco das testemunhas?

— Ela não gosta da delegada também.

— Por quê?

— Ela não falou. Só respondeu "Até parece que eu vou ajudar *aquela lá*".

— Você acha que ela acredita no que o ex andou dizendo?

— Está de brincadeira? Para ela, ele não vale nada até prova em contrário. Ela acha que a serpente do Jardim do Éden poderia aprender a mentir com Walter.

— Então, por quê? — pergunto.

— Eu perguntei, mas ela não explicou. Muita gente não gosta de se meter na briga dos outros. Tem medo de sobrar alguma coisa.

Dou de ombros, dobro o envelope em quatro e o enfio no bolso de trás. Fica um silêncio desconfortável. O bar está começando a encher e as pessoas a gritar, por causa da música.

Quando conheci Tonya, houve muitos momentos estranhos como este, mas agora ela fala, de modo que não sei exatamente como interpretá-la. Mas tem alguma coisa no ar, provavelmente o que a fez querer entregar esses papéis pessoalmente.

Finalmente, ela dá uma risada forçada e solta:

— Aposto que você nunca mais pensou em mim.

Ai, caralho! Olho para as paredes, onde há uma foto autografada de Reagan, fotos do funeral de três policiais mortos em serviço e insígnias emolduradas dos quarenta e dois distritos da Força Policial Unificada do condado de Kindle. Com certeza não pegaria bem simplesmente levantar e ir embora.

— Já falei que mencionei o seu nome para a delegada — lembro. — Eu disse que te conhecia e que sempre te considerei uma ótima policial.

Ela franze o cenho, amarga.

— Não estou falando disso.

Ela passa um instante olhando para seu copo de cerveja, onde a luz de um dos letreiros reflete. E então se inclina e diz, com a voz bem mais baixa:

— Eu pensei em você. Muito.

Caralho, caralho! Da última vez eu tive medo de que isso acontecesse, quando ela me perguntou se eu estava feliz. Nunca entendi o que foi tão bom para Tonya nos dois meses que passamos juntas; se foi a primeira vez que ela ficou completamente nua com outra mulher ou se foi só um sexo melhor do que ela tinha antes. Nunca perguntei, porque não demorou muito para eu perceber que ela estava muito mais a fim de mim do que eu dela, e eu não queria assumir essa responsabilidade. Dei umas indiretas de que ela deveria ir devagar, mas ela sempre foi decidida. Em duas semanas, tarde da noite, depois de uma ou duas cervejas, ela dizia muito que me amava.

Não sei se já me apaixonei por alguém. Conheci pessoas que, no começo, pareciam mais legais que um super-herói. Até morei junto três vezes – duas mulheres e um cara –, e em cada ocasião descobri que essa era uma ótima maneira de terminar um relacionamento. Pois é, de vez em quando eu me pergunto o que acontece comigo. Às vezes eu penso que o amor vai acontecer, mas na maioria dos casos acho que não vai. E, claro, de vez em quando eu sou como todo mundo e sinto aquele anseio tão intenso que quase me faz levitar, aquele sonho poderoso de que alguém vai me querer e me abraçar e me aceitar e tal. Mas então eu fico sóbria, aterrisso e percebo que isso não vai acontecer. Simplesmente não está em mim a capacidade de tolerar outra pessoa no longo prazo, porque sempre acabo me irritando. A maioria não tem coragem de enfrentar a solidão e fica sonhando com o amor, para não ficar sozinho para sempre. Mas estar sozinha costuma ser um alívio. O auge da pandemia, quando eu não era obrigada a ficar cara a cara com ninguém, foi uma época ótima para mim. Além disso, a vida é assim: nós somos sozinhos. Por isso o amor decepciona as pessoas; porque a parte que elas mais desejam nunca se tornará realidade.

Mas Tonya sonhava com todas aquelas coisas que eu nunca faço: assumir o relacionamento e ser monogâmica. Comecei a ter pressa para terminar a Academia para que cada uma seguisse seu caminho.

Tinha um cara meio bonitinho, Mike Fitzgerald, que havia passado cinco anos no Afeganistão e um dia, depois da aula, não tínhamos treinamento físico e saímos para correr juntos. Acabamos voltando para o quarto dele, o que foi uma idiotice, eu sei.

Quando Tonya descobriu – porque eu contei –, ela pirou. E, para ela, o pior parecia ser o fato de ter sido um homem.

"Você é uma bi-festinha", gritou para mim. Já ouvi coisas assim de outras lésbicas quando descobriam que sou bi. Como se, por isso, eu não pudesse ser sincera sobre nada.

— Eu não agi muito bem — digo.

— Você acha mesmo? — pergunta ela, e seus olhos negros estão começando a brilhar.

— Sim, acho que fui uma idiota, sendo bem sincera. Sinto muito.

Vejo que pedir desculpas não está ajudando. Eu me inclino sobre a mesa e toco sua mão.

— Toy, a verdade é que você cansou de mim. Todo mundo cansa. Estou sendo franca, de verdade, e dói dizer isso. Ela sorri um pouquinho, mas não consegue se conter.

— Estou muito diferente, sabe? Eu mudei muito.

— Dá pra perceber — digo. — Eu quase não te reconheci. É como se antes você estivesse perdida e agora tivesse se encontrado. Fez bem para você.

Sua carência é mais clara que um farol. Só que isso não funciona comigo; odeio sentir que decepcionei alguém. Já senti isso o suficiente para uma vida inteira com minha mãe. E Toy é tipo um pássaro que gosta de fazer ninho, mesmo que ela não saiba disso. Daqui a dez anos ela vai se casar com uma mulher doce, e elas vão ter um apartamento lindo ou uma casa, onde cada bugiganga será preciosa para elas porque demoraram uma eternidade para encontrar e decidiram comprar juntas. Mas eu não sou assim.

— Toy, vamos deixar as coisas como elas estão. Você é uma pessoa legal. Eu era muito nova, estava com a cabeça fodida, e agora estou mais velha, mas minha cabeça ainda está fodida. Estou falando sério, você se livrou.

Tomo um grande gole de cerveja e bato meu copo contra o dela.

— Superobrigada — digo.

Como da última vez, eu me levanto depressa, pago nossa conta para Dutch, o barman, e não olho para trás enquanto sigo para a porta. Eu sei que Toy vai ficar sentada ali um tempo, presa em uma infelicidade que, por alguma razão, ainda não é antiga para ela.

8. COMEÇA A AUDIÊNCIA

A audiência da Delegada Gomez perante a Comissão de Polícia e Bombeiros da cidade de Highland Isle começa em 9 de maio, em um dos tribunais municipais, onde também são conduzidos processos de contravenções. O promotor é o procurador da cidade, Marc Hess, que conseguiu o cargo quando Amity se elegeu prefeita da primeira vez. Rik, que conduz casos com Marc há anos, diz que o cara tem uma mira certeira e que assumiu o cargo porque nunca gostou de trabalhar para clientes particulares. Quando ele foi nomeado, Amity disse aquelas coisas de sempre sobre ele ter total independência, mas, segundo Rik, Marc cobrou a promessa. Não há dúvida, por exemplo, de que a prefeita teria preferido que Marc não apresentasse uma queixa no caso da delegada – e que ele só conduzisse audiências depois da eleição, em novembro. E Marc alegou que, com três declarações juramentadas nas mãos, não tinha escolha.

A delegada está sentada do outro lado de Rik, com seu uniforme de gala, como quando a conheci – por sinal, ela pesou a mão na maquiagem. Quando chegou, perguntei se ela estava nervosa, e ela disse: "Pra caralho". Ela já foi duas vezes ao banheiro e me disse que preferia enfrentar uma arma na rua a isso aqui, onde não tem controle de nada. Ela tem que ficar muda e, como Rik aconselhou, não demonstrar nenhuma reação durante o processo.

Vovô atuava especialmente nas lindas salas do antigo tribunal federal, onde há móveis de madeira entalhada e afrescos dramáticos no gesso, e pilares que se erguem até o teto da altura de três andares. Já a corte municipal de justiça é uma repartição de baixo orçamento. É fechada como uma sauna, tão pequena que dá a impressão de que não tem oxigênio suficiente para as pessoas não desmaiarem. Tem uma linda bancada de madeira clara, elevada a uns trinta centímetros do chão, com uma prateleira saliente, onde ficam os advogados, literalmente na cara do juiz. Poucos passos atrás, abaixo, ficam as mesas dos dois advogados, de madeira clara também, no máximo a três metros uma da outra. Uma pequena divisória de madeira separa os espectadores, mas ficam tão perto dos advogados que Rik me instruiu a escrever bilhetes em vez de sussurrar para ele, pois tem uma boa chance de que a plateia nos ouça.

Na bancada, agora, não há um juiz, e sim os três membros da Comissão de Polícia e Bombeiros, sentados lado a lado. O reverendo Cletus Dalrymple, pastor da Igreja Metodista Afro-americana aqui na cidade, está no centro. Ele tem uma espécie de brilho; é um coroa bonito, tem um couro cabeludo brilhante entre grandes tufos brancos acima das orelhas. Eu o vi conduzir funerais e casamentos, e ele é um grande orador, que se entusiasma bastante enquanto fala. Mas Rik disse que ele deve falar muito pouco aqui. Alguns policiais brancos esperavam o pior do reverendo quando Amity o nomeou chefe da Comissão, há muitos anos, mas descobriram que o irmão dele é delegado em Delaware; também há muitos policiais negros em sua congregação. Assim como Marc, ele é um sujeito ponderado que entende que o trabalho dos policiais é difícil, que têm que enfrentar muita gente horrível e perigosa e que por isso eles vivem de suposições que frequentemente os levam a aterrorizar a comunidade pobre.

Todos olham para o reverendo em busca de orientação, mas há mais dois membros da Comissão na sala. A única que realmente conta é uma mulher branca bem magra, de rosto abatido e cabelo grisalho opaco, a sra. Helen Langenhalter. Os braços dela são finos e, dentro das mangas de seu vestido, parecem escovinhas de cachimbo. Ela é advogada, ainda atua, principalmente na área de impostos. Tem cara de quem tem medo de tudo e parece que poderia ser levada pelo vento, mas Rik disse que ela é tipo um gênio que conhece todas as leis relevantes, incluindo as Regras de Evidências. O terceiro membro, Josea Altabese, um sujeito grande e gordo, foi policial e agora tem uma empresa de alarmes de incêndio e roubo. Rik disse que às vezes Altabese se sente obrigado a falar para não ser confundido com uma estátua. Então, ele diz alguma asneira tão grande que, por um segundo, ninguém fala nem respira. Aí ele se cala e faz o que os outros dois fizerem.

A sala de audiências está cheia. As últimas restrições por causa da covid foram relaxadas, mas cerca de um quarto das pessoas está usando máscara. Os jornalistas nacionais fizeram muito alarde quando as primeiras acusações vazaram, mas logo depois perderam o interesse e desapareceram. Mas ainda há jornalistas locais na primeira fila, incluindo repórteres das três emissoras de TV do condado de Kindle, dos dois jornais e de vários sites.

Roe Findlay está no banco da frente, do outro lado, com seu iPad míni no colo. Roe é do esquadrão de corrupção pública do FBI e liderou as investigações de vários clientes de minha tia e do meu avô. É um sujeito gordinho de rosto vermelho, que parece incomodado por estar perdendo o cabelo e o fica ajeitando o tempo todo. Eu gostava de muitos dos agentes do FBI – mais do que esperava – que conhecia quando ia entregar documentos ou buscar intimações que vovô havia concordado em aceitar. A maioria era extremamente educada; vários eram simpáticos de verdade. Mas Roe não. Ele é presunçoso e não conseguia evitar torcer os lábios sempre que me via. Tenho certeza de que ele achava que eu jamais iria conseguir outro emprego depois que o escritório do vovô fechou, por isso faço questão de cumprimentá-lo antes de me sentar ao lado de Rik à mesa da ré. Steven DeLoria, concorrente da prefeita nas eleições, está atrás, pronto para as câmeras – terno impecável, gravata e até maquiagem. Ele vai escapar para o corredor para falar no celular assim que a audiência começar, mas quer estar aqui para fazer uma declaração indignada à mídia quando terminar.

Rik e eu estivemos na correria nos últimos dias. Na verdade, eu adoro a preparação para o julgamento, porque me lembra de quando eu treinava antes das competições: muito treino de movimentos e lances e, um dia antes, voltar para casa e tentar não pensar no que estava por vir. Naquelas noites eu dizia a mim mesma: "Não pense nisso", tipo como uma ovelha choramingando que acabava me fazendo dormir até a manhã seguinte, quando meu pai me sacudia para me acordar berrando "Chegou a hora!". Minhas glândulas suprarrenais disparavam imediatamente, fazendo meus olhos tremerem e meu sangue zumbir nas veias.

No momento em que o reverendo pega o martelo para dar início à audiência, meu celular vibra. Eu o puxo do bolso só o suficiente para ver a tela; é uma mensagem de Tonya. "*O coelhinho da Páscoa deixou um presente pra você no banco da frente do seu carro. Dê uma olhada. P.S.: Tranque a porta! Tem um engraçadinho que acha legal furtar carros no estacionamento da prefeitura.*" Guardo o celular quando o reverendo começa a falar.

— Muito bem — diz.

A seguir ele recita o nome do caso e o número, para registro. Hoje em dia não se usam estenógrafos para esse tipo de caso administrativo; em seu lugar, um gravador digital captura a transmissão de todos os microfones. Se alguém precisar de uma transcrição — o que vai acontecer, se as coisas correrem mal para a delegada e ela for indiciada —, a gravação pode ser jogada no computador, que a transcreverá.

— Os comissários leram a queixa. A replicante, delegada Lucia Gomez-Barrera — diz o reverendo, pronunciando o nome com precisão, em espanhol —, respondeu negando as acusações. Alguma das partes deseja fazer uma declaração inicial? Caso não, pedirei ao sr. Hess que chame sua primeira testemunha.

O reverendo nem respira depois de dizer isso. Os três comissários são voluntários e trabalham em período integral. Como acontece com muitos conselhos municipais, estamos nos reunindo à noite. São seis horas, e não vamos passar das nove. Quando é preciso, as audiências também podem ser realizadas nos fins de semana, mas o reverendo não tem paciência, principalmente na temporada de golfe, para as habituais manobras dos advogados que atrasam o processo todo.

O fato é que Marc se sente obrigado a deixar registrados os acordos que fez com o Ministério Público. Sua decisão de prosseguir com a audiência acabou em briga geral. Não só a prefeita ficou furiosa como o procurador dos Estados Unidos, Moses Appleton, que eu meio que conheço por causa do vovô e da minha tia. Moses apareceu na prefeitura para explicar a Marc que fazer uma audiência poderia comprometer a investigação do grande júri federal, porque as três testemunhas principais seriam submetidas a inquirição e poderiam dizer um monte de bobagem. Marc manteve com Moses a mesma postura que havia adotado com a prefeita; sua única concessão, feita recentemente, foi que concordaria em não forçar a delegada a testemunhar, o que lhe concederia o equivalente à imunidade de uso, uma medida que, basicamente, destruiria qualquer chance de os federais a indiciarem.

Rik, é claro, adoraria isso, e diz que a delegada vai testemunhar quando for obrigada. Se não for, ele não vai arriscar uma autoincriminação e não vai poder apresentar a defesa dela até a investigação do grande júri terminar. O reverendo diz que tudo isso é prematuro, o que irrita tanto Marc quanto Rik, porque eles não querem ter seu tapete puxado mais tarde. Todo mundo fica se repetindo, e o resultado é que, quando a primeira testemunha por fim é chamada, os advogados e os comissários estão putos uns com os outros.

A testemunha é Walter Cornish. Cronologicamente, o testemunho de Primo DeGrassi deveria acontecer antes, mas Marc deve achar que Cornish vai se sair melhor. Como em qualquer outro lugar, no tribunal também a primeira impressão é importante. Cornish é um sujeito baixo e tem o cabelo grisalho num corte estilo Príncipe Valente. Está com um blazer esporte azul, que não consegue abotoar na barriga, jeans e – percebo enquanto ele segue com suas pernas arqueadas até a bancada – botas de caubói entalhadas. Isso parece dizer tudo: um sujeito da cidade grande que acha descolado se fantasiar de vaqueiro. Ele se acomoda na bancada e dá um sorrisinho tenso para alguém na multidão, como se dissesse: "Está tudo sob controle". Olho para trás para ver para quem Walt está sorrindo e vejo um senhor de rosto envelhecido sentado algumas fileiras atrás, mascando um chiclete. Levo um segundo para reconhecer. Moritz Vojczek, em carne e osso. Deve ter vindo direto de uma reunião de trabalho, porque está de terno e gravata.

Cornish declara seu nome e diz que se aposentou depois de vinte e cinco anos de serviço na polícia de HI, tendo alcançado a patente de sargento.

— Quando o senhor foi promovido a sargento? — pergunta Marc.

Hess é mais alto, negro, corpulento, e tem um bigode grosso que parece mais uma mancha de graxa. Ele sempre é legal comigo quando vou a seu escritório para pegar ou entregar documentos.

— Em primeiro de abril de 2020.

— E foi promovido depois de aceitar fazer sexo com a delegada Gomez?

Rik objeta, alega condução da testemunha, e, depois que a sra. Langenhalter sussurra em seu ouvido, o reverendo diz:

— Vamos explorar essa parte da história passo a passo.

Rik me contou que Marc não gosta de tribunal. Ele é inteligente, conduz algumas audiências, quando precisa, mas prefere delegar a maior parte dos litígios para escritórios privados. Mas gastar quinhentos dólares por hora com advogados externos não é interessante em ano eleitoral, especialmente em um caso que a prefeita quer perder. Dada a relativa falta de experiência de Marc, Rik espera que ele cometa erros de vez em quando, como a pergunta que acabou de fazer.

— O senhor conhece Lucia Gomez-Barrera? — pergunta Marc.
— Sim.
— Pode apontar para ela, para registro?
— Estipulado — diz Rik, o que significa que ele não vai seguir a rotina usual, na qual Cornish aponta e a delegada se levanta.
— Como o senhor conheceu a delegada Gomez?
— Ela foi minha superior. Foi minha sargento, não muito depois de entrar, e subiu na carreira.
— E qual era a natureza do relacionamento de vocês?
— Profissional, no trabalho. Só isso.
— E, voltando ao início de 2020: o senhor havia solicitado uma promoção?
— Sim. Eu me candidatei, fiz a prova e fiquei em primeiro lugar na lista.
— E esteve com a delegada em março de 2020?
— Sim.
— Lembra da data exata?
— Foi 6 de março; a sexta-feira seguinte foi aniversário do meu filho. E depois disso o bar fechou por causa da covid.
— Pode descrever seu encontro com a delegada Gomez?
— Sim. Eu estava em um bar chamado Saloon, na Quarta com a Madison, aqui em HI; estava meio, você sabe, comemorando a sexta-feira, e a delegada apareceu e perguntou se poderia conversar comigo.
— O senhor viu quando ela entrou?
— Não.
— Conversou com a delegada?
— Sim.
— E mais alguém estava presente?
— Havia vários homens sentados ao redor. Eu sei que Primo a ouviu.
— Quem é Primo?
— Primo DeGrassi.

— Ele era policial de HI?

— Sargento. Faltava mais ou menos um mês para a aposentadoria dele. Eu tinha me candidatado à vaga que iria abrir com a saída dele.

Rik se levanta e diz:

— Comissários, posso pedir ao sr. Hess que esclareça que Primo De-Grassi, essa testemunha corroboradora, é também um dos demandantes deste caso?

Marc dá de ombros.

— Sim, é verdade.

— Conveniente... — diz Rik.

Marc resmunga com desdém e pede que o comentário seja retirado. Mas Rik o retira antes de o reverendo ter oportunidade de decidir.

— E o senhor conversou com a delegada? — pergunta Marc a Cornish.

— Sim. Nós andamos, sei lá, uns três metros e ela simplesmente veio com: *Quero que você me leve para casa para a gente se divertir.*

— E qual foi sua reação?

— Fiquei meio chocado. Nunca pensei nela desse jeito, entende?

— E o que disse a ela?

— Ora, o que eu poderia dizer? Eu sabia muito bem que, se ela quisesse, poderia impedir minha promoção. Não sou nenhum virgem, mas não era assim que eu sonhava passar minha noite.

Ouvem-se algumas risadinhas na plateia, Walter pestaneja e acrescenta:

— Estou só comentando.

— E o que o senhor respondeu à delegada?

— Acho que eu disse "tudo bem" e "só vou terminar minha cerveja". Eu queria um minuto para pensar.

— Mas acabou concordando?

— Sim.

— Por quê?

— Como eu disse, achei que teria uma chance mínima de ser promovido se recusasse.

— Quando vocês saíram do Saloon?

— Uns dez minutos depois. Depois que ela disse que a gente ia se divertir.

— E para onde vocês foram?
— Para a casa da delegada, em Summit.
— Quem dirigiu?
— Eu.
— O senhor se lembra de ter visto alguém quando saíram?
— Eu sei que a garçonete, Kelsey alguma coisa, falou que viu a gente, mas não lembro disso. Foi uma surpresa para mim.
— E, de fato, o senhor teve relações sexuais com a delegada na casa dela?
— Sim. Nós tomamos mais um drinque e, sabe como é... — diz ele, com um movimento de mão.
— E o que aconteceu depois?
— Eu fui embora. Sabe como é, foi tudo muito estranho.
— E a delegada Gomez disse alguma coisa quando o senhor foi embora?
— Acho que ela disse tipo "Obrigada, Walt. Foi divertido. Vou lembrar disso".
— E o senhor foi mesmo promovido?
— Sim, fui.
— Quando soube disso?
— Duas semanas depois.
— E contou para alguém o que havia acontecido com a delegada?
— Só para Primo.
Marc olha para Jennifer, a estudante de direito estagiária da procuradoria local, e diz:
— Sem mais perguntas.
O reverendo, que tem problemas de próstata, diz:
— Vamos fazer um intervalo de cinco minutos antes da inquirição cruzada.
Corro até o Cadillac e pego o envelope que Tonya deixou lá. Tem umas três folhas dentro. Leio depressa, rio alto e corro de volta, mas o reverendo e os outros comissários já estão na bancada e Rik está em pé em frente a Cornish, pronto para começar sua inquirição.
Rik está de terno azul e camisa branca; o ambiente esquentou, e, devido à multidão e ao ar-condicionado insuficiente do Edifício Municipal,

ele já afrouxou a gravata. É um momento importante para Rik, mas, como todos aqui o conhecem, ele não quer dar a impressão de que está se levando muito a sério.

Uma coisa que Rik sabe, por experiência própria, é que é difícil interrogar um policial. Eles estão acostumados a testemunhar e, para ser franca, a mentir quando precisam. Em particular, a maioria dos policiais diria que é a lei que os obriga a pegar atalhos. Eles prendem um sujeito em Anglia e uma multidão de comparsas da gangue começa a criar tumulto. Então, eles algemam o sujeito, jogam ele na viatura e caem fora. Eles informam o cara sobre os direitos dele antes de privá-lo da liberdade? Claro que não. Não iam ficar esperando até algum idiota da multidão começar a atirar. Mas a lei, que é um pé no saco, diz que todas as bobagens que saem da boca do réu no banco de trás da viatura — as desculpas falsas ou os comentários que mostram que ele sabe tudo sobre um crime que ninguém mencionou — não podem ser usadas no tribunal, porque ele não foi informado de seus direitos. Por isso, sim, eles falam que informaram os direitos da pessoa.

Isso é só um exemplo. A maioria dos policiais tem certeza de que sabe a diferença entre as mentiras que têm que contar para deixar os promotores felizes — mentiras que, como disse um amigo meu do softball, ajudam a "controlar o caso" — e as que realmente importam. Bons policiais não inventam confissões nem colocam o réu na cena de um crime que não cometeu.

Mesmo assim, as exigências do trabalho tornam os policiais grandes mentirosos nos depoimentos. Eles nunca hesitam. Fazem cara de paisagem e fingem que são pragmáticos, mesmo que estejam testemunhando que a noite é dia.

— Percebo, sr. Cornish, que o sr. Hess não perguntou no que o senhor trabalha atualmente — diz Rik, começando sua inquirição.

— Sou administrador de imóveis.

— Em qual empresa?

— Vojczek Administradora.

— E onde trabalha o sr. DeGrassi?

— No mesmo lugar. Ele foi trabalhar lá quando se aposentou, no início de 2020, e eu entrei um ano depois.

— Considera o sr. DeGrassi um amigo próximo?

— Ele é meu amigo, mas não sei se próximo.
— Bem, vocês trabalharam juntos na polícia de HI por quase vinte e cinco anos, não é?
— Sim.
— Já foram parceiros?
— Sim, algumas vezes.
— Esse período como parceiros durou muitos anos, não é?
— Nunca contei.
— Vocês eram parceiros quando trabalhavam no Departamento de Narcóticos?
— Sim, pelo que me lembro.
— E quem era o tenente lá?
— O Ritz.
— Moritz Vojczek?

Marc objeta, alegando a irrelevância de tudo isso, e Rik diz que espera amarrar as coisas quando a delegada apresentar seu caso. Ainda não tivemos tempo de aprofundar com ela os detalhes de sua antiga rivalidade com Vojczek.

— Pois bem, até que a relevância seja demonstrada — diz o reverendo —, não precisamos ouvir mais nada sobre esse assunto.

— Muito bem — diz Rik —, mas eu gostaria de deixar registrado, reverendo Dalrymple, que o sr. Vojczek está presente na quarta fileira.

É um movimento bastante sagaz, já que Rik nem se deu ao trabalho de olhar por cima do ombro antes de falar.

— Muito bem — diz o reverendo, que claramente não havia notado o Ritz e lança um longo olhar em sua direção. — Creio que o senhor pode prosseguir.

Rik assente.

— Sr. Cornish, vamos falar um pouco sobre sua promoção. Só para esclarecer, são as pessoas sentadas à sua esquerda, os membros da Comissão de Polícia e Bombeiros, que decidem quem é promovido, correto?

— A recomendação da delegada é muito importante.

Os comissários sabem que isso é verdade, mas Cornish não respondeu à pergunta, e Rik, para mostrar que está no controle, exige uma resposta. Cornish diz:

— Acho que sim.

E responde da mesma maneira quando Rik pergunta se a comissão alguma vez rejeitou a recomendação de um delegado.

— Em 2020, havia quanto tempo o senhor buscava a promoção a sargento?

— Bem, tem uma prova uma vez por ano, se houver vaga. E eu fiz a primeira em 2018, meio de improviso. Então, dois anos.

— E o senhor quis tentar a promoção porque sua aposentadoria estava chegando?

Cornish faz cara feia.

— O que quer dizer com isso?

— Vou lhe dizer, sr. Cornish. O valor da aposentadoria se baseia, em parte, no salário anual mais alto, correto?

— Não sei — diz Cornish.

Rik expõe a fórmula do cálculo da aposentadoria e faz Cornish admitir que vai receber pelo resto da vida uma boa parte do aumento decorrente da promoção.

— E a propósito, depois de um ano no cargo de sargento, o senhor decidiu se aposentar, assim como fez DeGrassi antes?

— Bem, surgiu a oportunidade de trabalhar com Vojczek, e era boa demais para desperdiçar. O Ritz queria que nós trabalhássemos com ele, e as condições que ele ofereceu eram interessantes.

— Então, o senhor e DeGrassi planejaram juntos se aposentar depois que fossem promovidos e trabalhar para Vojczek?

— Sim, mais ou menos.

Esse plano dos dois de se aposentar é útil para a delegada. Mostra a coordenação de longo prazo entre Cornish e DeGrassi – e Vojczek – e que os dois estavam confiantes de que seriam promovidos. No momento, Rik se limita a assentir, sem deixar transparecer que Walter revelou algo de valor para a defesa. Ele vai esperar até a argumentação final para extrair as implicações do que Cornish acabou de admitir.

— Pois bem, para definir quem é promovido, existe uma fórmula, estabelecida em uma lei estadual, correto?

— Correto.

— Cinquenta por cento é a nota na prova. Quarenta por cento é uma avaliação do seu desempenho no trabalho. E dez por cento é o tempo de serviço no posto, correto?

— Exato.

— E nos vinte e poucos anos de serviço, antes de fazer a primeira prova, em 2018, o senhor não queria ser sargento, certo?

— Eu não me inscrevi antes.

— Foi porque achava que não conseguiria?

— Não.

— Achava que merecia?

— Que diabo, sim! — Cornish meio que se encolhe depois de falar e olha para o reverendo. — Desculpe — acrescenta.

O reverendo faz um gesto com a mão; já ouviu coisas muito piores.

Cornish complementa sua resposta.

— Sabe, eu simplesmente não me dei ao trabalho. Eu gosto das ruas, entende?

— Houve alguns problemas, ao longo dos anos, com suas avaliações de desempenho, correto?

— Como assim?

— Por exemplo, várias reclamações de cidadãos. Especialmente sobre sua conduta no momento das prisões.

Marc objeta argumentando que as reclamações dos cidadãos são irrelevantes, porque não eram atuais quando Cornish foi promovido.

O reverendo encara Rik e pergunta:

— Qual é o seu objetivo, sr. Dudek?

O verdadeiro objetivo de Rik é mostrar que, do jeito que as coisas funcionavam em Highland Isle, uma promoção para um policial sênior prestes a se aposentar era praticamente garantida se ele fizesse um esforço razoável para se comportar bem. Mas Rik também quer que o reverendo saiba que Cornish tinha histórico de bater em detidos, já que o clérigo, com toda a probabilidade, sabe o que esses homens tinham em comum.

Como atingiu seu objetivo, Rik decide retirar a pergunta, e o reverendo responde examinando-o com os olhos estreitos. Sua reputação diz que ele não gosta quando o argumento de raça é usado.

— Pois bem, o maior elemento da fórmula de promoção é a prova, correto, sr. Cornish? — pergunta Rik.

— Correto.

— E o senhor apresentou uma grande melhora nisso também, não foi?

— Sim, um pouco. Quem é burro não pode melhorar muito.

A sala irrompe em uma onda de risos, que ecoam nas paredes. No tribunal é sempre assim. Qualquer piadinha idiota é ótima para quebrar a tensão.

Rik sorri também. É o primeiro momento simpático de Walter Cornish.

— Não se subestime. Sua pontuação passou de setenta e oito na primeira vez que fez a prova para sargento, em 2018, para oitenta e quatro em 2020, correto?

— Correto. Acabei descobrindo que não faria mal estudar um pouco.

Risadas de novo, mas não o vendaval da primeira vez.

— E em 2020, qual foi sua classificação em comparação com outros candidatos, por acaso se lembra?

— Passei em primeiro lugar.

— E isso na verdade foi porque ninguém mais se inscreveu, correto?

Desta vez é Rik quem ri, especialmente porque Walter está todo arrogante.

— E a última parte da fórmula de promoção é o tempo no posto, que conta dez por cento — prossegue Rik. — Se a combinação de desempenho e prova escrita o deixasse razoavelmente empatado com outro candidato, a antiguidade resolveria, correto?

— Correto.

— Pois bem. O senhor diria que existe um acordo tácito na polícia de HI de que, se um oficial sênior for qualificado, ele será promovido?

— Não sei.

Mas a Comissão sabe. Todo mundo – a Ordem Fraterna, a Comissão, o alto escalão – gosta de um sistema no qual os policiais possam ser promovidos na ordem, se tiverem feito um bom trabalho.

— Quando tentou uma promoção pela primeira vez, o senhor era o policial mais antigo na classificação?

— Não, Mooney tinha um pouco mais de tempo que eu.

— E foi Mooney quem conseguiu a promoção, correto?

— Pelo que me lembro, sim.

— Mas em 2020 o senhor era o patrulheiro mais antigo dos candidatos?

— Creio que sim.

— Depois que o sargento DeGrassi anunciou sua aposentadoria, não ficou praticamente acordado que o senhor seria promovido? E por isso nenhum outro patrulheiro se deu ao trabalho de se candidatar?

— Acordado entre quem?

— Ora, era isso que eu queria lhe perguntar. A delegada Gomez não lhe disse, muitas semanas antes do suposto incidente no Saloon, que ela pretendia recomendá-lo?

Cornish se cala por um instante. Mexe seus olhos verdes enquanto pensa, com medo de que Lucy tenha anotado algo sobre a conversa. Na verdade, a delegada disse que já havia dito ao reverendo que recomendaria Cornish, isso pouco antes do início do processo, no Ano-Novo de 2020. Os membros da comissão, em tese, não podem testemunhar e devem basear suas decisões apenas nas evidências. Mas eles têm memória, e, sendo realistas, ninguém espera que esqueçam as coisas.

— Sim, acho que isso pode ter acontecido.

O reverendo, que estava observando Cornish atentamente, parece anuir.

— Mas ela poderia mudar de ideia — diz Cornish espontaneamente.

— Era disso que eu tinha medo.

Ele não sorri muito, mas dá para ver que acha que marcou ponto.

— E deixar a polícia de Highland Isle sem a promoção, mesmo tendo suas avaliações de desempenho e pontuação na prova melhorado significativamente, mesmo sendo o patrulheiro mais graduado do departamento e o único a se inscrever?

— Ela poderia mudar de ideia — insiste Walter.

Os comissários sabem que a Ordem Fraterna pegaria no pé da delegada se ela negasse a vaga a Walter nessas circunstâncias. Como ambos sabiam que ela não tinha como não o recomendar, Walter teria rido na cara dela se ela realmente tivesse tentado usar a promoção para forçá-lo a fazer sexo. Esse é outro ponto que Rik vai guardar para a argumentação final.

Ele volta à nossa mesa para pegar as anotações que fez antes, e eu pouso a mão no bloco e lhe mostro o que rabisquei em letras grandes: "Peça um adiamento. Tenho uma coisa que você PRECISA ver".

Rik se volta para os comissários e diz que eu acabei de fazê-lo recordar todo o material que ele ainda precisa analisar, o que significa que sua inquirição cruzada vai se estender além do prazo de nove horas. Diz que, por ele, seria um bom momento para encerrar por esta noite.

O reverendo está insatisfeito, porque isso significa que vão ter que marcar outra audiência para esta semana; mas concorda, por fim, em dar a Rik uma hora, não mais, na noite de quarta-feira. E então Dalrymple bate seu martelo.

Quando os comissários vão embora e os repórteres correm para a porta, Rik se volta para mim e sussurra:

— O que você tem aí?

9. AONDE VAI OCE?

"Aonde vai OCE todo dia, durante duas horas, com sua mochila vermelha de academia? Eu havia presumido que ele é fanático por atividade física, mas ultimamente ando me perguntando se a mochila não seria só um disfarce, como o cigarro no meio da noite. Será que ele passa mesmo todo esse tempo fazendo exercícios? Talvez ele tenha um equipamento de vigilância na mochila, que troca em algum lugar perto do Tech Park."

De vez em quando digo a mim mesma que OCE não é da minha conta. Eu poderia simplesmente entregar minhas anotações a um dos agentes do FBI que conheci quando trabalhava com meu avô, mas eles recebem mensagens de todos os lunáticos de Tri-Cities relatando a chegada de extraterrestres ou de zumbis envenenando as Cocas Diet em algumas geladeiras. Preciso de algo mais sólido sobre OCE para que os protocolos do FBI permitam que me levem a sério.

Por isso, decido começar a seguir OCE quando ele sai do apartamento ao meio-dia. Na escola de detetives, assim como na Academia, aprendemos que não podemos seguir uma pessoa sozinhos. Ou ficamos perto demais e somos vistos ou longe demais e perdemos o suspeito. Mas não estou chegando a lugar nenhum só com minha imaginação 4D.

Se OCE está realmente se exercitando, já imagino desde o início em qual academia, considerando que a True Fitness é a única que fica perto, na Hamilton Street, no centro. Durante os meses encobertos, de novembro a fevereiro, faço um plano mensal lá e geralmente treino quando volto do trabalho. Quando o tempo está bom, largo a academia e saio para correr algumas vezes por semana e faço exercícios em casa, com faixa elástica, em vez de pesos. Minha casa fica com cheiro de chulé depois, mas meu orçamento é bem apertado.

Quando sigo OCE pela primeira vez, um dia depois de Cornish começar seu testemunho, decido que perdê-lo é muito melhor que ele me notar. Se ele desaparecer, posso tentar de novo no dia seguinte, mas não sei como explicaria por que estou seguindo o cara sem colocá-lo em alerta. Ele iria conseguir uma ordem de restrição, ou me daria um soco, ou, pior de tudo, se mudaria.

Eu o deixo ir na frente por alguns minutos para ficar a um quarteirão de distância. Ele faz o caminho que eu faço até a True Fitness, só que, como estou muito atrás, não o vejo entrar. Mas tenho quase certeza de que meu palpite está correto; também estou meio decepcionada, porque isso significa que ele não está escondido nos arbustos em frente à Northern Direct.

Então, faço uma coisa em que deveria ter pensado faz tempo: abro o Google no celular. OCE sai do prédio de segunda a sexta, poucos minutos antes do meio-dia (nos fins de semana ele só sai por volta da uma da tarde). Considerando a programação rígida durante a semana, aposto que ele está fazendo uma aula na True. Quando entro no site da academia, vejo no horário que ele deve estar fazendo ioga para a terceira idade ou então uma aula que acontece cinco dias por semana chamada treinamento radical. A instrutora é campeã de CrossFit e, pela descrição, parece que o objetivo desse treino é provocar uma parada cardíaca nos alunos durante a hora do almoço.

A True Fitness fica em um daqueles três ou quatro quarteirões do centro da cidade que dão a Highland Isle um ar elegante, com lojas de fachadas restauradas e letreiros chiques nas portas ou vitrines. A prefeita usou parte do dinheiro que o governo federal destinou para o enfrentamento da pandemia para dar empréstimos para que os comerciantes não quebrassem. Muitas lojas têm tendência latina, visto que essa comunidade ainda prefere as lojas de bairro, onde podem manusear a mercadoria e conversar com o dono, e talvez até pechinchar um pouco. Há também restaurantes chiques aqui, que atraem clientes de toda a área metropolitana – inclusive o Miiciwa, acima das minhas posses, que serve comida inspirada em receitas dos povos originários (*Miiciwa* significa "comer" na língua das tribos que possuíam as terras de Miami antes de os colonos brancos as expulsarem). O Ritz, que eu acho que deseja tanto quanto a prefeita que o centro prospere, expandiu sua empresa de administração imobiliária por alguns quarteirões. Vou lá de vez em quando pagar meu aluguel pessoalmente quando estou por ali.

Estou parada a meio quarteirão da True Fitness, tentando decidir meu próximo passo, quando uma fila de seis pessoas com roupas de corrida emerge do beco ao lado da academia. A instrutora, uma loura que parece ter mais de quarenta anos e é absurdamente definida, corre no lugar por um segundo, depois se vira e sai correndo pelo quarteirão com os outros cinco atrás. Reconheço OCE à frente do pelotão, com um passo suave que denota que não está exausto.

Pela descrição da aula, sei exatamente para onde devem estar indo: para o campus da Academia, a dois quarteirões. Vão fazer uma série de corridas cronometradas nas arquibancadas de aço ao redor dos campos de atletismo, subindo e descendo, e uma rodada de polichinelos ou saltos encostando o calcanhar no bumbum ou deslocamentos agachados entre uma e outra. Depois vão correr de volta para a True para fazer vários exercícios pesados envolvendo levantamentos, agachamentos e flexões com sacos de areia e kettlebells. Acho que vão demorar uns vinte minutos. Enquanto volto para casa, elaboro um plano.

No dia seguinte, quarta-feira – esta noite deve continuar a audiência da delegada –, vou para a True Fitness por volta do meio-dia e quinze, pelo outro lado, sabendo que o pessoal da aula do treinamento radical vai passar por mim. De trás de uma árvore, vejo de novo OCE seguindo de perto a instrutora. Observo até que se aproximam da Academia de polícia do Condado de Greenwood JC.

Quando chegam ao campus da faculdade, seguem em frente, em vez de virar à direita, em direção à entrada. Então, o grupo se aproxima da cerca de arame que contorna a propriedade. É padrão, tem dois metros e quarenta centímetros de altura, mas OCE a pula como se tivesse molas nos pés. Corre a toda a velocidade e encontra um ponto de apoio em uma das aberturas em forma de losango da cerca. Quando se impulsiona para cima, ele se segura na barra superior com as duas mãos e salta em um único movimento, aterrissando no gramado com os joelhos bem flexionados. Fica correndo no lugar, esperando os outros. Até a instrutora chega alguns segundos depois dele, e ela e todos os outros encostam a sola do tênis na cerca, do outro lado, para amortecer a descida.

Quando se afastam, desço o quarteirão até a True com a mochila que uso nos treinos. Meu plano mensal expirou em primeiro de março, mas recebo um passe livre pelo menos uma vez por semana, que vai para a caixa de spam, implorando para eu voltar. A garota com um grande piercing de argola de nariz atrás do balcão observa enquanto eu preencho a ficha. Até que olha para trás, por cima do ombro, e grita "Amal!". É o gerente, mas também quem está mais perto. Eles vendem planos como carros usados aqui, em uma negociação idiota, claramente tentando nos ferrar.

Amal é do sul da Índia e é até divertido, porque é uma dessas pessoas que sabem que eu sei que estão tentando me manipular, e fazem isso mesmo assim. Ele é meio corcunda, mas, com suas roupas elegantes e o cabelo brilhante, parece Chris Pine. Eu o vejo pela porta aberta de sua sala, jogando conversa fora com Rita, uma instrutora negra de corpo escultural em quem eu já estive de olho. Estão meio perto demais para quem está falando de trabalho.

Ele sai da sala já com a expressão pronta, decidido a me vender um plano que vai durar várias gerações depois de mim; mas para, de repente, quando me reconhece.

— Clarice — diz.

Eu já havia notado que ele é muito bom com nomes.

— Amal.

Talvez Amal tenha sido criado por pais que lhe diziam que ninguém importa além da sua família, ou talvez ele só queira provar que é o sujeito mais interessante, mesmo corcunda. Imagino que cinquenta centavos de cada dólar a mais que ele consegue me fazer desembolsar vai para o bolso dele, e para ele isso é um tributo à sua grande habilidade.

— Que bom ver você de volta, Clarice. E aí?

— Estava pensando em fazer uma aula, talvez. O que você tem agora, por volta deste horário? Eu tenho um intervalo de uma hora no trabalho.

— Agora? Bem, Allison dá treinamento radical, mas talvez você volte para o trabalho sem conseguir se mexer. Ela foi instrutora militar em Parris Island. Bem foda.

Imagino que haja instrutoras em Parris Island hoje, mas sou mais jovem que Allison, e não havia nenhuma mulher dando treinamento lá quando terminei o ensino médio e pensei em ser fuzileira naval. Naquela época, com exceção das enfermeiras, as mulheres não chegavam nem perto desse tipo de função. Conhecendo Amal, eu sei que me pagaria menos do que Allison aceitaria mesmo que eu gritasse o lema dos fuzileiros nas aulas.

— Estou meio fora de forma — digo —, mas tenho certeza de que posso encarar. Será que posso assistir um pouco?

— Sem problemas, mas ela saiu com a turma. Eles voltam daqui a quinze minutos, se você quiser ficar por aqui... Por que você não faz a matrícula? Se não se interessar, podemos fazer o reembolso.

Não consigo evitar, reviro os olhos.

— Acho que vou dar uma olhada primeiro, Amal. Vou me exercitar um pouco até eles voltarem. Já assinei o voucher grátis.

Ele dá de ombros.

— Você sabe como funciona — diz.

Coloco minha carteira de motorista no fichário de plástico cheio de divisórias, com fichas em ordem alfabética, que fica no balcão da frente. Rita, a amiguinha de Amal, começou na recepção, e uma vez entreguei a ela minha identificação de porte de arma, com foto, pensando que poderia despertar o interesse dela. Mas ela surtou e eu tive que virar minha bolsa do avesso para mostrar que não estava armada. A recepcionista de hoje, a do piercing no nariz, me entrega uma toalha enquanto passo pela catraca. Ainda não entendo para que eles pegam nosso documento. Parece trabalho demais só para garantir a devolução de uma miserável toalha. Ou talvez queiram ter certeza de que vão ser capazes de identificar o corpo se alguém empacotar durante o treino.

A True Fitness é bem básica; tem grafismos enormes nas paredes de blocos de concreto pintados e, nos canos de aquecimento expostos, fita colorida enrolada. Mas é clean, tem iluminação intensa, e os equipamentos são bem novos. Quando estou aqui, secretamente me comparo com todo mundo. Com as costas apoiadas, consigo levantar mais peso que qualquer mulher que vejo aqui.

Um sujeito mais ou menos da minha idade, mas musculoso, acabou de fazer supino com sessenta quilos. Sempre fui capaz de levantar o peso do meu corpo, mas o instrutor que estava com o cara grita comigo quando me deito no banco. Eu sei que deveria aquecer primeiro, mas não resisto a me exibir e estou indo para a terceira repetição quando o cara chega e tira a barra da minha mão. Quando me levanto, dou um tapinha nas costas dele e volto para a recepção.

— Acabei de receber uma ligação do trabalho — digo à recepcionista.

— Alguma chance de eu conseguir outro dia grátis? Eu não usei quase nada deste.

Conheço o sistema daqui. Tudo que se traduza em dinheiro está sob o controle de Amal, e, como eu esperava, ela volta correndo para o escritório, onde ele e Rita ainda estão flertando. Aposto que praticam ioga tântrica nos tatames depois do horário.

Enquanto a recepcionista está lá atrás, abro o arquivo de plástico para pegar minha habilitação, prática padrão quando a atendente do balcão não está. Pego minha carteira e, a seguir, folheio as divisórias como se não a estivesse encontrando. Basta eu ir do G ao K para ver o que estou procurando.

OCE. Sua habilitação é do Arizona, diz que o nome é Joe Kwok, endereço 68 Bluebird Lane, em Mesa.

No Mike's, sempre ouço policiais reclamando, dizendo que os documentos falsos são muito bons hoje em dia. Os chineses imprimem aos milhares, em papel perfeito, têm até o logotipo de fundo, em meio-tom, de cada estado – o do Arizona tem montanhas e árvores, com o contorno de um cacto verde na frente. Vejo a estrela dourada do programa Real ID no canto superior direito, com uma miniatura esmaecida da foto dele logo abaixo. Passo o dedo pela borda. É estranha, como se tivesse mais uma camada de laminação.

Eu me concentro muito para memorizar o que vejo, e ainda estou olhando quando noto Amal vindo em minha direção. Mostro minha habilitação para indicar que encontrei o que estava procurando, mas ele continua vindo. Por um segundo, fico preocupada; até que ele me entrega outro voucher.

— Não esqueça que eu posso dar uma melhorada na taxa extra de treino, se você renovar seu plano anual.

Que grande amigo ele é!

— Legal — respondo. — Vou pensar no assunto.

Saio, e só então percebo que ainda estou com a toalha branca deles em volta do pescoço; mas continuo. Tenho uma dúzia em casa.

***

Entro em casa e ligo meu computador. Como parte do DETBOT, Rik paga o melhor site de verificação de antecedentes. Se OCE for quem eu penso que é, mesmo que sua habilitação seja falsa, deve ser à prova de falhas, para que não seja desmascarado em uma blitz de trânsito de rotina ou depois de alguns minutos de pesquisa na internet de alguém que queira investigá-lo. E esse é o caso.

Os sites que consulto mostram um Joe Kwok naquele endereço de Mesa. Ele é consultor, tem um histórico irregular de empregos anteriores. Não tem antecedentes criminais, nem mandados pendentes contra ele. Como uma pessoa normal, tem perfil no Facebook e no LinkedIn, onde aparece como ex-aluno da Arizona State.

Tenho um TracFone que comprei com um pseudônimo e que recarrego com cartões telefônicos que pago em dinheiro. Mesmo assim, oculto o ID do celular e digito o número de Joe Kwok que apareceu no site. Cai na caixa postal, que me dá uma saudação alegre: "Oi, aqui é o Joe, deixe seu número". Não deixo. Ligo de novo para ouvir com mais atenção. A voz que fala não parece a de OCE.

Continuo fuçando em vários sites e consigo uns resultados estranhos. Quando procuro Joseph Kwok, não Joe, encontro o mesmo endereço da Bluebird, Mesa. Mas esse cara tem setenta e oito anos. Poderiam ser pai e filho morando juntos, penso, mas, para checar, entro na minha conta fake do Facebook em nome de Clara Stern – minha avó morta – e mando mensagens para todos os Kwoks, dizendo: "Estou procurando Joe, de Mesa". Depois, entro no Zillow e descubro que a casa da 68 Bluebird Lane estava à venda até fevereiro e agora está alugada. E, quando entro no Gabinete do Assessor do Condado de Maricopa, vejo que a notificação de avaliação do imóvel, de fevereiro, foi enviada para "Propriedade do falecido Joseph Kwok". E então a coisa fica ainda mais esquisita. O Cartório de Registro Civil do Arizona não tem o atestado de óbito do sr. Kwok, o que não faz sentido; a menos que tenha sido removido, por algum motivo. Quando pesquiso Joseph Kwok no Legacy.com, a resposta é "Nenhum resultado encontrado", e a mesma coisa no Ancestry. Até no Google.

Estou quase saindo para o fórum para a retomada da audiência da delegada quando recebo uma resposta no Messenger. É de uma mulher, dra. Marjorie Kwok, de Vermilion, Ohio, e ela diz que seu pai, Joseph Q., faleceu de covid em janeiro, em Mesa, e quer saber de onde o conheço. Ela anexa uma linda foto do velho. Não faz menção a um irmão de mesmo nome, o que teria que fazer se ele existisse, para ter certeza de qual "Joe" eu estava procurando.

"*OCE – ou o governo para quem ele trabalha – parece ter comprado a identidade do finado Joseph Kwok, alugou a casa dele, ficou com seu número de telefone e deletou todos os links óbvios que levassem ao velho Joe na internet, o que requer importantes habilidades de hacker, como as que se encontram na inteligência militar.*"

Vou até a parede que compartilho com OCE e sussurro: "Peguei você!".

10. A INQUIRIÇÃO CRUZADA DE WALTER CORNISH

— Falemos especificamente sobre o que aconteceu no Saloon naquela noite, seis de março de 2020, e sua sensação de que não tinha escolha a não ser ir para casa com a delegada — diz Rik quando o reverendo dá início à audiência. — Foi a primeira noite de sexta-feira que o senhor passou no Saloon, sr. Cornish?
— Não.
— Ir lá era um hábito seu naquela época, correto?
— Não sei se era um hábito.
— O senhor ia lá muitas noites de sexta-feira, correto?
— Sim, eu e vários outros. Quando eu não estava de plantão no fim de semana. Nós conversávamos sobre a semana e tal, sobre as merdas que aconteciam. Sempre acontecia alguma porcaria.
— Esse "nós" se refere aos outros policiais de Highland Isle?
— Exato.
— Lucia Gomez-Barrera fazia parte desse grupo?
— A delegada ia às vezes. Mais tarde.
— Isso seria nove da noite ou mais tarde?
Ele dá de ombros e assente.
— E ela bebia, fofocava e ria com todos os policiais, correto?
— Geralmente sim.
— E o senhor conhecia a delegada havia quanto tempo?
— Desde que ela começou aqui. Vinte anos.
— O senhor trabalhou com ela nas ruas?
— Às vezes ela nos ajudava na Narcóticos.
— A resposta seria sim, vocês trabalharam juntos?
— Sim, essa é a resposta.
— Na verdade, vocês se conheciam bem, não é?
— Não sei o que quer dizer.
— Mesmo quando ela passou a ser sua superior, como o senhor a tratava?

— Não entendi.

— Quando estavam apenas conversando na delegacia ou no Saloon, o senhor a chamava de Lucy?

— Sim. Muitos sujeitos das antigas a chamavam assim. Tenho que admitir que ela não ficou toda metida nem nada quando começou a subir.

— E no Saloon, nas noites de sexta-feira, a conversa era, digamos, bem abrangente, não é? Bastante picante, correto?

— Sempre.

— E a delegada participava, correto?

— Acho que sim.

— Ela não fazia cerimônia. No Saloon, ela estava em pé de igualdade, correto? Todo mundo a chamava de Lucy, não é?

— Sim, mas ela podia pensar o que quisesse. Ela não impunha a hierarquia, mas era a chefe, entende?

— Mas ela foi ao Saloon nas noites de sexta-feira durante anos e nunca exigiu nenhum tratamento cerimonioso, não é? Mesmo na época em que ela era sua sargento, correto?

Cornish balança a cabeça, mas não compra a briga. Por fim, concorda.

— Permita-me perguntar sobre sua lembrança dos eventos. O senhor se lembra se foi o senhor que abordou a delegada Gomez naquela noite no Saloon, que falou por cerca de uma hora e que foi quem sugeriu que saíssem de lá juntos?

Cornish se espanta e apruma o corpo.

— Não, definitivamente, não lembro disso.

— Muito bem. Naquela noite em que saiu com a delegada, foi a primeira vez que o senhor levou uma mulher do Saloon para casa?

Kelsey, a garçonete que havia saído para fumar e se lembra de ter visto Cornish e Lucy entrarem no carro dele juntos, conhece Cornish bem e disse que ele costumava sair à caça por volta das onze horas. Começava a pagar bebidas para mulheres e muitas vezes ia embora com uma. Encontrei duas ex-funcionárias civis da polícia que foram do Saloon para casa com Walter. Nenhuma das duas quer testemunhar, mas gostam mais da delegada que de Cornish e, se for necessário, talvez deponham. Mas, pelo andar da carruagem, não vamos chegar a isso. Marc se levanta para objetar.

Surpreso e até meio contrariado, Rik olha para trás por cima do ombro e pergunta:

— Por qual motivo?

— Lei de proteção à vítima de estupro — diz Marc.

E explica que a lei, agora uma regra de evidência, impede que uma vítima de um crime sexual seja inquirida sobre seu comportamento sexual anterior. Rik recua como se houvesse levado um tiro; não esperava por isso. A sra. Langenhalter e o reverendo começam a sussurrar animadamente, mas Rik retira a pergunta e também dá uma piscadinha para Marc. Rik demonstra espírito esportivo, porque tem certeza de que os comissários sabem qual é o placar.

— E o senhor bebia quando estava no Saloon?

— Claro, é um bar. Nós alugamos o banquinho, por assim dizer.

— E o que o senhor bebe quando está no Saloon?

— Cerveja. Talvez um submarino para começar, mas cerveja depois.

— E o senhor se lembra do horário em que disse que saiu com a delegada Gomez em março de 2020?

— Mais tarde.

— Dez horas?

— Talvez mais cedo. Não sei.

— Essa seria uma boa estimativa?

— Talvez. Realmente não lembro.

Kelsey, a garçonete, que deve testemunhar a seguir, é precisa sobre o horário, porque Ike, seu chefe, sabe que ela precisa fumar às dez horas e não atrapalha o intervalo da garota. Eu conversei algumas vezes com Kelsey, uma ruiva oleosa de pele ruim, mas Marc a encontrou primeiro. O dono do Saloon, Ike Grbecki, havia dito a ela para falar com Marc quando aparecesse, visto que o procurador da cidade basicamente controla a licença do bar para vender bebidas. Mas Kelsey não quer se envolver e Ike sabe que não deve comprar a inimizade da delegada. Kelsey foi bastante direta comigo sobre Cornish e vai declarar em seu depoimento que ele parecia estar bem feliz acompanhando a delegada. Ambos estavam rindo, e Cornish, bancando o cavalheiro, abriu a porta do carro para ela e depois a fechou.

— O senhor não se lembra — prossegue Rik —, mas diz que lembra claramente de que a delegada Gomez o abordou?

— Sim.

— Pois bem, o senhor começou a beber por volta das cinco da tarde, quando chegou, e bebeu seu primeiro boilermaker? E quantas cervejas acha que bebeu antes de sair por volta das dez da noite?

— Não sei, duas ou três.

— Ficou sentado em um bar por aproximadamente cinco horas e bebeu duas cervejas? Foi assim que pagou pelo banquinho?

— Duas ou três, sim.

— O senhor conhece Kelsey Haelish?

— A garçonete?

— Sim. E sabia que, com base nos seus hábitos, ela estima que o senhor bebeu pelo menos dez cervejas naquela noite?

— De jeito nenhum — responde Walter sem se exaltar.

Ele sabe que, bebendo essa quantidade em cinco horas, estaria acima do limite de álcool no organismo, que é zero ponto oito neste estado – o que significa que ele estava dirigindo bêbado.

— Sua memória melhora ou piora depois de beber, sr. Cornish?

— Não sei.

— O senhor nunca notou que sua memória de eventos que ocorreram enquanto bebia é pior que quando estava sóbrio?

— Pode ser, não sei.

O reverendo, a sra. Langenhalter e até mesmo Josea sorriem discretamente. O testemunho de Cornish está começando a vazar óleo.

Rik folheia o bloco amarelo que tem nas mãos.

— Muito bem, na inquirição direta, o senhor disse que sua relação com a delegada era estritamente profissional, não é mesmo?

— Foi o que eu disse.

— E que o senhor ficou "chocado" quando a delegada o abordou. Estou citando suas palavras.

— Sim, fiquei chocado.

— E ficou chocado porque, de novo citando, "nunca pensei nela desse jeito", correto?

— O senhor anotou bem — diz Cornish, num tom que sugere que há algo de sorrateiro nisso.

— Muito bem, o senhor se lembra de alguma vez ter dito, na delegacia de polícia de Highland Isle, a alguns policiais, citando: "A delegada é uma deusa no boquete"?

Várias pessoas presentes não conseguem conter o riso agudo.

Cornish, que pela maneira como Rik fez a pergunta sabe que temos uma testemunha, argumenta.

— E daí? Eu não deveria contar depois de fazer?

— O senhor fez esse comentário?

Ele assente com a cabeça e diz:

— Acho que sim.

— Muito bem; e se lembra de que fez esse comentário em 2017, alguns anos antes desse suposto encontro sexual com a delegada?

Cornish aperta os lábios enquanto avalia suas opções.

— Olha, então acho que eu não disse isso.

— Então, agora está negando ter falado isso? Como é, falou ou não?

— Eu realmente não lembro.

— O senhor conhece o sargento Emmitt LaTreaux?

Cornish bufa.

— Ah, ele!

— Não gosta do sargento LaTreaux?

— Não nos damos bem.

— Vocês discutiram por alguma coisa que o senhor disse e deixaram de se falar em 2018.

— O que eu disse não foi racista, mas ele achou que foi.

Marc levanta objeção sobre a relevância da questão. O reverendo franze o cenho, achando que o advogado está tentando desviar para questões de raça de novo, mas Rik diz:

— Só estou definindo a data de uma conversa na delegacia.

Na verdade, foi Cornish, não Rik, quem disse que LaTreaux o considerava um racista, e parece que o reverendo reconhece isso, pois diz:

— Tudo bem. Mas atenha-se à delegacia.

— Muito bem, agora que refresquei sua memória mencionando o policial LaTreaux, o senhor nega ter dito na delegacia, em 2017: "Estou falando, a delegada é uma deusa no boquete"?

— Como já disse, não lembro disso.

— Ora, não poderia ter dito isso, porque o senhor nos disse que, em março de 2020, seu relacionamento com a delegada era estritamente profissional e que não pensava nela desse jeito, ou seja, de um jeito sexual, correto?

Cornish olha fixamente para Rik.

— Se eu disse isso, não foi por saber pessoalmente. Deve ter sido uma coisa que eu escutei alguém falando. Acho que ela saiu com uns caras, e o senhor sabe, os homens conversam.

— Mais uma vez, só para reafirmar. Seu relacionamento com a delegada, até aquela conversa no Saloon, era estritamente profissional, e o senhor nunca pensou nela de um jeito sexual, portanto ficou chocado com a proposta dela. O senhor sustenta essas afirmações?

Marc objeta argumentando que essas perguntas já foram feitas e respondidas, mas Walter fala sobre ele:

— Sim, porque é verdade.

— Sr. Cornish, o senhor é um homem solteiro, não é?

— Sim.

— E era solteiro em 2020?

— Exato.

— Já foi casado?

— Infelizmente.

— E sua esposa pediu o divórcio e alegou, durante o processo, que o senhor era constantemente infiel a ela?

Marc se levanta de novo.

— Objeção. O comportamento do sr. Cornish, alegado ou verdadeiro, é irrelevante, sob a lei de proteção à vítima de estupro.

— Não há lei que impeça provar que uma testemunha mentiu sob juramento sobre uma questão material no processo corrente — responde Rik.

A sra. Langenhalter sussurra no ouvido do reverendo.

— Vejamos essa prova, então — diz o reverendo.

— Agora mesmo — diz Rik.

Ele vem até a mesa para pegar o pacote que Tonya me entregou. É de Paulette Cornish, a amiga da igreja de Toy que não queria falar comigo porque não tinha interesse em ajudar a delegada.

— O senhor se lembra de ter sabido, durante o processo de divórcio, que o advogado de sua esposa contratou um detetive particular para segui-lo? E se lembra de que o advogado dela apresentou uma série de declarações juramentadas do detetive sobre o que descobriu?

Cornish franze o cenho.

— Pensei que essa merda fosse confidencial!

— Mais uma vez, sr. Cornish, não há confidencialidade que permita que o senhor minta sob juramento.

A sra. Langenhalter assente.

— Pois bem, o senhor se lembra, sr. Cornish, de que, em uma das declarações juramentadas, o detetive particular afirmou especificamente que o seguiu até o Saloon na sexta-feira, dezesseis de maio de 2014, que o senhor saiu em companhia de uma mulher conhecida por ele como Lucia Gomez-Barrera, que foram até o estacionamento de uma fábrica em Anglia e, para o detetive, vocês pareciam estar mantendo relações sexuais dentro do seu automóvel?

Marc se levanta e diz:

— Isso não é um testemunho indireto?

— Podemos chamar o detetive como testemunha, se preferir, sr. Hess.

O reverendo intervém.

— Eu mesmo farei a pergunta a Cornish. Isso aconteceu com a delegada em 2014?

Cornish está encrencado, porque pode acabar com uma acusação de perjúrio nas costas, tendo testemunhado tão enfaticamente que as coisas entre a delegada e ele eram puramente profissionais até 2020. Ciente de seu problema, Cornish olha para o reverendo e diz:

— Não vou responder.

— Lamento, reverendo — diz Rik —, mas ou o sr. Cornish se submete à inquirição completa e responde às minhas perguntas, ou a Comissão não pode levar em conta seu testemunho. Ele não pode vir aqui e responder a todas as perguntas do sr. Hess, mas não às minhas.

O reverendo pondera enquanto a sra. Langenhalter sussurra para ele, gesticulando com a mão. É evidente que ela concorda com Rik.

Aproveitando o momento, Rik prossegue para preencher o silêncio.

— Estamos de acordo, sr. Cornish, que o senhor não foi promovido em maio de 2014 ou logo após esse encontro anterior com a delegada?

Cornish, confuso acerca da fundamentação legal da situação em que se encontra, continua mudo.

— Pois bem — diz Rik —, presumo que o senhor também não vai responder se eu perguntar sobre outro encontro pessoal anterior com a delegada, correto?

O reverendo olha fixo para Cornish, com suas sobrancelhas brancas franzidas de raiva.

Walter está acabado. Ficou provado que a premissa essencial de seu testemunho é uma mentira. Ele e a delegada eram parceiros sexuais ocasionais. Nada de novo aconteceu em 2020. Ele não foi forçado; não ficou chocado. E, tendo ficado provado que ele mentiu sob juramento, não há razão para acreditar em nada mais do que ele declarou. Quando a delegada declarar que Walter a procurou em 2020 – que foi o que ela afirmou desde o início –, sua versão será incontestável.

— A testemunha está dispensada — diz Marc.

— Terminou para mim? — pergunta Cornish.

— Ah, sim, terminou para o senhor — diz Rik.

A sala começa a esvaziar, mas a delegada continua sentada à mesa da ré. Está cobrindo a boca com a mão e olhando para o espaço antes ocupado pelos comissários. Rik toca o ombro dela, logo acima das dragonas, e ela pousa a mão na dele por um segundo.

A delegada se mostrou bastante desafiadora no escritório, afirmando que não tinha que se desculpar por sua vida sexual, mas agora, ao ouvir se referirem a isso em público, ela está abalada. Walter Cornish pode fazer uma maratona sexual toda sexta à noite no Saloon, mas a delegada é uma mulher, uma figura pública em Highland Isle, e esse tipo de comportamento em uma mulher de uma cidade católica ainda vai provocar muitas risadas constrangedoras. Na argumentação final, Rik dirá que em Highland Isle não existem regras explícitas contra "confraternização", mas as filhas da delegada e seus vizinhos vão ler sobre o assunto, o boquete e tudo o mais. Ela venceu o round, mas não vai para casa com a vitória.

11. LEVO DOIS DIAS PARA VER TONYA

Levo dois dias para ver Tonya. O fato é que gostei muito de vê-la de novo. Fiquei bastante impressionada com sua mudança: ela agora é forte, engraçada e descolada. Mas da última vez ficou bem claro o que ela espera. Como já disse, não vou ficar com ela de novo, e não faz bem a nenhuma de nós começar a cutucar essa cicatriz.

No entanto, conseguir o depoimento do detetive de Paulette Cornish foi maravilhoso; mudou o rumo do caso e talvez a vida da delegada, e Tonya merece ouvir isso de mim. Além disso, sei que posso precisar da ajuda dela de novo.

Peço a ela que me encontre no Mike's e chego um pouco mais cedo. Há uma mulher no bar, uma patrulheira loura, muito alta, da 22ª, com quem voltei para casa uma noite depois do segundo jogo da temporada de softball (por causa do caso da delegada, perdi vários jogos e treinos; mas, totalmente diferente do padrão Pinky, avisei com antecedência a Rory Leong, nossa capitã). Essa mulher – Maura, acho – olha para onde estou e eu aceno com a cabeça. Ela ergue seu Manhattan para me cumprimentar, em um gesto elegante, e eu sorrio. Talvez outra noite.

Houve um tempo em minha vida em que eu via o sexo como a coisa mais importante que faria todos os dias. Geralmente não sabia quem eu encontraria para transar a cada noite, mas pensar que essa pessoa estava por aí era emocionante por si só, uma coisa a descobrir, sabendo que a intensa realidade do ato, como uma estrela brilhante, superaria qualquer outra coisa que acontecesse comigo nas horas intermediárias.

Não gosto de admitir, mas minha vida está mais tranquila agora. As baladas perderam a graça. Os caras ficam olhando para as meninas de vinte anos, e os points lésbicos que frequento há anos às vezes me fazem sentir uma velha solteirona. O Mike's é um lugar melhor, e, na maioria das noites que chego aqui depois de um jogo, saio com alguém, homem ou mulher; talvez alguém com quem já transei antes, mas, mais frequentemente, alguém novo. Não sei se policiais transam mais que as outras profissões. Que os advogados provavelmente sim. Que os jogadores da

NBA provavelmente não. No Mike's, sempre tem um esquadrão de garotas policiais, além de tietes em sua melhor aparência – ou que elas acham que é a melhor: perfume e maquiagem demais, cabelo comprido, roupa justa –, que se derretem na frente de um distintivo e uma arma. E aqui há aquela atmosfera de "foda-se" dos tempos de guerra, que transforma o Mike's em uma zona franca sexual. Muitos dias de trabalho são chatos como os de um arquivista, mas a maioria dos arquivistas não vai trabalhar sabendo que vai cruzar com alguém na rua louco para atirar nele. Também há o privilégio policial: eles conhecem as regras, sabem que as regras são importantes, fazem cumprir as regras, por isso não precisam seguir as regras. Enfim, eu me sinto mais segura com pessoas daqui que com uma pessoa aleatória. Sexo é apenas sexo, receber e dar prazer durante algumas horas, ir para casa e não olhar para trás. Só isso.

Quando Helen morreu, o rabino do vovô, que conduziu o funeral com um padre de quem ela gostava, foi muito enfático em seu panegírico: "Não somos nosso corpo". Isso foi um argumento forte no sentido de que o importante de Helen era o espírito. Para mim, Helen era foda, quase tão essencial quanto vovô em minha vida, e fiquei perdida quando ela morreu. Mas, enquanto eu estava ali no funeral, pensei: estou fodida se o que o rabino falou for verdade sobre mim. Nunca tive jeito com as pessoas e sempre vou ter dificuldade para manter o foco em documentos ou na leitura. Na maioria das vezes, porém, pude contar com meu corpo. Fui triatleta no ensino médio, uma esperança olímpica real no snowboard e agora sou uma excelente atiradora. E o sexo se combina com tudo isso, porque nessa área eu interajo com outra pessoa com confiança e recebo respostas muito positivas.

Tonya chega enquanto estou pensando em tudo isso. Tem nas mãos um chope para cada uma. Põe os copos na mesa e pula no banquinho, mas não tira o casaco, passando a mensagem de que não espera que isto dure a noite inteira – o que é um alívio.

— Eu só queria dizer que você foi incrível — digo.

Ela dá de ombros.

— Não me agradeça demais. No começo eu nem sabia se iria te entregar aquelas declarações. A ex de Cornish ficou revirando as caixas que tinha no sótão porque queria que eu visse o que ela tinha contra a delegada. Ela disse: "Mostre *isto* à sua amiga da próxima vez ela quiser falar comigo". Eu avisei a ela que às vezes as coisas saem ao contrário em um julgamento, e que poderia até ajudar vocês mostrar que Walt é um mentiroso. Mas tudo bem para ela, o melhor dos dois mundos: mostrar que Lucy é uma vagabunda e que Walt não é capaz de dizer a verdade.

— Então, a sra. Cornish meio que realizou o seu desejo. A mulher pode ser feminista e dizer "O corpo é meu e eu faço o que quiser com ele", mas você sabe como isso repercute em público.

— Com certeza — responde Tonya.

Não preciso explicar isso a uma mulher que, com vinte e poucos anos, ainda não havia saído do armário.

— Quando eu soube do que aconteceu na audiência, fiquei bem aliviada, porque achava que o sistema de segurança da delegada seria como um tiro no pé para ela.

Passam-se alguns segundos de pânico enquanto, perdida no espaço, tento me lembrar do que Tonya está falando, porque não estou entendendo algo que todo mundo entende. Por fim, tenho que perguntar:

— Que sistema de segurança?

Tonya põe a mão em meu braço por cima da mesinha.

— Menina, você não sabe que tem câmeras em volta da casa da delegada? A polícia colocou há quatro anos, eu fiz a intermediação.

Eu vejo as câmeras sempre que passo pela casa dela para entregar documentos que Rik quer que ela veja, pois, dada a natureza do processo da P&B, normalmente não posso deixá-los na delegacia central.

— Mas a delegada falou que as gravações ficam armazenadas só por trinta dias — digo. — Sistema comercial padrão.

— Não, não, não — diz Tonya. — Essa era a configuração original. Há alguns anos, um idiota estava assediando a delegada e enfiando cocô de cachorro na caixa de correio dela a cada dois meses. Como estava sendo muito difícil pegar o cara, o comandante, George Leery, disse que era uma sorte que fosse só merda de cachorro, e não uma gangue de rua maluca que queria sequestrar Lucy, porque nosso sistema de segurança era uma merda. Então, trocamos o equipamento todo e eu coloquei um NVR Thunderhead no escritório dela. Quarenta e oito terabytes, com backup mensal na nuvem; tem uma compactação muito legal, que salva só o que se quer ver; ou seja, imagens em movimento. Dá pra retroceder uns quatro anos. Procurar é um saco, porque a maior parte são pessoas passeando com o cachorro, mas um ano depois nós prendemos o responsável pelo cocô. Ele disse que era só uma pegadinha, que tinha feito só uma vez, mas nós analisamos sete meses de imagens e o pegamos fazendo isso mais cinco vezes. Ele pegou três meses de prisão.

— Legal!

— Muito. Mas a delegada não pôde participar da investigação porque era a vítima. Acho que ela não sabe dos detalhes, ou nunca deu atenção. Ela não é muito de tecnologia; todo mundo tem algum defeito. Mas fiquei preocupada — prossegue Tonya —, com medo de que esses caras pudessem provar, pelos vídeos das câmeras de segurança, que ela os levou para casa. Ia dar merda.

Com Cornish, poderia ter dado. Mas a delegada disse que a história de DeGrassi é mentira. E, se ela estiver falando a verdade, não haverá sinal de Blanco nos vídeos.

— Pode me ensinar a pesquisar no sistema de armazenamento de imagens?

Ela franze o cenho e fecha seus ombros cheios.

— Não sei... não quero me envolver. E, tecnicamente, o departamento é quem paga pelo armazenamento e pelo equipamento.

— Poxa, ela é a delegada. Quem mais poderia dar permissão?

Tonya fica mexendo em seu copo de cerveja e diz que vai pensar. Ela está fazendo as sobrancelhas atualmente, coisa que nunca pensou em fazer quando era mais masculinizada, e isso fica mais perceptível quando ela assume um olhar pensativo. Já reconheço esse olhar, e percebo que a conversa vai mudar de rumo.

— Como é o cara do seu prédio? — pergunta ela.

— Interessante — digo —, mas bem misterioso.

— É sério?

Ela está debruçada sobre o copo, quase como se quisesse se esconder.

— É estranho — digo. — O Rik vive me dizendo para largar mão. Estou inventando tudo, o mais rápido que consigo.

— E você vai largar mão?

— Não sei ainda.

Ela assente várias vezes e fica em silêncio por um tempo. Quero mudar de assunto depressa, mas, como sempre, fico sem palavras.

— Sabe — diz ela, olhando para a mesa e passando o dedo no círculo molhado que se formou debaixo de seu copo de cerveja —, eu estava pensando outro dia, meio que imaginando... não sei por quê, mas andei pensando: se eu tivesse aceitado você sair com meninos, se eu tivesse dado conta, você acha que teria dado certo para nós?

Faço um grande esforço para não bufar. Faz semanas que tento descobrir qual é a de Tonya e, aos poucos, estou entendendo que sou importante para ela.

Nunca passei pela mesma experiência que ela. Minha primeira vez foi no acampamento de snowboard em Mount Hood, Oregon. Eu tinha catorze anos, minha mãe havia usado um pouco do seu fundo fiduciário para pagar minhas férias de verão. Tipo "pago qualquer preço para tirar a Pinky de casa".

Eu me sentia muito vulnerável e topei transar com um garoto da Califórnia chamado Milos, que tinha dezessete anos e não era tão ruim. Não era inteligente como eu, mas era muito bonito e parecia ter saído com muitas garotas. Quando acabou, porém, ficou um buraco dentro de mim, um precipício de arrependimento. Não pelo ato, que não foi grande coisa. Eu nunca pensei muito no futuro, era um lugar ao qual eu não ia, e, naquela idade, tudo que eu via para mim era o snowboard. Mas, mesmo tão novinha, de repente entendi que iria arrastar aquele Milos comigo pelo resto da vida. Não só ouvia todo mundo na escola falando sobre sua primeira vez como também havia escutado um programa de rádio uns meses antes sobre o mesmo assunto, e ficara impressionada de ver que era uma experiência que permanecia vívida para aquelas pessoas – gente de oitenta e dois anos com bisnetos e soldados que ligavam do Afeganistão.

Eu disse sim a Milos principalmente porque todo mundo no acampamento dizia que eu gostava de meninas, e eu sabia que gostava de meninos e queria provar isso. Mas também sabia que gostava de meninas, o que era extremamente confuso para mim. Então eu criei esse vínculo com ele, e já nos primeiros segundos percebi que ele não era alguém que eu teria escolhido recordar para sempre. Ele não estava predestinado a vencer nas

Olimpíadas, nem em muitas competições locais. Era só uma pessoa mais ou menos que tinha um pau.

Para mim, começar minha vida sexual foi um processo lento – uma garota, depois um cara, e vice-versa, um pouco melhor a cada vez, e meu prazer era tipo uma coisa pela qual eu lutava. Mas para Tonya eu acho que foi tudo de uma vez, e fui eu que liguei o interruptor nela. E eu entendo por que isso é importante para ela. Dentro de todos nós existe um eu secreto que vive em nossos anseios, que arde de desejo de estar na pessoa que a gente ama, do jeito que a gente ama, um nervo fino que une cabeça, coração e as partes baixas. Esse desejo, essa coisa, é persistente como nossos batimentos cardíacos, não importa se os outros não aprovam, e clama por expressão.

Deixar acontecer é como passar de um mundo plano à terceira dimensão. Significa que nossa vida, finalmente, é real, não apenas uma coisa aprisionada dentro da nossa cabeça. Uma coisa real que acontece no mundo. E a pessoa que se conectou com a gente e que nos levou até lá, e nos viu e nos valorizou, sempre vai ser especial para nós. Eu entendo isso, porque esperava que Milos fosse – e definitivamente não era – alguém que eu amaria para sempre.

Tudo bem, eu sou isso para Tonya. Mas é irritante que ela não demonstre se importar com o outro lado, ou seja, o que ela é – ou não – para mim. Ela é obstinada; mesmo quando era aquela garota calada de rosto franzido que conheci, era uma alma teimosa que andava em uma única marcha: para a frente. E como eu também sou como sou, ou seja, uma pessoa nada diplomática nem paciente, preciso dizer a ela o que tudo isso significa para mim.

— Toy, ficar falando sobre nós me desgasta, entende? Não podemos conversar sem ficar voltando para o que deu errado lá atrás? Eu acho você incrível, de verdade, mas, você sabe, nunca daria certo entre nós. Nós queremos coisas diferentes. Você não aceitaria me ver com meninos, nem com outra mulher. Isso não está em você. Você é lésbica, tudo bem, mas é uma pessoa bem tradicional. Mas isso não significa que eu não ache você muito legal. Você é uma pessoa incrível, e cresceu muito, parece ter meio metro a mais de altura, ser duas vezes mais inteligente e quatro vezes mais confiante. Não tenho dúvidas de que você vai encontrar seu amor único e verdadeiro. Eu entendo, você passou dos trinta e isso ainda não aconteceu, e aí você começa a pensar no passado e se perguntar: será que eu perdi a minha chance? Você vai encontrar sua mulher, vai, sim. Mas não sou eu. Eu nunca vou me moldar a uma única pessoa, não é o que eu quero, mesmo que todo mundo queira. É estranho, mas, você sabe, cada vez mais eu aceito que sou estranha. Quer saber do que *eu* preciso? Não, na verdade, acho que você nunca vai perguntar. Eu preciso mesmo é de uma amiga, uma amiga de verdade, que eu ache muito legal e possa ser companheira; e, você sabe, por causa dos meus defeitos de caráter ou sei lá o quê, isso tem sido mais difícil de encontrar que qualquer outra coisa.

Ela fica me olhando, com seus olhos negros brilhantes e a boca pequena entreaberta. Respirando mais rápido. À luz daqui, talvez porque o sangue se esvaiu de seu rosto, vejo mais as manchas de sua pele que hoje em dia ela esconde com uma maquiagem melhor. Observo enquanto ela se esforça para encontrar as palavras, que simplesmente não surgem porque ela não sabe qual dor é maior: a dor pelo que eu disse ou por ser verdade. Ela toma um gole grande de cerveja e desce do banquinho; e, depois de outro gole, aperta o cinto do casaco e assente duas vezes, preparando-se para falar.

— Me ligue quando a delegada disser que nós podemos ir à casa dela uma noite, e eu te ensino a pesquisar nos arquivos da nuvem. Se eu conseguir arranjar um tempo, ajudo você.

Ela sorri e segura meu braço de novo, por cima da mesa, mais gentilmente desta vez, e segue em direção à porta.

12. AONDE OCE VAI DEPOIS DO TREINO?

"Aonde OCE vai depois do treino? A aula termina à uma e ele só volta para casa um pouco depois das duas. O que Joe Kwok (sei!) apronta depois?"

Para responder a essa pergunta, preciso segui-lo de novo, não quando ele sai do prédio, mas depois que sai da True Fitness. Andei passando horas, toda noite, analisando o que está armazenado nas câmeras de segurança da delegada – muitas vezes com Tonya, que me dá altas dicas –, por isso meu tempo durante o dia andou limitado. Mas a delegada vai receber parentes de fora esta semana, o que significa que não vamos à casa dela. Ainda faltam mais de duas semanas para nossa próxima audiência, porque o reverendo está de férias, e não tem muita coisa a fazer ainda nos novos casos do Rik. Por isso estou livre para andar pelo centro por volta da uma e quinze todos os dias. Uso um chapéu, óculos de sol e jaqueta diferente a cada dia, para mudar minha aparência e ser menos perceptível. O inverno eterno do Meio-Oeste, que há uma semana ainda dava sinais de querer ficar, finalmente foi levado da cidade pelos ventos constantes do Oeste, e estamos tendo dias lindos, que parecem ter sido enviados por forças divinas.

Na primeira tentativa, facilmente encontro OCE saindo da Academia. Como imaginei, ele não vai para casa. Nas duas vezes que o sigo, ele desce a Hamilton, diante das lojas de tijolos com telhados de duas águas, e entra em um café chamado Fruta Verde. Antes era o Rocky's, uma lanchonete simples, mas, quando reabriu, depois da pandemia, voltou com um cardápio mais saudável e serve coisas como tempeh e grãos, além de um hambúrguer à moda antiga muito bom. Homem de hábitos que é, ele foi lá toda vez que o segui esta semana.

A única conclusão a que chego pela escolha de restaurantes de OCE é que temos o mesmo gosto em termos de comida, pois o Fruta Verde é onde eu almoçaria também, se pudesse me dar ao luxo de comer fora diariamente. Todos os dias que segui OCE e olhei pela janela da frente ele estava sozinho, sentado a uma mesinha lá.

Na quarta-feira, quando volto depois de colocar um chapéu, vejo um bando de homens de meia-idade se levantando depois de OCE, logo depois de comer. São cinco; saem do restaurante, passam direto por mim e atravessam a rua como quem diz "saiam do caminho", como se fossem uma frota de picapes. Estão fazendo graça e rindo muito alto. Quatro estão vestidos da mesma maneira, com uma polo preta com um nome que não consigo ler no lado esquerdo do peito. Parecem adolescentes, todos iguais. O quinto, que estava de costas para mim quando se levantou, está de blazer de tweed, pesado, adequado para o inverno, e, pelo feitio do blazer, imagino que nunca o deve tirar do corpo. O cara anda todo amassado e tem um penteado engraçado, tipo bunda de pato, e, embora esteja ficando careca, seu cabelo oleoso cai sobre a gola da camisa. Está mastigando um palito e anda um passo atrás do resto, aparentemente perdido em seus pensamentos. É o Ritz.

Eu me espantei ao vê-lo e o encarei por mais tempo do que deveria. Ele sente que alguém está olhando e procura por cima do ombro, com um olhar estreito, como quem diz "Caralho, está olhando o quê?". Sua expressão tem algo de brutal e assustador; rapidamente vou para o outro lado, e ouso voltar só uns minutos depois. O grupo chegou ao edifício da Vojczek Administradora, que fica no mesmo quarteirão, mais adiante, e entra por uma porta lateral, ao lado das grandes janelas panorâmicas. O Ritz é o último a entrar, mas antes olha para trás, talvez procurando por mim. Mas está olhando na direção errada, visto que não os segui, e volto para casa com a sensação de ter escapado por pouco.

***

"OCE e o Ritz?!!! Por quê?" Não consigo entender a conexão, mas sigo OCE na quinta e na sexta, e o grupo de Vojczek já está no Fruta Verde, sentado para almoçar, quando meu alvo chega. E o mesmo acontece na segunda-feira seguinte e, dessa vez, quando passo por lá, paro e finjo ler o cardápio que está afixado em um quadro do lado de fora da janela da frente. OCE, como sempre, está sentado a uma mesa sozinho, mas ao lado da mesa redonda, no centro do restaurante, onde está a gangue do Ritz, que hoje também inclui Walter Cornish. OCE mexe no celular de vez em quando; está a uns cinquenta centímetros do próprio Ritz, de costas um para o outro. Às vezes OCE atende o celular depressa, e depois parece estar digitando uma mensagem.

A turma de Ritz não é do tipo que fala baixo. Mesmo através da janela, ouço quando eles caem na gargalhada. Me ocorre na mesma hora que, se tivesse a intenção de espioná-los, OCE poderia captar muita coisa na posição em que está. Fico meio revoltada quando percebo que, se já não tivesse passado vergonha na frente do meu vizinho, poderia estar lá também, sentada perto deles, talvez ouvindo alguma coisa que servisse para o caso da delegada, e fazendo Rik pagar o almoço.

A rotina de OCE continua a mesma. Em alguns dias eu passo várias vezes pela janela, ponho ou tiro o chapéu, os óculos ou o casaco antes de passar de novo. Um dia pego meu celular e finjo usá-lo como espelho; mexo no cabelo enquanto tiro algumas fotos, que examino em casa.

A princípio não parece ter muita coisa que eu já não tenha notado. Sempre que OCE entra, pega a mesa mais próxima do Ritz e seu bando e se senta de costas para eles, e fica mexendo no celular entre mordidas em seu sanduíche. Como eu já esperava, ele pede sempre a mesma coisa: pão integral com abacate e brotos, cujos fios brancos vazam entre as fatias do pão. Um detalhe que me impressiona, depois de tanta observação, é que o Ritz raramente fala. Ele sorri um pouco quando o grupo começa a rir, mas não parece falar muito.

Pensar que OCE está espionando Vojczek é meio inacreditável e, olhando as fotos que tirei, percebo que o que estou vendo pode não significar nada. Quem chega ao Fruta Verde se senta, pois lá não há recepcionista, e qualquer cliente que quisesse almoçar escolheria uma mesa longe do Ritz e seus caras com todas as suas gargalhadas. Como OCE chega mais tarde, talvez não tenha escolha e tenha que se sentar ao lado deles. Em minhas fotos, vejo que as únicas mesas livres do restaurante estavam, como eu suspeitava, em volta do Ritz e sua gangue.

Ainda estou tentando entender tudo quando, na quinta-feira da minha segunda semana seguindo OCE, algo importante acontece. Ritz e seus rapazes terminam o almoço antes da hora normal. Assim que os vejo se levantar, vou para a entrada de uma floricultura, do outro lado da rua, para não deixar que o Ritz me pegue espionando de novo. Por um segundo, enquanto eles atravessam a Hamilton ignorando os carros, temo que estejam vindo na minha direção, mas logo vejo aonde estão indo: há duas F-150 vermelhas com o logotipo da Vojczek na porta. Já vi essas caminhonetes antes, mas geralmente ficam estacionadas no quarteirão de trás da empresa. Devem ter um compromisso, por isso estão saindo apressados. Mesmo assim, os olhos do Ritz, frios e cinzentos, se erguem por um segundo e parecem passar por cima de mim; pelo jeito ele não notou nada, porque todos entram nas caminhonetes e partem na mesma direção.

Menos de um minuto depois que o grupo da Vojczek vai embora, OCE sai do restaurante. Está com sua mochila vermelha de ginástica, que pesa em sua mão de uma maneira incomum, como se ele tivesse roubado um haltere da academia. Ele olha para a esquerda por um instante, na direção em que o Ritz e seus homens foram, e atravessa a rua. Parece que está indo para o escritório da Vojczek, mas, quando chega à esquina, desce a rua transversal, a Fenton. Estou mais de meio quarteirão atrás dele. Chego à esquina o mais rápido que consigo, tentando não correr para não chamar a atenção. Quando viro, não vejo sinal de OCE. Acelero o passo e sigo para o lado oposto da Fenton, tentando observar as portas e os carros estacionados. Ando cerca de cem metros até chegar ao beco atrás dos prédios da Hamilton. Eu o perdi.

Então, quando volto para a esquina, irritada demais, vejo OCE. Está nos fundos da Vojczek Administradora, ao lado dos dois enormes condensadores de ar-condicionado. Está com uma jaqueta azul agora, com letras que não consigo ler a essa distância. Chego um pouco mais perto e me agacho para poder observá-lo através das janelas de um carro estacionado. Da mochila de ginástica ele tira uma caixa preta, do tamanho de um pacote de sulfite. É tão pesada que ele precisa das duas mãos para levantar. Abre um dos quadros de luz na parede de tijolos e tira duas bobinas de fio de dentro. Não consigo ver como exatamente, mas ele conecta os dois fios à caixa preta, que então coloca atrás dos condensadores, sobre o bloco de concreto. De onde estou, vejo que a caixa fica escondida e duvido que alguém mais a note nas sombras.

OCE vai embora e eu o sigo, ainda uns cem metros atrás dele. Enquanto caminha, ele tira a jaqueta azul e a coloca de volta na mochila de ginástica. Não trouxe meu binóculo – usar binóculo em plena luz do dia chamaria muita atenção –, mas acredito ter visto as letras HVAC atrás. OCE estava fingindo ser um técnico trabalhando no sistema de ar-condicionado de Vojczek.

Eu o sigo por tempo suficiente para ter certeza de que ele está voltando para o Archer, e então retorno para a Vojczek. Estou a uns trinta metros quando o Ritz e sua turma chegam com suas picapes. Considerando que o Ritz já me flagrou na rua outro dia, vou me queimar se ele me vir no seu estacionamento. Talvez ele me dê um passa-fora ou tente me interrogar. Penso em esperar na rua até que eles entrem, mas não tenho um disfarce como OCE, com sua jaqueta de técnico. Se alguém me encontrar perto dos condensadores, posso acabar sendo acusada de instalar a caixa preta, e meu palpite é que não vou querer ter nenhuma relação com isso. Não tenho escolha senão voltar para casa.

***

A escuridão demora para chegar. Fico andando pelo apartamento, olhando para o céu a cada quinze minutos, como se, por algum motivo, hoje o sol pudesse se pôr antes das vinte e quarenta e três, horário do pôr do sol segundo o site de previsão do tempo. Às vinte e uma e trinta, quando já está escuro, volto para a Vojczek.

Levo um grande saco de papel pardo dobrado no bolso e o abro enquanto entro no estacionamento do Ritz. As lixeiras de recicláveis ficam ao lado dos condensadores, e, se alguém me der um flagra, vou jogar o saco marrom ali, como se fosse uma ecológica mesquinha usando a lixeira da Vojczek, em vez de pagar a taxa municipal pela minha. É uma noite boa para fazer isso, pois é lua nova. Nas laterais do estacionamento a iluminação é forte, mas, aqui atrás, sob o beiral do prédio onde estou bisbilhotando, está bem escuro.

Vou até os condensadores. Tenho medo de ligar minha lanterna de LED e correr o risco de chamar a atenção. Mas consigo enxergar o suficiente para saber que a caixa preta ainda está ali. Tiro várias fotos dela usando a configuração noturna do meu celular e um aplicativo de pouca luz – parte do pacote de truques que instalei há algum tempo. Checo as primeiras fotos para ter certeza de que capturei a etiqueta branca com seu número de série na extremidade oposta do dispositivo, entre os fios que correm de volta para o quadro de luz. Eu me abaixo e tento mexer na caixa com cuidado, mas é pesada como um bloco de concreto. Com as duas mãos, consigo afastá-la do condensador para tirar uma foto da marca impressa no metal, na frente.

Olho a última foto quando volto para a esquina. "NoDirt" é o nome da máquina. Eu tinha noventa e nove por cento de certeza antes de chegar aqui, mas agora, voltando para casa, estou tão orgulhosa de mim mesma que está difícil não me abraçar.

***

Sexta-feira à tarde, quando Rik volta da habitual manhã de visitas ao tribunal e do almoço com um de seus amigos de lá – ele é amigo de todo mundo, incluindo os oficiais de justiça, os sujeitos que controlam o detector de metais, alguns promotores e vários juízes –, bato na porta da sala dele e peço um minuto de sua atenção. Tenho certeza de que ele acha que tem a ver com a captura de vídeo da delegada, pois sabe que já voltei até 2019, onde, se a delegada estiver falando a verdade, deve ter alguma coisa que incrimine DeGrassi.

Rik quase bufa quando digo:

— Então, sabe o meu vizinho esquisito?

— Pinky, pelo amor de Deus!

— Não, por favor, olhe isto — pego meu celular. — Eu andei seguindo ele.

— Pinky. Ele vai pedir uma ordem judicial.

— Não, espere.

Enquanto mostro as fotos da noite anterior, explico que o vi instalar a caixa preta.

— O que é essa caixa? — pergunta ele.

— O nome é NoDirt. É um amplificador. Aumenta os sinais de banda 1800/1900 GSM que saem do prédio, para eles poderem ser interceptados até quatrocentos metros de distância por um equipamento chamado Stingray, que simula uma torre de celular. Com o Stingray conectado a um computador, dá pra isolar os celulares de dentro do prédio da Vojczek e pegar todos os números para onde eles ligam, todas as mensagens que mandam, todos os e-mails. Ele pode inclusive usar o Stingray como dispositivo de localização, para poder ver onde o celular do Ritz, ou seja, o Ritz, está a cada momento.

Quando cheguei em casa ontem à noite, percebi que o que OCE está guardando no baú é o Stingray. Ele o leva para baixo de vez em quando porque interfere quando precisa usar o celular ou dispositivos Bluetooth.

Rik pega meu celular para examinar as fotos.

— Está ligado na energia aí?

— Exatamente. É preciso um sistema grande para o ar-condicionado. Ele já tinha mexido ali antes, porque os fios já estavam no quadro de luz. Deve ter feito isso no meio da noite. Eu escuto ele bastante às duas ou três da manhã.

— Então por que ele não instalou essa caixa à noite, e não em plena luz do dia?

— Também achei estranho, mas depois percebi que ele precisa dos celulares do prédio para isolar os sinais. Ele teve que ir até lá enquanto eles estavam fora para poder ver quais IMEIs acenderam quando eles voltaram.

Rik olha minhas fotos de novo, acho que para ter tempo para pensar.

— Está me dizendo que esse cara está vigiando Moritz Vojczek?

— Sem dúvida, não vejo mais ninguém naquela empresa que valha a pena espionar. E é por causa do Stingray no apartamento ao lado que não tenho sinal de celular decente desde que ele se mudou.

— Entendi. E por acaso ele alugou o apartamento ao lado de outra pessoa que está tentando descobrir informações sobre Vojczek? Não é estranho?

— Muito estranho. Tudo nesse cara é estranho. Mas ele teria que morar em algum lugar perto da Vojczek. E não gostaria de estar do outro lado da rua, para o caso de o Ritz encontrar a caixa. Ia querer que ele tivesse que procurar em uma área mais ampla, para ter tempo de fugir.

— E quanto custa esse equipamento, Pinky? Esse Stinger e o Dirt-free?

— Uns cento e cinquenta, duzentos mil.

— Caralho — diz Rik. — Duzentos mil? Esse cara não é pequeno.

— Eu disse.

— Ele é federal? — pergunta Rik.

— O que você acha?

Rik leva a mão ao queixo enquanto pensa.

— Se ele for do governo, para colocar esse aparelho iria precisar de autorização judicial, o que implicaria o gabinete de Moses Appleton. E isso não faz sentido. Isso significaria que o Ministério Público dos Estados Unidos quer Walter Cornish como testemunha no grande júri e, ao mesmo tempo, está grampeando o telefone dele, o que com certeza iria minar a credibilidade dele. A menos que toda essa investigação sobre a delegada seja um disfarce para investigar Vojczek. Mas por qual crime?

— A delegada acha que Ritz ainda é traficante.

Rik fica como eu: cada vez mais confuso enquanto analisamos as possibilidades.

— E se o seu amigo estranho não for do governo?

— Isso é possível. Você sabe quem fabrica o NoDirt?

Esse nome na verdade é uma abreviatura de Northern Direct.

— Acha que a Direct está vigiando o Ritz?

— Da nossa varanda dos fundos, minha e do vizinho, dá pra ver a Direct. Eu achava que ele estivesse vigiando a fábrica, mas agora estou me perguntando se a Direct suspeita que o Ritz está fazendo alguma coisa no meio da noite para sabotá-la ou invadir suas instalações.

— Por qual razão?

— Chefe, estou só conjecturando. Todo mundo diz que Vojczek ainda é dono de um monte de propriedades dentro e ao redor do Tech Park. Talvez o Ritz esteja tentando descobrir se a Direct vai expandir, afinal ela conseguiu um contrato novo e grande com a Defesa. Assim ele saberia se deveria comprar mais propriedades ou vender as que tem.

— Então, eles estão fazendo contravigilância? — Rik torce o nariz, em dúvida. — Uma empresa da Fortune 500 não pode se envolver em escutas telefônicas ilegais, mesmo que atue na área de segurança nacional. — Ele levanta um de seus dedos grossos e o agita. — Só que, se você mexer com um fornecedor da Defesa, tem cerca de cem estatutos criminais federais envolvidos. O que significaria que seu vizinho não é do DEA, e sim da

DCSA, Agência de Segurança e Contrainteligência. Talvez da NSA. Esses caras conseguem seus mandados nos tribunais de Washington.

Isso me parece estranho.

— Ele age sozinho, nunca se comunica com ninguém. Talvez trabalhe para um governo estrangeiro. Ou outra empresa.

— Que está vigiando o Ritz e a Northern Direct? Por quê?

Confusos, nós nos entreolhamos. Então, Rik afasta os olhos, tomado por outro pensamento. Quando por fim me encara de novo, seu olhar é inflexível e ele aponta para a cadeira ao lado de sua mesa.

O caso da delegada tem sido difícil para Rik, e a pele dele está ficando meio cinza. Não é só a pressão dos olhos do mundo sobre ele, mas também o fato de que ele precisa de mais clientes. A publicidade funcionou como ele esperava. Rik tem recebido muitas ligações, anda se reunindo com potenciais clientes e fechando contratos. Isso é bom, mas demanda dele ainda mais, e ele jura que, assim que acabar o processo da P&B, vai contratar outro advogado. Não estou muito feliz com isso. Vai ser bom para Rik ter mais ajuda, mas outro advogado vai tirar meu lugar; não vou ser mais a primeira pessoa que Rik procura para trocar ideias.

— Escute — diz Rik, e se inclina um pouco mais perto. — Ninguém que pode gastar duzentos mil dólares em equipamentos de vigilância quer ser confundido por alguém dando uma de Agente 86. Se ele trabalha para o governo, você precisa saber que obstruir uma investigação federal é crime, Pinky. E, se seu vizinho estiver realizando vigilância ilegal, não vai querer ser pego, pois isso significaria cadeia para ele. Então, ele precisaria manter você calada. — Ele franze o cenho e olha para mim de um jeito ainda mais intenso. — De um jeito ou de outro, Pink, você está em uma situação perigosa. Portanto, seja o que for, uma coisa está clara: você tem que deixar esse homem em paz.

Ele me dá um momento para absorver suas palavras, sem afastar o olhar.

— Ouviu o que eu falei?

— Sim — digo.

— Me prometa que vai parar com isso e deixar esse cara fazer o que estiver fazendo sem que você o siga. Promete?

— Prometo — digo.

Mas não pretendo cumprir.

13. MINHAS NOITES NA CASA DA DELEGADA

Minhas noites na casa da delegada me fazem gostar ainda mais dela, e eu já a achava demais. Agora eu entendo por que tantos policiais dizem que é ótimo trabalhar com ela. Vou à casa dela direto do escritório quase toda noite, o que significa que não janto, o que a incomoda muito mais que a mim. Tem sempre um prato me esperando na mesa onde fica seu computador – um sanduíche ou um pouco da massa que ela preparou para jantar.

Sempre pensamos que as pessoas poderosas são magnatas que moram em mansões, mas a delegada, uma verdadeira servidora pública durante toda sua vida adulta, nunca teve dinheiro. A casa dela tem metade do tamanho das que eu via nos subúrbios de West Bank quando era criança. Os cômodos minúsculos são lotados de móveis e cristaleiras cheias de lembranças e bugigangas de família: uma escultura que sua filha mais velha fez na sétima série; uma cabeça de pedra pequenininha, com séculos de idade, que passou de geração em geração do lado materno da família.

Não tem nada fora do lugar. A delegada é o tipo de dona de casa maníaca, coisa que – por puro palpite – parece um hábito de imigrante, como se a voz de sua mãe sempre a alertasse para não dar aos estadunidenses nenhuma desculpa para desprezá-la. Dá para sentir o cheiro do purificador de ar e do desinfetante quando entro pela porta. Seja qual for o motivo, a delegada é do tipo que, inconscientemente, passa a mão pela mesa para tirar a poeira quando vem falar comigo, no escritório dela. Ponto para ela por isso também, pois assim não sinto que estou trabalhando em uma masmorra, já que o que estou fazendo é, para ser sincera, chato para caralho. Muitas vezes fico até muito tarde, mas ela passa antes de ir dormir para me agradecer pelo meu excelente trabalho.

Quanto às capturas de vídeo, foi mais fácil voltar no tempo, porque isso me permitiu começar com o que está no disco rígido. Pesquisar na nuvem exigiu um tutorial de Tonya, e ainda não estou muito hábil nisso. Não me surpreende que nas gravações mais recentes, do início deste ano, não haja sinal de Blanco. Mas, como Tonya suspeitava, há coisas que preferimos que Marc Hess nunca veja – e que não verá, a menos que seja esperto e peça uma busca quando descobrir, no tribunal, que o sistema existe. Definitivamente, seria um problema se Hess descobrisse o vídeo da delegada com Cornish que encontrei em minha segunda noite aqui.

O que se vê na tela, capturado pela câmera instalada sobre a entrada da garagem, são os dois saindo do Buick de Cornish, ambos meio lentos devido ao efeito da bebida, dirigindo-se para a porta, onde está aquela que o sistema chama de Câmera 1. A delegada está usando uma saia curta – ela ainda tem pernas bonitas – e o cabelo dela está bem arrumado, volumoso, aumentando a impressão de que ela saiu em busca de diversão.

Quando ela e Cornish estão meio fora da vista, a delegada diz, bem claramente:

— Não sei, Walt. Talvez não seja uma boa ideia.

— Ah, qual é, Lucy — responde Cornish, e dá pra ver que ele está com a mão firme no ombro dela. — Vai ser o melhor momento da sua semana.

O vídeo mostra claramente que a delegada não estava exigindo sexo de Cornish. Ao contrário, havia uma razão para ela, de repente, ter dúvidas quanto a entrar com ele. Marc diria que ela falou "Talvez não seja uma boa ideia" porque se deu conta de que Cornish estava concorrendo a uma promoção. Desse ângulo, o que é retratado não seria extorsão, mas poderia ser considerado suborno: Cornish oferecendo bons momentos para assegurar sua promoção. Rik teme que, se Marc vir esse vídeo, peça para restabelecer o testemunho de Cornish.

Rik explicou tudo isso à delegada sem pedir a ela que assistisse ao vídeo, mas não me surpreendo quando, esta noite, Lucia entra e pede que eu reproduza a gravação. Ela fica atrás de mim – estou sentada em sua cadeira –, com a mão levemente no meu ombro. Quando olho para trás para ver como ela está reagindo, vejo sua expressão neutra, como seria de esperar de uma policial veterana que já testemunhou um milhão de pessoas se pegando. Só que desta vez é ela.

Por fim, ela não consegue abafar um suspiro.

— *Señor Jesús* — diz —, como sou boba...

Ela se senta em uma cadeira ao lado de sua mesa.

— Walt Cornish não chegava em mim em uma noite de sexta fazia pelo menos três anos — explica —, e eu sabia muito bem o porquê. Sou velha e gorda demais para o garanhão. Mas de repente ele aparece e eu não penso em nada além de: "Ah, talvez eu não esteja tão ruim, afinal".

Eu a observo sem entender muito bem.

— Não entendeu, Pinky? Walt ia trabalhar com Ritz. Foi o Ritz que colocou ele nisso. Ele planejou todo esse negócio de sexo por promoção há anos. A covid o atrasou, mas o Ritz adora tramar, e manteve a armação.

— Você acha mesmo? — pergunto.

— *Tenho certeza*. O Ritz adora mostrar que é mais esperto que todo mundo.

Fico pensando nisso por um instante.

— Sabe — digo —, nós nunca soubemos dos detalhes sobre o que o Ritz tem contra você.

Ela ainda está chafurdando na decepção consigo mesma e, para se livrar dessa sensação, chacoalha os ombros, como um cachorro se secando.

— Merda — diz —, por onde eu começo?

— Você não disse que patrulhava com o Ritz quando começou a trabalhar no condado de Kindle?

— Tudo bem, esse é o começo.

Ela vira de lado na cadeira para poder cruzar as pernas à altura do tornozelo e prossegue:

— O Ritz sempre foi um figurão. Era jogador de basquete da cidade, aparentemente sabia dominar a bola, e foi assim que se tornou "o Ritz". Mas no Departamento de Polícia Unificado do Condado de Kindle, ele era quase um príncipe, porque o pai dele, Sig, Siegfried, era o homem da máfia daquele lado do rio. Sig era comandante do 4º Distrito e fazia desaparecer os casos que envolviam algum otário que a gangue dele quisesse proteger.

— E o Sig mexeu os pauzinhos para colocar o filho na polícia?

— Não foi preciso. Ritz passou em primeiro lugar. Ele foi o policial mais brilhante com quem já trabalhei, se você considerar a inteligência dos livros. Fez faculdade de direito e de administração à noite enquanto trabalhava e nunca fez corpo mole. Pelo que eu sei, ele fez duas pós e aprendeu vários idiomas. Mas Ritz é "un hombre especial" — diz ela, olhando para mim e jogando seu cabelo preto e grosso. — A maioria dos policiais não perde muito tempo se perguntando por que as pessoas erram; é como perguntar por que existem árvores na floresta. Às vezes as pessoas são uma merda, ponto. As que você prende não sabem controlar os impulsos ou o ego despedaçado. Muitas foram chutadas até aprender a chutar os outros. Mas uma semente ruim, alguém que nasceu mau e que vive para ser perverso, você não vê muito por aí. Até conhecer o Ritz. Você e eu somos as idiotas que seguem as regras; ele é o Ritz, de uma raça muito superior a nós.

"Então, entrando na máquina do tempo, Ritz foi meu primeiro oficial de treinamento quando eu era novata. Naquela época, muitos policiais odiavam trabalhar com mulheres, especialmente uma latina. Aquela merda de sempre, achavam que a gente não ia dar conta. Muitos tentaram me fazer sair. Quando eu pedia reforços, outros policiais falavam por cima de mim no rádio. Então, não foi por acaso que Ritz foi escolhido para me treinar.

"Na segunda noite, nós estávamos fazendo a ronda juntos, estava tudo calmo. Ritz estava dirigindo; foi até Kewahnee, longe de onde nós estávamos, e acabou na McGowan, sabe? Aquele quarteirão embaixo do viaduto da 843, onde as prostitutas usam aquelas roupas muito loucas. Ele parou em um beco, desceu e assobiou para uma delas, de short curtinho, salto alto e uma estola branca de vison falso no auge do verão. E antes que eu pudesse perguntar qualquer coisa, ele estava com a calça arriada, e a garota de joelhos na frente dele, ali, no beco, ao lado da viatura. Claro que ele olhou para mim a certa altura, com um enorme sorriso nojento no rosto. Mas nem fodendo eu o deixaria me tirar daquela viatura. Fiquei fazendo uns relatórios até ele acabar. E então, assim que afivelou o cinto de novo, ele disse à garota de vison: "Não foi tão bom assim, Vondra. Vou ter que levar você". E jogou a pobre mulher no banco de trás. Ele fez aquilo para me desafiar, mas, sério, eu poderia reclamar por ele prender alguém? Além disso, você sabe tão bem quanto eu que não se sai fofocando por aí.

"Mas cada noite era outra coisa com ele. Mais ou menos um mês depois, fomos chamados para uma batida em um dos clubes sociais italianos. Eu era novata e não entendia por que tantas unidades estavam respondendo. Mas naquela época, no condado, as batidas em casos de jogos de azar sempre aconteciam da mesma maneira, fossem negros jogando dados de joelhos em um beco, fossem brancos ricos em clubes de campo jogando baralho por cem dólares a mão. Bastava ter muito dinheiro na mesa. O responsável pela batida declarava a apreensão de uns cem dólares talvez, e o resto era dividido entre os policiais que aparecessem. E os caras que deveríamos prender nunca eram autuados, por isso não reclamavam do dinheiro apreendido.

"Uma noite, quando nós voltamos para a viatura, Ritz me entregou minha parte. Não explicou nada, simplesmente me deu um rolo de notas; uns duzentos dólares. Acredite, esse dinheiro teria me ajudado; mas depois eu fiquei puta. Não foi por isso que eu entrei na polícia. Eu estava no começo de namoro com Danny, e ele me falou: 'Da próxima vez, não toque em um centavo, mande ele dividir com os outros. Se você pegar esse dinheiro mais algumas vezes, ele vai acabar com a sua carreira. Uma noite qualquer o pessoal de Assuntos Internos vai estar esperando do lado de fora; as notas que Ritz te deu vão estar marcadas e os bolsos de todos os outros estarão vazios'.

"Então, nunca mais aceitei um centavo. Ritz ficava puto, porque a situação estava invertida e ele não podia ter cem por cento de certeza do que eu diria se a Corregedoria batesse na nossa porta. De repente eu fui transferida para o North End, naturalmente, que era outro tipo de lição. Mas era melhor que patrulhar com o Ritz.

"Avançando oito anos... eu tinha acabado de me mudar para Highland Isle como sargento-detetive e adivinhe quem estava aqui? Sig, o pai do Ritz, havia sido pego liderando uma quadrilha de assaltantes diante da sala do comandante, adulterando impressões digitais e comunicando os ladrões por rádio quando a polícia estava a caminho. Sig pegou oito anos na prisão federal, e saíram manchetes enormes, então ninguém queria o filho dele trabalhando por ali. Por isso, Ritz foi contratado em HI, onde os amigos do pai dele ainda mandavam.

"Então, quando cheguei aqui, Ritz já era chefe do Departamento de Narcóticos. E, pelo que ouvi ao longo do tempo, ele mexe com jogos de azar e com esteroides. Quando fazem uma batida na casa de um traficante, Ritz não fica só com a maior parte do dinheiro, mas também com metade das drogas. Com o tempo mínimo obrigatório e as diretrizes de condenação, o que os réus vão dizer? 'Não, na verdade eu tinha mais heroína'. E, pelo que ouvi dizer, Ritz vende as drogas que roubou para uns traficantes grandes com quem ele negocia.

"Todo mundo na polícia já ouviu essas histórias, mas eu tenho certeza de que Stanley, o delegado anterior, levava a parte dele nisso. Aí, Amity ganhou a eleição; no dia em que anunciou que eu seria a nova delegada, antes mesmo de tomar posse, chamei Ritz na minha sala e disse: 'Acabou a mamata, e você está fora. Ou vou dar ao FBI ou à DEA os nomes e as datas de vinte apreensões de drogas que você fez'. Então, recebi a demissão dele, e minha equipe inteira entendeu que faríamos as coisas do jeito certo a partir de então. Mas o Ritz está tentando se vingar desde aquela época, e sabe qual é o maior problema dele? Sabe do que reclama depois de beber uns tragos? Que faltavam quinze meses para ele se aposentar. Dá pra imaginar? Centenas de milhões na conta dele e ele ainda está puto porque eu o impedi de receber uma pensãozinha todo mês."

— E foi aí que ele entrou no mercado imobiliário? — pergunto.

— Isso é outra história — diz ela, e olha para o relógio. Está ficando tarde, mas eu quero ouvir essa história, e ela está gostando de contar. — Todo policial está sempre procurando um trabalho paralelo, para pagar mais algumas contas. Enquanto o Ritz era policial, comprou alguns edifícios. Como ele nunca dá ponto sem nó, achei que era uma maneira de lavar dinheiro sujo, declarando como ganho de aluguel.

"Mas, quando Ritz saiu e Amity começou toda a revitalização da cidade, ele percebeu que poderia lucrar com isso. O FBI praticamente acabou com a gangue, mas ainda havia muitos deles em negócios sujos em todo o condado de Kindle: esquemas de proteção, de fuga, fraudes envolvendo a Zelle e a Venmo, que geram muito dinheiro e precisam ser discretas porque têm medo da Receita Federal e da lavagem de dinheiro. Então, Ritz começou a fazer negócios com imóveis, comprou propriedades em Highland Isle inteira. Ouvi dizer que hoje em dia o dinheiro entra e sai em bitcoins. Mesmo naquela época, era típico do Ritz provar que ele era mais esperto que os outros e garantir que ninguém vinculasse seus investidores a nada. Tinha contas bancárias nas Cayman e empresas panamenhas, e sociedades dentro de sociedades, como uma boneca russa, trocando propriedades entre um lado e outro. Os caras que investiam não estavam atrás de grandes lucros, queriam apenas seu dinheiro de volta lavado. E Ritz ainda é, basicamente, um traficante. O que é a segunda razão pela qual ele quer se livrar de mim."

— Como um incorporador imobiliário pode ser um traficante? — pergunto.

— Você sabe como funcionam as redes de fast-food? O irmão do Danny comprou um monte de franquias da Taco Tiempo. Ele queria que o Danny entrasse nessa com ele, mas o meu ex, que Deus o abençoe, adora as ruas. Enfim, essas corporações são donas dos imóveis onde fica a Taco Tiempo, ou a maioria das outras, e os alugam para os franqueados, que compram todos os suprimentos da matriz e entregam mais de dezessete por cento do faturamento para ela. E é isso que o Ritz faz com os grandes traficantes. Nós estouramos três grandes operações de fentanil nos últimos dois anos, vinte pessoas trabalhando em um apartamento, e todas as vezes em um prédio que é do próprio Ritz. Mas ele diz "não posso saber o que meus inquilinos fazem. Eu administro metade dos imóveis alugados na cidade". Ele sabe que estou de olho nele, por isso quer me ver fora.

Ela aponta para a tela onde congelei a imagem, que mostra metade dela, com a mão gorda de Cornish em seu ombro.

— Eu sei de tudo isso e ainda assim caí na armadilha do Ritz, porque estava louca para me convencer de que um cafajeste como Walter tinha tesão por mim de novo. Jesus — diz ela. — Jesus...

E sai do escritório sem dizer mais nada.

14. PRIMO NO BANCO DAS TESTEMUNHAS

No dia seis de junho, Primo DeGrassi se senta no banco das testemunhas. Como disse a delegada, Primo é exatamente o que aparenta: um tolo grandão e caloroso. É basicamente isso que as pessoas falam do meu pai, e talvez seja por isso que, quando Primo chega, mais ou menos um minuto atrasado, eu instintivamente gosto dele – até me lembrar por que não deveria gostar. Primo se manteve em forma. Tem cabelo preto ondulado, ombros largos e um rosto bonito; sem dúvida, bonito para um velho. Não é difícil entender por que a delegada iria quer levá-lo para a casa dela.

No depoimento, Primo não mostra em nada a arrogância de Cornish. Parece uma criança ansiosa. Escuta e balança a cabeça respeitosamente, e repete as respostas que ensaiou com Marc. De verdade, parece uma daquelas pessoas burras demais para mentir. Mas não é. Só é burro demais para mentir direito.

A história de Primo é que, no início de 2019, ele decidiu se candidatar à promoção a sargento. Estava louco para completar seus vinte e cinco anos e se aposentar, e não esconde que queria o aumento salarial que iria aumentar sua pensão. Diz que nunca se inscreveu porque nunca ia bem nas provas.

O desempenho de Primo no trabalho, em contraste com o de Cornish, sempre foi bom. Ele fazia tudo que pediam, e em geral fazia direito. As únicas reclamações de civis que recebeu ocorreram, não surpreendentemente, quando ele era parceiro de Walter. No que diz respeito às avaliações internas, a única crítica consistente era que ele nem sempre estava "alerta", um código bastante claro para o fato de que o cara não era o que se chamaria de líder.

Enfim, Primo se inscreveu e acabou em primeiro lugar na lista, já que também era o policial mais antigo. Ele declara que tudo estava indo bem para ele até que foi ao Saloon em uma noite de fevereiro e, assim como aconteceu com Cornish no ano seguinte, a delegada o convidou a ir à casa dela se divertir. Ele foi e, de fato, a delegada exigiu que ele voltasse várias vezes. Era casado, diz, mas sabia que o aumento da aposentadoria iria ajudar sua família.

Depois de tanta bobagem, Marc oferece DeGrassi para a inquirição cruzada.

Rik vai direto ao ponto.

— Segundo sua declaração, o senhor começou essa série de encontros sexuais com a delegada no fim de fevereiro de 2019, correto?

— Correto.

— Não teria sido nessa data, sr. DeGrassi, que terminou sua relação física com a delegada?

— Não é o que eu recordo.

— Sr. DeGrassi, em suas muitas visitas à casa da delegada, notou as câmeras de segurança instaladas lá?

— Sim. Mas, com esses sistemas, a pessoa talvez só consiga trinta dias de gravação.

— Então o senhor não sabia que foi instalado um sistema de armazenamento de vídeo aprimorado na casa da delegada, que contém pelo menos quatro anos de imagens das câmeras, não é?

Primo está acostumado a pensar devagar. Fica parado, tentando descobrir se a coisa é realmente tão ruim quanto parece.

Mas Rik não espera.

— Gostaria de mostrar ao sr. DeGrassi um vídeo, reverendo, se me conceder alguns minutos para preparar o equipamento.

Marc se levanta imediatamente.

— Comissários, isso é uma emboscada. Não fomos comunicados sobre possíveis evidências em vídeo.

Rik sacode a cabeça.

— Senhores comissários, isto é uma inquirição cruzada. Não somos obrigados a presumir que o sr. DeGrassi vai mentir sob juramento. E as evidências da inquirição cruzada não estão sujeitas a descoberta. Nunca estiveram.

A sra. Langenhalter sussurra no ouvido do reverendo e ele concede a Rik o recesso de que precisa.

Marc sai no encalço de Rik.

— Você está enrolando — diz Marc. — Nós nunca fizemos esses joguinhos um com o outro.

— Eu tenho uma cliente, Marc — diz Rik, cansado, e sai.

Não interessa como Rik usaria as gravações normalmente, ele já me explicou seu problema: quanto mais tempo der a Marc para pensar, mais provavelmente seu opositor vai pedir para ver todos os vídeos da delegada com Cornish. Como pegar Marc desprevenido é essencial, Rik está disposto a agir como a típica víbora de tribunal.

Depois que Dorcas – uma estudante de direito que faz uns bicos no escritório de Rik – e eu levamos todo o equipamento para o tribunal, Rik retoma. Há um monitor de quarenta polegadas instalado entre DeGrassi e os três comissários. Os espectadores se esticam nos bancos para poder ver melhor. Esta noite, como na segunda noite do depoimento de Cornish, não há sinal de Vojczek na audiência. Ser identificado no meio da multidão da primeira vez foi o suficiente para mantê-lo em casa.

— O senhor nos disse, sr. DeGrassi, que seus encontros com a delegada aconteceram em fevereiro de 2019, logo após ter decidido se candidatar a uma promoção. Posso lhe mostrar apenas alguns trechos das gravações, começando, digamos, em janeiro de 2019, que podem ajudá-lo a recordar?

Mexo no computador e as imagens aparecem no monitor. O primeiro vídeo que encontrei da delegada com DeGrassi entrando na casa dela é, na verdade, do fim de dezembro, mas foi durante o horário de trabalho, por isso Rik formulou sua pergunta com cuidado.

A cada gravação, Rik pergunta:

— O senhor se reconhece, sr. DeGrassi? Essa é uma imagem precisa de como o senhor e a delegada eram em janeiro e fevereiro de 2019?

Primo não pode discutir as datas, porque foram automaticamente registradas nas gravações. Depois de uns seis trechos, o reverendo interrompe e diz:

— Já entendemos, sr. Dudek.

— Pois bem; o que estava acontecendo, sr. DeGrassi, é que o senhor e a delegada começaram a namorar, não é mesmo?

— Namorar?

— Sim, namorar. Vocês jantavam fora, iam ao cinema. E o senhor a visitava em casa, correto?

Primo não responde. Está infeliz, considerando suas opções.

— E a delegada concordou em namorá-lo porque o senhor disse a ela que estava se divorciando da sra. DeGrassi, não é verdade?

— O senhor sabe como é a vida de casado — diz Primo. — Foi uma fase difícil.

— O senhor disse à delegada que estava se divorciando e que pretendia sair de casa assim que sua filha mais nova terminasse o ensino médio, em junho, não é verdade?

— Não sei.

— E o que aconteceu, sr. DeGrassi, foi que, uma vez que estava namorando a delegada, decidiu *por conta própria* se candidatar a uma promoção, correto?

— Não, ela achou que eu deveria me candidatar.

— É mesmo? Não é fato que ela só soube que *o senhor* havia feito a inscrição depois que fez a prova?

— Acho que não.

— O senhor acha que não — repete Rik. — Bem, sr. DeGrassi, o senhor nos disse que nunca foi bem em provas, não é? Sua nota, oitenta e quatro, não foi muito melhor, historicamente, que as notas que tirou em outras provas?

— Acho que sim.

— A delegada não perguntou diretamente ao senhor se alguém havia feito a prova em seu lugar?

— Não, acho que não.

A verdade é que toda essa cena em que a delegada descobriu sobre a candidatura de Primo e questionou sua nota aconteceu na porta da casa dela. Rik acena para mim com a cabeça e eu coloco o vídeo no qual a delegada diz: "Como você foi fazer uma coisa dessas sem falar comigo?".

— Isso refresca sua memória e prova que a delegada não sabia que o senhor se candidataria a uma promoção?

— Não sei o que ela sabia. Talvez eu tenha contado e ela esqueceu.

— Quer que repitamos o vídeo, sr. DeGrassi, para que possa apontar onde lembrou à delegada que havia contado a ela que iria se candidatar?

O reverendo, que está sempre atento ao relógio, interrompe e diz:

— Já vimos o vídeo, sr. Dudek. Ele fala por si.

— Concordo, reverendo — diz Rik. — E, para economizar tempo, também vou pedir à comissão que registre o fato de que os oitenta e quatro pontos que o sr. DeGrassi fez são exatamente a mesma nota que o sr. Cornish tirou um ano depois.

Marc objeta, mas ninguém na bancada lhe dá atenção, até que a sra. Langenhalter, que normalmente não gosta de falar em público, diz:

— A nota já está nos registros também.

— O sr. Cornish é seu amigo próximo, não é, sr. DeGrassi?

— Walt? Sim, somos amigos.

— Vocês trabalharam juntos durante anos?

— Correto.

— E ainda trabalham juntos na Vojczek, não é?

Marc, que vem tentando se manter sereno e apenas fazer anotações, objeta dizendo que a comissão já decidiu que as perguntas sobre Vojczek são irrelevantes.

— Eu não disse "irrelevantes" — corrige o reverendo, que parece estar começando a reconhecer que pode haver algo na conexão com Vojczek, afinal. — Mas acho que por enquanto podemos prosseguir.

Rik faz uma leve reverência, aceitando a decisão, e se volta para Primo de novo.

— Além de concorrer à promoção, aconteceu algo mais em fevereiro de 2019 que também serviu para interromper seu relacionamento com a delegada?

— Não sei.

— A delegada não cruzou com a sra. DeGrassi na mercearia? O senhor lembra de ter ouvido falar disso?

— Especulação — diz Marc.

Marc tem razão, mas, depois que a sra. Langenhalter sussurra para o reverendo, ele diz:

— Presumo que a delegada vai testemunhar sobre isso mais tarde, não é?

— Se for necessário, claro — diz Rik.

— Vamos ouvir agora, então — diz o reverendo, e faz um gesto para que Rik prossiga, imaginando que estamos tentando economizar tempo, e não forçando a defesa a convocar Primo mais tarde, devido a esse testemunho terrível.

— E a sra. DeGrassi e a delegada conversaram na mercearia, não foi? E a delegada não contou ao senhor, mais tarde, que a sra. DeGrassi disse que não tinha intenção de se divorciar e que a alertou para ficar bem longe do marido dela? Ouviu, de fato, isso das duas?

Nos últimos dias, fui várias vezes ao Mercado Municipal para ver se algum funcionário atual se lembra daquele incidente, que, pelo que eu descobri, foi um barraco dos bons. Ninguém quis falar sobre as clientes, mas um sugeriu que eu conversasse com uma ex-funcionária, Angela Marcos, que hoje faz faculdade em período integral na State. Angela me atendeu de boa vontade, especialmente porque era uma história maluca de duas mulheres de meia-idade batendo boca no corredor da mercearia. Na época, Angela estava abastecendo as prateleiras perto de onde as duas se trombaram – literalmente, porque a sra. DeGrassi havia batido seu carrinho de compras no da delegada. A delegada reagiu fazendo a mesma coisa, seguida por muitos gritos, e as duas se enfrentaram a menos de trinta centímetros entre elas.

— Não foi depois que o senhor decidiu se candidatar a uma promoção, depois que a delegada e sua esposa discutiram no Mercado Municipal, que aconteceu a cena a seguir?

A próxima gravação é da câmera que fica na campainha da casa da delegada. Primo está batendo forte com a aldrava de latão e gritando: "Lucy, Lucy! Não é o que você está pensando! Ande, me deixe entrar, eu posso explicar".

— Ela o deixou entrar, sr. DeGrassi?

— Não — diz ele, depois de pensar de novo em como responder.

— Na verdade ela não quis continuar o relacionamento, não é?

— Parece que não.

— Diria que ela ficou muito brava com o senhor?

— Parece que sim.

— Mas, mesmo estando com raiva e se sentindo traída e enganada pelo senhor, ela não impediu sua promoção, não é?

— Não, mas impôs condições.

— Correto, ela fez um acordo com o senhor: que, se entregasse seu pedido de demissão datado para um ano depois, ela não o impediria de ser sargento. O senhor receberia o aumento na aposentadoria e deixaria a polícia depois de doze meses, quando completasse seu vigésimo quinto ano de serviço, correto? E então o senhor disse a ela que pretendia sair de qualquer jeito. Foi esse o acordo, mesmo ela estando furiosa com o senhor?

DeGrassi olha para mim, tentando descobrir o que mais pode estar gravado ali no computador. Não há mais nada, mas ele não sabe e não pode arriscar.

— Pode-se dizer que foi isso que aconteceu — diz.

Rik olha para Marc.

— Deseja inquirir a testemunha?

Marc declina e a audiência é suspensa até a semana seguinte.

Rik vai falar com Marc para fazer as pazes; o procurador ainda está fora de si de raiva, tentando recolher seus papéis na mesa, mas logo larga tudo.

— Por que você desperdiça uma noite da vida de todos nós, que nunca mais vai voltar, só para dar uma de Perry Mason?*

Rik se defende com humildade e respeito. Diz que sua obrigação é desacreditar os argumentos do promotor da maneira mais convincente, mas que talvez tenha tentado acariciar seu próprio ego.

— Eu teria retirado o testemunho dele se tivesse visto aquilo — diz Marc. — Você me conhece muito bem.

— Então, vai arquivar o caso?

Marc sacode a cabeça. Ele não sabe.

— Ainda tenho Blanco — diz.

— Curioso você mencionar o nome dele, porque tenho uma prévia para lhe dar — diz Rik. — Blanco diz que Lucy o levou para casa e fez um monte de coisas com ele, mas não existe uma única tomada de nenhuma das câmeras em que Blanco apareça. Ele nunca esteve naquela casa quando diz ter estado. Portanto, a menos que tenha se desmaterializado antes de entrar, o testemunho também é mentira.

---

* A série *Perry Mason*, exibida nos Estados Unidos entre as décadas de 1950 e 1960, mostrava a vida do advogado de mesmo nome, dividido entre uma atuação brilhante à frente dos casos de seus clientes e uma vida pessoal atormentada. (N.E.)

— Vou falar com ele. — Marc sai, usando suas credenciais para abrir a porta ao fundo do tribunal, que dá acesso ao Gabinete da Prefeitura.

A delegada, que sustentou sua cara de paisagem o tempo todo, está sorrindo agora.

— Acabou? — pergunta.

— Eu nunca me precipito — diz Rik. — Falta muito ainda para realmente dizer que ganhamos.

— Ande, Ricky — diz ela. — Quero dormir a noite toda pela primeira vez em três meses. Diga que as perspectivas são boas.

— As perspectivas são boas.

Ela sai e Rik olha para mim.

— Aposto cinco pratas que Marc vai ligar amanhã para me dizer que vai encerrar o caso. Talvez ele espere um dia, porque está irritado demais.

15. NÃO TENHO MUITA SORTE

Não tenho muita sorte. Às vezes acho que sou eu que provoco isso, porque nem sempre estou no aqui e agora, no presente ou sei lá como se diz. Por exemplo, a primeira vez que fui presa. Eu tinha dezesseis anos, havia fraturado a coluna em fevereiro e começado a tomar analgésicos. Nossa, eu adorava aquela sensação de entorpecimento, como se tivesse uma caixa de chumbo em volta do meu coração que impedisse a entrada de toda aquela porcaria que normalmente me perturbava e me perfurava como raios X. Enfim, comecei a sair com uma garota, Ophelia, que fazia faculdade, e eu estava no apartamento dela, no primeiro andar, em Center City, em frente à janela aberta da sala, com um baseado. E passou um policial. Eu estava bem louca e nem notei. Até que ouvi o cassetete dele batendo no peitoril.

— Venha aqui para fora — disse ele. O policial fez simplesmente o que tinha que fazer, foi o que me explicou vovô quando foi me buscar na delegacia e me levou para casa. Se o policial fosse bem durão, teria chutado a porta da casa da Ophelia e revistado tudo. Mas essa é a questão: a Ophelia tinha sorte, eu não. Afinal, quem é preso por um policial que está passando na rua indo comer um sanduba?

Em seis meses, fui pega mais duas vezes. Na última ocasião, depois que vovô conseguiu de novo que me liberassem, por volta das quatro da manhã, ele se virou para mim antes mesmo de sairmos do estacionamento da delegacia.

— Pinky — disse ele —, em todos estes anos nesse ramo — ele se referia ao fato de ser advogado criminal —, percebi que algumas pessoas parecem nunca ser pegas, e outras que sempre são. Esse segundo grupo, Pinky, acabou se tornando meus clientes fixos. E você é um deles. Não sei explicar, não tem nada a ver com inteligência. Chame de sorte se quiser, carma ou destino, mas você precisa respeitar essa força que opera, seja qual for.

Quando vovô me disse para aceitar o fato de que o universo não me pouparia, eu entendi. O que significa que eu deveria ter dado ouvidos a Rik quando ele me alertou sobre deixar OCE em paz.

No dia seguinte ao depoimento de DeGrassi, já que Rik espera que Hess ligue e o processo seja encerrado, o patrão me dá o dia de folga.

Durmo até tarde, mas por volta da uma hora decido dar uma volta. Estou pensando em almoçar; o dia está lindo. Só que já sei o que vou fazer, mas prometo a mim mesma que só quero ter certeza de que OCE não está tramando mais nada com o Ritz e que o NoDirt continua atrás dos condensadores. Digo a mim mesma que vai ser a última vez.

Fico caminhando e esperando no quarteirão da True Fitness. Como sempre, ele sai com sua mochila vermelha de ginástica e segue em direção ao Fruta Verde. Desaparece na esquina. Tendo o cuidado de não chegar muito perto para não atrair sua atenção, acabo indo até o café para dar uma olhadinha rápida pela janela. Não o localizo em nenhuma das mesas; passo uma segunda vez e me demoro um segundo a mais, mas ainda não o vejo.

Até que eu me viro. Não consigo nem imaginar como ele chegou tão perto. Devia estar escondido à sombra da porta da loja ao lado. Não está a mais de trinta centímetros de mim. Não sou baixa, tenho um e setenta e cinco, só que, com mais de um e oitenta, ele paira acima de mim, especialmente porque ele tem ombros mais largos do que parece a distância, e uma estrutura ágil.

— Procurando alguém? — pergunta.

A total frieza de sua expressão é assustadora. Ele espera um segundo por uma resposta, que não consigo dar, então se inclina alguns centímetros mais perto e sussurra:

— Por que você está me seguindo? Faz pelo menos um mês.

Não sei o que dizer. Ele é mais assustador do que eu esperava, mesmo em uma rua movimentada em plena luz do dia. Minha língua está travada, especialmente porque mergulhei de novo na caverna da decepção comigo mesma. História da minha vida: nunca sei quando parar.

— Você sabe.

— Não, não sei — diz ele.

Não posso perguntar quem ele está espionando. Rik me disse que isso seria perigoso. Então, com apenas um segundo para pensar, vou aonde meu cérebro me leva, me lembrando do pretexto que dei no corredor do prédio há algumas semanas, quando sugeri que tomássemos um café, e de como ele me interpretou mal.

— Às vezes eu sinto as pessoas, sabe?

— Sente?

— Você sabe — digo, fazendo o possível para parecer envergonhada, o que não é exatamente mentira. — Às vezes eu vejo uma pessoa e imagino que ela deve ter pegada, e aí eu penso, sabe... que a gente poderia se dar bem. É isso, estou meio a fim de você.

A única maneira de ser mais explícita é se eu o agarrar, mas ele parece ainda não registrar o que estou dizendo.

— Não estou procurando namorada — ele responde por fim.

É um momento estranho. Eu deveria ficar aliviada por ele acreditar na minha mentira e talvez não me entregar a uma equipe chinesa de operações especiais que vai me sequestrar e me colocar dentro de uma caixa, onde vai me manter até que eu conte tudo que sei. Mas eu sempre consigo surpreender a mim mesma. E, em um primeiro momento, fico aborrecida, talvez até decepcionada, por ele dizer "não" tão depressa. Depois de tudo que eu passei, o cara quer me deslizar para a esquerda? Se isso não prejudicasse meu disfarce, eu simplesmente o mandaria se foder.

— Eu também não preciso de um namorado, cara. Estou dizendo tipo, sabe, ficar junto, curtir, ver no que dá, sei lá. Seguir você foi uma brincadeira, não sei, é difícil pra caralho conhecer você. O que você *faz*, cara? Fica só andando por aí, não entendi nada.

As adagas desaparecem de seu olhar. Ele parece estar processando meu jeito estranho e inesperado. De repente ele baixa a guarda, e eu aproveito a oportunidade para escapar.

— Tudo bem — digo —, já entendi, você não está a fim. Desculpe qualquer coisa, vou te deixar em paz.

Dou um aceno rápido e caio fora, sem olhar para trás.

***

Por volta das oito da noite, estou no Facebook. Na maioria das vezes acho um pé no saco; um bilhão de pessoas que não me interessam fazendo coisas que quase não fazem diferença para mim. Parece que o senso comum, seja o que as pessoas dizem, seja o que colocam na internet, nunca descreve minha vida ou a mim. Ler esses posts só me faz sentir mais estranha ainda.

Mas isso não me impede de perder uma noite por semana nisso. O engraçado é que o pessoal do ensino médio, que teria se escondido debaixo da mesa no refeitório para não ter que me cumprimentar, agora me solicita amizade – o que não passa de um convite para eu me inscrever no fã-clube deles. Aceito, mas só para ver o quanto são todos ridículos. Nossa, que notícia bombástica! No auge da pandemia, a pessoa quase enlouqueceu. Ué, ela não é especial? E esta, definitivamente, merece atenção mundial: enquanto as aulas eram virtuais, a pessoa ensinou a classe de sua filha, que está no segundo ano, a fazer quadradinhos para uma colcha, que foram costurados quando as aulas voltaram a ser presenciais.

Eu diria que a principal coisa que aprendi no Facebook é algo que já sabia: não quero filhos. Não quero uma marca de mão suja na manga da minha blusa. Pelo amor de Deus, o que eu faria com uma criança tão problemática quanto eu?

Enfim, é o que estou fazendo quando ouço uma batida na porta. Tirando Arturo, o zelador, as únicas pessoas que fazem isso são as Testemunhas de Jeová, que entram no prédio quando algum morador está saindo. Espio pelo olho mágico já esperando uns sujeitos de terno, sorrindo e segurando um punhado de panfletos, mas é OCE.

Imediatamente entro em pânico, que só cresce enquanto tento descobrir o que está rolando. Meu melhor palpite é que ele pensou em nosso encontro na rua e, depois de ter tido tempo para somar dois mais dois, não acreditou nas bobagens que eu disse. E agora o superespião quer descobrir o quanto eu sei. E, se eu souber demais, ele vai querer saber como eu soube. Talvez seja por isso que Rik me alertou, e OCE está aqui para me matar.

Quando abro a porta, porém, ele está muito diferente do jeito que anda na rua. Está de jeans, com as mãos nos bolsos, até meio curvado, como as pessoas altas costumam fazer para parecer menos imponentes.

— Tudo bem se eu entrar? — pergunta, sorrindo, como se estivesse se divertindo.

Quero dizer não, mas como poderia estar interessada no sujeito e bater a porta na cara dele?

Fico olhando para ele.

— Sabe, fiquei morrendo de vergonha depois de pensar melhor. Tenho certeza de que assustei você. Às vezes eu entro na minha cabeça e não consigo sair. Mas não precisa se preocupar, esqueça o que aconteceu, vou te deixar em paz, prometo.

Ele rola a língua dentro da boca. Não diz nada a princípio, só aponta para meu sofá.

— Posso? — pergunta, e passa por mim.

A TV está ligada, está passando alguma coisa idiota e romântica a que eu não estava assistindo porque estava no computador. Gomer dá a OCE as boas-vindas calorosas de sempre: mostra os dentes e sai correndo. Se o padrão de limpeza do meu vizinho for como o de um programa emergencial do governo – que é o que tomo por base –, ele deu sorte. No balcão tem uma lata aberta de atum, que eu comi no jantar, e tenho certeza de que está empesteando o apartamento; e umas roupas sujas no braço do sofá – incluindo, voltando àquela coisa toda de sorte, um sutiã e uma calcinha fio dental, não longe de onde ele escolhe se sentar.

— Quer beber alguma coisa? — pergunto. — Cerveja? Acho que tenho uísque.

— Tem suco?

Suco. Eu deveria imaginar que ele é todo saudável, considerando o que sei sobre seus hábitos. Tenho suco de laranja; já venceu, mas vejo que ainda está bom quando o provo com o dedo. Enquanto sirvo o suco, tento entender o que está acontecendo. Se ele estivesse aqui para me matar, estaria bebendo suco de laranja?

Entregando o copo a ele, digo, ainda em pé:

— Você tem nome?

Ele me olha.

— Você sabe meu nome.

Ele não poderia ter me visto na Academia, ainda estava na rua quando vasculhei as identidades.

— Clarence? — pergunto. — A propósito, sou Clarice.

Ofereço minha mão, que ele pega brevemente e aperta, surpreendentemente bem fraquinho.

— Eu sei.

— Sabe?
— Está na caixa de correspondência lá embaixo.
— O seu não.
— Melhor assim.
— Está fugindo, cara?
— Só de uma ex maluca. Definitivamente, não quero vê-la de novo.
— Foi por isso que veio para cá? Para fugir da sua ex?
— Basicamente. Ela aprontou demais; colocou açúcar no tanque de gasolina de meu carro, tocava a campainha às três da manhã. Era mandar prendê-la ou ir embora. — Ele sorri. — Ou matá-la.

Levo um segundo para reagir. Pela maneira como ele disse isso, parece que está me zoando.

— E onde ela está?
— Pittsburgh.
— Você é de lá?
— Eu vim de lá.
— E por que Highland Isle?
— Tenho um cliente aqui.
— E como você veio parar neste prédio? Não é lá muito turístico.

Quero ver se ele pelo menos dá uma deixa sobre a visão da Direct que se tem daqui. Mas ele joga as mãos para cima, como se não tivesse ideia.

— O cliente escolheu, mobiliou e paga o aluguel. Se é de graça, serve — diz.

Como se ele fosse morar naquele baú que tem no subsolo se o cliente exigisse isso. Mas, mesmo falando pouco, ele basicamente admitiu que este local é adequado para o que o cliente quer que ele faça.

— Você trabalha em quê?

Ele franze o cenho. Eu sabia que ele logo se cansaria de minhas perguntas.

— O que você faz? — pergunta ele.

Gosto de seu sotaque, muito parecido com o de alguém do Meio-Oeste. Só que ele segura os "os" muito tempo na boca, como se estivesse engolindo um ovo. Estadunidense, acho, mas nascido em outro lugar, talvez.

— Eu? Sou detetive particular — respondo.

— Jura? O que você investiga?

— Trabalho com um advogado aqui da cidade. Geralmente eu consulto registros, ou converso com as pessoas. Fui paralegal durante anos, então eu faço um pouco disso.

— Paralegal? — diz ele. — Não faço ideia do que significa.

— O paralegal faz as coisas chatas que o advogado não quer fazer, como cuidar dos documentos. Mas no meu trabalho atual eu passo mais tempo na rua entrevistando pessoas, testemunhas, tipo "Você viu o acidente? A que velocidade estavam os carros?". É um trabalho bom para mim, porque normalmente não sei lidar com pessoas. Não consigo nem olhar as pessoas nos olhos.

Olho para ele, pois disse tudo isso olhando vagamente para um ponto na parede atrás dele.

— E você está me investigando?

Rio.

— Só porque não consigo entender a sua história.

— E por que o interesse?

— Caraca, você mora aqui do lado, vive no maior silêncio e fica na varanda às três da manhã. Você é estranho.

— Você segue todo mundo que acha estranho?

— Eu faço muita merda, de verdade. Mas já disse que vou te deixar em paz. — Levanto a mão direita. — Palavra de honra.

— Na verdade — começa, e toma um gole do suco de laranja.

— Na verdade o quê?

— A gente pode... como você disse? Ficar junto, curtir.

— Você veio pra isso?

Ele faz aquela cara de novo. Evidentemente, não é de falar muito. Parece ter sido dominado pela timidez, que o reduz ou o conduz de volta para dentro de si. Noto seu esforço quando ele por fim fala.

— Para ver se você estava falando sério — diz suavemente.

Sobre *sexo*. É como se uma porta batesse na minha cara: é isso que ele quer dizer. Ele veio para transar. Demonstro surpresa, e não estou fingindo. Mas os homens são bem básicos e eu sei o que fazer; pelo menos o suficiente para que a maioria não me rejeite.

E agora?, penso. *E agora?*

Desde que comecei a entender o que era sexo, na adolescência, passei por momentos em que conseguia me imaginar transando com quem aparecesse. Tipo todo mundo: a garota de panturrilha grossa que descia pulando da van da FedEx, o asiático hostil que ficava atrás do vidro à prova de balas da loja de conveniência, até a velhinha que descia a rua mancando com seu igualmente velho shih-tzu, o que acabou me fazendo deixar minha imaginação me levar a um monte de situações ridículas, como ser rejeitada pelo motorista do Uber ou fugir de uma festa com a namorada de alguém. Mas nunca fiz sexo quando não queria. Nunca fiquei com uma pessoa só porque fui desafiada. Havia muito disso no ensino médio. "Duvido você transar com o cara que senta sozinho no refeitório." Não, obrigada. Sexo, seja o que for, tem a ver com minha fantasia, não com a dos outros. E ninguém jamais vai me dizer o que fazer com meu corpo. Ponto.

Por isso, mesmo que eu tenha me colocado nesta situação, não vou transar com esse cara para sustentar minhas mentiras. Vou dizer o que todo mundo tem direito a dizer: mudei de ideia.

Mas OCE é muito atraente, não nego isso. E estranho, o que o torna intrigante. E sim, eu disse aquela merda aleatória para Tonya, o que significa que tem alguma coisa fervilhando no fundo do meu cérebro.

— Legal — digo, e me sento com ele no sofá de dois lugares.

Olho longamente para o cara e percebo que ele não faz ideia do que fazer. Nunca deve ter ficado com uma pessoa aleatória na faculdade ou levado para casa alguém que conheceu num bar. Por isso não sabe que a fala dele deveria ser agora: "Legal, onde é o seu quarto?".

— Koob — diz então.

Demoro para entender.

— Seu nome é Koob?

Imediatamente, não pergunte como, eu sei que é verdade. E o fato de ele estar disposto a fazer esse minúsculo investimento na verdade e sair do esconderijo muda totalmente nossa realidade. Estamos aqui e agora para valer, nós dois.

— Não conheço ninguém chamado Koob.

— Vem dos hmong, na verdade, e pronuncia-se "Con" — diz, como se a palavra saísse pelo nariz —, mas aqui nos Estados Unidos eu sempre deixei que as pessoas pronunciassem como achassem que era. Quando era criança eu dizia "Koob rima com aquela palavra" — e sorri, levemente envergonhado.

Olho para ele.

— Pensei que as pessoas da etnia hmong fossem anãs. Não literalmente, mas porque são pequenas.

— Meu pai é chinês, de Liaoning. Lá o povo é bem alto. Puxei a ele.

Ele me encara de novo e, bem devagar, ergue a mão e toca meu piercing.

— Já tirou isso?

— É um estilo — digo, e me aproximo mais dele, encostando em seu braço e perna. — Tem medo que eu machuque você? Não machuca.

Eu chego mais perto e, dentre tantas coisas para fazer, escolho lambê-lo. Lambo seu nariz e outros pontos. E pouso a mão no seu colo.

Tudo corre bem depois disso.

Vovô, que me observava bem durante os três anos ou mais em que morei em sua casa, ocasionalmente expressava exasperação sobre minha vida pessoal. "Pinky, sério", dizia, "não consegue pensar em outro jeito de conhecer alguém que não seja dormindo com a pessoa?". Depois da segunda ou terceira vez que ele perguntou isso, eu disse: "Vovô, me poupe. A Bíblia não diz, quando um daqueles velhos safados pegava as filhas, que 'ele a conhecia'? Me dê um exemplo de outra maneira de aprender muito sobre uma pessoa com a mesma rapidez". Tudo começa, claro, com a aparência da pessoa nua, coisa que, para quem é como eu, está sempre circulando em algum lugar da minha cabeça. Melhor ainda, aprendemos sobre aquele ser secreto que há dentro de cada um: do que gosta, seus pontos sensíveis e o que desejam; isso, para cada pessoa, é sempre um pouco diferente. E, como já disse, quando estou na cama, não me sinto mais confusa diante do outro. Essa parte eu domino. E o outro não está só me aturando ou sendo educado, ou perplexo, e sim muito feliz por estar comigo; e isso, mais que qualquer ato em particular, também me deixa feliz.

Com Koob, o encaixe físico é muito bom. Sua pele é tão lisa quanto parece, e, naturalmente, ele é sarado. Gostei do ritmo dele, e gostei do pau. Tem tipo um cogumelo na ponta que atinge o ponto certo.

Depois, ele se deita ao meu lado. Ficamos olhos nos olhos, e ele está sorrindo. Passa a mão pelo meu corpo, desde o ombro até a cintura.

— Me conte sobre as suas tatuagens — diz.

— Foi um trabalho de anos — digo. — Eu ia acrescentando elas. Mas agora não tem muito espaço sobrando.

— Tem aqui. — Ele toca meus seios.

— Dói muito — digo. — Sou muito sensível; os piercings nos mamilos foram uma tortura.

— Você se arrependeu de alguma tatuagem?

— Tipo nome de ex-namorado? Conheço uma mulher que tatuou a palavra "indefensável" na barriga. Quando engravidou, não dava nem para saber que aquilo eram letras. Não foi uma boa ideia. Ela ficou bonita depois, mas a palavra ficou meio caída. Sabe, tatuagens coloridas estão meio fora de moda, porque, pelo que eu sei, tem umas tintas que acabam com o fígado da gente. A maioria das tatoos agora têm dois tons. As minhas eu ainda acho incríveis. Quando era mais nova, olhava para meu tom de pele no espelho e pensava: eu não escolhi isso. Então, por que não fazer como eu quero? Foi o que eu fiz. Sem arrependimentos.

Ele pensa um pouco.

— E você já se sentiu nua? Ou é sempre como se estivesse vestindo alguma coisa?

É uma pergunta muito legal, porque eu nunca pensei nisso.

— Não sei — digo. — Talvez seja por isso que não tenho tatuagens nas partes que a maioria das pessoas não vai ver. Sim, eu me sinto nua quando estou nua. — Dou de ombros, como se realmente não entendesse bem. — As pessoas fazem as coisas e nunca se entendem; sei lá, pelo menos eu nunca entendia. Quando era mais nova era pior, claro. Às vezes eu fazia coisas, dizia coisas, e era como se estivesse do lado de fora me observando, como se eu olhasse para minhas mãos, meus braços, e pensasse: "Ei, pessoal, o que estão fazendo?".

Ele sorri, quase gargalha.

— E você? Você faz coisas sem ter ideia do motivo? — pergunto.

Ele sacode a cabeça, sério.

— Não muito. — Então, ele abre aquele sorriso. — Talvez agora — completa.

— E o que está achando?

— Até aqui, tudo bem — diz ele.

— Legal — digo. — Já que você perguntou sobre as minhas tatoos, e isto?

Toco na única tatuagem dele, que fica no lado esquerdo do peito, em cima do coração. Duas flechas cruzadas sobre uma espada, tudo dourado.

— Militar — diz ele.

— Qual força?

— Exército.

Ele está sendo evasivo. Assim como eu. Essa tatuagem é das Forças Especiais, já vi antes, não lembro em quem. Eu a notei no meio do negócio e pensei: então ele *é* estadunidense mesmo.

— Onde você serviu?

— Iraque.

— Como foi?

— Difícil. Começou em Haditha. Muita procura por HVT.

— Alvos de alto valor?

— Exato.

— Saddam?

— Fui da força-tarefa. Nós perseguimos um comboio que tentava fugir para a Síria. Sabíamos que era um bando de baathistas e acabamos em um tiroteio infernal com os sírios. Tínhamos certeza de que havíamos pegado Saddam, mas era um bando de primos dele.

— Já matou alguém?

Ele franze a testa e se afasta um pouco.

— Por que todo mundo faz essa pergunta?

— Porque todo mundo tem essa curiosidade. A guerra é como a condição humana essencial, matar ou ser morto, e a maioria nunca conhece isso. Para mim, é uma coisa épica. Eu queria ter me alistado quando acabei o ensino médio, mas, como já comentei, quebrei a coluna fazendo snowboard e me disseram que eu não passaria no exame físico. Mas eu estava pronta para o tiroteio. Era o que eu achava, pelo menos.

— Imagino que sim. Enfim, eu diria que as pessoas atiravam em mim, eu atirava nelas. Era questão de sobrevivência.

Ele tem uma cicatriz redonda na perna.

— Isto faz parte?

— Sim. Aquela merda de sempre; quando você menos espera.

— Foi o fim do seu serviço?

— Fui colocado na comunicação. Eu teria voltado, se ainda fosse elegível para o combate, mas demorei muito para recuperar os movimentos da perna.

— É por isso que você malha tanto?

Ele se surpreende.

— Como você sabe que eu malho tanto?

— Cara, você sai daqui com uma mochila de ginástica todo dia.

Ele sacode a cabeça.

— O que mais você viu enquanto me observava?

— Estou vendo o que queria ver — digo, e o toco gentilmente lá embaixo.

Mas ele ainda não está pronto e se senta, olhando em volta.

— Quer um cigarro? — pergunto.

Ele me olha com desconfiança.

— Eu te vejo na varanda.

Ele me dá um leve sorriso e um aceno de cabeça igualmente calibrado.

— Não sei o que isso tem a ver com a sua rotina de exercícios — acrescento.

— Nem eu — diz ele. — Sempre me pergunto.

— Mais um que não faz sentido para si mesmo — digo. — Abra a janela dos fundos.

Eu o estava provocando, pois imaginava que ele fumasse só para disfarçar. Mas me espanto quando ele tira um maço do bolso da calça e acende um cigarro diante da janela mais afastada, que não tem o aparelho de ar-condicionado. É uma das primeiras noites em que o calor do dia persiste e, sob a luz da única lâmpada acesa, fico desapontada ao ver vários mosquitos já do lado de fora, percebendo a oportunidade e batendo contra a tela.

Eu me levanto. É a primeira vez que fico em pé sem roupas diante de Koob, e ele se volta para me olhar. Estou um pouco mais cheinha aqui e ali, especialmente da cintura para baixo, mas parece que ele gosta do que vê.

— Vou pegar um uísque — digo. — Quer?

— Não. Eu não bebo.

— Alguma história nisso?
— Quer saber se eu tive problema com bebida?
— Isso.
— Durante um tempo. Quando voltei.
— Doze passos?
— Só um: parei de beber.
Rio.
— Vá pegar seu uísque, não me incomoda.
Sugiro que fiquemos chapados, então, mas ele apenas sacode a cabeça.
Volto com um dedinho de uísque no copo e me sento na cama. Ele está na janela, fumando o segundo cigarro, e me observa de novo.
— Como é ser detetive particular? Você gosta mais disso que de ser paralegal?
— É incrível, de verdade. Tipo agora, Rik, meu chefe, está representando a delegada. Uns policiais... bem, dois são ex-policiais, estão alegando que ela os obrigou a transar com ela para serem promovidos.
Aquele sorriso largo aparece brevemente.
— Pois é, meio ousado — digo. — Está bombando na internet. Mas ela não fez isso. Não desse jeito.
— Não desse jeito? E fez como?
— Tem toda uma história. Todo mundo tem uma história, né? A delegada é boa gente. Foi só sexo, entende? Tipo, você está aqui porque tem segundas intenções? É diversão da boa, só isso, certo?
Ele pensa um pouco. Do jeito que ele gemia, não tinha como ele fingir que foi só ok. Ele diz:
— Sim, diversão da boa.
Ele amassa o cigarro no parapeito da janela, levanta a tela e arremessa forte a bituca, que vai parar no pátio, três andares abaixo. E então volta para a cama.
— Você teve que fazer alguma prova para ser detetive particular? — pergunta.
Explico todo o rolê, o treinamento que fiz e a prova estadual.
— E você anda armada? — pergunta ele.
— Às vezes. E você?
— Não puxo um gatilho desde que saí do Exército. Foi o suficiente.

— Para mim, é basicamente parte do trabalho. O treinamento em armas de fogo é necessário para tirar a licença. Tenho porte — explico, e aponto o dedo indicador para ele —, portanto, cuidado.

Ele cobre o coração com as duas mãos.

— E você anda armada por aí? — pergunta ele.

— Quer saber se eu estava armada quando segui você?

— Estava?

Não estava, mas tenho a sensação de que, por algum motivo, ele quer me ouvir dizer que sim. Então, assinto.

— E já teve que puxar a arma para alguém quando estava trabalhando?

— Uma ou duas vezes eu fiz questão de que a pessoa soubesse que eu estava armada. Uma vez nós representamos uma mulher que achava que o marido a havia atropelado de propósito na entrada da garagem quando estava dando ré. Ele ficou tipo "Por que eu faria isso, a mãe dos meus filhos?". Ele era bombeiro, e os policiais deram o benefício da dúvida para ele, mas nós achávamos que ele tinha uma amante, e consegui flagrá-lo com ela, saindo do apartamento de um amigo. Cara, ele ficou puto, tipo vulcânico, porque de repente viu que iria acabar sendo preso. Nós estávamos no estacionamento do condomínio; ele pegou uma chave de roda no porta-malas e veio para cima de mim. Eu fiquei firme, levantei a jaqueta e coloquei a mão assim. — Coloco a mão direita abaixo da axila esquerda, onde estava o coldre.

— É aí que você carrega?

— Sim. Mais uma vantagem de ter peitos grandes.

Koob, esparramado na cama, com as mãos atrás da cabeça, relaxado, nu e gostoso, está se divertindo com minhas respostas.

Eu me ajoelho para abrir o cofre embaixo da cama e pego minhas duas armas: uma Glock 19 e a que prefiro carregar, uma Colt de cano curto duplo calibre 45. Ficamos deitados e eu deixo que ele as examine. O problema é que é muito sexy manusear essas armas. Em poucos segundos, estamos os dois pegando fogo. Vou por cima dessa vez e, antes que eu sente nele, ele pergunta:

— Você é uma boa atiradora?

— Nunca errei — digo.

Muito, muito sexy.

Quando acabamos, ele não espera muito para começar a se vestir. Eu sou igual: depois que consigo o que quero, gosto de seguir meu caminho. Não quero fingir que sinto coisas que não sinto. Por isso, sempre prefiro ir à casa da pessoa.

Com Koob, decido ficar na cama e não o acompanhar até a porta; seria bobo ou formal. Da entrada do meu quarto, ele olha para trás. Noto que não sabe o que dizer.

— Obrigada — digo. — Foi ótimo.
— Com certeza — responde ele.
— Venha quando quiser.
— Claro — responde, e sai.

Eu sei que ele vai voltar.

16. TIRO AO ALVO, PAPAI

"Tiro ao alvo, papai." Por engano, marco o compromisso desta noite com meu pai em minha agenda de trabalho. Só percebo quando estou saindo e Rik me provoca.

— Caramba, achei que você e John se davam bem — diz, e rimos.

Mas Rik tem razão. Meu pai e eu sempre nos demos bem. Hoje em dia papai anda meio alheio e anestesiado, mas sempre se anima comigo. Não quer falar de seus problemas e está sempre ansioso para saber sobre minha vida, meu trabalho, as pessoas com quem saio, coisas engraçadas que curti nas redes sociais, os programas a que tenho assistido. Ao contrário da minha mãe, ele sempre lembra do que eu digo.

Meu irmão e minha irmã ainda dizem que, quando éramos crianças, papai me dava mais atenção porque eu era atleta, mas é uma meia-verdade. Ele dedicava muito tempo a mim, mas eu sempre senti que era só para compensar o que rolava entre mim e minha mãe. Mesmo assim, eu sempre soube que ele não me deixaria na mão; mesmo quando eu provocava um alvoroço na escola porque tinha socado outra criança, desrespeitado meus professores ou me recusado a fazer o dever de casa. Meus irmãos dizem que eu e ele tínhamos o mesmo inimigo: mamãe; mas a verdade é que papai sempre pedia que eu cedesse, saísse do caminho da minha mãe e aceitasse as regras dela, tentando me convencer de que minha vida seria mais fácil assim.

Contei a ele que saía com mulheres muito antes de admitir isso para minha mãe. Ele é muito mais conservador politicamente que ela; até votou em Trump na primeira vez, e teria votado de novo se Johnny e Ella, meus irmãos, não tivessem dito que viriam de Seattle e colariam os dedos dele para impedi-lo de votar. No entanto, quando me assumi para papai, sabia que para ele tanto fazia. Tenho certeza de que ele acha que sou a única pessoa gay que ele conhece. Mas o fato é que eu sei que meu pai me ama. Isso significaria muito mais se alguém, inclusive eu, respeitasse uma única coisa do que ele diz ou faz.

Vovô sempre fecha a cara quando o nome do papai surge na conversa. Alguma coisa ruim aconteceu entre eles antes de eu nascer, mas nenhum dos dois conta o quê. Meus irmãos sempre se entenderam com minha mãe e desconsideravam meu pai. Quando tinham cinco ou seis anos, nem se davam ao trabalho de perguntar a ele se podiam ver TV ou ir à casa de algum amigo. Quando iam sair, não pediam carona a ele se minha mãe fosse chegar logo.

Quanto a mim, sempre senti um pouco de pena do meu pai. Quando eu era criança, percebia uma tristeza nele, como se antes achasse que era um vencedor e tivesse descoberto que era um fracasso. O que é praticamente verdade. Ele jogou futebol americano no ensino médio e era tight end, o último homem que fica na linha de defesa, e foi um dos melhores jogadores universitários de todos os tempos na Wisconsin State. Esteve no acampamento de novatos do NY Giants, onde descobriu que havia sujeitos ainda maiores e mais rápidos. E desde então foi só ladeira abaixo.

Desde que eu era pequena, ele tinha dificuldade com o trabalho. Antes de eu nascer, ele estava indo muito bem. Minha tia-avó Silvia, irmã de vovô, o ajudou a conseguir um emprego com o primeiro marido dela, Dixon, que era um grande corretor da Bolsa de Futuros do condado de Kindle; mas a empresa meio que faliu quando Dixon morreu de infarto. Depois disso, papai arranjou vários empregos por meio de ex-alunos da Wisconsin State, até que, como ele diz, as pessoas esqueceram de quem ele havia sido. Ele tentou muitas coisas. Uma vez, alguém da State o contratou para vender pacotes turísticos – um trabalho muito estranho para alguém que não gosta de viajar –, e depois ele tirou licença de corretor imobiliário, mas não conseguia competir com as mulheres gananciosas da área. Só Deus sabe há quanto tempo ele não tem emprego fixo, se aposentou cedo e mal sobrevive. Eu achava que minha mãe ainda mandava dinheiro para ele, mas cerca de um ano atrás percebi que ela havia passado o bastão. Meu irmão, Johnny, que me liga uma vez por mês, abriu uma startup que vendia alguma coisa para a Microsoft. A empresa abriu o capital e agora aquele filho da mãe, que acabou de fazer trinta anos, está falando em se aposentar. Ano passado eu perguntei se ele estava ajudando papai, e ele foi meio evasivo, disse que só mandava dinheiro de vez em quando. Isso me deixou bem triste.

Nos últimos quinze anos, desde que mamãe o chutou para escanteio, papai simplesmente se perdeu e passou a beber demais. Parece estar sempre esperando encontrar alguém que lhe diga o que fazer, o que, inevitavelmente, acaba sendo uma mulher repugnante que ele conheceu em um bar ou em uma aula de ioga. Em muito pouco tempo ele desenvolve um relacionamento completamente tóxico. Já perdeu toda a mobília duas vezes, quando teve que fugir dessas malucas. Quando está sozinho, passo pelo apartamentinho desarrumado dele para ver se ele não está tirando todas as suas calorias necessárias do álcool. Ele engordou um pouco, mas ainda se exercita em casa e, para um velho, está muito bem; é grandão, tem feições robustas. Essa é a melhor coisa que ele tem a seu favor, se bem que, na idade dele, as mulheres não parecem ser muito exigentes.

A cada dois meses meu pai e eu vamos ao Campo de Tiro Alamo, no condado de Greenwood. Ele é de uma família de caçadores e sempre gostou de revólveres, coisa que minha mãe, obviamente, desprezava. É um grande defensor da Segunda Emenda e critica todos os políticos quando tentam tirar suas armas. Eu tenho esse lance de policial, o que significa que adoro armas, mas prefiro que os idiotas com dinheiro no bolso não tenham uma.

Vou fazer tiro ao alvo com meu pai por dois motivos. Primeiro, não gosto de me encontrar com ele em um bar. Ele não precisa de mais motivos para beber, e além disso está sempre olhando em volta em busca de perspectivas femininas; e ele é meu pai, caramba. E dois, aos sessenta e cinco anos, ele continua sendo um bom atirador. Nós dois somos excelentes, na verdade, e competimos, falamos besteira e rimos um do outro, e inventamos regras, tipo não marca ponto quem não acertar o buraco de bala do outro, e ganha cinco pontos extras se nem chegar a balançar o alvo.

Depois, vamos sempre ao mesmo restaurante, que fica perto e tem um hambúrguer ótimo. Sempre me disseram que eu pareço um caminhoneiro, pois como muita carne e frituras. A maioria das mulheres com quem eu saio – inclusive muitos homens, como Koob – são muito saudáveis, mas estou com muita vontade de comer hambúrguer. Só que desta vez peço sem queijo e sem bacon, assim, meu pai não se sente tentado. Ele não tem muita força de vontade.

— Como está indo o caso da delegada? — pergunta.

Ele come rápido como um cachorro, quase nem mastiga a comida.

— Acho que está indo bem. Rik praticamente jogou uma bomba de nêutrons nas duas primeiras testemunhas. Sério, não sobrou nada deles além das marcas das mãos suadas no banco das testemunhas. Achamos que o procurador vai encerrar o caso, mas ele diz que não pode, porque as pessoas vão pensar que a prefeita o pressionou para fazer isso. A última testemunha vai depor semana que vem, mas também temos muitas coisas boas contra ele.

— E o seu vizinho estranho? Já descobriu mais alguma coisa?

— Ah, isso ficou ainda mais complicado.

— Como assim?

— Estou meio que saindo com ele.

Papai se espanta. Como eu disse, ele não é muito de desaprovar, e ao longo dos anos já ouviu de tudo. Por isso eu acho estranho vê-lo agir como pai, com um olhar cauteloso.

— Como foi que isso aconteceu? — pergunta.

— Você sabe, pai, meninos e meninas... Acho que era isso que eu queria.

— Entendi — diz ele. — Então, eu presumo que ele não seja um espião.

— Não sei.

Papai me olha enquanto toma um gole de seu refrigerante diet.

— Ele tem equipamento de espionagem no apartamento?

— Tenho quase certeza de que tem, mas nunca entrei. Ele esteve no meu.

— Mas o que ele disse que faz da vida?

— Não muita coisa. "Computadores", sei lá o que isso significa. Ele fica apreensivo quando toco nesse assunto. Ontem à noite ele finalmente disse: "Que tal se a gente não falar sobre trabalho, nem do seu nem do meu? E se ninguém fizer perguntas?".

Eu me divirto, porque imito a voz de Koob quase perfeitamente. Mas papai ainda está confuso.

— Mas vocês conversam?

— Claro, sobre coisas aleatórias, tipo a vida em geral. Ele tem filhos. Sente falta deles.

— Filhos? — pergunta papai. — Ele é casado?

— Divorciado. Ou está se divorciando.

— E você ainda acha que ele pode ser um agente federal disfarçado?

— Não sei mesmo. Eu me perguntei se um agente do FBI em missão iria dormir com a vizinha e, francamente, acho que essas pessoas são como todo mundo e esquecem as regras de vez em quando em se tratando de sexo.
— E você gosta dele?
— Gosto.
— Por quê?
— Ah, você sabe, ele é meio intrigante. Inteligente, meio irônico. Parece ser uma pessoa muito boa. Não é carente nem controlador, tem muito espaço entre nós. Eu gosto da vibe dele.

Desnecessário dizer que meu pai não é a pessoa que poderia me dar bons conselhos. Para saber, em poucas palavras, quais são os problemas nos relacionamentos, basta consultar meus pais. Durante a maior parte da minha vida, os dois viviam brigando, e, depois que terminei o ensino médio, minha mãe se cansou. Não deve ter sido uma grande surpresa para ele, já que às vezes eles passavam uma semana sem se falar. Mas, de um jeito ou de outro, ele ficou arrasado, especialmente porque ela começou a sair com Miguel em menos de cinco minutos. Miguel, a quem minha mãe insiste que eu chame de "padrasto", é um espanhol podre de rico que está perto dos oitenta anos. Parece que os dois se conheceram no ambiente da música clássica e vivem mais da metade do ano em Scottsdale, onde vão a muitos shows ao ar livre. Minha mãe gosta de dizer que, morando no Arizona, fica à mesma distância dos três filhos, mas a verdade é que, embora vá com frequência a Seattle, ela volta ao condado de Kindle poucas vezes por ano, principalmente para ver vovô e minha tia Marta. Para nós duas, é um progresso o fato de agora podermos suportar um almoço forçado juntas.

Quanto a papai e ela, embora o relacionamento deles não tivesse nada de bom, era melhor que a alternativa para ele; e isso meio que ficou provado, tendo em vista as mulheres com quem ele se relaciona, que parece ter encontrado na sarjeta. Minha mãe e meu pai não tinham nada em comum. Durante anos eu não conseguia entender como haviam sido namorados no ensino médio. Eu tinha vinte e poucos e estava andando na rua quando, um dia, algo me atingiu do nada como um míssil: sexo. Ele era grande e bonito, e ela tinha a beleza de uma boneca de porcelana, e o fogo entre eles devia ser enorme. E some-se a isso o fato de que as duas famílias odiavam o relacionamento deles, o que provavelmente os uniu.

Um amigo meu que veio da Polônia me ensinou um ditado da terra dele que se traduz como "Às vezes as famílias só ficam bem nas fotos". Conhecendo minha mãe, imagino que para ela foi interessante, por muito tempo, que ela e meu pai formassem um lindo casal. Saíram duas vezes na capa da revista de ex-alunos da Wisconsin State e na seção suburbana do *Tribune*. Ele, claro, sempre teve em mente que ela herdaria muito dinheiro da mãe, mas acho que papai gostava muito do fato de ela ser muito mais inteligente que ele.

Às vezes, ao longo dos anos, meus pais conversavam comigo sobre as lembranças de quando estavam juntos. Por exemplo, minha avó – Clara, a quem meu nome homenageia – deu de presente de casamento para eles a lua de mel na Itália, e de vez em quando um deles me conta alguma recordação dessa viagem. O curioso é que as lembranças nunca batem. Ela fala da vista do terraço do hotel, e ele fala das grandes corridas que fez. Ela se lembra da elegância das mulheres na Via Veneto e de comer aquelas alcachofras fritas incríveis, e ele diz – e é verdade – que cansou de comer só comida italiana. Talvez seja assim com duas pessoas quaisquer – impressões e lembranças diferentes –, mas, no caso deles, prova que viviam vidas separadas dentro da cabeça de cada um desde o início.

Dou um abraço de despedida em meu pai à noite e vamos embora, ambos mais ou menos felizes por termos estado juntos.

— Ligue para contar quando a audiência terminar semana que vem — grita ele.

Quando entro no Cadillac, estou mais perto de chorar do que nunca, porque é terrível que a coisa mais emocionante na vida dele seja eu.

17. FRITO

Fabian Blanco era chamado de Fito pela família. Seus colegas de escola brancos, malvados ou ignorantes, ou simplesmente crianças, transformaram seu apelido em "Frito", e acho que o fato de ele ter aceitado diz muito sobre Blanco. Enfim, é assim que o chamam na Delegacia Central de Highland Isle. Frito é meio cheinho e provavelmente vai estar como Rik ou vovô nos próximos anos, mas no banco das testemunhas, sentado na ponta da cadeira com as mãos cruzadas no corrimão de madeira clara, parece um apresentador de programa de TV: calmo, bem-humorado e meio falante. Tem um cabelo bonito, preto e brilhante, repartido de lado, e o rosto redondo e doce de uma criança. Depois do juramento, ele sorriu para sua linda esposa, que entrou com ele e está sentada na primeira fila. Sem dúvida ela está aqui para mostrar que acredita piamente na história do marido – que foi extorquido pela delegada – e que tudo foi perdoado.

Quando vinha para o tribunal, Rik estava tenso. Ele está muito perto da maior vitória de sua carreira jurídica e está desesperado para não pisar na bola. Mas a verdade é que pegamos Blanco em uma mentira exagerada, a alegação de que ele foi à casa da delegada com ela em uma tarde de novembro de 2021 para fazer sexo digno de um filme pornô, pouco antes de ser promovido a tenente. Pedi a Dorcas que me ajudasse a analisar o vídeo da delegada também, e nenhuma das duas encontrou um único frame de Blanco durante todo o outono, nem mesmo acenando da calçada.

Apesar disso, talvez só para persuadir a si mesmo, Rik tem dito à delegada e a mim que Blanco será uma testemunha difícil. Sem dúvida ele vai se sair melhor que os outros dois idiotas mentirosos que Rik já inquiriu, e admito que nenhum de nós é capaz de explicar por que um bom policial cometeria perjúrio, como Frito está prestes a fazer. Apesar de muito procurar, não identifiquei nenhuma conexão entre ele e Vojczek – não consegui encontrar ninguém que tenha visto os dois juntos. A delegada admite que nunca trocou palavras rudes com Blanco. E ele é um bom policial, um católico supersério que não participa das diversões que são rotineiras na delegacia. Na verdade, a delegada disse que Blanco é tão avesso a essas coisas que ela ficou surpresa por ele conhecer o suficiente para inventar toda aquela perversão que ele alegou ter acontecido entre os dois. Além de tudo isso, no decorrer dos anos a delegada acrescentou dezenas de comentários positivos às avaliações de desempenho de Blanco, que o fazem parecer o policial mais dedicado desde Rin-Tin-Tin.

Tenho certeza de que, de várias maneiras, Blanco faz a delegada pensar em si mesma. Também de família de imigrantes, ele foi coroinha e escoteiro, aluno nota dez no ensino médio e imediatamente após se formar se alistou na Marinha e serviu no Afeganistão. Quando voltou, trabalhou no turno da noite em uma agência de triagem da FedEx, estudou sobre a GI Bill durante o dia e terminou a faculdade em três anos. Ele falou a vida toda que queria ser policial e se candidatou a HI porque o condado de Kindle, onde ele foi criado, estava em um daqueles períodos de contratações congeladas. No trabalho, imediatamente ele virou um astro, com a maior taxa de efetividade do departamento, tanto como patrulheiro quanto como detetive. Nesse meio-tempo, aproveitou as noites para terminar o mestrado em ciência policial. Ele tem três filhos, um casamento sólido e vai à missa todos os domingos com sua esposa e a família – irmão, irmãs, pais e sogros. Nunca foi visto no Saloon.

Rik também está preocupado com o fato de que a promoção de Blanco a tenente, no fim do ano passado, não aconteceu de acordo com as regras. Ele havia sido promovido a sargento só dezoito meses antes de a delegada o incentivar a fazer a prova de tenente. Ela diz que isso aconteceu porque o gabinete da prefeita meio que exigiu que o quadro de comando fosse mais diversificado. Lucia Gomez-Barrera era a única pessoa de alta patente que se incluía no grupo de diversidade – os outros quatro eram homens e brancos. Quando o comandante Leery – que assumiu o cargo assim que Lucy virou delegada – se aposentou, os outros oficiais subiram uma patente. Isso abriu uma vaga de tenente, e Lucy queria que Frito a preenchesse. Para isso, porém, Blanco teria que pular o posto de sargento master. A delegada considerou isso um detalhe técnico. Um sargento master ganhava quinhentos dólares a mais por ano, mas tinha exatamente as mesmas responsabilidades que os outros sargentos. Mesmo assim, ninguém na delegacia de HI havia chegado a tenente sem ser sargento master primeiro. Por causa disso, a P&B relutou, e a delegada admite que precisou batalhar um pouco para conseguir a nomeação de Blanco. Todos eles vão se lembrar disso, sem que a testemunha precise recordar, mas Marc vai apresentar Blanco de qualquer maneira.

Lucy disse várias vezes que, quando seu tempo de delegada acabar – supondo que ela possa deixar o cargo por vontade própria –, o principal candidato interno para substituí-la será Blanco. Isso é o mais próximo que Rik chegará de elaborar um motivo para Blanco ter armado tudo isso. Como argumentação final, ele vai alegar que Blanco, sabendo que DeGrassi e Cornish iriam sujar o nome da delegada, decidiu participar, aumentando a chance de ele preencher uma vaga que seria naturalmente dele. Mas a delegada já disse que Blanco não é conspirador, de modo que pode ser muito difícil vender essa ideia de Rik.

O depoimento de Blanco corre exatamente como esperado no início, explorando seu passado e sua ascensão no departamento. Ele admite que ficou feliz quando a delegada lhe pediu que se candidatasse a tenente. E parecia que a P&B ia aceitar a promoção quando, pouco antes do Dia de Ação de Graças, Lucy chamou Frito em sua sala e disse que queria que ele fosse à casa dela para se divertir uma noite daquela semana. Atordoado e totalmente confuso, ele disse não, obrigado, achando que aquilo era só uma abertura romântica não muito hábil; mas ela logo o corrigiu. Supostamente, ela disse que, se essa fosse a escolha dele, nunca passaria do posto de sargento e iria trabalhar permanentemente no turno da meia-noite às oito da manhã, inclusive em muitos fins de semana. Então, a delegada o aconselhou a pensar bem.

Ele pensou e percebeu que ela o havia encurralado. Se recusasse, ele se tornaria um pai ausente e sua carreira não sairia do lugar. Se ele saísse e tentasse se recolocar em outro departamento, a delegada o criticaria quando ligassem para ela pedindo referências.

Durante um ou dois dias, Blanco ficou considerando se havia como denunciar a delegada, mas percebeu que ninguém acreditaria nele. Ela já havia lhe dito que alegaria que fora ele quem a procurara, e que isso explicaria por que ela era contra a promoção dele. Blanco diz que passou mais um dia de agonia pensando em quebrar os votos que havia feito à sua esposa, mas, por fim, entendeu que teria que escolher entre ser um mau marido por uma noite ou um mau pai por anos.

— O senhor concordou, então? — pergunta Marc Hess.

Ele me parece mais confiante do que eu esperava, considerando a surra que suas testemunhas levaram nas audiências anteriores.

— Sim.

— Onde?

— Na sala dela, na delegacia.

— E como ela reagiu?

— Ela deu um sorriso superior e disse que sabia que eu iria aceitar. E então ela me mandou ficar de joelhos e... — Ele baixa os olhos. — Ela queria que eu fizesse sexo oral nela — diz.

Isso é novo. Rik me olha como se dissesse "Você acredita nessa merda?", sorrindo de leve. Vai ser fácil estripar Blanco, já que ele não mencionou nada disso em sua declaração anterior.

— Ali mesmo, na sala dela? — pergunta Marc.

— Sim, senhor.

— E o senhor fez?

— Eu esperava que, se fizesse, poderia acabar com aquilo de uma vez por todas.

Mas não acabou. Eles foram dali para a casa da delegada, onde, em seu estado de tormento, ele não conseguiu. Depois de quase uma hora tentando convencer seu pau, ela disse que seria o homem e o penetrou. (Quando Lucy leu essa parte da declaração em nosso escritório, riu muito e disse que, para conseguir colocar uma cinta peniana, teria que ver uns tutoriais no YouTube. Mas Rik e ela não acharam graça quando eu me ofereci para demonstrar.)

Blanco diz que ficou tão traumatizado com isso que achou que nada poderia ser pior. Procurou a delegada e disse que, se ela o assediasse de novo, ele iria direto à prefeita. Por alguma razão, a promoção dele foi aprovada. Desde então, sua relação com a delegada é normal, como se aquela loucura sexual nunca tivesse acontecido.

Quando Marc oferece Blanco para a inquirição cruzada, Rik pede um intervalo de cinco minutos. Conversa com a delegada, que está bem animada. Blanco subiu sozinho na corda bamba sobre o abismo, e sem rede de segurança. Quando ela vai ao banheiro, porém, Rik se vira para mim todo sério e me conduz ao canto mais distante do tribunal, atrás do estrado do juiz e ao lado dos bastões de madeira que sustentam as bandeiras dos Estados Unidos, do estado e de Highland Isle.

— Não entendo — sussurra. — Marc não é Johnnie Cochran, mas sabe que não pode deixar que esse cara invente uma coisa em cima da hora, como essa história besta sobre sexo oral.

— Mas o que Marc pode fazer se Blanco aparece aqui falando maluquices?

— Marc não pode mandar ele mentir, mas não precisava fazer perguntas para trazer essa merda toda à tona. Ele provocou tudo deliberadamente.

Rik fica mordendo o lábio inferior enquanto pensa, com tanta força que temo que acabe arrancando sangue. Já entramos na estação da sudorese de Rik; devido à mudança na umidade do ar, ele fica pingando, seja dentro dos lugares, seja ao ar livre. Como sempre, a transpiração se acumula na sua testa e couro cabeludo, fazendo-os brilhar, e, com o paletó aberto, dá para ver as manchas úmidas embaixo das axilas dele.

Olhando para ele, tenho um daqueles momentos ocasionais que fazem meu coração quase parar de pânico, porque parece que estou crescendo, querendo ou não. Tenho duas revelações, tão claras quanto o toque de uma trombeta. A primeira é que Rik está no trabalho errado. Um cara que se estressa tanto no tribunal vai entrar em curto em breve. Ele precisa arranjar outra coisa para fazer, tipo direito imobiliário. A notoriedade e o aumento de clientes que o caso da delegada está provocando podem acabar por matá-lo.

Isso leva à segunda revelação: os grandes sonhos que as pessoas têm para si mesmas são, muitas vezes, construídos sobre a fantasia de que elas vão se transformar em outra pessoa.

— Nós temos duas possibilidades — diz Rik. — Uma é muito boa e a outra muito ruim.

— Certo. Qual é a ruim?

— A ruim é que Marc sabe de algo importante que nós não sabemos. Mas isso significaria que Marc nos enganou, e não consigo imaginá-lo fazendo isso.

— Então, sobra a boa, né?

— Acho que sim.

— E qual é?

— A boa é que, quando Blanco decidiu começar a contar outra história, Marc pensou: "Tudo bem, quer inventar mentiras como os dois primeiros? Fique à vontade. Quando você for trinchado como um cadáver na cruz, ninguém vai perguntar o motivo nem me acusar de motivações políticas quando eu arquivar o caso".

— Isso me parece bom.

Rik não está convencido, mas o reverendo entra pela porta e nós abrimos caminho entre as bandeiras – que passam aquela sensação de rigidez do rayon – e voltamos ao nosso lugar.

Rik vai com tudo quando a audiência recomeça.

— O senhor disse ao sr. Hess, na inquirição direta, que a delegada o levou para a casa dela para manter relações sexuais, correto?

— Sim, para a casa dela.

Rik lhe mostra a mesma foto que usou com DeGrassi.

— E quando foi à casa da delegada, na 1412 Summit, mostrada aqui na Evidência 4 da replicante, notou essas câmeras de segurança?

— Ouvi falar delas recentemente, mas nunca vi.

— O senhor se surpreende de saber, tenente, que não há imagens suas em nenhum momento no final de 2021, chegando ou saindo da 1412 Summit?

— Não — diz ele —, mas existe uma razão para isso.

— O senhor tomou uma poção de invisibilidade?

O riso ecoa nas paredes da pequena sala do tribunal. Vejo até o reverendo levar a mão ao rosto para disfarçar seu sorriso. Marc se levanta para objetar e Rik retira a pergunta.

Então, Blanco diz:

— Como eu disse, existe uma razão para isso.

Eu vi vovô fazer isso muitas vezes: não dar palco a uma testemunha que achava que havia encontrado uma maneira inteligente de contornar o problema. Vovô simplesmente não dava corda; levantava a mão, sorria pacientemente e dizia: "Vou deixar que o advogado adversário pergunte a razão. Imagino que terei algumas perguntas a fazer depois disso". Era como dizer: "Ninguém está interessado em ouvir suas bobagens". Basicamente, ele descartava a explicação, considerando-a inútil, antes que a testemunha a oferecesse.

Rik é um bom advogado, mas não é igual ao vovô, que comandava o tribunal da mesma maneira que um maestro comanda uma orquestra. E Blanco consegue falar:

— Não foi a esse lugar da foto que ela me levou. Pensei que ela morasse em um apartamento.

Rik vem até nossa mesa. Estou pronta e lhe entrego a declaração juramentada de Blanco que acompanhou a denúncia no caso.

Rik faz as perguntas de praxe sobre a veracidade do documento e depois diz:

— O senhor não usou a palavra "casa" nesta declaração que fez sob juramento?

— Sim, casa, ou seja, o lugar onde ela morava. Eu não quis dizer imóvel casa. Ela morava em um apartamento. Era bonito também.

Na bancada, a sra. Langenhalter está entregando um documento ao reverendo; deve ser a declaração juramentada de Blanco.

— E onde ficava esse apartamento?

— Em algum lugar do lado leste.

— Em algum lugar? O senhor é policial de Highland Isle há catorze anos; está nos dizendo que existe apenas um quarteirão nesta cidade que o senhor não reconhece?

— Normalmente eu reconheceria, mas estava em choque, sr. Dudek. Eu me sentia a caminho do inferno. Acho que não seria capaz nem de dizer meu nome naquele momento. Posso sair por aí e dar uma olhada, se isso ajudar.

Rik olha firme para Blanco, que deu essa sugestão com a cara séria.

— Talvez ela tenha emprestado o apartamento de alguém — diz Blanco, imperturbável diante do olhar furioso de Rik. — Onde moram as filhas dela?

Rik pede que se apague esse comentário do registro e é atendido.

Mas Frito fez a lição de casa. A filha mais velha da delegada mora na cidade. Agora está tudo óbvio: Blanco veio ao tribunal pronto para causar.

— E não há preocupações com a segurança da casa da delegada? Preocupações que surgiram porque ela poderia ser alvo de vândalos ou de detidos insatisfeitos?

— Suponho que seja verdade.

— O senhor "supõe"? Como patrulheiro, em anos anteriores o senhor trabalhou no Distrito Central, que inclui a 1412 Summit, correto?

— Anos atrás, sim.

— E está dizendo a esta Comissão que, mesmo patrulhando aquela área regularmente, ninguém nunca lhe apontou a casa da delegada como um lugar ao qual deveria dar especial atenção?

Blanco olha para cima e suspira.

— Agora que está dizendo, acho que é verdade. Mas eu não lembrava disso. Deve ter sido uns dez anos antes de acontecer essa coisa com a delegada.

— E o senhor contou ao sr. Hess sobre esse apartamento?

— Sim.

Rik está muito cauteloso e demorando mais para pensar.

— Quando foi isso?

— Ele me ligou logo após a última audiência dizendo que não havia nenhum registro em vídeo de minha presença na 1412 Summit, e eu expliquei a ele que havia ido com ela a um apartamento.

— Mas não mencionou isso na inquirição direta?

— O sr. Hess me disse que o senhor iria perguntar.

Nesse momento, Marc levanta a cabeça como um cachorro que acabou de ouvir seu nome e olha para Rik. Esboça um leve sorriso, que desaparece quase antes de eu poder registrá-lo. Foi como se dissesse: "Se fodeu, espertinho. O que acha de usar emboscada no tribunal agora?".

Rik volta para a mesa da defesa e sussurra:

— E agora?

Não entendo, e, quando olho para ele sem expressão, Rik murmura:

— Marc está se vingando de nós. Provavelmente tem mais coisas.

— Você não pode desistir, chefe. A delegada teria que renunciar.

Ele assente, mas está chocado demais para pensar tão longe. Ele ajeita o paletó e se volta para Blanco de novo, como se tivesse acabado de tirar um uniforme sujo.

— Pois bem, antes de ir à *casa* da delegada, o senhor afirma que praticaram certos atos sexuais na sala dela, correto?

— Sim.

— O senhor mencionou esse interlúdio na sala da delegada no depoimento que prestou à Comissão em março deste ano?
— Não, mas existe um motivo.
— Por favor, responda às minhas perguntas. Quando conversou pela primeira vez com o sr. Hess e preparou sua declaração para a Comissão, o senhor entendeu que deveria incluir todas as informações importantes?
— Claro.
— E entendeu também que o processo que resultaria de sua declaração teria como objetivo determinar a aptidão da sra. Gomez para servir como delegada?
— Eu não tinha a intenção de causar a demissão dela, se é isso que o senhor quer dizer.
— O que eu quero dizer é que o senhor entendeu que o fato de a delegada o forçar a fazer sexo na sala dela seria de enorme importância em um processo para determinar a aptidão dela para servir, correto?
— Sim, pensei nisso, mas tive vergonha de mencionar o fato.
— Não ficou com vergonha de mencionar que foi penetrado por um brinquedo sexual, mas ficou com vergonha de falar sobre sexo oral?
— Estava embaraçado demais para mostrar a foto — diz Blanco.
De repente, Rik parece um homem morto. Não consegue se mexer. Nem sequer noto um sinal de que está respirando.

Então, Marc se levanta com uma pasta de papel pardo na mão e a abre para Rik, que a olha por alguns segundos e faz algo que eu não esperava: grita.
— Isso é um ultraje!
Rik grita como nunca o ouvi gritar no tribunal. Até ele fica chocado com a maneira como gritou. Ele respira fundo e pede para falar reservadamente com os comissários. Mas a sala do tribunal é tão pequena que eles decidem pedir a Blanco que espere do lado de fora enquanto os dois advogados se dirigem à Comissão. Rik dispara assim que Blanco fecha a porta:
— Aparentemente o sr. Hess pretende apresentar uma evidência fotográfica falsa que é altamente prejudicial e que deveria ter sido apresentada à replicante como descoberta no instante em que ele a recebeu.
— É uma inquirição cruzada — diz Marc, quase com doçura.

Dá para ver que ele anda afiando essa faca há dias, que passou noites acordado, sorrindo ao pensar em usar essa frase, a mesma que ouviu de Rik quando mostramos pela primeira vez o vídeo de Primo e a delegada.

Olho para Lucy para ver como ela está, mas não consigo interpretá-la. Ela está com um dedo sobre os lábios, ponderando. Mas a postura dela me parece estranha. Considerando o que nos contou, achei que ela estaria sentada na ponta da cadeira, tentando se conter para não gritar "É mentira!".

— Isso é baixo demais para você, Marc — diz Rik. — Uma coisa é um advogado reter provas que *contradizem* o depoimento de uma testemunha de oposição, porque não tem obrigação de presumir que a testemunha vai mentir. Mas outra bem diferente é o promotor reter uma fotografia que ele sabe que vai *corroborar* sua testemunha e apresentá-la de surpresa. O sr. Hess orquestrou as coisas de modo que eu tivesse que interrogar o sr. Blanco sobre esse incidente na sala da delegada, que o tenente nunca havia mencionado. E, ao segurar a fotografia até a inquirição cruzada, o sr. Hess está tentando evitar as objeções que ele sabe que eu faria se essa foto tivesse sido revelada antes, como deveria ter sido. Ele sabia que eu pediria para adiar esta audiência, que eu teria tempo de consultar minha cliente e, o mais importante, de investigar a origem dessa imagem, que me parece ser uma produção de Photoshop.

Marc, com um sorrisinho sarcástico, oferece sua pasta com a foto ao reverendo e diz:

— Talvez os comissários...

Mas não vai mais longe, porque Rik, com as duas mãos, bate no braço de Hess para baixá-lo, e grita de novo:

— Não, não! Eu *exijo* que esta evidência surpresa não seja mostrada à Comissão nem seja inserida no registro público até que eu tenha oportunidade de investigá-la. Se a Comissão permitir que essa evidência surpresa seja recebida durante minha inquirição cruzada, estará recompensando uma monumental violação à regra de descoberta de provas. Esse é um comportamento desprezível, e digo à Comissão e ao sr. Hess que farei uma queixa à Ordem de Admissões e Disciplina. O futuro da minha cliente está em jogo, e podemos ver, pela expressão do sr. Hess, que ele acha que tudo se trata de uma simples pegadinha. Na verdade, dada a magnitude dessa violação da regra de descoberta, a Comissão deveria simplesmente impedir essa evidência agora. Essa é a minha moção: impedir a foto. E qualquer referência a ela ou ao incidente imaginário que supostamente reflete.

A menção a uma queixa à Ordem de Admissões e Disciplina muda o comportamento de Marc. Ele murcha um pouco e se manifesta com mais sobriedade:

— Um momento. Não vou me opor a um recesso, mas me oponho a impedir a evidência. Especialmente se a Comissão não tiver oportunidade de vê-la.

Como já era de esperar, o reverendo olha para o relógio.

— Temos tempo para mais uma hora de testemunho — diz, mais para si mesmo.

A sra. Langenhalter está segurando o braço do reverendo, e ele, furioso por, de repente, a audiência ter perdido o controle, dispensa os advogados com a mão:

— Afastem-se. Deem um passo para trás, vamos conversar sobre isso entre nós.

Rik volta para a mesa. Está com a pasta que Marc lhe deu, e eu tento pegá-la.

— Acho que Lucy não deve ver isto agora — diz.

Mas percebo que o que o preocupa é que a reação dela revele algo em um tribunal ainda cheio de espectadores e repórteres. Rik finge coçar o nariz e, com a mão escondendo o rosto para que ninguém ouça, murmura para mim:

— Péssimo, péssimo, péssimo.

18. A CONFERÊNCIA DOS COMISSÁRIOS

Para conferenciar, os comissários viram suas cadeiras de costas para o tribunal e se curvam, aproximando as cabeças. Marc vem até nossa mesa.

— Talvez eu tenha me empolgado — diz.

Está muito hesitante, com as mãos levantadas à sua frente sem nenhum motivo claro. É bastante óbvio que ele quer saber se Rik realmente vai apresentar queixa contra ele na Ordem de Admissões e Disciplina.

— Saia daqui — diz Rik, mas não consegue parar por aí. — Marc, vou te dizer uma coisa. Você deveria ter conversado com um promotor de verdade para saber como lidar com algo assim quando surge no meio de um julgamento.

Rik sabe que "promotor de verdade" vai doer em Marc, porque ele é sensível acerca de sua relativa falta de experiência no tribunal.

— Ei, vá com calma, eu conheço as regras — diz Marc.

— Uma ova! Se você se desse ao trabalho de ler as regras, não teria feito isso. E, a propósito, esqueça que *eu* disse que vou investigar. Já passou pela sua cabeça que *você* é quem deveria mandar fazer um exame forense para determinar a boa-fé dessa merda?

Marc mexe os lábios várias vezes, sem dizer nada, e acaba fazendo biquinho.

— Blanco foi muito convincente a esse respeito — diz Hess. — Você vai ver.

— Convincente para quem? Marc, você não entende o que está acontecendo aqui.

— Está falando dessa sua fantasia sobre Moritz Vojczek, que não tem nada a ver com nada?

— Marc, decifre o seguinte: os dois braços direitos de Ritz aparecem contando um monte de mentiras sobre minha cliente, e você acha que é só uma coincidência?

— Metade dos nossos policiais já trabalhou para Vojczek em algum momento.

— Permita-me compartilhar algo que se aprende praticando direito criminal: tem muitas pessoas más e podres no mundo. Nesta cidade existe todo tipo de gente que quer se livrar de Amity e Lucy, das duas, porque estão atrapalhando alguma coisa suja que essa gente quer fazer. Não sei exatamente o que é, mas tenho certeza de que Vojczek faz parte. E outra pessoa, sabe Deus quem, tem Blanco no bolso. Analise, Marc: o seu caso está indo pelo ralo e milagrosamente Blanco aparece de repente falando sobre um incidente do qual você nunca ouviu falar, com uma foto que você nunca viu. E, em vez de perceber que tudo isso é bom demais para ser verdade, você compra o peixe que ele está vendendo e diz: "Ótimo, agora posso me vingar do meu amigo Rik por me enganar com DeGrassi", sem pensar em sua obrigação básica de ser justo com Lucy. Marc, talvez daqui a um tempo, uma semana ou um ano, eu volte a considerá-lo meu amigo. Mas te digo com sinceridade: este caso saiu muito, muito, muito fora do seu alcance. Esses idiotas estão manipulando você, e você acha que está no controle de tudo.

Já na metade desse discurso dá para ver que a paciência de Marc se esgotou. Ele está apertando os lábios.

— Escute uma coisa você — diz ele. — *Eu não entendi?* Lembra do Guilherme de Ockham? A explicação mais simples geralmente é a verdadeira. Eu sei que você e Lucy eram amigos de escola, e admito que ela é uma boa pessoa e uma boa delegada, mas o poder corrompe. E ela transformou os subordinados dela em brinquedos. E você não está gostando de ver isso.

Marc se afasta, fazendo um gesto de desdém com a mão.

A Comissão se volta e o reverendo dá um tapinha no microfone à sua frente. Rik continua em pé.

— Muito bem, já conversamos entre nós. Sr. Dudek, ouvimos suas objeções, e essa foto não será admitida como prova nem exposta aos membros da Comissão enquanto o senhor não tiver oportunidade de consultar sua cliente e fazer a investigação que acha que precisa ser feita. Mas muitas pessoas aqui abriram mão de sua noite de segunda-feira, e odeio fazê-las perder o tempo que nos deram. Portanto, gostaríamos que retomasse sua inquirição cruzada e...

— Reverendo — interrompe Rik.

— Eu entendo que, depois de investigar, talvez o senhor tenha muitas outras perguntas para o tenente Blanco. Nossa decisão não vai prejudicar seu direito de suspender sua inquirição. Mas façamos bom uso do tempo que temos, está bem? Sr. Hess, por favor, traga o tenente Blanco de volta.

Blanco retorna com o mesmo ar seguro, como se não tivesse sido afetado pela erupção que se seguiu a seu depoimento sobre a foto.

De frente para Frito, Rik joga o paletó para trás e coloca a mão na cintura.

— Muito bem, tenente Blanco, conte para nós como essa foto supostamente foi tirada.

Blanco leva um segundo para absorver o tom de total desrespeito de Rik.

— Bem... quando eu estava de joelhos, antes de ela... antes de eu começar, ela mudou a cadeira de posição para poder ver no espelho que fica atrás da porta. Enquanto isso, eu tirei meu celular do bolso de trás e fiquei com ele ao lado do corpo. Com o polegar, deslizei para a esquerda para abrir a câmera. Então, toquei no botão do obturador e tirei umas duzentas fotos. Só esperava que a câmera estivesse na direção certa. Eu tive sorte; aquela foto foi a melhor. Eu imprimi e levei para a delegada, e disse que, se ela exigisse mais, eu iria direto à prefeita com a foto. Depois, guardei a foto em uma gaveta que tenho em casa para os arquivos da polícia em que estou trabalhando, tranquei a gaveta e apaguei todas as fotos do meu celular. Não queria correr o risco de que os meus filhos, se deslizassem para o lado errado, vissem... o senhor sabe... a delegada com a minha cabeça... Bem, o senhor pode ver por si mesmo.

Rik fica parado, pensando, processando o que Blanco acabou de descrever. Nesse ínterim, Frito intervém:

— Posso explicar por que não queria falar sobre... sobre o sexo oral?

— Quer explicar o que o senhor e o sr. Hess prepararam juntos? Não, o senhor pode esperar pela inquirição do sr. Hess.

O reverendo interrompe.

— É sua inquirição, sr. Dudek, mas, se nos permitir, acho que o motivo de o tenente Blanco nunca ter mencionado esse... é importante. Prefiro que a Comissão o ouça agora.

Rik agita a mão como a asa inútil de um dodô. É inútil objetar, e seu gesto deixa implícito que a audiência foi um fracasso.

Entendo as frustrações de Rik, mas tenho a sensação de que, depois de anos lidando com Lucy, o reverendo gosta dela e, até agora, tem estado do nosso lado. Às vezes ele é um pé no saco, especialmente quando tenta ao máximo aproveitar cada minuto. Mas, de modo geral, estou impressionada com a pessoa organizada e sensata que é o reverendo, coisa que eu não esperava, considerando a maneira como ele se exalta quando está pregando. No papel que representa aqui, contudo, ele tem um comportamento comedido, com seu couro cabeludo brilhante, grandes abotoaduras e ternos velhos, mas cuidadosamente passados.

Blanco de novo cruza as mãos à sua frente enquanto inicia sua explicação:

— Bem, basicamente, antes de falar com o sr. Hess pela primeira vez, eu havia decidido não mencionar esse incidente, porque sabia que, mais cedo ou mais tarde, se eu respondesse às perguntas com honestidade sobre... sobre tudo que aconteceu, iríamos chegar à fotografia. E eu não queria ter que mostrar essa foto aqui no tribunal. Essa coisa toda tem sido um filme de terror para Marisel, minha esposa, entende? Ter que ouvir isso tudo deve ser muito, muito difícil. Mas ver as fotos é muito mais difícil de superar para um casal. Se ela visse a foto, e eu sabia que ela teria que ver, ninguém poderia deixar de ver e... bem, nossa relação iria retroceder durante um bom tempo. Então, o primeiro motivo foi a minha esposa. E foi o principal motivo. Mas também pensei na delegada. Deixando toda essa loucura de lado, ela sempre foi uma excelente chefe. E a foto é bastante reveladora, dá pra ver que ela está me forçando, com a...

Rik levanta a mão.

— Não descreva a foto, por favor, tenente Blanco, até que a Comissão decida se poderá ser admitida como prova.

Blanco assente com a cabeça.

— Está bem. Desculpe. Tenho certeza de que ver tudo isso vindo à tona deve ser devastador para ela. Mas essa foto vai tornar tudo dez vezes pior. Foi por isso que não a mencionei. Essa é a verdade. Mas quando surgiram os fatos sobre o vídeo de vigilância da casa da delegada... bem, francamente, levando em conta o que ouvi sobre o testemunho de

Cornish e DeGrassi, eu sabia que seria colocado no mesmo balaio que eles e considerado um mentiroso. Esses caras estão aposentados, mas eu ainda estou na ativa. E, se um tribunal ou uma comissão descobrir que um policial mentiu sob juramento, é o fim, entende? Eu nunca mais poderia testemunhar; minha carreira estaria acabada. Por isso fui forçado a apresentar a fotografia; para provar que estou contando a verdade sobre a história toda.

Como Marc disse, Blanco é bastante convincente. Mas, pela postura de Rik, é óbvio que há uma pessoa aqui que não acredita em nada. Ele ouviu o pequeno monólogo de Blanco com um sorriso amarelo, exceto a parte sobre poupar a delegada, quando literalmente cobriu os olhos e levou a mão à testa, revoltado.

— Muito bem — diz Rik —, vamos pôr todas as cartas na mesa. Que outras surpresas o senhor e o sr. Hess planejaram para mim?

Marc objeta, mas o reverendo o faz voltar a seu lugar.

— O anel, acho — diz Blanco.

— Anel?

— Eu sei que não ficou muito tempo olhando para aquela foto, sr. Dudek, mas, quando olhar, vai ver que estou com uma das mãos no seio da delegada...

Rik joga as mãos para cima, mas o reverendo fala primeiro:

— Já chega, tenente. — Não queremos descrições das atividades mostradas naquela fotografia.

— Está bem — diz Blanco, anuindo obedientemente de novo, como se não tivesse entendido antes. — Enfim, é possível ver que estou usando um grande anel de formatura, de ouro. Que eu trouxe comigo hoje.

Ele enfia a mão no bolso do paletó e tira o anel. Tem uma pedra vermelha, redonda, no centro.

— É um anel de formatura da St. Viator de 1974 — diz ele. — Foi do meu tio. Ele morreu no Vietnã, durante a queda de Saigon, em 1975. Nós éramos próximos, e ele me deixou este anel.

— Que, por acaso, o senhor estava usando naquele dia com a delegada?

— Exatamente.

— E esperava que eu dissesse: "O senhor não está usando esse anel agora", e então o tiraria do bolso, correto? Esse era o plano do sr. Hess?

— Bem, não sabíamos se o senhor iria perguntar, para dizer a verdade. Se não perguntasse, o sr. Hess traria o assunto à tona quando fosse a vez dele de fazer perguntas de novo.

— Ele estava guardando o anel para quando o senhor fosse redirecionado para a inquirição direta?

— Correto.

Rik olha para Marc, que se recusa a erguer os olhos. Nesse ínterim, a esposa de Blanco sai correndo da sala de audiências, com uma expressão rígida. Ela devia saber que isso aconteceria, mas, aparentemente, é como o marido disse: pensar na foto e no que ela mostra é demais. Blanco ergue o rosto para observar a debandada da esposa, com evidente preocupação. Mas Rik não tira os olhos de Frito, observando-o com uma intensidade tão grande que é como se estivesse tentando enxergar dentro do homem. Rik não está mais ansioso; está furioso.

— Muito bem — diz Rik. — Coloque-o.

— Como? — diz Blanco.

— Por favor, coloque o anel, senhor.

Blanco levanta a mão direita e o coloca no dedo mindinho, mantendo a mão erguida por um momento.

Rik abre a pasta com a foto e sorri.

— Boa tentativa, tenente. O anel está na sua mão esquerda na foto, não é?

— Acho que sim.

— E no dedo anelar, não no mínimo, correto?

Blanco não responde. É a primeira vez que fica sem palavras desde que seu testemunho começou.

— Presumo que o senhor seja destro.

— Sim.

— Então, se mexeu no celular para tirar as fotos, deve ter feito isso com a mão direita, correto?

— Sim, foi com a mão direita.

— Que, na verdade, não está na fotografia, correto? Está fora do enquadramento?

— Ora, não sei de que outra forma o senhor acha que essa fotografia foi tirada, sr. Dudek.

— O que eu acho, já que o senhor mencionou, tenente, é que essa foto foi fabricada.

Marc se levanta para objetar, mas o reverendo manda Rik continuar com sua inquirição.

— Com prazer — responde Rik, e se aproxima de Blanco. — Tenente, levante a mão para que todos possamos ver e coloque o anel no seu dedo anelar esquerdo.

Blanco lentamente ergue a mão. Eu – e provavelmente todo mundo – noto imediatamente sua aliança naquele dedo. Rik vê a mesma coisa.

— O senhor usa essa aliança todos os dias, tenente?

— Normalmente — diz Blanco. — Mas eu não queria usar naquele dia, entende, se fosse ficar com a delegada.

— Então, por favor, tire sua aliança e coloque o anel que trouxe hoje para corroborar seu testemunho.

Blanco olha para sua mão e ri com suavidade.

— Acho que não cabe mais. Engordei muito este ano, especialmente quando toda essa história bateu no ventilador. Eu como muito quando estou estressado.

— Não estou brincando, tenente — diz Rik friamente. — Coloque-o, por favor.

É um grande esforço para Blanco tirar a aliança. Por fim, ele coloca o dedo na boca e puxa a aliança com tanta força que ela voa de sua mão e vai parar aos pés de Rik, que a pega e diz:

— Eu seguro para o senhor. Coloque o anel de formatura.

— Não vai entrar — diz Blanco. — Como eu disse. Pela aliança, o senhor pode ver quanto eu engordei.

— O que eu quero ver é esse anel no seu dedo anelar esquerdo.

Blanco, claro, não consegue nem passar o anel pelo primeiro nó.

— É aí que o senhor costuma engordar, tenente? Nas articulações?

Muitos risos. Blanco não responde.

— Esse anel nunca serviu na sua mão, não é? — pergunta Rik.

— Eu o estava usando, como pode ver na foto — responde Blanco.

— O que eu vejo — diz Rik — é que esse anel não cabe no seu dedo.

Marc objeta por Rik declarar o que vê.

— Todos nós estamos vendo — diz o reverendo.

Rik volta para nossa mesa, pensando na pergunta seguinte.

— Sobre essa foto que trouxe ao tribunal: o senhor apagou todas do seu celular, menos essa?

— Não. Eu imprimi essa foto e a mostrei à delegada. Depois, apaguei todas as fotos do meu celular e guardei essa fotografia impressa trancada a sete chaves.

— E esta — diz Rik, mostrando a pasta — é a foto que mostrou à delegada?

— Foi a que eu mostrei a ela.

— Portanto, se nós fizermos testes, vamos descobrir que o toner usado foi fabricado no ano passado, uma vez que o senhor disse que tudo isso aconteceu em novembro?

Blanco não responde de imediato. O teste de tinta é usado, de vez em quando, em casos de crimes de colarinho-branco como os de que vovô tratava no tribunal federal, onde os documentos são fundamentais. Mas aposto que Blanco não sabe nada a respeito disso, inclusive sobre a frequência com que a fórmula dos toners é modificada. Rik também pode não saber, mas, com seu humor agressivo, disfarça muito bem.

— Bem, na verdade — diz Blanco, com o mesmo sorriso tímido falso —, quando resolvi mostrar a foto ao sr. Hess, semana passada, tirei fotos da foto antes e imprimi várias cópias. Posso lhe mostrar em meu celular.

— Ele leva a mão ao bolso do paletó e tira o celular.

— Já vamos chegar ao seu telefone — diz Rik. — Mas onde está a foto original que o senhor mostrou à delegada?

— Não sei — diz Blanco. — Eu a levei com as cópias para mostrar ao sr. Hess.

— Sr. Hess — diz Rik —, pode nos entregar a original?

Marc já se aprumou, pego de surpresa por Blanco. Então, ele abre sua pasta e a examina. Por fim, diz:

— Eu não sabia que havia diferença entre as impressões que recebi. Vou ter que examinar melhor quando voltar ao escritório.

— Posso pedir à Comissão que ordene ao sr. Hess que apresente imediatamente a fotografia original sobre a qual o sr. Blanco testemunhou, para que possamos realizar o teste de tinta nela?

Marc olha para Rik.

— Não é preciso que me ordenem nada. Eu entendo minhas obrigações.

— Agora entende? — diz Rik.

— Senhores, chega de discussão — diz o reverendo. — Por favor, entregue a original ao sr. Dudek amanhã de manhã, sr. Hess.

— Talvez eu tenha guardado a original — diz Blanco. — Vou ter que procurar também.

— Mesma ordem ao tenente Blanco, por favor — diz Rik.

— Se eu conseguir encontrar — responde o tenente. — Imprimi muitas cópias da foto até que ficasse bom. E o senhor entende, eu não podia simplesmente deixar uma coisa assim por aí, então rasguei o resto. E talvez eu tenha destruído a original também, por acidente. Não estou dizendo que isso aconteceu, mas é possível. Teoricamente.

— Então, o senhor decidiu revelar essa evidência porque era a única maneira de demonstrar sua credibilidade e evitar que sua carreira fosse destruída, e jogou fora a original?

— Eu não disse que isso aconteceu, só que é possível. Vou tentar encontrá-la.

Frito agora parece uma imitação ruim da pessoa que iniciou o depoimento. Ele fica agitando as mãos enquanto se explica e não para de lamber os lábios.

— E, se ele não encontrar a original, vou solicitar a anulação do depoimento do sr. Blanco — diz Rik.

O reverendo faz um movimento com a mão; não precisa ver todo esse teatro antecipadamente.

— O senhor estava com o celular na mão há um minuto, tenente — diz Rik. — Poderia desbloqueá-lo?

Blanco o desbloqueia rapidamente.

— A fotografia está bem aqui.

— Essa é a foto da foto, correto?

— Sim.

— Pode entrar na opção "Sobre" do seu celular? Que modelo é esse?

— Modelo VI — ele pronuncia como normalmente as pessoas o fazem, usando, em vez dos algarismos romanos, o nome das letras: "Vê-i".

— Bem antigo, não é?

— Claro. Tenho três filhos, e o senhor sabe qual é o salário de um policial, sr. Dudek. Não posso comprar um celular novo todo ano, como algumas pessoas.

Ele deve ter notado que o de Rik é um XVA. Rik sempre quer as novidades. Assim que a versão mais nova sai, ele corre para comprar. Depois ele passa dias no escritório mexendo no aparelho, perplexo, tentando aprender a mexer em todos aqueles novos recursos deslumbrantes.

— Muito bem, tenente, bloqueie seu celular de novo, por favor, e mostre para nós como fez aquela manobra com uma mão para tirar a foto.

Rik repete a descrição complicada de Frito: deslizar para a esquerda para abrir a câmera e manter um dedo no botão do obturador. E pede a Blanco que confirme se esse foi seu testemunho anterior. Ele confirma.

— Tenente, com a permissão dos comissários, por favor, levante-se, coloque o celular no bolso de trás, depois tire-o e, com o aparelho abaixado ao seu lado, abra a câmera.

Blanco olha para Marc, esperando uma objeção, mas o advogado o encara como a um estranho.

— Reverendo — diz Rik —, poderia se dirigir à testemunha?

O reverendo diz a Blanco para fazer o que Rik pediu. Frito se levanta. Ele parece até mais baixo e sua testa está coberta de suor. Blanco abaixa o telefone ao seu lado, o que o deixa escondido no banco das testemunhas. Vemos o braço de Blanco se mexendo, e então ouvimos um *baque*. Ele deixou cair o celular e tem que se abaixar para pegá-lo. Ele tenta de novo abrir a câmera, desta vez trapaceando, olhando para baixo.

— Por favor, levante o celular, tenente, e mostre-o aos membros da Comissão. Concordam que a câmera não abriu?

Os três comissários estão debruçados sobre a bancada. Rik estende a mão para Blanco.

— Deixe-me ver se posso ajudá-lo, tenente — diz, e pega o celular de Frito. — Sou louco por tecnologia, como deve ter notado, e acredito que o problema é que esses recursos que o senhor alegou ter usado, de deslizar a tela inicial para abrir a câmera e a função burst, que permite tirar várias fotos apertando o botão do obturador, foram acrescentados só *depois* do modelo VI.

Depois de ficar mais um momento sem palavras, Blanco ri e joga a mão no ar.

— Esqueci! Eu vendi meu celular faz uns meses.

— O que tinha antes era qual? O VIII?

— Não lembro.

— Então, o senhor trocou um aparelho mais novo por um mais velho, é isso que está dizendo?

— Este foi recondicionado. Consegui trocar sem desembolsar nada. Não ligo para esses acessórios todos — diz ele, com seu sorriso tímido de novo.

O reverendo está recostado em sua cadeira; olha de rabo de olho para a sra. Langenhalter.

— E os dados foram transferidos do seu celular antigo para o novo? — pergunta Rik.

— Sim.

— Muito bem — diz Rik, olhando para os comissários. — Solicito permissão para ficar com o celular do tenente Blanco para que um perito o examine.

— Não!

Em pé, Blanco tenta pegar seu celular de volta, mas Rik dá uma meia-pirueta para evitar. Frito se volta para os comissários, meio choramingando:

— Não posso ficar sem celular por dias, semanas! Me deixem pelo menos comprar um descartável barato amanhã.

A sra. Langenhalter sussurra para o reverendo, com a cabeça quase encostada na dele. Eles cobrem os microfones enquanto falam.

O reverendo diz:

— Sr. Dudek, devolva o celular ao tenente. Tenente, entregue-o ao sr. Hess no fim do expediente de amanhã, e sr. Hess, entregue-o imediatamente ao sr. Dudek. Tenho certeza de que o senhor entende, tenente, que esperamos que amanhã o telefone esteja exatamente no mesmo estado em que está agora. Acredito que os peritos que o sr. Dudek vai contratar serão capazes de detectar qualquer mudança.

— Bem, não sei com que rapidez vou conseguir outro celular — diz Blanco.

O reverendo, que tem um faro melhor para enrolação do que eu esperaria de um religioso, olha para Frito com os olhos estreitados.

— Defina o horário, tenente. Se, por algum motivo, não cumprir a ordem da Comissão, vamos nos reunir com o sr. Hess em caráter de emergência.

Rik, Marc e Blanco estão em pé.

— Este é um bom momento para adiar a inquirição cruzada do sr. Blanco, sr. Dudek? Podemos retomar assim que tiver os resultados dos vários testes que deseja realizar?

— Está bem para mim — diz Rik.

Blanco desce do banco visivelmente agitado. Vai direto para Marc, protestando alto sobre ter que entregar o celular. Marc, por sua vez, parece não estar a fim de lidar com Blanco. Está quase de costas para ele, provavelmente porque lhe daria um tapa na cara se tivesse que o olhar nos olhos. O que deve estar deixando Marc puto é o fato de ele ter debochado quando Rik o chamou de crédulo.

Enquanto a sala vai esvaziando, com o burburinho de sempre, vou me sentar perto de Rik.

— Chefe, você se superou. Foi ótimo. Depois da conferência dos comissários você acabou com ele.

Rik sorri.

— É... às vezes eu pego o jeito. E fico pensando "Por que não posso ser tão inteligente o tempo todo?". Quando ele tirou aquele anel do bolso, percebi que era uma encenação, que tinha alguma coisa falsa ali.

Mas Rik não demora muito se autoparabenizando.

— Agora, vamos fazer a parte difícil — diz.

Fico olhando para ele sem entender.

— Lucy — diz ele.

19. RIK TEM RAZÃO

Rik tem razão, a fotografia foi ruim para nós. A delegada, Rik e eu estamos de novo à mesa de reuniões no escritório dele. Cada um de nós olhou longamente para a foto antes de Rik fechar a pasta. Não se vê muito de Blanco; ele está de costas, aparece na altura dos ombros. Seu braço direito, supostamente segurando o telefone, não está visível. A mão esquerda dele, como ele disse no tribunal antes de ser interrompido, está apalpando o seio da delegada, e a cabeça dele está enterrada na virilha dela, bem fundo, de modo que as coxas dela cobrem as orelhas dele.

Quanto à delegada, a visão não é tão limitada. Ela está sentada em uma cadeira executiva grande de couro preto. O que quer que estivesse usando para trabalhar — calça ou saia —, a peça foi tirada, e suas coxas fartas estão espremidas de uma maneira nada lisonjeira, porque estão jogadas sobre os ombros de Blanco. E ela está sorrindo de um jeito que nunca vi antes — francamente, bem desagradável e repulsivo. Ela está adorando, incluindo, pelo que parece, a parte mais horrível, que é sua arma de serviço — uma Beretta 32 que ela carrega em um coldre de ombro — em sua mão esquerda, a poucos centímetros da têmpora de Blanco. Para mim, essa é a parte chocante da fotografia: não o sexo — que é sempre estranho ver quando é com alguém que conhecemos —, mas o que revela da delegada: um lado pervertido dela.

— Não tem espelho na minha sala — diz ela por fim. — Nunca houve. Pode ligar para Stanley, se quiser — diz ela, referindo-se ao ex-delegado.

— E o que isso significa? — pergunta Rik. — Que você usou a sala de outra pessoa?

Rik perdeu sua boa vontade habitual. Seria de esperar o mesmo de qualquer advogado que tenha sido surpreendido por uma situação tão grave que seu cliente nunca mencionou.

— Vamos parar com essa merda, Lucy. É você?

— Foi você que disse que isso é Photoshop.

— Eu disse porque esse é o meu trabalho: lançar dúvidas. Mas diga você: essa foto é verdadeira ou não?

— Não sei.
— Lucy, é você? Parece você?
— Em uma galáxia muito distante e muito, muito tempo atrás.
— Quanto tempo?
— Uns dez quilos — diz ela. — Faz anos que eu não tenho o cabelo tão curto assim. Todas as mulheres da delegacia vão declarar que o meu cabelo estava mais comprido em novembro.
— Mas é você na delegacia de Highland Isle com um homem, certo?
— Não é Blanco, isso eu posso garantir.
— Nós já sabemos que Blanco está mentindo. Ele não esteve na sua casa e você nunca teve um apartamento em HI. O anel não serve nele, e ele também não vai encontrar a foto original. Portanto, no longo prazo, não precisamos nos preocupar com o fato de o procurador federal acreditar nele. Essa é a boa notícia. Mas, Lucy, quem inventou isso, Steven DeLoria ou o Ritz ou quem quer que seja, usou Blanco como cavalo de Troia. Eles sabiam que o fato de Blanco dizer ou não a verdade seria quase irrelevante para os propósitos dele. Assim que essa foto se tornar pública, vai causar sensação, coisa que a Comissão não vai poder ignorar, independentemente de quanto quisesse pegar leve porque não existem regras escritas contra confraternização, ou porque DeGrassi e Cornish estão mentindo, e eles não podem fazer isso. Isso não aconteceu na privacidade de seu lar depois do expediente, Lucy, com algum amigo com quem você transa desde que era jovem. Na foto você estava no trabalho, em uma cadeira e em uma sala pagas pelos impostos dos cidadãos.
— Não sou a primeira policial a transar na delegacia. Nem a primeira delegada.
— Mas você demitiria qualquer policial que pegasse fazendo isso.
— Talvez.
— Estamos em ano eleitoral, Lucy; a prefeita vai ter que fazer alguma coisa.
Ela observa Rik.
— Está me dizendo para renunciar?
Rik pensa um pouco.
— Estou dizendo que precisamos contestar isso — responde por fim.
— E, para isso, temos que ter os fatos. Se esse não é Blanco, quem é?

Ela sacode a cabeça.

— Não lembro, Rik.

— Como não lembra? Isso acontecia com tanta frequência assim?

A delegada, que se controlou muito bem até agora, ignora o sarcasmo e responde:

— Você é minha mãe, por acaso?

Não dá para ser policial durante décadas sem ser perspicaz e durona, mas a delegada tem essa coisa de mulher de tentar não deixar as pessoas verem esse seu lado. Só que, quando se revela, é como uma faca puxada da bainha.

— Não sei quem é e não lembro se alguma coisa assim realmente aconteceu. Não sei dizer se essa foto é verdadeira, ok?

Rik olha para mim para ver se acredito nela. Não acredito. Estamos calados, o que me dá uma chance de pensar em voz alta.

— Tudo bem, mas vamos continuar pelo caminho que você traçou, chefe. Nossa postura é que isso é Photoshop, que a foto foi fabricada, como você disse no tribunal. Mas eu garanto que, com Blanco admitindo que se trata de uma fotocópia de uma imagem impressa, qualquer perito vai dizer que não dá para ter certeza de que a imagem digital original foi alterada.

A delegada olha para mim e assente com pesar. Mas Rik não está satisfeito.

— Mas é Photoshop em cima de quê? Precisa começar com uma foto de verdade, não é?

Eu me volto para a delegada e pergunto:

— Alguém poderia ter hackeado o seu celular e encontrado uma foto como essa? Nesse caso, poderiam ter feito uma montagem com uma sala da delegacia.

Rik levanta a mão para impedi-la de responder.

— Aí você precisaria apresentar essa foto — diz, me alertando antes que ela minta. — Vou perguntar de outro jeito. Existe algum homem por aí com uma foto como essa que *ele mesmo* tirou? Na sua casa ou em outro lugar?

Ela dá um sorrisinho travesso e aponta para a pasta.

— Pelo jeito existe.

— Para mim, isso parece um uniforme de Highland Isle.

Rik está se referindo à camisa de Blanco, que é daquela cor de vômito que a polícia de HI usa para não ser confundida com a do condado de Kindle e todos os seus frequentes problemas.

— Mudar a cor digitalmente é fácil — digo.

— Mas Lucy está de uniforme, obviamente.

— Ou estava — diz a delegada, com um sorrisinho triste.

Até para mim, que sou a pessoa que inventou o inapropriado, o humor nervoso de Lucy é infantil e irritante.

— Não dá pra simplesmente colocar o rosto dela em outra imagem, dá? — pergunta Rik. — Ficaria parecendo um desenho animado.

— Precisamos arranjar um perito que saiba explicar como esse programa funciona — digo.

A delegada resmunga, pensando no gasto.

— Mas, se dissermos que é Photoshop, é melhor que o homem original não apareça dizendo que isso aconteceu na delegacia.

— Isso não vai acontecer — diz Lucy.

— Por quê?

— Porque é Photoshop, porra! Não é uma imagem real.

Depois que eu disse que um perito não refutaria isso, de repente ela tem muito mais certeza.

Rik diz que é hora de ir para casa. Estamos todos cansados. Recolhemos nossas coisas e saímos noite adentro. A umidade do verão, densa como algodão, chegou, de modo que a pele da gente nunca está completamente seca. Mesmo assim, sempre gostei dessa sensação, porque me leva de volta à época em que eu era criança, e o ar pesado significava que eu estava livre: de férias da escola, sem aprontar e sem levar bronca.

Já passa das onze da noite e a cidade começa a silenciar; só os habituais sons urbanos isolados se destacam. Um carro alto, com o escapamento aberto, desce voando a avenida, e alguém grita. Vejo as luzes de um caminhão entrando no Tech Park, do outro lado da rua, entregando algo à Northern Direct ou a outra empresa.

Por causa do horário e dos arredores, Rik acompanha a delegada até o carro dela. É engraçado, já que ele é o único de nós três que não tem arma. A delegada pegou a dela depois da audiência, e a minha, de dois canos, está a menos de um metro de mim, no porta-malas do Cadillac. Mas eu sei que ele quer dar um abraço em Lucy, só para mostrar que está com ela, aconteça o que acontecer. É o que ele faz, e diz alguma coisa que não consigo ouvir. Talvez esteja se desculpando por ter perdido um pouco o controle.

Depois, ele volta até mim e diz, revirando os olhos e a boca:

— Clientes...

E vai para seu Acura, estacionado um pouco adiante.

Acabo de sair do estacionamento quando Tonya liga. Imagino que queira saber da audiência, mas ela já sabe de tudo.

— Odeio ter que dizer isso, mas a foto está na internet — diz ela.

20. KOOB VOLTA

Koob geralmente aparece todas as noites. Na segunda vez que ele bateu na porta, encontrei-o na soleira com um saco de papel pardo, que me entregou quando me afastei para deixá-lo entrar. Era uma garrafa de bourbon, dos bons.

— Pensei que você não bebesse — disse eu.

De repente ele ficou meio tímido.

— Não bebo, mas gostei do gosto em você.

— Legal! — Tirei a rolha e tomei um gole direto da garrafa.

Depois de transar, ele ficou calado um tempo. Levantou-se para fumar à janela, voltou e se deitou de novo ao meu lado, ainda sem nada a dizer.

— Está achando estranho? — perguntei.

Ele demorou para formular uma resposta.

— Sim — disse.

— Muito estranho?

Ele demorou mais um pouquinho.

— Sexo casual nunca foi minha praia.

— Cara, eu odeio esse termo — respondi. — Não vale a pena fazer sexo se for casual. A intensidade é o que o torna grandioso, como se, por alguns minutos, fosse só o que acontecesse no universo, não acha?

Ele ficou pensando nisso.

— E quando você estava no Exército, não transava só para se aliviar? — perguntei.

— Sim, claro, mas nunca gostei muito. Era só uma necessidade. E uma coisa que se esperava que os solteiros fizessem.

— Você parece estar curtindo agora — eu disse.

Ele assentiu com a cabeça várias vezes antes de dizer:

— Muito.

— Então, qual é o problema?

— Fui criado sob a influência de uma sociedade muito tradicional. Gosto de pensar que sou totalmente estadunidense, mas às vezes descubro que tenho uma falsa impressão de mim mesmo.

— E você acha que está fazendo alguma coisa errada? Ou que eu estou?

Ele não respondeu.

— Escute, se você está curtindo, não corte a onda. Vizinha bonitinha, que trepa bem... É divertido, né?

Ele sorriu. Estava começando a me achar divertida.

— Mesmo assim — disse ele.

— É porque eu sou mulher?

Ele não queria admitir em voz alta.

— Cara, isso é coisa de maluco, você sabe, né? Os homens podem sair e se divertir, mas as mulheres têm que ficar em casa? De onde saiu isso?

— Eu disse que sou tradicional — respondeu ele.

— Pois que merda de tradição. Uma coisa que eu aprendi quando aceitei que também gostava de mulheres foi que nunca seria totalmente eu mesma se esperasse que alguém me desse permissão. Cada um quer o que quer, é o que é. Estou a fim do cara estranho do apartamento ao lado? Vou fundo. Não ligo para o julgamento de ninguém.

Ele não disse nada. Não sei se eu já havia deixado claro que era bi, mas ele não pareceu dar importância a isso. Acho que estava mais se perguntando se algum dia conseguiria ver nosso lance do jeito que eu estava recomendando.

Normalmente nós transamos, ficamos deitados na cama conversando e transamos de novo. Com ele, entro em uma vibe de deixar que o vulcão de merda que às vezes ferve no meu cérebro entre em erupção.

Por exemplo, tenho um espelho de corpo inteiro no quarto. Era da mãe da minha mãe e da mãe dela antes, e da outra mãe antes dessa. Tem uma moldura dourada grossa, em forma de nuvens, e em cima o fundo prateado começou a oxidar, formando umas manchas escuras. Mas achei legal ficar com ele quando vovô foi para a clínica. Não sou muito de história, de adoração de ancestrais e tal, mas, com meu avô dando – como nós dois sabíamos – mais um passo em direção ao cemitério, acho que comecei a ver motivos para valorizar o passado. Achei que seria muito interessante ver meu reflexo onde gerações de mulheres da minha família viram o delas antes. Mas, como todas as coisas, todo esse negócio não dura muito. De vez em quando penso na minha tataravó se olhando, vestindo um espartilho e um chapéu de penas, mas, no dia a dia, é só um espelho. E, naquela noite, Koob me inclinou sobre a cama e me pegou por trás, em pé, enquanto nós dois olhávamos nossos reflexos, o que provavelmente aconteceu antigamente também.

Depois, deitada ao lado dele, eu disse:

— Sabe, quando eu era criança, tinha um pensamento que me deixava meio maluca às vezes.

Ele ficou me olhando um tempo antes de dizer, baixinho:

— Que pensamento?

Isso acontece comigo de vez em quando: um estado de fuga em que esqueço, por um segundo, que alguém de quem gosto não necessariamente sabe o que estou pensando.

— O pensamento de que nunca vimos nosso próprio rosto. Olhamos no espelho, mas é uma imagem espelhada, invertida. Podemos ver o rosto de cada ser humano do mundo, menos o nosso. Estranho, né?

Ele deu uma breve gargalhada, surpreendentemente aguda, que já ouvi várias vezes.

— E o que você acha disso? — perguntou.

— Não sei. Como eu disse, isso me enlouquecia.

— E te enlouquece agora?

Penso um pouco.

— Agora eu aceito que não posso mudar isso. É uma condição da vida. Mas é meio chocante saber que nunca vamos nos enxergar de verdade, ou da maneira que os outros nos enxergam. Isso é meio espiritual ou profundo, não é? — disse eu, mexendo os dedos.

Ele ficou calado um tempo; parecia profundamente impressionado com tudo que eu falei, mas acho que pensando que eu era muito estranha.

— Não se assuste, só estou sendo a Pinky.

— Quem é Pinky? — ele quis saber.

— Eu sou a Pinky. Algumas pessoas me chamam de Pinky.

— Não de Clarice?

— Meus pais me chamavam de Pinky. Com trinta anos eu comecei a achar que era velha demais para isso.

— Quantos anos você tem? — perguntou ele.

— Quantos anos você acha que eu tenho?

— Eu achava que você estava perto dos trinta.
— Que bom. Tenho trinta e três. Quantos anos você tem?
— Quarenta e seis.
Foi mais ou menos o que eu imaginei.
— E Clarice é diferente de Pinky? — perguntou ele.
— Ela é mais velha, e nem sempre eu gosto disso.
— Por quê? Você é nova demais para ter dores nas costas e nos joelhos.
— Minhas costas doem o tempo todo, principalmente quando chove, porque eu fraturei a coluna fazendo snowboarding. Procuro não surtar, mas, quando me olho no espelho, vejo que meu corpo está mudando um pouco. De repente, uma terceira xícara de café faz meu coração disparar. E isso me faz sentir traída.
— Traída?
— Exato. Pelo calendário eu sou adulta, mas por dentro eu sei que ainda sou uma adolescente. Muitas pessoas diriam que eu ainda me comporto como uma adolescente. Então, que porra é esse cabelo branco que aparece e eu arranco? Sabe, eu nunca tive um desejo ardente de ser adulta; sempre achei que os adultos eram idiotas. Ainda acho, na verdade. Mas quando você é criança pensa: quando eu crescer, finalmente vou ser quem nasci para ser, não esse pedaço de barro que muda a cada nova experiência. Vou ter um emprego, uma casa só minha, talvez fique com alguém para não estar sempre sozinha. Tudo vai ser diferente. E você sabe, esse tipo de pensamento é uma armadilha. Porque a vida é, simplesmente é, quer você tenha três anos, quer tenha trinta e três. Você acorda, respira, pensa. Eu ainda não faço a menor ideia de quem deveria ser, simplesmente aceito o fluxo das coisas. Futuro e passado não existem, são só conceitos. Estamos vivos só no presente. No é.
Ele se apoiou em um cotovelo, sorrindo para mim, e ficamos nos observando por um tempo.
— Você não conhece ninguém como eu, não é? — perguntei.
— Definitivamente, não — disse ele.

***

Duas noites depois, na sexta-feira após o depoimento de Blanco, estamos deitados um pouco até ele recuperar a energia para ir embora, quando pergunto:

— Para você tudo bem eu ser tão diferente? É bom ou você fica meio cauteloso?

Ele pensa um pouco.

— É interessante — diz.

Penso um pouco também.

— Tá, vou aceitar o "interessante". É meio positivo.

— Melhor que estranha — diz ele.

— Você é estranho.

Ele aperta os lábios em um sorriso misterioso como fumaça.

— Ainda acha isso? Por quê? — pergunta.

— O mesmo de sempre. Porque você está tramando alguma coisa. Não o segui o suficiente para descobrir o que é, mas eu sei que tem alguma coisa estranha acontecendo. Eu soube no instante em que te vi. Sou tipo uma bruxa com essas coisas.

Ele franze a testa, mas não responde.

— Tipo, por que nós nunca nos encontramos na sua casa? — pergunto.

Ele se surpreende.

— Eu não me sentiria igual lá. Seria muito difícil relaxar.

— Aqui é outro mundo? A uma porta de distância?

Ele inclina a cabeça, como se isso pudesse ser verdade. Eu rio, porque quero acreditar. Mas não acredito.

— É porque você tem um monte de segredos lá — digo.

Ele fica me olhando, mexendo a cabeça de leve, de modo que não sei dizer o que esse gesto significa.

— Você nunca vai me dizer o que faz, né? — pergunto.

Ele se senta.

— Por que eu tenho que ficar repetindo? Não me pergunte sobre o meu trabalho e eu não pergunto sobre o seu.

— Você pode me perguntar o que quiser sobre o meu trabalho.

— Não, não posso. Por exemplo, no caso da delegada, me conte o que ela te falou sobre aquela fotografia.

Koob veio na noite de segunda-feira, quando cheguei. Fiquei muito feliz, disse a ele que havia tido uma noite difícil, mas descobri que foi por isso que ele apareceu. A foto, com um monte de círculos em lugares estratégicos, já tinha aparecido nas redes sociais dele e de metade das pessoas que vivem em Highland Isle.

— Não posso falar disso — digo.

Ele ergue as sobrancelhas, enfático. Ponto para ele.

— Eu vou descobrir. Você sabe que vou — digo.

Ele fica ali, com aquela expressão habitual de quando descansa, ilegível.

***

No início desta semana, na terça, na manhã seguinte ao testemunho de Blanco, Rik partiu para a ofensiva. Como dezenas de sites publicaram a foto da delegada – alguns sem nem mesmo desfocar as partes quentes, por assim dizer –, ele convocou uma coletiva de imprensa no início da tarde. Foi realizada no estacionamento do nosso prédio. Na data do depoimento de Blanco, a cobertura da imprensa já estava reduzida a poucos repórteres de tribunal, mas, agora que a coisa ficou pornográfica, dezenas de jornalistas tiveram que brigar por espaço na coletiva. Foi o habitual vale-tudo, com operadores de câmera se empurrando, acendendo seus holofotes. Em meio a todos os flashes e zumbidos dos equipamentos, Rik assumiu a expressão solene de um monumento e declarou:

— A fotografia é falsa, pura e simplesmente. E, sabendo que é falsa, alguém decidiu jogá-la na internet para constranger e degradar a delegada Gomez, porque nunca vai poder provar no tribunal que é autêntica. O sr. Hess me deu sua palavra de que não tem ideia de quem vazou a foto. Em contrapartida, o tenente Blanco não se pronunciou até agora. De qualquer maneira, a Comissão ordenou que o sr. Hess e o sr. Blanco revelem a fotografia original impressa esta manhã. Isso não aconteceu, e tenho certeza de que não vai acontecer. Repito: a fotografia é falsa. Além disso, sustento o que disse ontem à noite. É uma vergonha que o município tenha oferecido como evidência algo tão obsceno e injusto para com a delegada Gomez sem contratar peritos forenses para atestar a veracidade da foto primeiro. Fizeram isso porque o caso deles estava à beira da morte e estavam desesperados para revivê-lo. Mesmo que se arrependam, agora não podem fazer nada para reparar o mal causado a Lucia Gomez-Barrera. Vou entrar com um pedido para que o município emita um pedido de desculpas e encerre o caso imediatamente.

No escritório, Rik ligou para Marc de hora em hora, exigindo a fotografia original. Blanco, supostamente, tinha mais certeza de que a havia rasgado acidentalmente. Marc se desculpou todas as vezes que falou com Rik e, por fim, perguntou se queria que o município chamasse um advogado externo para dar prosseguimento. Eu estava no escritório de Rik nesse momento, e Rik respondeu:

— Pelo amor de Deus, agora você quer passar essa merda toda para outra pessoa? Você fez a cagada, Marc, e agora vai aguentar as consequências. — E, antes de desligar, ainda disse: — E vou te dizer o que mais eu quero. Quero o maldito celular de Blanco na minha mesa às cinco da tarde, como o reverendo ordenou. Ou ele vai dizer agora que o rasgou por engano também?

No entanto, um pouco depois das cinco recebemos uma moção apresentada por uma advogada local, Selena Rios Schwartz, ex-assistente da promotoria pública do condado de Kindle, que Rik tem em alta conta. Ela pediu à Comissão que reconsiderasse o pedido de entrega do celular de Blanco alegando que isso configurava invasão de privacidade, pois o aparelho continha fotos pessoais e mensagens de amigos e familiares, além de assuntos confidenciais da polícia. Também argumentou que Blanco já havia declarado que a imagem digital original não estava no celular.

Na manhã de quarta-feira, a Comissão emitiu uma ordem indeferindo a moção. A sra. Langenhalter disse: "Revimos mais uma vez o testemunho da audiência de segunda-feira. De fato, o tenente Blanco testemunhou que todos os dados do celular onde estava a foto foram transferidos para o telefone atual. Essa é uma base razoável pela qual a respondente pode exigir a análise do aparelho. O município não pode pretender oferecer evidências tão críticas sem dar à delegada Gomez uma oportunidade de contestá-las. O cumprimento da ordem da Comissão por parte do sr. Blanco é essencial para que possamos dar qualquer peso a seu testemunho".

Então, Marc e Blanco entraram com um recurso de emergência no Tribunal Superior do Condado de Greenwood, um movimento que deve dar alguns dias a Blanco. De qualquer forma, Rik achava que estávamos, de novo, perto do encerramento do caso contra a delegada.

— Qual é o lance de Blanco com o celular? — perguntei. — Ele reagiu como se o reverendo tivesse enfiado uma banana de dinamite no rabo dele quando ouviu a ordem.

— Eu acho que ele quer esconder as mensagens que troca com o Ritz ou Steven, ou com seja lá quem for que o tenha induzido a tudo isso —, disse Rik.

— E ele pode simplesmente se recusar a obedecer a uma ordem judicial?

— Não se quiser continuar sendo policial. A única saída, segundo a lei, é invocar a Quinta Emenda.

— Com qual crime ele diria estar preocupado?

— Primeiro, ele não precisa dizer. E segundo, não poderíamos contestar se ele insinuar que o celular vai fornecer provas de perjúrio.

— Mas aí a delegada ganha, não é?

— Sim, ela tem chance de ganhar, de um jeito ou de outro. Mas isso ainda não garante que ela mantenha o emprego. Foi por isso que a foto vazou — disse ele.

A alegação de que a foto era uma falsificação meia-boca evitou que a prefeita tivesse que assumir uma posição imediata sobre o futuro do emprego da delegada, mas isso não impediu que vários grupos de cidadãos, cuja maioria claramente apoia Steven DeLoria, exigissem a renúncia de Lucy. Então, na noite de quarta-feira, dois jornais da mesma rede, o *Tribune*, do condado de Kindle, e o *Beacon*, de Highland Isle, publicaram o mesmo editorial sobre a delegada. Eles tinham dito que era injusto esperar que a delegada provasse que não era ela na foto, mas viraram a casaca e alegaram que, infelizmente, se não pudesse fazer isso, não poderia atuar efetivamente como chefe de polícia, pois, ao contrário do cidadão comum, ela era obrigada a ser uma pessoa acima de qualquer suspeita.

Quando cheguei ao trabalho na manhã de quinta-feira, a delegada estava sentada no corredor, em frente ao escritório de Rik, esperando que ele voltasse do tribunal. Até então ela estava aguentando bem. Havia tido alguns momentos ruins, mas, no geral, ver aqueles palhaços mentindo no banco das testemunhas a deixara furiosa e lhe dera forças. A foto foi a primeira coisa que realmente a abalou. Mesmo com toda a sua habilidade com a maquiagem, dava para ver que estava abatida. Estava usando óculos em vez de lentes de contato, porque seus olhos estavam muito irritados pela falta de sono, e não eram mais aquele farol de energia positiva. As covinhas também haviam tirado uma folga.

Os editoriais da noite anterior a deixaram confusa. Eu só havia parado brevemente para cumprimentá-la, mas estava difícil para a delegada esperar por Rik, então ela quis falar comigo.

— Ter fotos suas seminua na internet é como aquele velho pesadelo de correr sem roupa pela rua. Minhas filhas resistiram bravamente a tudo, mas sei que estão envergonhadas agora. Posso dizer que é falsa quanto eu quiser, todo mundo tem certeza de que sou eu.

— Eu entendo — falei, e contei a ela uma coisa comparável que aconteceu comigo há muitos anos. Passei por uma fase, que coincidiu com minha entrada na Stern & Stern, na qual postava regularmente selfies minhas com parceiros durante o ato, no Snapchat (de modo geral, e não por acaso, eu me achava incrível nas fotos). Meu avô me implorou para parar, porque ninguém mais trabalhava e ficava olhando as capturas de tela que faziam dos meus posts. Com o tempo, entendi que não importava quão provocativa eu fosse, estava oferecendo o tipo errado de entretenimento a muitas pessoas que eram como curiosos passando por um acidente de carro: eu no alto de meu infortúnio e estupidez e as pessoas aliviadas porque não eram elas.

Mas eu não era ninguém importante, eu havia escolhido postar as fotos, e as risadinhas sinistras aconteciam especialmente pelas minhas costas. A foto de Blanco, por outro lado, foi literalmente notícia de primeira página, e a delegada teve que enfrentar o fato de que essa imagem a perseguiria para sempre; apareceria na internet sempre que as pessoas pesquisassem seu nome.

— Essa coisa da foto é uma merda — disse eu — e, sim, suas filhas estão envergonhadas. Mas aconteceu. As notícias são cíclicas; no fim de semana todo mundo que queria já vai ter visto, e na segunda-feira as pessoas já vão ter perdido o interesse.

Ela sacudiu a cabeça, discordando do meu otimismo.

— Acho que os jornais têm razão. — Ela se referia à sua renúncia.

— Os jornais só falam merda — rebati. — Pense bem: alguém inventa uma merda qualquer sobre uma autoridade e a pessoa tem que renunciar, a menos que prove que cada detalhe é puro esterco. Como fica o "inocente até que se prove o contrário"?

Ela não respondeu. Eu não sabia se Rik seria tão positivo, porque algumas vezes, quando estávamos sozinhos no escritório – inclusive logo após a coletiva de imprensa –, ele parecia ter muitas dúvidas. Ele achava que o momento em que a prefeita abandonaria a delegada poderia estar se aproximando. Além disso, *ele* mesmo perdeu um pouco da confiança nela. Nós dois sabemos que há mais coisas na história daquela foto que ela não nos contou. Quando alegou que é falsa, Rik colocou sua própria credibilidade em risco, o que significa que a verdade que nossa cliente não quer nos contar pode acabar minando muito do que ele esperava ganhar ao aceitar o caso.

Naquele momento, porém, a delegada estava pedindo minha opinião, não a de Rik.

— Veja, não sou sua advogada, mas toda essa merda de Blanco sobre a fotografia e o celular implica que o testemunho dele é inútil. Então, você vai ganhar o caso, e a conclusão, depois de algumas semanas, será que você foi enormemente prejudicada. Rik pode até encontrar uma maneira de processar o município e fazê-lo pagar por isso.

Ela estava olhando para mim com aqueles grandes olhos negros cheios de dor e incerteza. Nossa conversa me deixou com uma sensação estranha, porque nossas posições físicas faziam parecer que ela era a criança e eu a adulta, e minha reação ainda é querer fugir sempre que me vejo nesse papel. Mas sustentei seu olhar, tentando demonstrar que eu acreditava no que dizia. E acreditava mesmo.

21. UM RESPIRO

Depois que o Tribunal Superior ordenou que Blanco entregasse seu celular, ele entrou com outra moção no tribunal de apelação. Rik disse que isso não vai adiantar nada, que Blanco só vai ganhar um pouco de tempo; mas, como não sabemos se as audiências da P&B vão continuar, o caso da delegada está praticamente parado. Tenho oportunidade de fazer entrevistas para os novos casos de Rik e de levar Gomer para dar longas caminhadas. Até consigo participar dos dois jogos de softball por duas semanas consecutivas, o que não faço desde abril.

No entanto, com tempo disponível, eu me pego pensando em Koob; não como uma adolescente, e sim tentando juntar as peças dele na minha cabeça. É meio irônico, porque ele ocupa espaço na minha imaginação há meses. Só que ele passou de um homem misterioso unidimensional para uma pessoa tridimensional, conhecida e intensamente real em alguns aspectos, mas com uma vida completamente em branco, exceto quando está no meu apartamento.

— Então, sobre o que mais nós vamos conversar enquanto nos recuperamos? — pergunto certa noite, depois que ele corta outra tentativa minha de fazê-lo falar sobre seu trabalho.

— Sobre o que você gostaria de falar? — pergunta Koob.

Depois de um segundo, respondo.

— Fale sobre a sua infância com os hmong.

— Nossa, não sei se sei falar disso — diz ele.

Nas visitas seguintes, entretanto, esse é mais ou menos o assunto quando conversamos. Já andei olhando umas fotos na internet, e levo meu notebook para a cama e mostro a ele. Koob fica ao lado do meu ombro para ver a tela, e eu sinto seu tamanho e o calor de seu corpo enquanto passo as imagens dos hmong em trajes rituais.

— Essas roupas tradicionais parecem de peruanos — digo.

Fiz um mochilão pelo Peru e pelo Brasil uma das vezes que abandonei a faculdade. Ele fica impressionado com minha observação.

— Eu tinha um amigo no Exército — diz ele —, outro soldado, que era lakota, e havia muita semelhança entre minha criação e a dele. Ele me contou que a avó dele foi vê-lo em forma de lobo quando ela morreu. E ouvi os hmong contando histórias como essa mil vezes. Muitos mitos e lendas são parecidos também.

— Que tipo de mito? Conte um.

Ele fica olhando para o teto por um segundo.

— Tenho um bom. É como os hmong explicam por que algumas pessoas são canhotas: uma enorme águia comeu todas as pessoas, exceto a filha do rei, que havia sido trancada em um tambor para se esconder. Longe, um grande guerreiro ouviu falar disso e foi até a aldeia, onde não encontrou ninguém vivo. Até que ele bateu no tambor do rei e a princesa falou. E juntos eles prepararam uma armadilha para a grande águia. Quando amanheceu, a princesa saiu do tambor. A águia mergulhou e o guerreiro acertou uma flecha no coração dela. A águia caiu morta. O guerreiro abriu a barriga da águia e estava cheia de ossos humanos. Ele trabalhou dia e noite para juntar os ossos para que as pessoas pudessem voltar à vida. Quando se cansava, às vezes ele confundia um lado com o outro. É por isso que algumas pessoas são canhotas e outras destras.

— Nossa! É muita história para explicar uma coisa tão básica.

— É, esse é o jeito hmong. Tudo está conectado. Não pergunte a um hmong como chegar a uma loja se não quiser saber primeiro como o mundo foi criado.

— Você acha que a sua criação foi estranha?

— Não pelo fato de a minha mãe ser hmong, mas porque parecia que não éramos nada. Nós morávamos em Minneapolis, perto dos meus avós maternos, mas eles nunca aceitaram meu pai. Existem clãs hmong inteiros descendentes de casamentos entre os chineses han e os hmong. Esses homens sempre entraram na sociedade hmong, mas meu pai não tinha interesse. Ele não conseguia entendê-los, e eu nunca o culpei. Algumas coisas dos hmong não têm paralelo em nenhuma outra cultura.

— Tipo?

— Tipo o hmong verde e o hmong branco, por exemplo.

— Verde e branco?

— São clãs com línguas, roupas e muitas tradições diferentes. A família da minha mãe é hmong branca, e a maioria deles não pode nem falar com os hmong verdes. Mas não vivem em aldeias separadas. Hmong verdes e hmong brancos moram juntos na Ásia. E em Minneapolis.

— E sua mãe também vivia fora da cultura, como seu pai?

— Meio a meio. As mulheres hmong desconfiavam dela porque ela sabia ler e escrever e falava bem o inglês. E era cristã, como meu pai. Na verdade, eles eram católicos; isso era importante para eles.

— Então, você foi criado no catolicismo? Escola católica e tudo o mais?

— Até o ensino médio, e eu odiava. Mas, embora muitos hmong tivessem um pé atrás com ela, minha mãe nunca quis romper totalmente com a vida hmong.

— Tipo como?

— Bom, por exemplo, se ela ficasse gravemente doente, ia a um médico ocidental, mas não acreditava que ficaria boa se não fosse atendida por um xamã hmong também.

— E como era isso para o seu pai, se ele não era aceito?

— Meus pais geralmente levavam de boa, mas eles tinham um acordo estranho.

Presumo que ele quer dizer que seus pais, como em todo casamento, tinham seus arranjos únicos. No entanto, quando falamos sobre isso de novo, umas noites depois, descubro que eles tiveram um começo bem estranho. A mãe dele era intérprete no Laos; ela estudou em uma escola de freiras dirigida por religiosas estadunidenses da ordem dominicana. Ela e alguns colegas de classe foram recrutados pelo Exército dos Estados Unidos durante a Guerra do Vietnã, para facilitar a comunicação entre os soldados e os Hmong que os ajudavam.

Quarenta mil Hmong lutaram pelos Estados Unidos no Laos. Mesmo sendo analfabetos, eles tinham talento para operar equipamentos elétricos e eram hábeis para atravessar áreas sob bombardeio. A mãe de Koob era intérprete de um capitão. Eles se apaixonaram e ficaram noivos. E então ele foi morto quando os norte-vietnamitas invadiram a área. O Exército a transferiu para o Vietnã do Sul, para protegê-la, mas ela sabia que o Pathet Lao ou o Vietcong a mataria assim que os Estados Unidos fossem embora.

O falecido noivo dela era tio de Koob, irmão do pai dele. E, quando a guerra estava acabando, o pai de Koob, que também serviu no Vietnã, foi para Saigon e se casou com a mãe de Koob para poder levá-la de volta aos Estados Unidos. Eles se conheciam havia menos de uma hora quando a cerimônia foi realizada, por um padre que o pai de Koob encontrou ali mesmo.

— Parece coisa da Bíblia, não é? — pergunta Koob. — Casar com a esposa do irmão quando ele morre. Não sei o que eles esperavam, mas deu certo. Minha mãe diz que parecia que o conhecia havia cem anos quando desceram do avião nos Estados Unidos.

— Eles eram felizes?

— Eu não diria felizes. Não que fossem infelizes, mas os dois eram antiquados demais para pensar em felicidade. Não eram como meus filhos, que acham que a felicidade é um direito deles. Mas eles se respeitavam e se tratavam bem. Então, como ela precisava ter certeza de que havia xamãs hmong por perto, ele entendia que não podíamos sair de Minneapolis. Não há muitos xamãs hmong em nenhum outro lugar.

Algumas noites depois, pergunto a Koob como ele foi parar em Pittsburgh, e ele explica que fez pós-graduação lá depois do Exército.

— E foi lá que você conheceu sua esposa?

Ele assente.

— Ela é hmong?

— Não, ela é branca.

— Hmong branca? — pergunto, rindo, e ele me cutuca.

— Não, branca como você. Caucasiana. O que significa que meus pais não gostavam dela. Claro que eu não ia deixar que eles me dissessem o que fazer, então eu casei com ela. — Ele sacode a cabeça, reprovando a si mesmo. — No fundo eu achava que, considerando o jeito como meus pais se conheceram, duas pessoas quaisquer poderiam fazer um bom casamento.

Ele sacode a cabeça de novo, por muito mais tempo desta vez.

Seu casamento, sua família, é como uma sombra sempre grudada nele. Esta noite eu me sinto segura para perguntar se ele tem fotos dos filhos. Ele pega o celular e passa as fotos, com cuidado para não me deixar ver as outras, e vira o aparelho.

Os dois puxaram a ele, altos e bonitos.

— Sua filha é linda.

— Ela concorda — ele ri. — Vai para a faculdade ano que vem. Não vê a hora, e nem eu.

A história que ele contou sobre como seus pais se conheceram desperta algo estranho em mim esta noite. Pensar que as coisas entre as pessoas podem ser tão aleatórias, que a pessoa se casa com outra porque seu irmão deveria se casar, trouxe à tona a ideia assustadora, tipo déjà vu, de que nosso destino – meu e de Koob – pode ser igual. Não seria totalmente aleatório e engraçado se eu acabasse ficando com Koob porque o estava espionando? Poderíamos ser igualmente respeitosos um com o outro, apesar de todas as nossas diferenças?

Mas eu sei que isso não vai acontecer. Por um lado, existe um obstáculo óbvio.

— Você ainda não se divorciou, não é? — pergunto, ainda com a foto de seus filhos na tela.

— Não — diz ele por fim —, mas não estou em Pittsburgh.

— Mas você ainda pensa nisso? Ou está só esperando os advogados concluírem as coisas? Você já se ausentou assim antes?

— Algumas vezes.

— Quer dizer que você voltou.

Ele dá um sorriso fugaz, só por causa da rapidez com que eu me dei conta disso.

— Ela não é a pessoa certa. Não mesmo.

— Você fica dizendo isso o tempo todo. O que tem para pensar, então?

Ele fica feito uma múmia por um tempo, totalmente imóvel, com as mãos cruzadas sobre o coração.

— Quando nos casamos, eu sabia que ela era problemática. Isso é o que me incomoda; talvez eu tenha mentido um pouco para mim mesmo. Mas eu sabia que tinha alguma coisa errada. Acho que eu pensei que poderia consertá-la.

— Mas não pôde.

— Claro que não.

— Você transava desse jeito com a sua esposa?

Ele volta a cabeça e me encara com estranheza. Este é um daqueles breves momentos em que eu simplesmente digo o que me parece lógico, sem fazer ideia de como vai afetar o outro. Me esforço para explicar:

— Só estou tentando entender. Sei lá, talvez essa parte fosse ótima entre vocês e você achou que poderia ignorar o resto.

Meu raciocínio parece acalmá-lo. Ele assente algumas vezes e depois fica refletindo.

— A verdade é que eu não lembro. É difícil acreditar que não tinha nada de bom, mas tudo foi dominado pela loucura dela. Depois que a gente casou, quando comecei a ver como ela era perturbada, eu me senti enganado por ela agir de um jeito mais estável do que realmente era. Mas com o tempo eu fui percebendo que naqueles primeiros dias ela estava só se segurando. Até que perdeu o controle. Durante anos ela não teve controle sobre si mesma. Ela passa da amargura à fúria bem rápido, como se apertasse um botão. Eu afasto o olhar dela, só para ver o que está passando na TV, e quando eu viro estou ao lado de um monstro na sala. Quando fica nervosa, ela é praticamente capaz de matar alguém. Sai pela casa gritando, literalmente espumando pela boca.

— Por que ela grita? Por sua causa?

— Por minha causa, por causa dos pais dela, dos nossos filhos, de pessoas que ela conheceu há vinte anos. Ela faz ameaças, diz que vai se matar, que vai machucar nossos filhos. Foram décadas disso, por isso não consigo me lembrar de como era antes.

Fico me perguntando se Koob está meio que exagerando os problemas da esposa. Percebi que, quando os casais deixam de se dar bem, um começa a dizer que o outro é maluco, exagerando qualquer comportamento estranho. Talvez seja isso que ele precise dizer, ou acreditar, para ficar à vontade deitado aqui comigo. Por mim tudo bem deixar que seja essa a história, já que até mesmo mentiras compartilhadas podem unir as pessoas. Mas não esqueço o que ele acabou de admitir: que ele sempre volta. No fundo não me permito acreditar que desta vez vai ser diferente.

— E os seus filhos estão encarando bem a separação?

— Nem um pouco. Meu filho sempre diz que ninguém mandou eu casar com ela. Eles não querem ter que ficar cuidando dela, e é isso que eles vão ter que fazer.

— Divórcio é difícil. Meus pais se separaram quando eu tinha dezessete, e isso me afetou durante anos — sorrio. — Você não vai querer que os seus filhos acabem como eu, não é?

— Eles não vão.

Fico meio magoada com a confiança dele, como se poucas pessoas pudessem ser estranhas como eu.

— São adolescentes, né? — digo. — Não tenha tanta certeza.

— Não, eles cresceram com uma louca. Depois disso, o normal parece realmente especial para os dois. Francamente, às vezes me assusta ver como eles são convencionais. Só querem uma casa no subúrbio e dinheiro suficiente para ir ao shopping quando quiserem. — Ele vira de lado para olhar para mim. — Você é uma ótima detetive, faz todas as perguntas. Mas e você? E sua família?

— Eu? Comigo foi exatamente como os seus filhos acham que querem. Meus pais eram bem convencionais. Rainha do baile se casa com astro do futebol. Subúrbios bonitos, boas escolas. Minha mãe nunca foi muito feliz com ele, mas isso não foi nada comparado com o que sentia por mim.

Paro por aí e percebo que vou contar a ele algo muito pessoal, como o que ele me confidenciou nas últimas noites. E é o que ele está pedindo. Eu me sento, então.

— Você não vai ouvir muita gente dizer isso, mas minha mãe nunca me amou. Não do jeito que amava meu irmão e minha irmã. Ela achava que era legal comigo; até era, como muitas pessoas são legais com seus cães. Mas aquela coisa intensa entre pais e filhos, como o que meu pai tem comigo, essa conexão grande que dá pra ver que você teve com seus pais e tem com seus filhos, não. Isso simplesmente não existiu. Era como o zero absoluto, que é a total ausência de calor. Eu sabia disso desde pequena, e isso fodeu com a minha cabeça.

Dizer isso sobre mim é o maior ato de coragem que posso ter, e não contei isso para muita gente – por razões óbvias, porque pensariam: nossa, uma menina que nem a mãe consegue amar, melhor chamar um exorcista! Koob me ouve com seu familiar olhar atento e pouca expressão visível.

— Meus pais me obrigaram a fazer todo tipo de terapia — digo. — Aposto que você nunca fez nada desse tipo.

— Não. Eu fico no meio: não acredito nos xamãs hmong nem nos estadunidenses.

— Sabe, muita coisa desse negócio de terapia é besteira. Terapia é para o terapeuta, ponto. Eles ficam resolvendo as próprias merdas por meio de nós, e a maioria nem sabe que faz isso. Mas, enfim, fui a uma senhora alemã que parecia aquela terapeuta sexual, dra. Ruth. E ela me disse um dia: "Acho que seu main nunca se conectou com vozê". Sou muito boa para imitar sotaques. "A perrda do prrópio main foi ton trromátic parra ela que nain conseguiu ser um main parra vozê. Ela ainda erra uma crrianz no prrópio mente, ainda sofrria a perrda que esse crianz sofrreu."

— Fiquei puta com aquela mulher — prossigo. — Ela falava como se dissesse uma coisa banal, tipo "hoje é terça-feira". Como se não tivesse importância. E foi a pior coisa que alguém já tinha dito para mim. Eu mesma poderia teria dito aquilo, claro, eu sabia que a minha mãe não me amava, mas aquela mulher era uma especialista, e ela só disse tipo "a propósito, você tem razão". Eu queria levantar dali e jogar a mulher e a cadeira Eames dela pela janela. Mas depois, pensando bem, a raiva passou. Porque era a verdade, e o que ela estava me dizendo era que não era culpa minha. Apesar de eu ter vivido toda a minha vida achando que era. Talvez não fosse nem culpa da minha mãe.

Percebo que Koob está segurando minha mão, e, quando olho para ele, vejo que está com uma expressão séria, que interpreto como espanto e respeito. Eu o beijo, o que não acontece muito quando não estamos no rala e rola. Ele meio que me abraça por um segundo, e descubro que estou mais feliz do que esperava. Descanso a cabeça no seu peito; estamos quase nariz com nariz.

— Eu disse, cara, você não conhece ninguém como eu.

22. ESTOU ESPERANDO KOOB QUANDO TONYA LIGA

Acabei de voltar do softball; estou esperando Koob quando Tonya liga, por volta das dez e meia da noite de quinta-feira, e quase não atendo. Na terça, depois daquela conversa sobre a esposa dele e minha mãe, quando começamos de novo, Koob e eu estávamos simplesmente pegando fogo, tipo vivendo cada segundo com aquela intensidade do último suspiro. Era outra noite aveludada do Meio-Oeste, típica de julho, e, mesmo com o ar-condicionado no máximo, estávamos banhados de suor e ofegantes quando terminamos. Koob pegou no sono quase imediatamente. Fiquei olhando para ele até ter certeza de que ele não estava só cochilando, e então apaguei também. Dormi até o sentir acordar sobressaltado. Eram quase três da manhã e ele estava esticando a mão para pegar suas roupas no pé da cama.

Eu disse que ele não precisava ir embora; ele pensou um pouco e deitou por mais meia hora, mas já estava acordado e decidiu ir. E, à porta de meu quarto, disse: "Então... talvez a gente se veja amanhã".

Quando ele não apareceu na noite de quarta, fiquei meio... tudo bem, decepcionada. Mas então ouvi a porta dele bater entre duas e três da manhã, seguida por passos, e depois ouvi água correndo no encanamento. Percebi que ele estava trabalhando, seja o que for que ele faz.

É por isso que o espero esta noite. Mas não vou entrar nessa de ficar ansiosa, então atendo a ligação de Tonya.

— E aí?

— Oi — diz ela, e ouço o rádio da polícia grasnando ao fundo. — Escute, preciso que você me encontre em um lugar. Tem a ver com a delegada e é muito importante, mas quero te contar pessoalmente, ok?

Não é ok, mas não pergunto nada. Anoto o endereço, que me leva a um cortiço de tijolos bege, de cinco andares, em Anglia, uma parte inacabada da cidade no lado leste. Há muitas gangues por aqui, e meu primeiro pensamento é que talvez algum bandido esteja ameaçando a delegada. Se bem que não faz sentido Tonya me ligar em vez de relatar o caso internamente. Duas viaturas com as luzes girando estão paradas em fila dupla em frente ao prédio, e uma policial jovem e quadrada bloqueia a porta da frente. Exige minha identificação.

— Quarto andar — diz, depois de falar com Tonya pelo rádio.

As condições do prédio são tão péssimas que me fazem valorizar Arturo e o Archer, que parecem ter sido construídos na mesma época. A guarnição de madeira e o corrimão da escada não são envernizados há muito tempo, e estão cheios de manchas e descascados. Ninguém se preocupou em trocar as lâmpadas queimadas da escada, e o carpete de estilo oriental, com quase cem anos, aposto, está gasto em cada degrau, onde mais se pisa. Noto muitos cheiros, nenhum bom: cheiro de comida azeda, de mofo e de outras coisas nojentas. A porta de um dos apartamentos do quarto andar – o 4D – está aberta. O batente está estilhaçado ao redor do trinco, e sinto um cheiro muito ruim quando me aproximo.

É um estúdio, uma sala grande, de modo que não demoro muito para ver o problema e sentir meu corpo tomado de intenso alarme. Fabian Blanco está jogado sobre uma cadeira de madeira como se fosse uma calça jeans suja. Sua cabeça está jogada para trás, em um ângulo tão forçado que provoca arrepios, e a língua está projetada para fora. As pernas estão em uma posição maluca, os pés apontando um para o outro, e sua cor azulada diz tudo: ele está morto.

Dizem que não há dignidade na hora de morrer. O coitado vomitou na camisa e na calça, e talvez tenha até cagado nas calças. É esse o cheiro intenso que eu pude sentir de longe.

Quando estava na Academia, participei de algumas rondas e vi pessoas mortas duas vezes: uma delas, um cara de uma gangue que levou um tiro na barriga e morreu na calçada, em uma poça de um metro e meio de seu próprio sangue. O segundo era um velho pobre, que alugava um quarto de uma residência comunitária, e morreu sentado no vaso sanitário do banheiro coletivo.

Esta noite, como nas primeiras vezes, descubro que nessa visão tem uma coisa que é ao mesmo tempo chocante e nada chocante. E penso: é isso mesmo. Tudo acaba nessa quietude absoluta.

Portanto, não é tanto a morte que faz o mundo tremer, e sim de quem é.
— Puta que pariu — digo quando avanço mais alguns passos.
— Eu ouvi isso — diz Tonya.
Vejo-a na cozinha, do outro lado de um balcão. Está anotando coisas em seu minitablet. É bastante evidente que ela recebeu uma ligação e saiu correndo; está com um short cáqui e uma camiseta preta bem velha, dos Rolling Stones, com uma língua saindo da boca de Mick Jagger, acho. Vejo uma mulher de uniforme, uma perita química forense, polvilhando as superfícies.

Tonya me encontra no centro da sala.
— Obrigada por vir tão rápido. O velho do apartamento ao lado começou a sentir um cheiro muito esquisito. Ninguém atendeu quando ele bateu, e, como neste bairro sempre acontece muita merda, ele mandou mensagem para o administrador. O cara não apareceu, daí o velho ligou para nós. O patrulheiro encontrou a porta trancada, então a forçou com um pé de cabra. Obviamente, ele reconheceu Frito. Assim que o policial me avisou, mandei que não notificasse mais ninguém ainda, especialmente a delegada.
— Especialmente a delegada?
— Especialmente.

É outro daqueles momentos em que o ar parece denso demais para eu entender o que a pessoa quer dizer. Estou quase perguntando "Por que não avisar a delegada?" quando a compreensão chega como uma pesada espaçonave aterrissando em meu planeta. Deixando de lado os muitos sujeitos que Blanco prendeu no decorrer dos anos, que falam um monte de merda, mas quase nunca fazem nada, a lista de pessoas que poderiam querer matar Frito não deve ser muito longa. E a delegada deve estar entre as primeiras.

Tonya continua antes que eu possa perguntar qualquer coisa:
— Preciso que você vá falar com a delegada agora mesmo e diga a ela para ficar bem longe daqui e não fazer perguntas, porque não posso responder. Tenho que notificar o comandante logo, mas queria que você falasse com ela primeiro.

Foi por isso que ela não quis dizer nada por telefone. Para eu poder dar um relatório em primeira mão à delegada e não deixar dúvidas sobre a necessidade de ela ficar fora da investigação.

— E minha recomendação, aliás — acrescenta Tonya — é que ela traga os federais.

— Por que os federais?

— Primeiro porque Blanco era testemunha na investigação deles, então eles vão reivindicar a jurisdição de qualquer maneira. Eles são assim, sempre querem alguma coisa interessante. Segundo: o nosso departamento não pode investigar isto sozinho, porque assim, se for um homicídio, o advogado do assassino não vai poder dizer que o nosso julgamento foi precipitado porque ficamos abalados com a morte de um dos nossos policiais. E terceiro: se Lucy chamar o FBI imediatamente, não vai parecer que ela está escondendo alguma coisa.

Assinto.

— Bem pensado, detetive. E nós estamos falando de homicídio com certeza?

— Aquele cara talvez possa nos dizer — diz ela, apontando para um homem alto e esguio, de luvas de plástico, que está abaixando delicadamente uma perna da calça cáqui de Blanco.

Esse cara, o patologista, é uma figura. Está com uma camisa branca de manga curta e uma gravata-borboleta preta, mas, se é muçulmano, é de uma seita nova, porque tem uma barba preta cheia e dreads grandes, do tipo que leva anos para crescer. Estão enrolados em volta de sua cabeça, formando tipo uma clave de sol. Por fim, ele está com fones de ouvido grandes, brancos, balançando o queixo ao ritmo da música enquanto analisa o corpo.

— Quem é esse doido? — pergunto a Tonya.

— Pois é — diz ela. — Mas ele é bom. É o melhor residente de patologia da universidade. O cara é fera.

Além do patologista hipster, notei outro perito forense, um sujeito corpulento, de uniforme, que anda devagar pela sala com uma "lanterna gourmet", chamada fonte de luz forense. Ela irradia luz ultravioleta que permite ver muitas coisas, especialmente fluidos corporais, como suor, que forma impressões digitais latentes. A outra perita continua polvilhando e coletando impressões digitais na cozinha. Tenho certeza de que já fotografaram a cena toda. Hoje em dia, em Highland Isle, os peritos só usam seus celulares.

O patologista, ainda acompanhando o ritmo da música, se aproxima de Tonya, ao meu lado. Ele abaixa os fones até o pescoço.

— Alguma coisa? — pergunta ela.

— Nada demais, pelo menos não que eu possa ver sem mexer no corpo. A única coisa digna de nota são umas marcas que parecem de amarras; hematomas leves nos pulsos e panturrilhas.

— Pré ou pós-morte? — pergunto.

Tonya gira a cabeça tão bruscamente que tenho medo de que tenha se machucado. Levanto a mão para mostrar que entendi a mensagem: "Cala a boca, você nem está aqui".

O patologista não estranha minha intromissão e responde:

— Sem dúvida, pré.

— Acha que ele estava amarrado naquela cadeira? — pergunta Tonya.

— Pelas marcas, faria sentido.

— Hora da morte? — pergunta Tonya.

— Pela cor e o grau do *rigor mortis*, eu diria que mais ou menos vinte e quatro horas. Vamos poder dizer com certeza quando analisarmos a digestão.

Agora que passei do ponto de depositar toda a minha atenção em Blanco, estou começando a perceber como este apartamento é estranho. Parece a superfície da lua; não tem nada aqui, nem um calendário na parede, e nenhum móvel, exceto a cadeira simples de ripas de madeira em que Blanco está jogado, e outra diante de uma mesinha branca, de menos de um metro quadrado, onde há um computador com um monitor enorme. Fora isso, nada. Nem sofá, nem cama. Está muito limpo; só uma bola de poeira em um canto, o que o torna ainda mais austero.

O dr. Hipster, que Tonya chama de Potter, está respondendo à pergunta dela sobre a causa da morte.

— Nada óbvio, por enquanto — diz ele. — Não tem lacerações, traumas na cabeça, nem sangue, pelo que estou vendo. Minha suspeita é um infarto, mas precisamos levá-lo ao laboratório.

— Então não foi homicídio? — pergunta ela.

Ele sacode a cabeça.

— Possivelmente não. Mas é só uma suposição.

— Suicídio?

— Não tem nada aqui. Vasculhei os bolsos para ver se encontrava comprimidos, e o armário de remédios do banheiro está vazio. O fogão não está ligado, nem nada do tipo.

Ele coloca os fones de novo, pega sua maleta preta de médico e se afasta. Quero perguntar que música ele está ouvindo, mas decido que isso seria meio Pinky demais.

— Mais alguma coisa para mim? — pergunto a Toy.

— Já que está aqui — diz ela —, dê uma olhada e veja se tem alguma coisa que chama a sua atenção. Você sempre nota as coisas mais estranhas.

— Obrigada.

— Mas é verdade. E, claro, não toque em nada nem atrapalhe ninguém.

— Óbvio. Ligou o computador?

— Não. Tenho medo de ligar sem um perito junto. Supondo que os federais entrem na investigação, essa é a especialidade deles. Meu celular encontrou sinal de wi-fi, o roteador está no armário. Mas não é esquisito ter internet e não ter cama?

— Talvez ele estivesse de mudança.

Ela aponta um dedo para mim.

— Bem pensado, detetive.

— Mais alguma coisa? — pergunto.

— A carteira está com ele, mas o celular não. Mas desconfio que ele o entregou à advogada que apresentou os recursos dele. Por segurança, enquanto esperam a decisão judicial.

Vou primeiro à cozinha para olhar por cima do ombro dos peritos, que agora estão trabalhando juntos. São como cães farejadores, procurando coisas que as pessoas normais não veem. Quanto a mim, depois de alguns minutos, sinto que estou dentro e fora do meu corpo. O fato de Frito, alvo de tanta atenção desde seu depoimento, estar morto me deixa chocada, e perceber que todas as expectativas construídas desabaram é ainda mais perturbador que o ver. Mas a postura imparcial com que Tonya e os peritos trabalham é muito instrutiva: faça seu trabalho e mais nada. Em um momento como este, isso é o necessário; esvaziar a cabeça e trabalhar com atenção e cuidado.

Há muitas impressões digitais no balcão, o que não é surpresa. O cara da luz está com a porta da geladeira aberta; dentro, só uns refrigerantes diet na prateleira e duas garrafas de água. É um modelo antigo, como tudo aqui, e o revestimento de plástico tem uma rachadura na parte de cima. Ele pega seu celular e tira mais fotos.

Saio dali e vou até o guarda-roupa, cuja porta está entreaberta. Há luz suficiente para eu ver dentro. Além do roteador, há uma muda de roupa praticamente idêntica à que Blanco está vestindo – outra calça cáqui e uma polo cinza, em um cabide. Há cuecas e meias em cima de um gaveteiro barato branco, o que deixa bem claro: Blanco estava passando um tempo aqui, só Deus sabe por quê.

No banheiro, há um sabonete oval na pia, usado, e uma toalha suja pendurada no toalheiro da porta do box. Noto outra coisa e chamo os peritos.

— Parece que alguém esmagou um mosquito — digo, apontando para a parte de dentro da porta do banheiro, onde há uma manchinha de sangue. — O sangue parece recente? — pergunto.

— Bem recente. De um dia, talvez. Vamos fazer o teste.

Mas a luz forense não aparece muito sobre a pintura de alto brilho. É mais fácil encontrar digitais no verão, quando as pessoas transpiram mais, mas uma passada rápida de uma mão que não fica muito na superfície pode não deixar resíduos.

— Isso pode ser alguma coisa — diz o perito, e vai buscar o equipamento de que vai precisar para preservar o inseto e coletar a mancha.

23. DE BOTAS DE CAUBÓI E JEANS

Quando saio do banheiro e volto para a sala, vejo Walter Cornish, com suas botas de caubói e jeans, entrando pela porta da frente. Fico paralisada.

Cornish também se espanta e aponta para mim, perguntando a Tonya:

— Que diabos ela está fazendo aqui?

Acho que ele me viu no tribunal. As pessoas costumam notar meu prego mesmo...

— A mesma coisa que eu — diz Tonya. — Assunto policial.

— E que diabos você está fazendo aqui? — pergunto a Cornish.

— Eu o autorizei a subir — diz Tonya. — Você é o administrador do prédio, correto? — pergunta a Walter.

— Correto. Recebi uma mensagem de voz de um dos inquilinos para vir aqui.

— Isso foi ontem à noite — diz Tonya.

— Fora do horário de expediente, querida.

Ele não poderia ser mais inapropriado. Chamar Tonya de "querida" é como cutucá-la com um picador de gelo. Vejo-a respirar fundo. Walter também nota e quer se justificar.

— Os inquilinos daqui têm o que eu chamo de alta taxa de rabugice. Se eu viesse correndo toda vez que eles chamam, não sairia daqui.

— Por acaso você esteve aqui ontem? — pergunta Tonya.

— Não. Não vim aqui a semana toda.

— Tem ideia do que *ele* — ela indica o cadáver — estava fazendo aqui?

— Aluguei este apartamento para ele há uns dois anos. Na verdade o contrato de locação é mensal em prédios como este.

— E por que Fabian Blanco, pai de três filhos, frequentador da igreja, precisa de um apartamento em um lugar de merda como este?

— Ele não me falou, mas já ouviu falar em *garçonnière*? Presumi que era para isso.

Desta vez a compreensão chega como um relâmpago: isto é o que o Ritz tinha sobre Blanco. Blanco tinha um lugar – e um relacionamento – secreto. Mais uma vez, a mesma lição: em se tratando de sexo, nunca devemos nos surpreender.

— Ele pediu que você arranjasse um apartamento para ele? — pergunta Toy.

— Mais ou menos. Eu ainda não estava aposentado. Nós trabalhávamos juntos e eu devo ter falado dos meus negócios com Vojczek, e ele veio com aquela enrolação de sempre: "Um amigo meu precisa de um lugar bem barato". Acho que eu o trouxe aqui no mesmo dia. Ele não queria seu nome em nada, mas assinou o contrato de aluguel porque o tal amigo precisava manter sigilo absoluto. — Cornish mostra os dentes como um lobo faminto e revira os olhos. — Blanco nunca me disse que era para ele, mas não sou bobo. E o "amigo" dele pagava o aluguel todo mês por meio de ordem de pagamento.

— Ele mandava pelo correio ou você vinha buscar a ordem?

— Não coloco os pés aqui desde que ele alugou este apartamento. A ordem de pagamento, com o endereço daqui, chegava pelo correio na Vojczek todo mês, e eu achava ótimo. Para cobrar aluguel aqui, cara, só de colete à prova de balas e reforços.

Murmuro para Toy perguntar se o aluguel estava em dia, e Walter responde que a última ordem de pagamento chegou no início desta semana. Portanto, descartada a ideia de que Frito estava de mudança.

— Mais alguém usava este lugar? — pergunta Tonya. — Talvez os vizinhos tenham comentado alguma coisa.

— A única coisa que os vizinhos comentaram — diz Cornish — foi que nunca viram *ninguém* entrar e sair. De vez em quando ouviam barulho aqui, mas não viam ninguém subir nem descer a escada nem bater na porta. O velho do outro lado do corredor, sr. Johnson, uma vez me perguntou se eu tinha alugado o apartamento para um fantasma — Walter sorri. — Acho que Frito e a amante eram muito discretos.

Walter olha ao redor e seu sorriso de predador volta brevemente.

— Será que ela trazia um colchonete? — pergunta, referindo-se ao fato de que não há cama aqui.

Depois de se divertir consigo mesmo um pouco, ele muda de assunto:

— Ainda não perguntou por aí? — pergunta Cornish.

— Amanhã logo cedo — responde Toy.

Ela quer dizer que vai pedir a outros detetives ou patrulheiros que conversem com todos os moradores do prédio. É quase uma da manhã, isso não é hora para bater na porta das pessoas.

Tonya está fazendo anotações no seu tablet enquanto eles conversam, e se concentra um pouco para não se perder. Até que o perito que me encontrou no banheiro a chama. Ele está agachado diante da cadeira onde está o pobre Blanco, e aponta sua lanterna para um ponto específico na borda grossa do assento, bem entre as pernas de Blanco.

— Isto aqui brilhou antes — diz ele.

Eu me curvo atrás de Tonya para ver uma mancha do tamanho de uma moeda de dez centavos que está brilhando, azul.

— Mas aí o patologista chegou. Só tirei umas fotos e saí do caminho dele. Mas eu queria terminar agora, e umedeci só a borda — ele mostra um tubo transparente com água estéril —, para coletar um pouquinho no papel de transferência — diz, segurando o quadradinho de papel absorvente com os dedos da luva. — Pinguei uma gota de reagente agora mesmo.

— E?

Ele mostra o papel onde está espalhada uma mancha roxa bem brilhante.

— Fosfatase presente? — pergunta Tonya.

— Sim, senhora — diz ele.

Isso é presuntivo para sêmen.

— Blanco, que diabinho tarado! — digo.

Tonya de novo me lança um olhar letal, mas não me dá atenção por muito tempo. Vai até Walter Cornish, que acabou de abrir a janela que dá para a escada de incêndio, no fundo da sala.

— Jesus Cristo, Walter! — Uma da manhã ou não, ela levanta a voz. — Já esqueceu tudo que aprendeu? Isto é uma cena de crime, enfie essas malditas mãos no bolso!

— Caralho, está fedido aqui — diz ele, acenando com um lenço. — Vou ter que dar um jeito de alugar este lugar de novo, sabia?

Ele sacode a cabeça, mas fecha a janela e passa a mão pelo parapeito, como se estivesse tirando o pó. O fato de ele tocar em algo logo depois de Tonya pedir que não faça isso é demais para ela.

— Já chega, hora de as visitas irem embora — diz.

Ao sair, paro diante das janelas da frente por um segundo, para olhar melhor, depois vou com Tonya e Cornish para fora. Do outro lado do patamar, vejo um olho escuro espiando por uma fresta da porta.

Cornish já está no primeiro degrau.

— Walter, preciso do seu celular — diz Tonya. — Alguém vai te fazer uma visita amanhã. Para o senhor também, sr. Johnson — acrescenta, apontando para o globo ocular do outro lado do corredor.

A porta bate imediatamente.

— Sem problemas — responde Cornish.

Ele entrega a ela um cartão de visita, que tira do bolso de trás, e vai embora, descendo ruidosamente a escada com suas botas.

Tonya segura meu braço.

— Alguma ideia? — pergunta.

— Tipo qualquer coisa?

— Que pergunta é essa? É você mesmo, menina?

— Tenho a impressão de que o lance de Frito aqui não era mulher.

— Por quê?

— Não sei direito — respondo.

— Ah, sim, é você mesmo...

— Impossível? — pergunto.

— Como vou saber? Ele era bem discreto, podia ser por qualquer motivo.

— Alguém o amarrou a uma cadeira e o fez gozar. Às vezes os meninos católicos querem ser punidos.

Assim que digo isso, eu me lembro de que Tonya está frequentando a igreja. Mas ela não parece me levar a mal.

— Muitos meninos merecem ser punidos — diz Tonya, mas sorri.

É interessante ver como ela fica diferente, mais parecida com seu eu normal, fora do apartamento e longe do corpo.

— Vamos saber muito mais depois que Potter der uma olhada melhor nele — diz ela.

Desço um degrau e me lembro do que queria lhe dizer. Aponto para ela e digo:

— Ah, e não tem tela naquela janela que dá para a escada de incêndio, ao contrário das janelas da frente. Percebi isso quando Cornish abriu. Aposto que você vai encontrar a tela guardada em um dos armários.

— E o que isso quer dizer?
— Não sei. Mas por que tirar a tela no verão?
— Talvez não tenha tido tempo de colocar de volta.
— Mande os peritos darem uma boa olhada nessa área também.
— Bem pensado, detetive — diz ela, e assente, grata.
Aceno e desço a cabeça.
— Obrigada por deixar seu namorado esperando — grita ela.
— Não tenho namorado — digo.
Não penso em Koob desde que cheguei aqui, e fico feliz por notar isso. Mas, aí, um monte de sentimentos confusos enche meu peito de novo.
— Eu estava sozinha, olhando o Instagram e vendo que todo mundo tem uma vida muito mais legal que a minha — acrescento.
Ela ri.
— Paz — digo.
— Paz — responde ela. — Por favor, vá falar com a delegada.
— Agora mesmo.

***

Ligo para Rik do Cadillac antes de sair da frente do prédio. É outra noite quente, mas estou com os vidros fechados e o ar-condicionado ligado; assim, os policiais que apareceram – agora são seis carros – não podem me ouvir. Tantos policiais significa que um repórter vai saber de tudo em poucas horas, independentemente das ordens de Tonya. Por isso, se a delegada tem que ser a pessoa a chamar o FBI, precisamos agir depressa.
O telefone de Rik toca por um tempo. Já passa da uma. Ele não dorme muito, mas deve ter capotado. Por fim, atende com a voz grogue:
— Pinky?
— Dormiu cedo?
— Peguei no sono na La-Z-Boy — responde ele. — Estava assistindo à surra que os Trappers levaram na Costa Oeste. Odeio dormir na poltrona, meus pés incham e não consigo tirar os sapatos.
— Bem, patrão, que bom que está sentado.
Começo a contar o que tenho para contar e, a cada dez segundos ele diz "Puta merda". Quando termino, ele simplesmente declara:

— Puta que pariu.
— Quer que eu vá pessoalmente falar com a delegada?
— Encontro você na casa dela em quarenta e cinco minutos. Espere por mim na frente.

A delegada atende de roupão; sem dúvida, sua aparência é pior sem maquiagem. É como ver um molusco que acabou de sair da concha. Seu rosto bonito está sempre perfeitamente maquiado, mas agora ela está pálida, com uma flacidez no queixo que os cosméticos ajudam a disfarçar, e as rugas ao redor dos olhos são aparentes. Estamos vendo a delegada como ela é por baixo de tudo, e consideravelmente menos otimista. É como se o sorriso dela tivesse sido removido junto com a maquiagem. Percebo que Lucy raramente vê suas covinhas quando se olha no espelho tarde da noite, sozinha.

Enquanto ela faz um café, Rik e eu estamos na cozinha, que tem uma daquelas mesas de canto, com bancos dos dois lados. Deve ter sido um cantinho muito legal quando eram quatro aqui.

Ela tira meio litro de creme de leite da geladeira e se senta do outro lado da mesa, cansada.

— Duas da manhã e vocês dois aqui; quer dizer que não têm boas notícias.

Imagino que para interpretar um grande vilão, tipo um assassino, a pessoa precisa ser um ator decente; mas, se essa mulher teve algo a ver com a morte de Blanco, Meryl Streep pode enfiar sua viola no saco e se aposentar. Enquanto conto à delegada onde eu estava e o que vi, ela vai abrindo a boca devagar e vai perdendo tanto o sangue do rosto quanto a capacidade de raciocínio, enquanto seus olhos negros são tomados de perplexidade.

Ela leva alguns minutos para processar tudo, mas imediatamente concorda com o pedido de Tonya de se retirar do caso. Mas não está tão convencida de ter que chamar o FBI, que trata os demais policiais como se fossem os irmãozinhos idiotas.

— Eles aparecem e assumem o controle — diz ela. — O caso é deles e todo mundo é mordomo.

— Acho que Tonya está à frente na cena do crime — digo. — Ela já mandou as coisas para o laboratório, o patologista está levando tudo agora. Portanto, o FBI vai ter que jogar nos termos dela se quiser que ela compartilhe informações com eles. Vão ter que tratar Tonya como parceira; jurisdição conjunta. Eles não podem mandar a polícia local catar coquinho quando se trata de um assassinato.

— E outra coisa — diz Rik. — Prefiro lidar com Moses a tratar com o promotor daqui. Muitas coisas estranhas podem acontecer com um promotor em ano de eleição. Não sei que tipo de vínculo Steven tem com Jonetta Dunphy — diz ele, referindo-se ao promotor público do condado de Greenwood —, mas o pai de um e o do outro trabalharam juntos. Steven vai fazer tudo menos acusar você de assassinato diretamente, e só Deus sabe o que Jonetta faria para agradá-lo. Moses é muito correto, Pinky até o conhece um pouco.

Liguei para Moses há alguns meses, para apresentar Rik, logo depois de nossa primeira reunião com a delegada, e fiquei emocionada quando o poderoso procurador federal me ligou de volta tão depressa. Ele queria notícias de vovô, mas também foi muito legal comigo. Normalmente, se a pessoa não é advogada também, é uma absoluta perda de tempo tentar falar com ele.

São cerca de três da manhã quando chego à minha casa. Como Koob frequentemente está perambulando por aí a essa hora, bato de leve na porta dele. Esta é mais uma noite em que eu ficaria feliz em ter companhia. Mesmo eu tendo batido de leve, a fechadura cede e a porta se abre. Fico no limiar, tentando descobrir o que fazer.

— Koob? — chamo. — É Clarice.

Dou um passo para dentro e minha bunda meio que se contrai pela sensação de estar diante de um tabu: finalmente estou pisando no santuário em que Koob guarda todos os seus segredos.

— Koob! — digo de novo.

Da vez seguinte chamo alto, e depois mais alto, e imediatamente me arrependo do último grito, por causa dos vizinhos. Ele deve estar trabalhando de novo.

O apartamento de Koob, que vi vazio quando estava procurando um para alugar, tem um look muito mais sofisticado que o meu agora. Está bem mobiliado, em estilo industrial contemporâneo. Koob disse que seu cliente paga o aluguel, então deve ter alugado a mobília também. Na sala de estar há um sofá longo, em L, de couro preto, com almofadas redondas de couro em cada ponta e uma TV enorme. Mas nenhum sinal de fones de ouvido. Ainda estou pensando se devo entrar mais, porque sei que ele não vai gostar; mas que tipo de espião deixa a porta aberta? Posso dizer que eu fiquei preocupada com ele.

A cozinha é grande, tem até uma mesa de madeira moderna, e, no quarto, uma cama queen com cabeceira quadrada de madeira, uma colcha de estampa geométrica e travesseiros combinados dispostos uniformemente. Não me surpreende que ele seja organizado. Mas o que deduzo da cama feita é que ele ainda não dormiu. Estranhamente, o ar daqui lembra o apartamento de Blanco: aquela sensação vazia e solene de que o lugar não é um lar.

Começo a me preocupar quando observo a sala de estar. Há uma escrivaninha que combina com a mesa da cozinha, mas nada sobre ela, nem mesmo um computador. Koob precisa de um para monitorar o tipo de equipamento de vigilância que o vi instalar na Vojczek, o que significa que ele levou seu poderoso notebook para a espionagem desta noite. Mas não vejo sinal do Stingray que sempre presumi que estivesse aqui para captar o sinal do NoDirt.

Refaço o caminho por todos os cômodos, abro cada gaveta, mas não encontro nada além de um pouco de pó de papel. Estou começando a ter uma sensação muito estranha. No quarto de Koob, o armário está vazio, exceto por cabides nus, um ou dois dos quais acabaram no chão. Fico de joelhos e encontro uma única meia preta embaixo da cômoda. No banheiro, a pia está suja de pasta de dente e há um sabonete usado no chuveiro, mas nada mais. Ao entrar na cozinha, reconheço que cheiro é esse que sinto desde que entrei aqui: desinfetante, o que significa que ele andou limpando algo recentemente. E, por fim, noto duas chaves no balcão.

Fico sentada à mesa de Koob. No meu peito, vários sentimentos se chocam, e meus pensamentos não estão mais claros, ficam girando de um lado para o outro. Mas a conclusão é certa.

Toda maldita vez, penso. É o que sempre acontece.

Ele foi embora.

24. SÓ UM AVISO

Desde o ensino médio, só existe uma pessoa que eu procuro para pedir conselhos sérios. Meu pai, por mais que eu o ame, diz umas merdas que me fazem pensar se por acaso ele não seria um membro de outra espécie, e minha mãe nunca foi além de "O que você aprontou desta vez?". Não sei se acredito em vida após a morte ou em médiuns, mas nas minhas entranhas tenho certeza de que vovô ainda vai aparecer muito para mim depois que se for, quando eu realmente precisar dele.

Por isso, no sábado de manhã, vou – como todos os sábados desde que todo mundo tomou a segunda dose da vacina – ao Centro de Vida Avançada Aventura. Se fosse pelos donos, a pessoa se mudaria para o Aventura com cinquenta e cinco anos e nunca mais sairia. É como o Ritz – o verdadeiro Ritz –, mas com andadores. Todos os atendentes usam blazer e tratam bem até a mim, com meus coturnos e o prego, como se achassem que sou Rihanna disfarçada.

Vovô está na chamada fase intermediária, o que significa que precisa de ajuda para fazer algumas coisas. A suíte dele é bonita, tem todos os plugues e tomadas para que possam lhe dar oxigênio, por exemplo, ou administrar um soro intravenoso, mas por enquanto ele não precisa de nada disso, graças a Deus. Ele tem uma atendente alegre chamada Florence, que o faz tomar todos os seus remédios duas vezes por dia. Vovô se mudou para cá no início de 2020. Em janeiro, umas duas semanas depois de fechar o escritório de advocacia, ele sofreu uma queda terrível em casa. Desmaiou, acho – depois descobrimos que foi um problema com os remédios do coração –, e bateu a cabeça em um dos balcões da cozinha, e acabou tendo uma concussão grave. Quando voltei do supermercado, fiquei apavorada. Ele estava caído no chão frio, com os ombros cobertos de sangue devido ao ferimento na cabeça e inconsciente. Foi o segundo incidente sério em poucos meses, e ele decidiu, sozinho, que precisava de enfermeiras por perto vinte e quatro horas por dia, sete dias por semana.

Espero por ele na chamada sala diurna, onde há janelas grandes e cortinas elegantes e móveis de tons suaves. Estou em uma das poucas poltronas para pessoas que ainda conseguem sair delas. Não muito depois de a recepção ligar para me anunciar, vejo vovô se aproximar, com sua bengala, e acenar para mim. A cada vez que venho, ele me parece um pouco mais velho, mais encurvado e mais amarelo. O câncer e a cardiopatia continuam sob controle, mas agora está com problemas no fígado e nos rins. Além disso, ele tem mais dificuldade do que nunca para se locomover.

Mas está tão feliz! Ele se diverte muito aqui. Criou seu canal no YouTube e uma vez por semana posta um vídeo com seu resumo das últimas notícias jurídicas. Descobriu como integrar todos os tipos de recursos visuais aos vídeos dele, como gráficos e imagens. Trump, que protagonizava um confronto legal toda semana, aumentou a audiência do canal, segundo vovô, e ele agora tem uns dois mil seguidores, o que é impressionante. Eu não conseguiria ter tantos seguidores nem se jogasse dinheiro na rua.

Como todo mundo sabe, grande parte do seu bom humor se deve a Sondra, sua linda namoradinha, que está ao lado dele, com a mão no seu cotovelo. Sondra se mudou para cá com o marido após o segundo AVC dele. Ele era quase vinte anos mais velho que Sondra — há uma história aí que vovô não sabe ou não quer contar —, mas aguentou firme mais cinco anos. Quando ele faleceu, Sondra quis ficar, afinal, hoje em dia não é qualquer um que consegue entrar. Ela está com setenta e oito anos, mas em ótima forma. Ainda é bastante ativa, e no verão sai pelo menos uma vez por semana para jogar golfe no clube de campo do qual é sócia, com vovô como motorista do carrinho.

Eu vinha todos os dias quando vovô se mudou para cá, e na segunda semana notei que ela ficava bastante perto dele.

— Acho que ela gosta de você — eu disse a ele.

— Também acho — ele respondeu. — E gosto dela também, mas não sei como tocar no assunto.

— Você está pensando em se casar? — perguntei.

— Por Deus, não. Mas esta é uma comunidade pequena, Pinky. Gosto daqui. Se as coisas não derem certo com Sondra, pode ficar muito constrangedor para nós dois. E nem sei se preciso desse tipo de coisa, já estou chegando aos noventa.

Não sou a pessoa a quem os outros costumam pedir conselhos sobre relacionamentos, mas, se existe um ser humano que eu realmente entendo, é meu avô.

— Vovô, eu sempre achei que você tinha uma relação incrível com a Helen.

— Assim como eu — disse ele.

— Então, isso significa que você é bom com relacionamentos. Você pode administrar quanto dar e receber, vai ganhar muito com isso. E você quer fazer isso, porque, pelo que eu sei, é preciso uma tonelada de determinação, coisa que eu, francamente, nunca tive.

Ele riu. Me acha divertida e cativante.

— É verdade — disse.

— Então, vá em frente. É da sua natureza formar par.

Eu sei que ele teria chegado à mesma conclusão sozinho, mas, vendo como está feliz, fico orgulhosa por ter dado um empurrãozinho.

Agora, estamos os três sentados ao redor de uma mesa, conversando um pouco. Sondra tem catorze netos e dois bisnetos, de modo que sempre tem fotos para mostrar e histórias engraçadas para contar. Por fim, dou uma tossidinha e digo que tenho uns assuntos jurídicos confidenciais para falar com vovô.

— Claro, claro — diz ela, melódica.

Ela me abraça e, depois de dar um beijo na careca de vovô e de lhe recordar que têm um jogo de bridge às onze, ela sai. Ele se volta para vê-la partir, como se não suportasse perdê-la de vista.

A família toda, inclusive eu, é grata por Sondra existir, mas todos reviramos os olhos quando vovô a descreve como igual a Helen. A mãe de Rik tinha uma coisa incrível: se ela gostasse de você, era como se fizesse uma ressonância magnética do seu coração e o absorvesse com amor. Sondra é linda como um botão de flor; o salão mantém seu cabelo louro encaracolado e ela ainda está ótima – além disso, é uma daquelas mulheres pequenininhas que são chamadas de sapecas, o que significa que ela é alegre, positiva e calorosa. Por outro lado, não tem nem metade da inteligência da Helen e é igualmente menos interessante. Tirando a aparência, ela não parece ter muito mais a seu favor. Foi criada nos subúrbios e nunca saiu de lá. Criou sua própria família a um quilômetro e meio da casa dos pais. É um doce, mas não conhece muita coisa além dos melhores lugares de West Bank para comer e fazer compras. Mas, para ser justa, ela é muito boa para cuidar de outras pessoas, e acho que isso é um superpoder também.

De um jeito ou de outro, vovô está totalmente apaixonado. Já falavam em passar as noites juntos quando a pandemia se abateu sobre este lugar e obrigou todos nós a vivermos a portas trancadas. Depois que as duas famílias consentiram, eles se assumiram como casal. Vovô diz que foi como outra lua de mel. Nunca entendo esse negócio de casal, mas parece que essa é a lição da semana. Fico pensando que, em algum momento, vou pedir os detalhes picantes do que acontece na cama que eles dividem; nem imagino, afinal vovô já está chegando aos noventa. Mas nunca tenho coragem. Está dando certo para eles, seja o que for.

— E qual é esse problema jurídico? — pergunta vovô, com cautela, quando Sondra está fora da vista.

Percebo que ele está com medo de que eu tenha voltado aos meus velhos hábitos e tenha sido presa, ou esteja para ser. Vejo alívio em seu rosto quando começo dizendo que não estou em apuros.

— É que eu não sei o que fazer — digo.

Eu sempre contei quase tudo para vovô, tanto que às vezes ele ouvia os detalhes da minha vida pessoal como se eu fosse um médico enfiando um daqueles palitos de picolé na sua garganta. Ele sabe do caso da delegada – eu o mantenho informado semanalmente –, e soube da morte de Blanco pelo noticiário. Mas o que eu ainda não lhe contei, até agora, é que Koob e eu nos envolvemos um pouco, porque antes eu só dizia a ele, como a todo mundo, que meu vizinho esquisito era um espião.

— Ainda nem sei por que ele estava em Highland Isle — digo. — Ele nunca falava do trabalho. E o difícil é que, na noite em que Blanco foi morto, Koob deveria ter aparecido, mas não apareceu, e eu o ouvi voltar para o apartamento dele lá pelas três da manhã. E aí, em algum momento do dia seguinte, provavelmente enquanto eu estava no trabalho, ele desapareceu, esvaziou o apartamento e sumiu.

— Ele não falou mais com você?

— Não. Não posso fingir que isso não me irrita. Quanto esforço é necessário para colocar um bilhete debaixo da minha porta? "Tchau, foi legal."

— E, pelo que me lembro, sua suposição era a de que ele era especialista em vigilância, é isso?

— Não sei o que ele é, na verdade. Ele é doce, contido e tal, mas me parecia uma pessoa verdadeira, e acho que um assassino de aluguel não seria assim, não é? Mas por outro lado um assassino de aluguel deve saber compartimentar muito bem. E ele era soldado das Forças Especiais, não um professor de pré-escola. Às vezes eu penso se ele está vivo. Talvez alguém tenha ido até lá e acabado com ele, e limpou o apartamento enquanto eu estava fora.

Vovô fecha a boca para pensar um pouco em tudo isso.

— Muito bem, Pinky, qual é sua pergunta exata?

— Eu tenho algum dever para com a delegada de contar sobre tudo isso?

— A delegada é uma séria suspeita da morte de Blanco?

— Séria, não, mas não está descartada. A situação é esquisita. O Rik fica dizendo que o procurador do município não tem escolha e que vai ter que rejeitar a queixa da P&B contra ela, já que Blanco morreu e o testemunho dele não conta porque ele não pode ser interrogado. Mas por alguma razão, provavelmente porque é político demais, Marc ainda não fez isso. O oponente da prefeita, Steven DeLoria, fica insinuando que talvez seja por isso que a delegada matou Blanco, para arquivar o caso. Achamos que Marc não quer jogar lenha na fogueira. Enquanto isso, Moses...

— Como *vai* Moses? — pergunta vovô. — Ele veio almoçar comigo aqui, há uns meses.

— Ele é um cara legal. Emitiu uma declaração dizendo que até agora não existem suspeitos da morte de Blanco, e isso acabou com as baboseiras de Steven.

— Que bom.

— Sim, mas Moses disse isso porque ainda não sabem se foi mesmo homicídio. A autópsia não mostrou nada, por isso o melhor palpite agora é morte por causas naturais, provavelmente parada cardíaca; talvez durante sexo violento. Mas ele não tem danos no músculo cardíaco nem bloqueios nas artérias. Pelo que eu sei, em raras ocasiões a pessoa pode ficar tão estressada que tem um espasmo na artéria coronária principal. Ou talvez ele tenha levado um choque elétrico com algum aparelho que entrou em curto; considerando todo o resto, eles acham que pode ter sido um vibrador. Mas tem duas picadas de agulha no braço dele que não sabem explicar. Estão tentando localizar o médico de Blanco, para ver se ele tomou alguma injeção recentemente. É até possível que as marcas sejam picadas de mosquito, porque algumas pessoas têm alergia. O patologista da polícia coletou uma amostra de tecido, que vai ser enviada a um especialista em insetos.

— Um entomologista?

— Isso. Eu achei um mosquito esmagado no banheiro, e o sangue dentro dele era recente. Tipo A positivo. Aliás, não é de Blanco, o que significa que outra pessoa estava lá com ele. Enfim, as picadas provavelmente são marcas de agulha, no alto do braço, para não aparecerem quando Blanco usasse camisa de manga curta, já que está calor. Mas é curioso; se ele estava se drogando, devia se chapar junto com outra pessoa e um injetava no outro. Só que, mesmo que isso faça sentido, o exame toxicológico preliminar não mostrou nada. Vai demorar uns dias para eles terem a palavra final sobre isso. Até agora ninguém sabe de nada.

Vovô assente diante de tudo e, depois de alguns segundos, faz mais perguntas para ter certeza de que entendeu todos os detalhes.

— Pinky, você esteve na cena do crime e disse que encontrou um mosquito. Por quê? Você está muito bem-informada, considerando o sigilo usual de uma investigação de homicídio.

— A detetive principal é uma mulher que eu conheci na Academia, Tonya Eo.

— Eu lembro da Tonya! — diz ele.

Parece que vovô nunca esquece nada sobre mim; ele confirma a vaga lembrança que tenho de ter levado Toy a West Bank comigo um fim de semana, quando fui visitar Helen e ele na época da Academia. Talvez, por um ou dois segundos eu tenha pensado em nosso relacionamento mais seriamente do que me lembro agora. Enfim, vovô diz que imediatamente percebeu que ela era inteligente.

— Eu acreditava que ela iria superar a timidez — diz. — Ela me pareceu estar sofrendo um choque cultural.

— Verdade. E você tem razão, ela é uma policial foda. E está tão autoconfiante agora que me deixa com inveja.

— E você está saindo com ela também?

Como eu disse, ele sabe como minha vida funciona.

— Não, nós somos só amigas agora. Demoramos um pouco para superar.

Explico que Tonya quis que eu visse a cena do crime para avisar a delegada.

— Acho que ela me conta mais do que deveria mesmo, por exemplo, sobre a autópsia. Mas Tonya respeita a delegada e quer que ela saiba o que está acontecendo sem informá-la diretamente. E eu dei umas ideias boas quando estive no apartamento, por isso meio que faço parte da investigação.

Ele assente, como quem diz: "Com Pinky, nada é preto no branco".

— O apartamento foi limpo, sem dúvida. Quem estava com Blanco tinha medo de alguma coisa. Aqui e ali tem umas impressões parciais que não são de Frito, mas não o suficiente para identificar alguém no banco de dados. Talvez pudessem confirmar se tivessem um suspeito, mas sem isso não dá pra trabalhar.

Disso ele entende.

— E a sua preocupação é que talvez o seu amigo possa preencher alguns detalhes importantes, é isso?

— Quem sabe? A única conexão real entre ele e tudo isso está dentro da minha cabeça. Eu não teria nenhuma razão para pensar que Koob conhece sequer o nome de Fabian Blanco se eu não tivesse conversado com ele sobre o depoimento do tenente e aquela fotografia. Talvez o fato de Koob sumir de repente seja só uma coincidência. Ou talvez ele tenha se cansado de mim. Mas, por outro lado, estou bem chateada pela delegada; ela está perdida, e eu queria fazer qualquer coisa para ajudá-la. Só que, se eu falar de Koob, todo mundo vai ficar muito puto comigo. Você lembra, o Rik me fez prometer que ficaria longe dele...

— Pois é; e eu me lembro de ter dito a você que Rik lhe deu um excelente conselho. — Ele levanta os olhos e me dá uma cutucadinha.

— É, eu sei — respondo. — Mas, como eu disse, ninguém vai ficar de boa se eu falar de Koob. Tonya está tentando ser descolada, mas ela tem uma coisa com homens, especialmente comigo e os homens. Então, estou bem confusa. Eu sei que poderia levantar muita suspeita sobre Koob e o jeito como ele desapareceu, mas nós concordamos que seria um lance sem compromisso, só sexo. E se ele não tiver nenhuma ligação com o caso, vai pensar que eu o joguei na fogueira porque sou uma vadia vingativa. De um jeito ou de outro, odeio esse negócio de abrir minha intimidade, entende? O que as pessoas nos dizem na cama deveria ser como o que dizem ao padre ou ao advogado, não acha?

Ele sorri.

— Isso não é um privilégio reconhecido em tribunal.

— Mas deveria ser, não acha? Afinal, se a pessoa for casada, isso é reconhecido.

— Ora, não vamos discutir a lei, Pinky. A questão é como resolver o seu problema.

— Tudo bem — digo. — Sabe, de vez em quando eu acho que devo ir atrás dele e colocá-lo contra a parede para ele me dar respostas.

Vovô sacode a cabeça vigorosamente pela primeira vez.

— Essa é a única coisa que você não deve fazer de jeito nenhum. Confrontar alguém que pode ser um assassino de aluguel, Pinky? Não. E tem mais: fossem quais fossem as atividades dele em Highland Isle, ele não explicou porque não quis; assim como os motivos para se afastar de você. Sem dúvida ele precisou ir embora depressa. Como Rik já lhe disse, mesmo que o seu amigo estivesse só fazendo uma escuta telefônica ilegal, ele não poderia falar sobre isso livremente sem correr o risco de se prejudicar legalmente. Além disso, querida Pinky, como você o encontraria?

— Ué, quantas pessoas chamadas Koob você acha que existem em Pittsburgh?

— Se esse for realmente o nome dele.

— É o nome dele — digo.

Sou tão enfática ao afirmar isso que até eu me surpreendo.

— Mas há muitos lugares no mundo para onde fugir além de Pittsburgh, não é? — diz ele.

— Ele sentia muita falta dos filhos — respondo. — Ele foi para Pittsburgh.

— Pois é — diz vovô, o que significa que ele entende.

Ele levanta o rosto e me fita com um olhar que adoro, porque significa que seu cérebro maravilhoso está trabalhando em alta velocidade por mim. Por fim, ele aponta:

— Pinky, acho que nos encontramos em uma situação familiar.

— Qual situação?

— Bem, suspeito que você veio aqui principalmente para falar consigo mesma. Posso dar uma resposta à sua pergunta jurídica, que é exatamente a que você conhece: você não tem informações concretas além das suas próprias suspeitas. Assim, não vejo o dever de compartilhar suas preocupações com ninguém, seja Rik, a delegada ou Tonya. Fique em paz em relação a isso. Por enquanto. Por outro lado, talvez seja mais sensato falar agora, porque, se esse sujeito acabar envolvido na investigação, todos vão ter perguntas incisivas para fazer a você. Mas meu palpite é que ainda haverá tempo para fornecer detalhes se alguma coisa mais sólida se materializar. Por exemplo, se tivessem encontrado alguma coisa naquele apartamento miserável de Blanco que sugerisse que alguém o estava espionando com um sofisticado sistema eletrônico de vigilância, seria hora de você se manifestar.

— Entendi.

— E, claro, posso lhe dizer qual seria a atitude mais arriscada: conduzir uma caçada particular a alguém que claramente não quer ser encontrado.

— Ok.

— No entanto, nós dois sabemos que, como sempre, você vai fazer o que quiser. Eu diria que você veio aqui só para ter certeza de que realmente está livre para fazer isso.

— Tudo bem. E o que é isso que vou fazer? — pergunto; mas ele tem razão, eu sei o que é.

Ele pega minha mão.

— Por favor, mande uma mensagem de hora em hora para mim com sua localização exata em Pittsburgh. E me diga agora que você vai entender se eu entrar em contato com o FBI se não tiver notícias suas.

25. SQUIRREL HILL NORTH

Para ser detetive particular é preciso aprender a usar armas de fogo, saber o que está dentro da lei e o que não está e dominar todas as jogadas sutis do DETBOT, mas, nos Estados Unidos do século XXI, até os superdetetives que Humphrey Bogart interpretava iriam se lascar se não tivessem grandes habilidades com a internet. Como sempre digo a Rik, eu aprendo mais nela que nas ruas.

Como eu havia comentado com vovô, encontrar um cara chamado Koob em Pittsburgh não foi difícil. Entrei na Lista de Informações Públicas da Pensilvânia – que é basicamente um registro de eleitores com informações obrigatórias como nome, sexo, data de nascimento, partido (Koob é independente), endereço residencial e de correspondência –, depois no Registro de Imóveis do condado de Allegheny e no banco de dados de bens imóveis e avaliação imobiliária do condado de Allegheny e, a seguir, em vários serviços digitais nos quais, com todas essas informações, dá para encontrar coisas como o número do celular de uma pessoa. Enquanto trilhava esse caminho, adquiri informações surpreendentes. Koob já usou vários nomes: Koob Xie, Koob Hsieh, Koob Shay e até Cooper Shay. O mais surpreendente foi que a louca sra. Xie, que se autodenomina Melinda Shay, parece ser uma corretora imobiliária bem estabelecida.

Saí de Highland Isle no Cadillac por volta das oito da noite de sábado, quando dá para correr mais nas interestaduais, e às seis da manhã do domingo estava parada no quarteirão da casa de Koob, na Wightman Avenue. O bairro Squirrel Hill North fica na parte urbana de Pittsburgh e é, sem dúvida, o tipo de lugar onde eu consigo ver uma Pinky adulta, em uma vida diferente, se estabelecendo. Tem muitas ladeiras, muitas casas antigas lindas – vitorianas, com molduras coloridas, outras maciças de estilo Tudor, com pesadas vigas marrons nos andares superiores cercando as janelas e formando ângulos sobre as fachadas brancas.

Quanto à casa de Koob, que acho que é da sra. Koob hoje em dia, é mais antiga, de um estilo arquitetônico que não consigo identificar. Situada a uns bons seis metros acima da rua, grita "suburbano", o que não surpreende, dado o que Koob disse sobre sua criação e sobre sempre ter sentido que não pertencia a nenhuma comunidade. Tenho certeza de que essa casa grande lhe dá a sensação de ter raízes. É de tijolo vermelho, com gabletes íngremes de estilo vitoriano, e termina em um triângulo, no alto do terceiro andar, com uma única janela. Uma varanda fechada com tela envolve a casa. Dentro de um grande gramado inclinado, dois lances de escada de concreto com corrimão de ferro ajudam o visitante a subir a colina até a porta da frente.

Cheguei até aqui, mas não sei bem como vou encontrar Koob. Minha suposição, considerando tudo que ele me contou sobre a maluca sra. Xie, é que ele passa para ver os filhos, mas que não dorme aqui. De modo que bolei uma coisa que fará a sra. Xie me indicar a direção certa.

Por volta das oito e quinze, depois de ver movimento na penumbra do primeiro andar, volto ao carro e pego uma caixa de papelão – um cubo de trinta centímetros – e uma prancheta, ambos trazidos de Highland Isle, e subo com eles os dois lances da escada de concreto. A campainha fica do lado de fora da varanda. Quando a porta de carvalho entalhada, que leva à casa propriamente dita, se abre, uma mulher – que reconheço ser a sra. Koob graças às fotos da imobiliária – avança para a tela.

É cedo demais para as visitas de domingo a imóveis – pelo menos seria no condado de Kindle, mas Melinda já está vestida para o sucesso. Está com um terninho de linho branco feito sob medida, e seu cabelo louro parece estar cheio de laquê. Dada a maneira como Koob falava dela, eu esperava uma daquelas personagens sujas e esfarrapadas que vagam como zumbis nos filmes sobre manicômios do século XIX. Mas essa mulher, com o devido crédito, é bem alinhada e é muito atraente, para quem curte o estilo dela. Seus modos são frios e instintivamente raivosos, mas não fora de controle.

— Ace Messenger — digo. — Tenho uma entrega para Cube... — olho para a prancheta — Zee, é isso?

— Eu pego — diz ela, e abre a porta de tela.

Levanto a prancheta.

— Ele tem que assinar.

— Espere — diz ela, e volta para a pesada porta da frente, gritando: — Koob!

Ai... sinto meu coração ficar pesado. Normalmente, mesmo por uma noite, fico longe de pessoas casadas, com exceção ocasional de mulheres supostamente heterossexuais que têm um anseio secreto que um homem jamais poderia satisfazer. Homo ou hétero, porém, uma pessoa que mora com o cônjuge inevitavelmente vê o que tem comigo como uma coisa secreta, e sempre acabo com a sensação de que tem três pessoas na cama – o que não é muito divertido quando uma delas é alguém que você não convidou. Como em tantas coisas, os homens que traem em geral são piores que as mulheres. Já fiquei com tantos deles que agora reconheço o padrão; como Primo DeGrassi, que diz que vai se separar assim que acontecer isso ou aquilo, o que significa, na verdade, nunca. Mas eu não via Koob como um desses.

Mas aqui está ele, emergindo da porta da casa pela qual sua esposa passou trinta segundos antes. Está de bermuda e tênis, uma camiseta velha da Carnegie Mellon e a cerca de dois passos da porta de tela quando finalmente ergue os olhos e para. Já vi muitos estados de espírito de Koob, mas nunca vi seu rosto suave se contorcer com o que quase certamente é pânico.

Ele vem até a porta e sussurra:

— Vou te esperar no fim do quarteirão. — E inclina a cabeça ligeiramente na direção de onde estacionei.

— Quando?

— Dois minutos.

Ele se volta, até eu sussurrar:

— Melhor pegar a caixa, cara.

Ele abre a porta de tela, pega o pacote e volta para dentro.

Desço uns trinta metros e observo a casa dele do outro lado. Ele surge minutos depois, com a mesma roupa e uma pochete na cintura. Olha para mim por um segundo e então, em um piscar de olhos, sai correndo na outra direção.

Solto um palavrão e corro atrás dele. Não estou em forma como ele para correr, e, depois das primeiras passadas, percebo que não vou ter resistência para acompanhá-lo. Por outro lado, mesmo de coturno, posso ganhar terreno sobre ele nos cem metros rasos. Sou muito rápida. Quando diminuo a distância entre nós, grito seu nome. Ele olha por cima do ombro e engata outra marcha. Mantenho o ritmo por mais um quarteirão. Depois de mais dois, começo a ficar para trás, e depois de uns quatrocentos metros de subida eu o perco completamente de vista quando chego ao topo. Imagino que ele virou à esquerda, em uma ruazinha que corta o quarteirão no meio. Corro até lá, mas não vejo sinal dele. Se bem que ele pode estar agachado atrás de uma lata de lixo...

Tomo um momento para pensar. Koob deve estar pensando que vou perder tempo procurando por ele, olhando em vários possíveis esconderijos. Mas dou meia-volta, saio correndo e espero na entrada da ruazinha que passa atrás da casa dele. Fico do outro lado de uma garagem de tijolos, para que ele não possa me ver da esquina. Tenho quase certeza de que ele está com o celular naquela pochete, mas se quisesse conversar não teria saído correndo. Portanto, descarto a ideia de ligar para ele.

Espero um bom tempo. No começo, fico feliz por descansar. Está um lindo dia de verão e estou suando muito. Por fim, puxo as pernas da calça até os joelhos e me sento na calçada para aproveitar o sol. Olho o celular e lembro de mandar mensagem para vovô. "*Ainda viva em Pittsburgh*", mando, e mando também minha localização, mesmo sabendo que ele não deve encontrar uma única pessoa no Centro de Vida Avançada Aventura que saiba o que fazer com isso.

Um pouco antes das nove e meia, avisto Koob, com a camiseta toda molhada de suor. Espero até ele passar por mim, vou para o beco e chamo seu nome.

Eu não esperava o que acontece a seguir. Em um movimento de militar das Forças Especiais, ele rola na calçada, levando a mão à pochete, e cai de bruços, com as duas mãos em uma pistola semiautomática apontada para mim.

— Uau! — digo, e levanto as mãos, sem entusiasmo. — Não atire, caubói.

Estou com minha pistola de cano duplo no coldre de ombro, por baixo da camisa aberta que estou usando por cima de uma regata, mas Koob está tão assustado que, se eu tentar pegá-la, pode ser que ele puxe o gatilho. Ele me encara por um segundo, depois se levanta devagar, ainda em posição de tiro, com os braços estendidos, uma mão segurando a outra.

— Vá embora — diz.

Estou chocada demais com tudo isso para não ser Pinky.

— Achei que você não tivesse arma.

— Comprei uma — responde ele.

— Por quê?
— Para aumentar minha credibilidade. Já disse que não estava procurando namorada.
— Ei, cara, não estou aqui por isso. Vim a trabalho. Só preciso falar com você um minuto.
— Que trabalho?
— Frito Blanco morreu na noite anterior à sua partida. Talvez assassinado.
Faz-se um breve silêncio antes de ele dizer:
— E quem é Frito Blanco?
Ele está mentindo; conversamos sobre Blanco por um bom tempo. Mas digo:
— Ele foi o último policial que testemunhou contra a delegada. O que apareceu com aquela fotografia.
— Acho que você devia falar sobre isso com a delegada.
— Mas estou aqui para falar com você. Vamos lá, nós somos velhos amigos e tal. Está me dizendo que não sabe nada sobre a morte de Blanco?
— O que estou te dizendo, pela segunda vez, é para você ir embora. Agora.
Ele leva a mão para trás para guardar a arma, dá meia-volta e segue pelo beco em direção à sua casa.

***

Entro em um aplicativo de restaurantes e desço três quarteirões até a Murray Avenue, onde há umas lojas em estilo Tudor e um café. Fico na fila para entrar, comer um brunch e usar o banheiro. Foi a segunda vez que alguém apontou uma arma para mim. A primeira foi quando eu estava investigando para um caso de divórcio do escritório de Rik, e agora posso dizer com certeza que, sempre que isso acontece, é uma experiência louca, de muita adrenalina. Escolho uma mesa e me sento, bebendo água com gás e limão e tentando me acalmar para poder entender que diabos está acontecendo.
Em primeiro lugar, apontar uma arma para se livrar de uma garota que você quer esquecer é meio demais. Portanto, ou ele acha que falar

comigo vai expor alguma coisa que pode pôr em risco sua vida, ou está perdidamente apaixonado por outra pessoa.

Em segundo lugar, não vou cair fora de jeito nenhum. Talvez o que o está assustando não tenha nada a ver com Blanco. Talvez tenha a ver com as merdas que ele descobriu sobre Vojczek. Mas o Ritz está por trás do caso da delegada, e a atitude de Koob no beco me dá certeza de que ele sabe de coisas que eu preciso saber.

Tem um parque bonito aqui perto, e vou para lá depois de comer. Por fim, eu me sento em um banco para ligar para Koob. Talvez por telefone seja menos ameaçador para ele. Fico meio surpresa quando descubro que o número dele não existe, mesmo aparecendo em vários sites.

Penso mais um pouco. Volto para o carro. Há uma vaga do outro lado da rua da casa de Koob, e estaciono o Cadillac ali. Quero que ele saiba que não vou embora.

Por volta das seis da tarde, recebo uma mensagem. Que bonitinho, número bloqueado! O que também deixa claro que ele tem outro celular ou outro chip. "*VOU machucar você se chegar perto da minha família de novo. Vá embora. Nunca vou falar com você.*" Meu palpite é que ele está lá em cima espiando pela janela para ver como vou reagir. Baixo o vidro e mostro o dedo do meio para ele.

***

Quando escurece, saio furtivamente pela porta do passageiro para voltar à área comercial para comprar alguma coisa para comer. Acabo de me recostar no banco do passageiro para comer minha comida chinesa quando meu celular vibra. É Tonya.

— Menina! — digo.

Ela é direta.

— Onde você está? Passei pela sua casa ontem à noite para falar com você e hoje de novo quando estava indo trabalhar.

— Não estou na cidade — digo. — Estou trabalhando em um caso.

— Este caso?

— Não sei direito. Pode estar conectado, mas não sei.

— É alguma pista que a delegada te deu?

— Não. É mais tipo uma coisa que eu percebi sozinha.
— Sobre Frito?
— Totalmente independente. Provavelmente não tem nada a ver com Blanco.
— Escute, menina, não estou gostando de você se esquivar das minhas perguntas. Já te contei muita coisa que não deveria, e a única desculpa que eu tenho é que nós estamos trocando informações, ok? Eu te conto porque você me conta, entende?
— Ok.
— Então, o que você está fazendo?
— Estou tentando falar com um cara que sabe algumas coisas sobre o Ritz.
— Explique.
— Não posso e nunca vou poder. Se eu conseguir que esse cara fale, vou ter que garantir sigilo absoluto para ele. Ele está surtado de medo, já apontou uma arma para mim. Ele não vai me deixar viva se achar que vou repetir para a polícia uma palavra do que disser. E ele é muito safo.
— Eu preciso saber qualquer coisa que você descubra.

Penso um pouco.

— Ele poderia entrar como informante confidencial? — pergunto.
— Nada de nomes, nada que o identifique.
— Não posso registrá-lo como informante se nem sei quem ele é.
— Tá bom. Então registre o meu nome.

Ela pensa um pouco; pelo jeito, nós duas gostamos da ideia. Se eu constar como informante confidencial nos registros da polícia de Highland Isle, ela não vai ter que entregar meu nome ao FBI. Isso também representa uma justificativa para ela, pelo que me contou, porque seria aceito na interação entre policial e informante. E eu não teria que entregar nada que colocasse Koob em perigo, desde que deixemos as limitações claras agora.

— Então, não tenho obrigação de te contar nada do que sei sobre nosso cliente — digo.
— Não. Mas eu tenho que saber tudo que tenha a ver com Blanco. Você não pode escolher o que informar.
— Ok. Mas, como eu disse, não sei se o cara vai falar comigo.
— É o cara com quem você estava saindo?

— Não — digo.

Pretexto simples: não é da conta dela.

Toy consegue passar da calma à raiva em um segundo, e eu a ouço respirando ao telefone para se acalmar.

— O que você queria falar comigo? — pergunto.

— Nós conversamos com a sra. Blanco ontem à noite. Marisel.

— Sobre o contexto geral?

— Mais ou menos. Ainda estamos procurando o celular de Blanco.

— Não está com a advogada?

— Não. Ela disse que Blanco não quis entregar. Pensamos que talvez ele tivesse deixado em casa, mas não. Mas nós queríamos conversar com Marisel de qualquer maneira. Ela tem certeza de que ele foi assassinado.

— Por quê?

— Lembra que ela saiu do tribunal no meio do depoimento de Frito?

— Sim. Pensei que fosse porque aquelas coisas sobre sexo de Blanco com a delegada a estavam afetando.

— Ela disse que o que a incomodou foi que Frito estava mentindo muito.

— Sobre?

— Sobre o anel, por exemplo. Ela nunca viu. E sobre o tio.

— Ele não tinha tio?

— Tinha, mas o cara morreu na prisão e não terminou o ensino médio. E ela disse que Fabian não mentiria sob juramento, a menos que alguém o estivesse ameaçando.

— Ok. Talvez tivesse muita coisa que Blanco não contava à sra. Blanco, né?

— Está parecendo. Mas ela tem certeza de que alguém o estava forçando a mentir.

— O Ritz?

— Ela nunca ouviu o nome de Moritz Vojczek.

— Cornish?

— Ela lembra de Walter. Disse que Blanco gostava dele, que eram amigos.

— Ela sabia sobre aquele apartamento?

— Eu não contei. Ela já está sofrendo o suficiente, entende? Só que, quando perguntei sobre os hábitos de Frito, tipo o que ele fazia ou aonde ia para relaxar, ela disse que o marido só trabalhava e passava o tempo livre com os filhos.

— E algum feedback do FBI sobre o computador do apartamento?

— Meu contato no FBI disse que eles não têm nada. Pelo jeito Frito o usava para ler um pen drive ou cartão de memória, algum tipo de mídia externa. Eles só sabem isso por enquanto. O pessoal de espionagem e contraespionagem estrangeira tem seus truques, você sabe, tipo umas coisas que os programadores da Microsoft passam para eles para acessar os metadados deixados na máquina. Mas não é certeza que eles vão fazer isso, especialmente porque não podemos afirmar que é um caso de assassinato. O FBI é cheio de regras, cara, muitas. Você fica meio paranoica o tempo todo, com medo de pisar na merda. Mas eles têm recursos incríveis, tenho que admitir. Inclusive eles têm um cara dos insetos, e ele veio falar comigo ontem.

Percebo uma nota de graça em sua voz.

— Toy, qual é a sua com o FBI? Eles estão tentando recrutar você?

— Ah, você conhece o padrão; sempre tem lugar para uma mulher do grupo da diversidade lá. Mas talvez estejam me manipulando, me fazendo pensar que eu posso entrar no time deles para eu dar tudo que eles querem.

Posso afirmar que ela está pensando nisso seriamente. O FBI, sem dúvida, cairia muito bem para os pais dela. Em um instante eles esqueceriam o "lance" gay dela.

— E o que o cara dos insetos disse?

— Disse que o inseto esmagado na porta era um mosquito-tigre-asiático.

— Mosquito *tigre*?

— Isso aí.

— Tipo, ele é listrado?

— Jesus, Pinky, em que planeta você vive? Você acha que eu perguntei isso?

— Ok, e o que você perguntou?

— Eu só escutei. O mosquito-tigre-asiático pica a mesma pessoa várias vezes. Por isso, talvez tenhamos sorte e, com o DNA, identifiquemos alguém que estava com Frito no apartamento. A mancha de sangue tinha entre vinte e quatro e trinta e seis horas, e não é da delegada nem de Frito. Ambos são O positivo.

— Maravilha, né?

— Talvez. O mosquito-tigre-asiático normalmente viaja uns noventa metros em um dia, o que significa que o sangue que estava dentro dele pode ser de qualquer pessoa do prédio. Ele poderia ter picado alguém no terceiro andar e entrado por aquela janela aberta procurando mais.

— Mas a mancha é A positivo, você disse.

— Sim, e trinta e cinco por cento das pessoas da Terra também. Também é possível que seja uma mistura.

— Ok.

Passa-se um segundo.

— Então, tudo que você descobrir, onde quer que esteja, tudo que esse cara sabe sobre Blanco, tudo que ele viu ou cheirou você vai me contar, combinado?

— Combinado — digo, e prometo que ligo para ela amanhã.

***

Estou dormindo no banco do passageiro do Cadillac, totalmente reclinado e bastante confortável, sonhando que Koob se mudou para o Centro de Vida Avançada, quando acordo com uma luz forte nos olhos e umas batidas no vidro. Quando os abro, um intenso feixe de luz queima meus olhos, de modo que cubro o rosto e o viro. A luz diminui, mas as batidas continuam. É um policial jovem, talvez latino. Mas não parece durão.

— Senhorita — diz quando baixo o vidro.

— Senhor...

— Recebemos uma denúncia de uma mulher dormindo dentro de um carro. Um morador ligou. Disse que parecia ser uma jovenzinha que fugiu de casa.

— Fico lisonjeada — digo, e vou pegar minha carteira, quando hesito.

Guardei-a no porta-luvas para que não me incomodasse para dormir, e explico onde está e o que estou fazendo, para que ele me autorize a abrir o porta-luvas. Aperto o botão e levanto as mãos quando se abre, e ele ilumina o interior com a lanterna.

— Tudo bem — diz ele.

Entrego minha carteira; não estou muito esperta, ainda estou grogue. Ele olha minha licença e aponta a lanterna para meu rosto de novo. A seguir, olha os outros cartões que tenho na carteira.

— Detetive particular?

— Isso mesmo.

— Sua licença não vale aqui, portanto não me diga que está trabalhando.

— Não vou dizer.

Ele não chegou à permissão de porte de arma, o que pode ser um problemão se descobrir que estou armada, já que não tenho permissão neste estado para esconder uma arma, que está embaixo do banco do motorista. Mas ele me devolve a carteira.

— Acho que é melhor você tirar o carro daqui, srta. Granum.

— Senhor, não quero ser inconveniente, mas o que estou fazendo de errado? Eu olhei as placas, não é proibido estacionar aqui.

— Vadiagem? — pergunta ele.

— Quer dizer que um sem-teto pode dormir em uma caixa de papelão na rua e eu não posso tirar uma soneca dentro de um Cadillac?

O sujeito parece ter senso de humor; ele estreita os olhos enquanto tenta decidir se sorri ou fica sério.

— Srta. Granum, não me parece que você dirigiu dez, doze horas, de Highland Isle para cá para passar as férias dentro do seu carro. Você está espionando alguém. E já concordamos que não tem licença para trabalhar como detetive neste estado. Portanto, facilite as coisas e siga seu caminho. Tem um estacionamento público na Murray, bem iluminado. Você vai estar mais segura lá.

Nesse instante, é como seu eu ouvisse a voz de vovô me dizendo: deixe Koob ganhar esse round.

Se eu der qualquer outra resposta que não seja sim, o policial vai me fazer descer e revistar a mim e ao carro, e vai encontrar a pistola.

— Tudo bem — digo.

Pulo para o banco do motorista, ligo o carro e saio com cuidado.

Mas estou de novo em frente à casa de Koob às oito da manhã. Desta vez vejo a filha dele sair, talvez indo para o emprego de verão que arrumou.

Ela é como aquelas garotas bonitas e graciosas que eu odiava, porque tudo parecia tão fácil para elas. Provavelmente muita coisa a incomoda, mas ela anda como se nada pudesse atingi-la. Depois, Melinda sai dirigindo seu BMW. Assim que elas saem, vou até a porta e toco a campainha. Toco umas vinte vezes antes de ouvir vozes na casa – Koob gritando com o filho, acho. Ouço o trinco sendo aberto e Koob surge, ainda olhando para trás por cima do ombro e trocando palavras com o menino. Quando se volta, ele vê a mim e a pistola que tenho na mão, na altura do quadril.

Eu o chamo com o dedo. Ele obedece, mas fica a meio caminho da porta de tela. Falo em voz baixa, quase um sussurro:

— Sua vez de ouvir — digo. — Eu dirigi dez malditas horas para falar com você em vez de te entregar à polícia e ao FBI, que era minha outra escolha. Mas vamos fazer do seu jeito. Tenho certeza de que as duas agências vão ter muito interesse quando eu contar que você andou fazendo um monte de coisas estranhas durante meses e que eu te vi instalar um NoDirt nos fundos da Vojczek. E que você virou fumaça horas depois da morte de Blanco. Portanto, não precisa me explicar nada; pode explicar para eles.

Ele pensa um pouco, mas, quando responde, não diz o que eu esperava.

— Ela só foi buscar um remédio e volta em cinco minutos. Se vir você, vai explodir.

— Não me interessa sua situação doméstica complicada. Vou voltar para o estacionamento público da Murray Avenue, e, se você não estiver sentado no banco do passageiro do meu carro nos próximos quinze minutos, vou ligar para Tonya Eo, que é a sargento-detetive de HI que está cuidando do caso de Blanco, e para quem ela me disser para contatar no FBI. Você pode fugir deles ou falar com eles, ou contratar um advogado, não me interessa, mas não quero mais que você seja problema meu. Sou sua melhor escolha, mas faça como quiser. Eu não ligo.

Seus olhos se movem levemente enquanto ele tenta entender o que eu disse.

— Como é? Você é minha melhor escolha?

— Vou explicar quando você estiver sentado no meu carro. Levaria muito tempo agora, e Deus me livre de chatear a Melinda.

Sacudo a cabeça, só para mostrar que não estou gostando nem um pouco do que estou descobrindo sobre ele, e vou embora.

26. KOOB SE MATERIALIZA

Koob parece se materializar no banco do passageiro. O Cadillac está estacionado em uma vaga aberta na Murray. Pelo jeito como entrou, ele deve ter cortado caminho pela fileira de arbustos de trás e se aproximado agachado do carro. Ele abre a porta e pula para dentro sem endireitar o corpo. Fico olhando. Ele tem total pavor da esposa, e isso é mais que decepcionante.

Está com roupa de correr de novo, e imagino que essa deve ser sua desculpa para sair.

Ele me olha por um momento, com seu jeito mudo que não deixa transparecer nada, e logo olha para o para-brisa, em direção à copa das árvores cheias de folhas do outro lado do estacionamento.

— Preciso dizer uma coisa. Eu gosto muito de você, Clarice.

Sua declaração me deixa furiosa.

— Ah, pelo amor de Deus — digo, e num impulso dou um soco no ombro dele. Forte.

— Ei!

— Não estamos no ensino fundamental, porra! Blanco está morto. Você sabe alguma coisa sobre isso ou não?

Ele ainda está esfregando o ombro e pousa seus olhos negros em mim. E diz, sem se alterar:

— Você ia me explicar por que é melhor eu falar com você que com a polícia.

Explico meu acordo com Tonya. Ele pensa enquanto eu dou uma limpada no carro. Ainda estou com a sacola amassada de uma lanchonete no colo e desconfio que o Cadillac está cheirando a fritura. Abro uma janela, mas, em resposta a seu imediato olhar de alarme, fecho-a de novo.

— Nada do que eu diga pode chegar aos ouvidos do Ritz — diz ele. — Se isso acontecer, ele vai saber exatamente quem contou.

Tonya já me havia prometido que as informações que eu conseguisse não passariam dela, e digo isso a ele.

— Então, vamos lá. Foi por causa do Ritz que você comprou uma arma?

— Basicamente.

— Ele te ameaçou?
— Ainda não.
— E por que você acha que ele vai te ameaçar?
Koob, que nunca tem pressa para falar, demora ainda mais desta vez.
— Acho que o Ritz matou Blanco — diz.
Uau! Fico absorvendo isso um minuto.
— Você o viu fazer isso?
— Eu o vi se preparando para isso.
— Enquanto o vigiava? Você o seguiu?

Koob é mestre em expressões sutis, como se seu rosto não permitisse demonstrar mais. No entanto, só pelo leve movimento de seu lábio inferior, sei que tem alguma coisa errada. Ele se senta de lado para olhar para mim.

— Eu trabalho para o Ritz. Trabalhava. *O* Ritz — acrescenta, com aquele sorriso selado.

— Caralho! Fazendo o quê? O que você faz, afinal?
— Você sabe o que eu faço — responde ele.

Furiosa, dou um soco no ombro dele outra vez. Ele recua e aponta o dedo para mim.

— Já chega.
— Eu perguntaria o que você faz se soubesse a resposta? Que diabos você faz?
— Vigilância eletrônica.
— Telefone?
— Telefone, computador. Quando terminei a pós, meu amigo lakota das Forças Especiais entrou em contato comigo. Disse que muitas pessoas precisavam do tipo de serviço que ele e eu poderíamos oferecer. Era mais interessante que trabalhar em um escritório ou laboratório. E o pagamento, muito melhor.

— E quem contrata seus serviços?
— Fazemos alguns trabalhos para o governo — diz ele, tentando ser vago. — Coisas que eles não podem fazer sozinhos. Para ser sincero, muitas vezes eu nem sei para quem nós trabalhamos. Eles têm um alvo e dizem do que precisam. Darnell, meu amigo, é quem consegue os jobs. Quanto menos eu sei, mais feliz eu fico.

— E como foi que o Ritz encontrou vocês?

— Não sei mesmo. Tivemos mais clientes particulares nos últimos anos. Alguém sai do governo e conta a alguém sobre nós, acho. Os clientes particulares pagam uma fortuna, porque os riscos são maiores.

— E o Ritz te contratou quando?

— Comecei por volta de primeiro de março, talvez um pouco antes.

— Para fazer o quê?

— Eu já disse.

— Poderia ser mais específico?

— Poderia, mas não vou ser. Vou te contar o que eu presenciei naquela noite no apartamento de Blanco. É isso que a sua amiga da polícia quer saber, não é?

— É.

— O resto do que eu fiz ou fazia para o Ritz não é pertinente.

— Mas você precisava de um lugar de onde pudesse ver o Tech Park, não é? Foi por isso que acabou morando ao meu lado?

— No começo, sim — diz ele.

— E tinha outro motivo para você estar lá?

Novamente ele se volta devagar para olhar para mim. Desta vez consigo detectar meio que um desconforto nele, que o faz contrair os olhos e a testa.

— Seu filho da puta! Você estava me espionando?

— Você estava me espionando, Clarice. Você viu muito mais do que jamais admitiu para mim.

— Vá se foder!

Tento digerir as coisas, mas, como minha raiva só cresce, de novo vou dar um soco no ombro dele. Mas ele é rápido e se inclina para a frente, de modo que não o acerto, e ele segura meu punho.

— Não — diz. — Já pedi para você parar com isso. Você é muito forte, vou ficar roxo por uma semana. Se fizer de novo, eu saio do carro.

Eu me limito a assentir, em vez de me desculpar.

— Caralho, cara. Eu estava gostando de você, Koob. De verdade — digo.

— Eu também gosto de você, Clarice. Você é uma pessoa admirável.

É por isso que eu geralmente evito relacionamentos; porque, quando acaba, é sempre uma merda. O problema sou eu, não você, aquele discurso de vendas ao contrário. Eu sei que deveria ignorar o que ele disse, mas acho que é de verdade; mais ou menos. Eu ainda acredito nele, o que provavelmente sempre foi minha perdição.

— E você estava tentando descobrir o que eu sabia sobre o caso da delegada? — pergunto.

— Eu estava simplesmente gravando o que aparecia no seu computador. Como eu disse, recebi uma tarefa e cumpri. Minha suposição, no começo, era que o Ritz queria grampear você porque você também podia ver o Tech Park. Com o tempo, fui descobrindo o que você estava fazendo e entendi que minha suposição inicial estava errada. Mas demorei um pouco para entender por que o Ritz tinha interesse nas suas atividades.

— E como você entrou no meu computador? — pergunto.

— Eu grampeei o cabo de sua internet no porão.

Era por isso que ele andava por ali, não para ir ao maldito depósito dele. Que detetive de merda eu sou!

— E quando você almoçava no Fruta Verde, era por isso que ficava sempre sentado atrás do Ritz? Para passar informações para ele? Vocês conversavam de costas um para o outro?

— Sim. Em mandarim.

— *Mandarim?*

— Ele fala bem. O Ritz é um homem brilhante.

— Você *gosta* dele???

— Se eu gosto? Ele é interessante, mas ninguém gosta dele. Em grande parte porque ele não está nem aí se as pessoas gostam dele. O Ritz tem prazer em repelir as pessoas, é um tipo de liberdade para ele. E isso o torna assustador.

Durante um segundo, tento lembrar por que estou tão chocada.

— Mas eu vi você plantar o NoDirt nos fundos da empresa dele.

— Foi intencional. Você estava chegando muito perto, Clarice. Você foi muito mais esperta que o Ritz tinha previsto quando me colocou naquele apartamento. Mas não seria bom para ele nem para mim se você descobrisse o que eu estava fazendo. Por isso, decidimos que a melhor solução era fazer você pensar que eu o estava observando.

— Observando a ele, em vez de me espionar?

— Sim, em vez de você e dos meus outros alvos.

Por um segundo, fico me perguntando se vou ter coragem de fazer a próxima pergunta. Mas sim. Minha pátria sempre vai ser a árida região da verdade.

— E você transava comigo para conseguir informações para Vojczek?

— Não! — diz ele bruscamente, e sacode a cabeça várias vezes, com muito mais emoção do que já vi nele hoje. — Quando você me viu plantar aquele dispositivo, presumimos que iria parar de me espionar, porque iria concluir que eu era um agente do governo ou uma pessoa que poderia te causar sérios problemas se você ficasse no meu caminho. Mas você continuou, e não foi legal. Se você percebesse que eu estava naquele restaurante para falar com o Ritz em vez de ficar de olho nele, você poderia acabar seguindo direções perigosas. Então, a solução mais simples foi te confrontar e ser enfático avisando que haveria duras consequências se você continuasse a me seguir. Esse era o objetivo quando eu te dei um flagrante na rua. Eu disse ao Ritz que tinha passado o recado, mas não contei como você reagiu.

— Por quê?

Ele abre aquele sorriso secreto.

— Foi uma intuição. Para começar, não era da conta dele. Mas, depois de algumas horas, percebi que tinha achado sua oferta bem instigante. — Ele olha para mim um instante, para observar minha reação. — Talvez mais porque eu não sabia se você estava falando sério ou se só estava tentando disfarçar. E aquele dia, na rua, também achei que você ficou magoada. Então, achei que te devia uma visita, de um jeito ou de outro. Mas eu nunca devia ter batido na sua porta sem primeiro informar meu cliente. No instante em que entrei no seu apartamento, percebi que estava em um espaço onde todas as restrições que normalmente eu aceitava não se aplicavam. Acho que eu queria experimentar o seu tipo de liberdade, nos seus termos. Mas, tendo optado por não contar ao Ritz, eu me comprometi com isso. Ele nunca soube de nada sobre o nosso... — ele hesita — o nosso contato pessoal.

Seu sorrisinho parece um pouco mais irônico. Ele se volta para mim de novo, como faz em momentos críticos, revelando totalmente seu rosto para que eu possa testemunhar sua sinceridade. Está extremamente calmo. Pode estar mentindo para caralho, mas não sei se entendo por quê.

— Eu te avisei que não iríamos falar de trabalho — acrescenta —, e não falamos.

Sei que estou chateada; é como se alguém tivesse passado com um trator por cima do meu coração. Mas lidar com isso vai levar muito tempo, então simplesmente respiro até ter certeza de que consigo deixar minhas reações de lado e pensar.

— E você conseguia grampear meu notebook onde ele estivesse ou só quando eu estava em casa? — pergunto.

— Só em casa. Mas, claro, quando você entrava no computador, eu podia ver se tinha alguma coisa nova nele. Eu rastreava seu celular com o Stingray, mas descobri muito pouca coisa. Eu sabia que você trabalhava na casa da delegada, por exemplo, mas não tinha como ver o que fazia lá. Um equipamento de quatro terabytes é grande demais para a capacidade do meu.

Ele para de falar e levanta a mão. Eu já havia notado que seus dedos são finos e mais curtos do que seria de esperar, considerando a altura, e que ele tem as unhas bem curtas.

— Olha, o que eu vou dizer é mais do que eu concordei em te contar, mas não quero te enganar, Clarice, e tem a ver com a sua cliente. Mas você precisa me prometer que vai ser considerado informação que você não é obrigada a passar para a polícia.

— Tonya entende que, antes de tudo, eu tenho que proteger minha fonte. Mas, se for sobre a delegada, vou ter que contar ao Rik. Só que ele nunca faria mal a Lucy.

Ele assente.

— Eu entrei no computador da delegada por um bom tempo, mas não para rastrear você. Um dos serviços que concordamos em fornecer ao Ritz desde o início foi o de hacker.

— Você entrou no computador da delegada? Para descobrir coisas sobre o caso dela?

— Não tinha quase nada para descobrir lá. O Ritz só estava preocupado com uma coisa.

— No computador dela?

— Isso.

— O quê?

— Aquela foto.
— A fotografia que Blanco tirou?
— Essa mesmo.
— Estava no computador dela?
— Estava.
— E como foi parar lá?
— Como já te disse, não costumo fazer perguntas. Ritz achava que eu iria encontrar essa foto lá e eu encontrei. Isso era tudo que eu sabia. E fui eu quem a postou no Reddit na noite em que Blanco testemunhou. O Ritz me pediu para fazer isso.
— Foi você que vazou a foto?

Fico o observando, cada vez mais perturbada pela maneira estoica como ele admite algumas coisas ruins que fez.

— Você tem noção de que fez uma coisa péssima com ela? — pergunto.

Ele levanta a mão, sem admitir, mas também sem protestar.

— Meu trabalho é invadir a privacidade das pessoas, Clarice, e raramente em benefício delas. Nada do que eu faço é bom. Essa é uma das muitas razões de ser um ramo tão lucrativo. No início, para mim, seu computador ou o da delegada eram alvos típicos. Não tenho interesse no contexto mais amplo. Só que, quanto mais eu entendia que o Ritz estava decidido a destruir Lucia Gomez, mais eu desejava não ter nada a ver com isso. Mas eu não podia cair fora. E o Ritz é inteligente, iria descobrir como postar a foto anonimamente sozinho se eu não fizesse isso.

Estou zonza com toda essa conversa. Fecho os olhos um pouco, para poder me firmar. O que mais? Penso um pouco. Ah... um pequeno detalhe.

— Fale sobre o assassinato de Blanco.

Apesar do que ele disse no começo, de certa forma estou preparada para ouvir Koob dizer, com a mesma desfaçatez, que matar Blanco foi mais uma das coisas nada legais que ele fez para o Ritz. Fico aliviada quando ele repete:

— Não vi assassinato nenhum, eu já te falei. É só suposição minha. Por volta das onze horas daquela noite, quando eu estava indo te ver, recebi uma ligação de um número bloqueado. Eu tinha configurado esse celular para o Ritz; era impossível rastreá-lo, mas ele raramente me ligava. Fiquei surpreso quando ouvi a voz dele naquela hora. Ele disse que precisava falar comigo imediatamente e me deu umas instruções malucas, um endereço e o número do apartamento no qual eu deveria entrar pela escada de incêndio. Eu não imaginava o porquê, até que percebi, enquanto subia, que nos andares inferiores a escada de incêndio passava atrás da janela do banheiro, de vidro jateado, o que significa que os vizinhos não veriam a mim ou a qualquer outra pessoa entrando ou saindo por ali. Quando cheguei lá, o Ritz e Walter Cornish estavam discutindo com Blanco.

— Blanco estava amarrado?

— Não. Blanco estava sentado naquela cadeira de madeira, e o Ritz e Cornish estavam em pé. Blanco parecia uma criança na sala do diretor.

— Você sabe quanto tempo fazia que eles estavam lá? Você chegou no início da conversa?

— Ninguém me explicou nada. Pelo que eu ouvi, acho que os três combinaram de se encontrar naquele apartamento depois que, aparentemente, Blanco avisou eles de que não entregaria o celular como a Comissão e os tribunais ordenaram. Blanco contratou uma advogada, e ela o orientou a invocar a Quinta Emenda. O Ritz estava inflexível, disse que Frito não deveria fazer isso. Ele estava tentando convencer Blanco de que havia alternativas.

— E quais eram?

— Suponho que fosse eu.

— Explique.

— O Ritz me entregou o celular de Blanco e me disse que tinha coisas ali, em um arquivo oculto, que queria que eu apagasse, e de um jeito que um bom perito forense não pudesse detectar.

— Que tipo de coisa? Mais fotos dele com a delegada?

— Eu não abri. Havia uns JPEGs lá, uns aplicativos, uma rede VPN e o Tor, um navegador que não deixa rastros. Eu sabia que Blanco navegava na dark web. Ritz perguntou a Blanco por que ele era estúpido a ponto de colocar aquela merda no celular. Afinal, não era por isso que ele tinha aquele lugar?

— "Aquele lugar" significa o apartamento?

— Foi o que eu entendi.

— E o que Blanco estava fazendo no apartamento?

Koob nega firmemente com a cabeça.

— Não posso dizer. Coisa feia.

— Frito estava olhando fotos de sacanagem com alguém?

Koob dá de ombros.

— Depois, o que aconteceu? — pergunto.

— Eu disse aos três que era fácil apagar o que havia lá, mas que não podia garantir que um bom perito forense não iria perceber. É muito mais difícil mexer no sistema operacional de um celular; tem menos partes móveis. Mas uma pessoa qualificada pode detectar que alguma coisa foi excluída e, talvez, a atividade anterior, se for um perito muito bom e souber onde procurar.

— Ok. E o que eles falaram quando você disse isso?

— Os três começaram a discutir, especialmente Blanco e o Ritz. Eles gritavam, mas tentavam falar baixo ao mesmo tempo, se é que dá pra imaginar isso. Blanco falou que iria invocar a Quinta Emenda, e o Ritz tentou argumentar com ele. Vojczek disse que o pior que poderia acontecer se Blanco entregasse o celular seria que algum perito poderia dizer que o material tinha sido apagado e Blanco negaria veementemente. Seria um impasse. Blanco riu dele, coisa que não acontece com Vojczek com frequência. Mas Blanco disse que isso que o Ritz havia dito era como mandá-lo pular de uma janela e ter esperanças de pousar suavemente. Com a delegada contra Blanco, ela poderia usar o depoimento do perito como base para pedir à Comissão que o tirasse da polícia. O que provavelmente iria acontecer.

— Você falava alguma coisa?

— Não. O Ritz não estava preparado para minha resposta sobre o celular e, a certa altura, meio que me interrogou, para saber se eu poderia minimizar a possibilidade de um perito reconhecer que alguma coisa tinha sido apagada. Quanto à dark web, os aplicativos que Blanco usava não permitiriam que rastreassem as atividades dele, mas, nos aparelhos, a menos que ele tivesse tomado precauções, sempre haveria o histórico de busca. E ele não parecia conhecer essas precauções. E foi isso que eu disse.

— E como o Ritz reagiu?

— Ficou assustadoramente furioso. Ficou puto com todos nós. Muito poucos humanos podem produzir um olhar letal assim. Ele fica mascando seu chiclete e seus olhos ficam duros como os de uma cobra. Já viu esse olhar?

— O mais perto que eu cheguei desse homem foi uns cinco metros.

— Ótimo, continue assim. Mas não deixei Ritz me intimidar, não discuto meu trabalho. Um dos meus termos essenciais é que eu só falo com o diretor. É muito mais seguro para mim assim. Por isso nós falávamos em mandarim no restaurante. Não gostei daquilo na frente de Cornish e Blanco.

— E o que aconteceu entre Frito e o Ritz?

— Mais discussão. Blanco disse várias vezes que o Ritz tinha acabado com a vida dele, e o Ritz debochou dizendo que o próprio Blanco tinha acabado com a própria vida. Blanco disse...

Esforçando-se para recordar as palavras, Koob fica olhando acima das árvores e dos fios de energia, e vejo seu reflexo parcial na janela da frente.

— Blanco disse que, mesmo assim, não iria correr o risco de ser preso. Ele não havia machucado ninguém. O que ele fazia era coisa particular e nunca envolvia mais ninguém. O Ritz riu dele e disse: "É por isso que o mínimo obrigatório é de cinco anos, porque não faz mal a ninguém".

— O que ele quis dizer com isso?

— Mais uma vez, não posso dizer. Blanco falou: "Meu acordo com vocês era que eu faria o que vocês queriam para que minha vida particular continuasse particular. Eu cumpri minha parte, e agora você quer que eu corra o risco de que tudo isso exploda, que eu perca meu emprego e minha família e vá para a cadeia. Só que isso não vai acontecer. Vou invocar a Quinta Emenda; mas minha advogada acha que, depois que eu invocar meu privilégio contra autoincriminação, meu testemunho vai ser retirado dos autos e o processo vai ser extinto. *Finito*. Portanto, nunca vamos chegar ao ponto de a Comissão ordenar formalmente que entregue meu celular. Se eles fizerem isso, vou ter imunidade". Então, o Ritz respondeu: "Escute aqui, seu pervertido, se você invocar a Quinta Emenda, Lucy vai sair impune".

— "Lucy vai sair impune"? Foi isso que ele disse?

— Sim, foi o que o Ritz disse.

— Tem alguma ideia do que Lucy fez? Não acredito que o Ritz e Cornish realmente achavam que ela tinha forçado Frito a fazer sexo.

— Não faço ideia do que eles achavam ou deixavam de achar.

— Tá. E o que aconteceu entre Vojczek e Blanco?

— Blanco disse alguma coisa do tipo "Olha, pra mim, chega", e levantou para ir embora. Mas o Ritz o empurrou de volta na cadeira e disse: "Ainda não", e fez um aceno com a cabeça para Cornish, que estava com uma maleta preta. Ele pegou umas braçadeiras de náilon e os dois prenderam Blanco à cadeira pelos pulsos e tornozelos.

— Houve luta?

— Não. Como eu disse, o Ritz é assustador quando está nesse estado de espírito. Blanco só dizia que o amarrar era ridículo e desnecessário.

— Mas, se Cornish levou braçadeiras de náilon, eles já tinham pensado que talvez precisassem amarrar Blanco.

— É provável. Blanco dizia coisas tipo: "Não sei o que vocês pretendem fazer comigo; podem me bater ou o que for, mas nunca vou poder fazer o que você quer". E o Ritz disse: "Quando eu terminar de fazer o que eu pretendo, você vai implorar para me satisfazer". Foi quando eu saí, porque, depois dessa ameaça, vi que o Ritz estava preparado para fazer alguma coisa terrível. Quando saí pela janela, o Ritz gritou para eu não ir, mas eu tinha sido arrastado para uma situação da qual não queria fazer parte e que ia muito além do meu acordo com o Ritz. A cada poucos minutos ele cometia outro crime na minha presença: suborno de perjúrio, intimidação de testemunha, agressão... Eu estava muito exposto, diante de uma gama infinita de resultados ruins para mim. Voltei para o Archer e comecei a juntar minhas coisas e limpar tudo. Enfiei tudo no carro e saí às cinco da manhã. Não pude me despedir porque sabia que você não ia parar de fazer perguntas.

— Você tinha carro?

— Ficava no estacionamento atrás da Vojczek. Eu não precisava dele enquanto estava lá. Quando estou trabalhando, sempre prefiro deixar o mínimo de rastros, evitar interações e ficar anônimo sempre que possível.

— E quando você caiu fora, o que achava que ia acontecer com Blanco?

— Eu não tinha ideia das intenções exatas do cara, mas nunca pensei que a vida de Blanco estivesse em perigo. O Ritz é esperto demais para matar um policial.

— Não parece que o Ritz tinha muita influência sobre Blanco — digo.
— Frito ia seguir o conselho da advogada dele, e, independentemente

do quanto estivesse contrariado com isso, é difícil entender o que o Ritz ganharia matando Blanco.

— Concordo. Mas, pelo olhar do Ritz, eu diria que ele é uma pessoa que não reage bem quando lhe dizem que ele não pode fazer nada.

— Koob assente, pensando sobre isso. — Depois que voltei aqui para Pittsburgh, li o *Beacon* on-line todo dia, porque estava curioso para saber se Blanco tinha entregado o celular. Fiquei chocado quando vi a manchete sobre a morte dele.

— Faz ideia de como o mataram?

— Nenhuma. Mas Walter estava com aquela maleta; como você disse, eles pareciam estar preparados para várias possibilidades.

Dou uma vasculhada no meu cérebro.

— Será que é possível que Blanco tenha ficado tão apavorado com o Ritz e Cornish que teve uma parada cardíaca? Afinal, ainda não ficou determinado que foi assassinato.

Koob não havia pensado nisso. Ele dá de ombros e ergue as mãos.

— Tudo é possível, mas para mim é mais seguro presumir que eles mataram o cara. Porque, se fizeram isso, me tirar de cena iria fazer sentido para eles. Sou testemunha, mas sem ligação conhecida com o caso ou com o Ritz. É por isso que estou andando armado.

— Não vou dizer que estou com pena de você, Koob. Se você se relaciona com um chacal, não pode se surpreender quando ele decide que você é a próxima refeição dele.

Ele dá um leve sorriso. Eu pergunto:

— E o que você fazia para o Ritz no início? Para que foi para Highland Isle? Tinha mais alguma coisa além de me espionar, né?

Ele simplesmente nega com a cabeça e diz:

— Não vou falar sobre isso.

— Por quê? — pergunto.

— Por que você não me conta o que a delegada lhe disse?

— Acho que nunca ouvi falar sobre privilégio cliente-espião.

— O que eu faço profissionalmente, Clarice, implica muitos riscos que eu tento minimizar. O Darnell sempre tem um disfarce, que inclui testemunhas e documentos, maneiras inocentes de explicar por que eu tenho o equipamento que eu tenho ou o que estou fazendo com ele. Tomo o maior cuidado possível e nunca falo sobre o que eu faço. É mais seguro para mim.

— Entendi. Mas estou pensando na sua situação: você vai dormir de olho aberto por um bom tempo com medo do Ritz, de Cornish ou de alguém que eles possam mandar. Portanto, o melhor para você é se alguém descobrir como derrubar Vojczek.

— O melhor para mim é que Darnell consiga acalmar o Ritz. Ele ainda não conseguiu falar com o cara, mas vai fazê-lo recordar que violou nosso acordo quando me chamou para ir àquele apartamento. Mas Darnell vai dexar bem claro que jamais iria à polícia, pois isso iria acabar com nosso negócio e nós dois poderíamos acabar presos. E essa é a verdade, Clarice. Dar pistas à polícia sobre o que o Ritz pode estar fazendo não é do meu interesse. Além disso, a sua amiga não iria me proteger com relação a isso.

— Por quê?

— Tenho certeza de que ela não iria me proteger.

— Se o Ritz matou Blanco, acho que ela estaria disposta a fazer de tudo para pegá-lo.

Koob pensa um pouco, mas continua negando com a cabeça.

— Você não matou ninguém, certo? — pergunto.

Faz tempo que estou querendo perguntar isso.

— Claro que não — diz ele, ofendido. — E, sobre as coisas com as quais o meu trabalho em Highland Isle estava relacionado, eu sei tão pouco que a única pessoa que pode se complicar sou eu mesmo. O Ritz é muito cuidadoso; ele fazia negócios com criptomoedas muito antes de a maioria das pessoas sequer ouvir falar nisso. E ele não deixa impressões digitais em nada ilegal. O fato de ele estar naquele apartamento foi uma coisa muito incomum. Imagino que eles acharam que só pessoalmente conseguiriam fazer Blanco mudar de ideia e continuar mentindo para fazer Lucy perder o cargo.

— Você sabe por que ele queria tanto isso?

Mais uma vez, ele nega com a cabeça.

— O Ritz não está planejando matar a delegada, está?

— Eu teria apostado muita grana que ele não queria Blanco morto, por isso não vou fazer previsões. Ele odeia aquela mulher, isso eu posso dizer com segurança. O motivo eu não sei.

Ficamos ambos calados por uns segundos.

— Bem, você precisava ter uma visão direta para algum lugar lá do apartamento — digo por fim. — O que você estava observando?

Ele continua negando o tempo todo, mas sorri levemente diante da minha persistência.

— Olha, e se eu jurar que não conto essa parte para Tonya? Se ficar só entre mim e você? Se eu conseguir conectar o que você disser com qualquer coisa, vou dar a pista à Tonya, mas digo que foi descoberta minha.

— Eu estaria me arriscando muito, Clarice.

— Eu dirigi dez horas para não jogar você na fogueira. Vamos lá, cara! Se você pudesse derrubar o Ritz sem deixar rastros, seria perfeito, né?

Ele toca os lábios com seu dedo fino, refletindo sobre o que eu sugeri, mas não diz nada.

— E se me disser o que *você* fazia? — pergunto. — Nada sobre o Ritz, só o que eu poderia ter visto espionando você, se eu fosse um pouco melhor nisso.

Ele sorri.

— Você se saiu excepcionalmente bem.

Eu me contorço, como é habitual para mim diante de um elogio; mas não quero me distrair.

— Eu sei que você estava observando alguma coisa, tá bom?

— Como você mesma disse, você já sabia.

— E era o Tech Park, não era?

— Continue — diz ele.

— Mas o que exatamente? A Northern Direct?

— Sim, você poderia ter me visto olhando naquela direção — diz ele.

— Mas talvez não para a Direct especificamente?

— Não para a Direct — diz ele.

— Para os portões do complexo?

— Talvez.

— E por que o Ritz precisa chamar um especialista em vigilância de fora para ficar de olho nos portões do complexo?

De novo aquele leve sorriso, e ele fica um minuto refletindo.

— O que você poderia descobrir sozinha observando é o seguinte: existem sistemas antivigilância muito complexos em torno da Northern

Direct, o que significa, basicamente, toda a área do Tech Park onde se localiza a Direct. Comunicações altamente confidenciais acontecem entre o Departamento de Defesa e a Direct, o que demanda precauções reforçadas contra interceptação. Eles usam equipamento para bloqueio de sinal perto de lá. Se você chegar a cem metros da Northern Direct, o seu celular não vai funcionar. Eles têm câmeras poderosas que observam quem se aproxima e, se você, digamos, tirar uma foto, vai ter o DSS no seu pé. Esse equipamento está lá para impedir qualquer tipo de vigilância, inclusive dos meios mais sofisticados empregados por agências governamentais. Portanto, quem quiser fazer contravigilância nessa parte do Tech Park vai precisar de muito conhecimento.

Penso um pouco.

— E teria que observar de longe, não é? As câmeras captariam qualquer coisa que se aproximasse.

— Dedução lógica.

— Mas você não saía na varanda todo dia. Tipo umas duas, três da manhã, duas vezes por semana, não é?

— Terças e sextas bem cedo.

— Eu notei que você descia uns degraus para eu não poder ver que equipamento estava usando. Mas digamos que eu fosse um pouco mais curiosa e me aproximasse mais. O que eu veria?

— Não acredito que seja possível ser mais curiosa do que você já é.

— Tá bom, mas que equipamento eu veria?

— Você deve ter me visto usando um binóculo de visão noturna feito especialmente para mim. De um lado tinha um fotodiodo que detecta emissões infravermelhas ou ultravioleta. A outra lente era térmica padrão, sensível ao calor.

Repasso mentalmente o catálogo DETBOT.

— Mas isso é muito mais que os típicos binóculos de visão noturna. Então, você estava procurando alguém? Porque, sem dúvida, poderia detectar uma pessoa com aquele binóculo.

Ele sorri de novo.

— Se você está dizendo...

— Então, você estava procurando alguém que estava vigiando o local a distância. Concorrentes ou agentes governamentais?

— Não sei, não tenho certeza. Também não me disseram o que estava rolando no Tech Park. Só posso oferecer conjecturas com base em outros equipamentos que eu usava regularmente.

— Quais?

— Você não poderia ter visto esses. Não usei fora do apartamento.

Isso significa que o jogo de adivinhação acabou. Mas ainda não vou desistir.

— Você estava infringindo a lei usando esse outro equipamento? — pergunto.

— Isso é controverso.

— Muito bem, o binóculo está dentro da lei, isso eu sei. Então, se era ilegal, você estava ouvindo alguma coisa.

Aí está o sorrisinho dele. Sem dúvida ele está se divertindo me vendo juntar as peças.

— Mas não era uma coisa que você pudesse captar com o Stingray — digo —, porque você disse que a Direct bloqueia o sinal de celular. Então, você devia captar rádios, com algum equipamento como aqueles aplicativos para ouvir o rádio da polícia. Mas isso não é ilegal.

— De novo, Clarice, interpretando o que descobrisse, você saberia que o FBI, por exemplo, já faz algum tempo que vem encontrando maneiras de proteger suas comunicações em VHF usando um sinal digital. É muito difícil de interceptar.

— Então, você tinha um scanner de radiofrequência digital?

— Talvez. Com um software excelente.

— Então, o Ritz precisava de você para ver se os federais estavam de olho nele?

— Esse assunto acabou, Clarice. Eu conto com a sua palavra de que não vai revelar o pouco que eu te falei.

Faço uma cruz sobre meu coração e digo:

— Jamais.

Mas agora entendo por que ele disse que Tonya não o protegeria. Ninguém pode se safar depois de impedir a aplicação da lei.

— E os federais estavam de olho nele?

— Não vi nenhum sinal disso em mais de quatro meses. Acredito que, assim que o caso da delegada fosse encerrado, o Ritz iria me agradecer e me dispensar, e entregar mais algumas bitcoins para o nosso intermediário. Mas, como eu disse, chega de falar sobre as minhas atividades.

— Ok.

Repasso os arquivos do meu cérebro enquanto ficamos sentados em silêncio. A rua está ficando mais movimentada; o trânsito aumentou e há muitos pedestres andando pelo quarteirão. Devem passar ônibus aqui perto, porque tem muita gente com pastas de trabalho na mão formando fila em frente a uma padaria. Os clientes saem de lá com sacolas de papel branco e, em geral, com copos de café ou chá.

— Podemos voltar à noite com Blanco? — pergunto. — Tenho uma pergunta meio estranha. Você lembra de algum deles ter levado uma picada de mosquito?

Koob dá uma risadinha surpresa.

— É, Cornish estava reclamando dos mosquitos. — Ele olha para cima enquanto tenta recordar. — A certa altura ele foi ao banheiro; deu um tapa na parede e gritou que tinha pegado o filho da mãe.

Não consigo pensar em mais nada. Vejo duas mulheres gritando tchau. Uma delas se aproxima da SUV ao nosso lado, e Koob se abaixa e vira o rosto, mas ela não olha para nós.

— E você nunca contou nada ao Ritz sobre... sobre nós?

Ele me olha.

— Nunca. Como eu falei, ele iria ficar uma fera pela possibilidade de conflito de lealdade. Além disso, Ritz não é um homem para contar segredos. Ele iria se aproveitar de qualquer coisa que fosse importante para mim. Não contei nada a ele sobre a minha vida pessoal por esse motivo.

Não sei muito bem o que Koob quis dizer com coisas importantes para ele, mas tenho a impressão de que isso me inclui. Meu coração fica todo bobo, como se eu fosse uma adolescente. Mas tenho vergonha de perguntar, ou medo de que ele diga que não.

— Eu tenho que dizer, cara: para mim, sua vida pessoal é uma bosta.

— Como nenhuma outra.

— Você fala da sua esposa como se ela fosse um cão raivoso, depois corre de volta para ela com o rabo entre as pernas.

— Clarice, a situação é delicada. Eu vivo um dia de cada vez, pensando no bem do meu filho. Daqui a treze meses ele vai sair de casa. — Ele suspira e fica olhando para o para-brisa de novo, cortando o assunto. — Mais alguma coisa sobre Blanco?

— Não me ocorre nada.

Koob foi discreto sobre seu trabalho, mais ou menos pela mesma razão pela qual eu uso o prego, de modo que não posso me iludir. E claro que é teoricamente possível que ele esteja inventando coisas sobre o Ritz e Cornish para culpá-los por um assassinato que ele mesmo cometeu ou do qual participou. As pessoas enganam, e, admito, Koob já me enganou quando me espionava. Eu sei que meu radar com frequência se engana a respeito dos outros, mas poderia ser tão falho assim? Claro que tem muito mais sobre uma pessoa do que descobrimos na cama, mas sempre descobrimos um pouco. Koob Xie faz o que faz porque o mundo é um lugar difícil, mas, para mim, no fundo, ele sempre vai ser um homem doce e, definitivamente, não um assassino.

Ele segura a maçaneta da porta e me fita por um segundo. E, sendo Pinky, de repente eu o abraço e, sem hesitar, ele retribui. O momento é fugaz, e logo ele desce do carro e sai correndo.

27. APOSTO QUE É O CARA

— Aposto que é o cara com quem você estava saindo — diz Tonya.

— Toy, se você ou qualquer outra pessoa com quem você trabalha tentar encontrar essa pessoa, juro que vão ter um assassinato de verdade para investigar.

— Só estou dizendo...

— Pare de dizer. Nós fizemos um acordo e eu cumpri a minha parte; te contei o que o informante disse que aconteceu no apartamento de Blanco enquanto ele estava lá. Mas você não pode confrontar Cornish nem o Ritz a respeito disso.

— Claro que não. O que acontece em Deus-sabe-onde fica em Deus-sabe-onde. Eu não jogo informantes na fogueira.

São cerca de nove da noite e eu cheguei de Pittsburgh há uma hora. Toy passou no Ruben's para comprar carnitas e estamos comendo na mesinha de centro, em frente ao meu sofá, bebendo cerveja. Não falamos nada durante um tempo. Toy está com sua roupa de verão habitual: short e camiseta sem sutiã. Vendo-a descontraída no meu sofá esfarrapado, imagino Koob sentado ali. Acho que vai demorar um pouco até eu o esquecer.

— Então, você vai ter que investigar Walter Cornish, não é? — pergunto.

Enquanto dirigia de volta, pensei um pouco, tentando descobrir como Tonya pode usar com segurança as informações de Koob.

— Tem justificativa, porque Walter disse que não entrava naquele apartamento fazia dois anos.

Tonya trouxe o minitablet que ela usa para fazer anotações e o está consultando.

— Com certeza — responde então. — Ele disse que não entrava no apartamento desde que o alugou para Frito. E que não esteve no prédio no dia anterior. Walter fez essas duas declarações pouco depois de entrar. E as repetiu para o patrulheiro que falou com ele no dia seguinte.

— E não esqueça que ele abriu a janela da escada de incêndio e ficou agitando um lenço, supostamente para dissipar o cheiro. Mas eu digo que ele estava limpando, para se certificar de que não restassem impressões depois que todos entraram e saíram por ali.

Ela assente com a cabeça repetidamente. Está gostando do raciocínio.

— Se encontrar uma maneira de confirmar que Walter estava lá na noite em que Blanco morreu sem implicar o informante, você vai poder atacar Cornish com bastante força.

— Dois problemas — diz ela. — Primeiro, perdi minha varinha mágica, de modo que não tenho nenhuma evidência, além da palavra do seu informante, de que Walter estava presente. E segundo, mesmo que eu tivesse essa prova, não sei se Walter simplesmente a invalidaria.

— Você disse que os peritos pegaram digitais parciais em vários lugares. E naquela janela?

Ela consulta de novo o minitablet.

— Sim. Algumas do lado de fora da janela.

— E as digitais de Walter estão no sistema do departamento, certo? Talvez eles possam fazer uma comparação e dizer que a parcial da janela e de outros lugares do apartamento batem com a digital dele.

— Isso não vai resolver — diz ela. — Walter vai alegar que as impressões digitais dele foram deixadas na noite em que Blanco foi encontrado, não na noite anterior, quando ele morreu.

Todo mundo testemunharia que Tonya gritou com ele para não tocar em nada. Se bem que isso é suspeito por si só, dada a experiência dele.

— E o mosquito? Você checou o tipo sanguíneo de Walter? Deve estar na ficha dele, não é?

Ela gostou da ideia; promete verificar isso.

— Mas vai ser difícil fazer Walter implicar o Ritz. Não sei se provar que ele mentiu para nós vai resolver. Ele vai inventar alguma história da carochinha para justificar a mentira.

— Tipo qual?

— Talvez diga que estava protegendo Frito. Não sei, mas a mentira corre como sangue nas veias de gente como Walt.

— Não se esqueça de que ele também cometeu perjúrio na audiência da P&B.

Ela resmunga:

— Já estou até ouvindo: "Ah, esqueci que transei com a delegada séculos atrás. Um homem como eu tem muita coisa para lembrar. Isso não é perjúrio".

Como nós duas sabemos, Tonya gosta de contrariar, mas ela não está tentando dificultar as coisas; está usando bons argumentos.

— E não se esqueça, Pinky, de que ainda não podemos nem provar que foi assassinato. Nem seu namorado tem evidência direta disso.

Ameaço dizer a ela para parar com esse negócio de "namorado", porque é coisa do passado, mas deixo para lá, porque qualquer coisa que eu diga pode acabar levando à identidade de Koob.

— Você entende o problema, não é? — diz ela. — A única coisa que vai pegar Walter Cornish é uma acusação de assassinato. Perjúrio, obstrução de justiça, esse tipo de treta não vai levá-lo à cadeia por tempo suficiente para fazer valer a pena dedurar alguém perigoso como o Ritz. O que se conta em HI é que, quando ele era um jovem policial, Ritz trabalhava para a máfia. Dizem que ele parava o alvo em uma rua escura, como se fosse uma blitz de trânsito, e matava o pobre coitado assim que o cara baixava o vidro para mostrar a habilitação. Walter já ouviu essas histórias, com certeza.

Eu entendo; não estamos nem perto de pegar Walter. Ela aceita a segunda cerveja que ofereço enquanto pensamos.

— Alguma novidade do seu lado? — pergunto quando lhe entrego a garrafa. — Toxicológico?

— Não apareceu nada demais. Frito tomava Xanax, acho. O médico disse que era pelo estresse do trabalho.

— Mas ele não era viciado em nada? Se fosse, justificaria o Ritz ter poder sobre ele.

— Heroína, metanfetamina, fentanil... não, o exame toxicológico cobre todas as substâncias viciantes padrão.

Penso um pouco.

— Mas você localizou o médico dele? Blanco tomou alguma injeção recentemente?

— Antitetânica, mas faz dois meses.

— E o reforço da covid? Os policiais precisam ter cuidado.

— Não tem registro no banco de dados do Departamento de Saúde do estado de que Frito tenha tomado outra vacina. E Marisel não sabe se ele tomou alguma injeção. E por que tomaria em dois lugares?

— Pode ser que a primeira tenha emperrado. Pode acontecer.

Ela faz cara feia.

— E o nosso amigo mosquito-tigre? — pergunto.

— Não tem sinal da toxina do mosquito na amostra de pele, mas acho que se dissipa depressa. Mesmo assim, o especialista não acredita que um mosquito tenha deixado aquelas marcas.

— Talvez Walter e o Ritz tenham injetado alguma coisa em Frito depois que o meu informante foi embora — digo.

— Tipo o quê? Soro da verdade? Essa é uma droga usada em estupros, também iria aparecer em um exame toxicológico normal e no de sangue.

Ela faz uma breve pausa e acrescenta:

— A gente tem um monte de becos sem saída.

— Pelo menos agora você tem suspeitos.

— Isso se não foi seu informante quem o matou — diz ela, me lançando um olhar duro.

— Não foi — respondo. — Além disso, se ele quisesse transferir a culpa, implicaria Walter e o Ritz diretamente no assassinato, não é?

Ela pensa um pouco e parece concordar. A seguir ela se recosta, meio que preparando algo que vai dizer.

— Mais uma coisa — diz ela. — Você e Rik precisam ter uma conversa franca com a delegada sobre aquela foto.

Por causa do que prometi a Koob, não contei a Toy que a foto de Blanco com a delegada estava no computador de Lucy. E agora estou me perguntando se Tonya descobriu isso sozinha. Mas não, ela se refere a outra coisa.

— Sabe o anel que Blanco apresentou no tribunal? — diz ela.

— O da St. Viator da turma de 1974?

— Exatamente. A escola fechou, mas o Conselho da Educação tem os registros dela, com os anuários, inclusive. Mandei Mimi Yurz para lá.

— E apareceu uma surpresa?

— Claro que sim.

— O tio de Blanco estudou mesmo lá?

— Sem chance. Mas um nome se destacou.
— Diga.
— Moritz Vojczek. O "palhaço da turma", a propósito. Lembre-se disso da próxima vez que alguém perguntar se você acha que as pessoas mudam.

No caminho de volta de Pittsburgh a Highland Isle, liguei para Rik da estrada. Ele chegaria mais tarde ao escritório, tinha que se preparar para uma audiência de suspensão condicional da pena de um novo caso no tribunal federal, e combinamos que passaria pela minha casa no fim do dia. Ele ficou com Gomer, o Cocô; tive que despachar o cão em cima da hora, mas Rik e eu havíamos combinado, quando aceitei ficar com Gomer, que ele ficaria com o cachorro quando eu precisasse, desde que a filha dele estivesse na faculdade e não fosse voltar logo. Gomer parece gostar mais de Rik que de mim, mas só um pouco. O grande talento de Gomer é fazer todos os humanos se sentirem rejeitados.

Quando Rik chega, Tonya ainda está aqui. Gomer corre por todo lado, abanando o rabo e farejando para ver o que tem de diferente; depois, vai para sua caminha, no canto, e dá uma mordida em cada um de seus brinquedos para se restabelecer.

Rik e Tonya ficam meio estranhos na presença um do outro. O relacionamento deles, que antes era mínimo, era basicamente antagônico, mas agora noto aquela estranha sensação de ela-sabe-que-eu-sei-que-ela-disse. Rik pede água – ele não bebe muito – e vou pegar uma garrafa na geladeira. Ele e Tonya fazem tim-tim quando ela está indo para a porta. Depois que ela sai, ele se esparrama no sofá, ocupando a maior parte. Está exausto.

— Foi bem-sucedida sua viagem a Pittsburgh? — pergunta.

Rik é esperto. Só lhe contei que tinha uma pista boa e que explicaria quando voltasse.

— Sandy me ligou hoje de manhã para ver se eu tinha notícias suas — diz Rik.

Eu ainda estava correndo em círculos dentro de mim mesma depois de falar com Koob, e dirigi entorpecida durante várias horas. Só lembrei de ligar para vovô perto das Tri-Cities.

— Muito bem-sucedida — digo.

Com uma calma absoluta, Rik ouve o que eu já disse a Tonya. Advogado é assim: nunca se surpreende com as merdas que as pessoas fazem. Assim como Tonya, ele quer saber quem é minha fonte.

— Eu prometi a ele que seria tratado como informante — digo. — Tonya aceitou antes de eu ir.

— Deve ser seu vizinho estranho. Mas como ele esteve em um apartamento com o Ritz e Blanco se estava vigiando o Ritz?

— Isso não é relevante agora. Mas tem outra parte que ainda não contei à Tonya.

Quando ouve que a foto de Blanco saiu do computador da delegada, Rik reage como se eu tivesse dado um tapa na cara dele. Quando acrescento o que Tonya acabou de me contar sobre o anel, ele suspira.

— Clientes? — pergunto.

Ele tenta sorrir, mas fica em silêncio. Gomer já voltou para nós e Rik está coçando as orelhas do cachorro enquanto pensa.

— Deus do céu — diz por fim, bebe a água e respira fundo algumas vezes. — Muito bem, é melhor nós irmos falar com Lucy agora. Vou estar enrolado amanhã o dia todo, e as coisas podem acontecer rápido. — Ele olha para mim desolado. — Tem muita coisa que a gente não sabe.

28. O TEMPO COLOCOU SUA MÃO PESADA SOBRE ELA

Quando chegamos, Lucy está de moletom. Ainda está com um pouco de maquiagem, mas, como naquela noite, quando chegamos depois que Blanco foi encontrado, dá para ver que o tempo colocou sua mão pesada sobre ela. Meu coração se aperta ao vê-la do outro lado da soleira, porque suspeito que o que está por vir pode ser o pior momento para ela.

Enquanto ela mantém a porta aberta, diz:

— Nossa, achei que tínhamos parado com esse negócio de nos encontrar assim.

Ela tem uma bela varanda com tela, nos fundos. O ar está pesado, mas há uma brisa mais fresca, e nos sentamos à luz fraca, sob um ventilador de teto meio solto que bate ritmicamente, sibilando. Ela traz um copo d'água para cada um de nós e então se senta em frente a Rik e a mim à mesa, que é feita de plástico.

Rik começa dizendo:

— Pinky tem uma fonte.

Depois que descrevo a conversa entre Ritz, Cornish e Frito, ela diz:

— Filhos da puta!

O tempo todo ela disse que Blanco era a marionete do Ritz, mas a confirmação a enfurece mesmo assim.

Olho para Rik na esperança de que ele fale das coisas mais difíceis, mas ele simplesmente acena para mim. No tom mais neutro que consigo, digo à delegada que temos a informação de que a foto com Blanco estava no computador dela muito antes de Frito aparecer com ela no tribunal. E que, aparentemente, o Ritz se formou na St. Viator em 1974, o que significa que ele deve ter um daqueles anéis.

Rik assume, então. Ele enxuga o rosto com um lenço que tira do bolso e o mantém na mão.

— Então, Lucy — diz. — Sendo meio filosófico, sempre aceitei o fato de que o cliente tem direito de guardar segredos do seu advogado.

Mas, sabe, enganar completamente a sua equipe jurídica é... digamos com delicadeza... contraproducente. Mais cedo ou mais tarde o cliente cai na areia movediça e muitas vezes o advogado não consegue tirá-lo de lá. Estamos em um momento crítico agora. A informação da fonte confirma que o caso da P&B contra você é uma fraude e que você não teve nada a ver com o que aconteceu com Blanco. Tenho certeza de que Tonya vai trabalhar duro esta semana para corroborar a fonte da Pinky.

Lucy o interrompe, voltando-se para mim.

— O que exatamente Tonya sabe sobre a foto?

— Só sabe sobre a St. Viator — respondo.

Do outro lado da mesa, a delegada cobre a boca com a mão, pensativa.

— Mas isso é problema nosso — prossegue Rik. — Assim que a P&B arquivar o caso, talvez até antes, Moses vai anunciar que o grande júri encerrou a investigação sobre você. E, supondo que o informante confirme, as autoridades locais vão declarar publicamente que você não é mais uma pessoa de interesse em conexão com a morte de Blanco.

— Que ótimo! — Lucia diz. — Ou não?

— Bem — diz Rik —, às vezes as boas notícias são más notícias. Porque o FBI e Tonya vão querer falar com você. E vão perguntar tudo sobre aquela foto, cada detalhe: quem, o quê e onde. E mentir, Lucy, não é uma opção. Sua única saída seria se pudesse invocar a Quinta Emenda. Mas, como não é mais alvo de extorsão nem responsável pelo homicídio de Blanco, para invocar o seu privilégio você teria que poder dizer de boa-fé que corre o risco de ser processada por outro crime, talvez algum que eles ainda desconheçam.

— Está bem — diz Lucy, mas não olha para Rik; ela fica me observando enquanto passa o dedo sem rumo pela mesa. — E se eu pudesse fazer isso, quais são as chances de vazar que eu invoquei meus direitos constitucionais?

— Muito grandes, acho — responde Rik. — Moses e Tonya têm princípios, não diriam nada, mas eles não são os únicos investigadores que saberão que você fez isso. E, se alguém com um pouco de lealdade ao Ritz souber, a imprensa também vai saber. O que nos traz mais um problema. Como você vai responder aos jornalistas, que vão querer saber se você manteve relações sexuais na delegacia?

Ela olha para nós por um instante, com um sorriso sem brilho.

— E a prefeita vai ter que me tirar. E o Ritz vai conseguir o que sempre quis.

O ventilador continua cortando o ar e sibilando enquanto nenhum de nós fala.

— E qual é a solução? — pergunta Lucia.

— Não sei — diz Rik —, porque não sei o que realmente aconteceu.

A delegada fica pensando, continua deslizando o dedo pela mesa, como se rabiscasse algo. Tento entender o que ela está desenhando, mas não dá para saber.

— Você poderia me fazer perguntas — aponta ela por fim, com os olhos ainda baixos. — Seria mais fácil para mim.

— Bem, vamos começar com o básico. Aquela foto é real ou foi photoshopada?

Ela demora um pouco para dizer:

— Real. Mas foi cortada.

— O que foi cortado?

— Uma das coisas é a minha mão esquerda, na qual estou segurando meu celular.

— Foi você que tirou a foto?

— Sim.

— E quem é o cara?

— Não é Frito. Eu disse a verdade sobre isso.

Rik tem permitido que a delegada seja vaga, mas agora está avaliando as opções: continuar assim ou ir direto ao ponto. Parece estar quase tão aflito quanto ela.

— É o Ritz, certo?

A delegada para de rabiscar e respira fundo. Responde, mas ainda sem olhar para Rik:

— Certo.

— E quando foi tirada?

— Há uns doze anos. Um mês antes de eu assumir o cargo de delegada.

— E aquela sala tinha um espelho atrás da porta? — pergunto.

— Tinha — diz ela, com certa vergonha.

Definitivamente ela pretendia mentir para nós. Paramos para respirar, até que Rik fala de novo.

— E sobre a foto... suponho que tinha alguma coisa entre você e o Ritz.

Ela grunhe, como se fosse um sapo.

— Por favor... nunca estive em uma situação tão embaraçosa.

— Tudo bem — diz Rik.

Por fim, ela olha para Rik e para mim, de um para o outro; mas, na penumbra, não consigo ler seus olhos. Ela solta um suspiro forte.

— Cara, *não quero* contar essa história — diz, e acrescenta que está na hora de uma bebida de verdade.

Vou com a delegada até a cozinha; ela se serve um pouco de uísque com soda em um copo alto e pega uma cerveja na geladeira para mim, e diz apenas:

— É Miller, pode ser?

Rik pediu mais um copo de água gelada; ainda vai ter que dirigir meia hora quando terminarmos, e tenho certeza de que vai querer estar sóbrio para pensar em tudo isso.

Tomamos os mesmos lugares à mesa. A delegada cruza as mãos, como se estivesse no banco das testemunhas, e olha para nós com determinação.

— Sabe quando a gente é jovem e diz para si mesmo: "Se um dia eu tiver oportunidade, vou me vingar"? Pois quando eu era criança conhecia um cara que tinha um bar em Kewahnee; não sei onde ele achava que estava, mas tinha uma placa na janela que dizia: "Proibida a entrada de mexicanos". Simples assim. No dia em que virei policial em Kindle, fui lá, mas era uma locadora de vídeo. Se aquele cara ainda estivesse lá, pode apostar que não teria um bom dia. Tudo bem, talvez eu seja uma pessoa de merda porque guardo rancor, mas de que serve ser policial se não for para consertar as coisas erradas?

Rik assente, só para mostrar que a entende.

— Já contei para vocês histórias de quando eu patrulhava com o Ritz e dos joguinhos dele com as prostitutas. Assisti muitas vezes àquela performance grotesca, e sempre acabava com uma daquelas jovens no camburão, chorando ou furiosa. Aquelas meninas eram duras, estavam acostumadas a enfrentar um monte de merda na vida, e riam quando alguém falava de justiça com elas. Mas aquilo era demais: um policial conseguindo um boquete de graça e ainda prendia elas? E eu pensava: se um dia eu tiver uma oportunidade de tratar esse filho da puta do jeito que ele trata essas mulheres...

Ela para e toma um grande gole de sua bebida.

— Pois bem, fui nomeada delegada em Highland Isle. E uma das razões de a prefeita me nomear, francamente, foi porque eu não estava na órbita de Vojczek, e não tinha como assumir o departamento sem me livrar dele. Não era só o fato de ele ser um criminoso, de roubar drogas dos traficantes ou declarar só metade do dinheiro apreendido em uma blitz. Todos os policiais da Narcóticos acabavam viciados de alguma maneira, viciados no dinheiro extra, e até os caras que circulavam por lá, que haviam pegado só um pouco, tinham que proteger o Ritz para proteger a si mesmos. Não havia mensagem melhor que eu pudesse passar que dispensar aquele idiota e dizer: "Vamos começar do zero".

"Eu abri o jogo um ou dois dias depois de ser nomeada. E não fazia nem duas semanas que eu era delegada quando chamei o cara e avisei que tinha duas escolhas: ou ele pedia demissão ou eu contava ao DEA e ao FBI todos os boatos e histórias que já tinha ouvido sobre ele roubar drogas durante as apreensões. A lógica de Ritz sempre foi: nenhum policial vai se voltar contra mim e ninguém vai acreditar em um traficante. Mas essa sempre foi uma grande investigação do Ministério Público dos Estados Unidos, e os federais constroem os casos peça por peça. Eles vão aos presídios e interrogam traficantes, conseguem uma dúzia deles que contam basicamente a mesma história, e aí é muito mais difícil dizer que doze caras estão mentindo. E vários advogados de traficantes dizem que ouviram a mesma coisa na hora da apreensão. Logo um policial dá com a língua nos dentes, e aí... Enfim, o que eu disse ao Ritz sobre os federais era uma ameaça séria.

"Mas o que ele disse? Como um bom policial, disse que não podia pedir demissão porque faltavam quinze meses para se aposentar. O canalha devia ter roubado um quarto de milhão e escondido o dinheiro embaixo de um taco solto na casa dele, mas não podia perder a aposentadoria? Então, eu tive um lampejo de genialidade. Ali estava minha oportunidade de vingança.

"E eu disse: 'se quiser ficar mais quinze meses, é melhor se ajoelhar e fazer por merecer'. Ele respondeu: 'Você está brincando... não está falando sério'. Mas eu disse que estava falando sério. 'Se ajoelhe e solte essa língua; quero que ela gire a cem rotações por minuto.' Eu tirei as calças. Tinha certeza de que ele iria desistir na hora, mas ele pensou bem e mandou ver. Assim que ele se ajoelhou, peguei meu celular, e depois pensei na arma. Daria um belo toque. E, antes que ele começasse, eu mandei: 'Moritz, olhe por cima do ombro'. Então, ele deu de cara com o cano da arma e eu tirei umas quatro ou cinco fotos do olhar de terror dele. A última foi com ele de frente para a minha virilha de novo, pronto para entrar em ação. Foi essa que ele deu para Blanco, mas nas outras dá pra ver quem é.

"Desde o início eu só queria a foto. Eu conhecia o Ritz muito bem; seria mais que humilhante se as pessoas o vissem de joelhos na frente de uma mulher, com uma arma apontada para a cabeça dele, dando a ela o que ela quer. Mas eu não ia deixar o canalha me tocar. Especialmente porque, em trinta segundos, o depravado já estava pronto para gozar. Aquilo era uma humilhação total para ele, mas o cara estava ofegante! E outra razão de ele ter cortado a foto desse lado e ampliado um pouco foi porque ele já estava com a mão direita dentro da calça.

"Aí, eu disse: 'Não. Pensando bem, acho que você não sabe fazer direito. Vou deixar que os federais tirem você do meu caminho'. Ainda bem que eu estava com a pistola, porque ele ficou puto. Além de humilhado, ia ficar com as bolas roxas. Aí ele disse: 'E essas fotos? Você precisa apagar'. 'Acho que não', eu disse. 'Vou ficar com elas, e, se você mexer comigo ou com este departamento, todo mundo que você odiaria que visse essas fotos vai ver'."

— Mas não seria vergonhoso para você também? — pergunto.

— Bem, primeiro, foi só uma ameaça; eu duvidava que ele fosse querer descobrir se eu estava falando sério. Mas, se eu fosse mostrar aquelas fotos para alguém, iria borrar ou cortaria meu rosto. Ninguém iria saber que era eu. E funcionou... até agora. Quando eu soube da denúncia do DeGrassi, Cornish e Blanco, sabia que era vingança do Ritz; ele descobriu um jeito de garantir que eu não ousasse divulgar aquela foto, já que os outros três estavam dizendo que eu os havia forçado. O Ritz é esperto, eu sempre soube disso, mas não sabia que ele manjava de tecnologia. Eu guardei as fotos em um arquivo protegido por senha; fiquei em choque quando Blanco apresentou aquela cópia na audiência. Você faz ideia de como ele conseguiu? — pergunta a delegada a mim.

— O Ritz contratou uma pessoa para invadir seu computador — respondo.

— Há quanto tempo? Coisa recente?

— Sim, recente.

Ela estende a mão para tocar a minha.

— Sabe... desculpe, mas quando vi Blanco com aquela foto, Pinky, a primeira coisa que pensei foi que tinha sido você.

— *Eu?*

Fico furiosa, de um jeito primitivo. Sou sempre eu; a culpa é sempre minha, principalmente quando não é.

— Você passou uma semana no meu escritório, ao lado do meu computador. Mas esse pensamento durou só um segundo. Não fazia sentido para mim.

— Espero que não mesmo.

— Foi uma reação movida pelo medo, Pinky.

— Tudo bem — digo, ainda sentindo um pouco do veneno circular em minhas veias.

— Pois então — diz a delegada, olhando para Rik —, o que eu devo dizer aos federais ou a Tonya quando falarem comigo? Essa história não pegaria muito bem doze anos atrás, mas hoje em dia seria demissão na certa, não é?

Rik não demora muito para pensar.

— Eles teriam que demitir você. Foi extorsão, talvez agressão sexual, mas já prescreveu. Portanto, nada de Quinta Emenda. E, no mundo de hoje, não tem como você ser condecorada com uma estrela dourada por isso, Lucy.

Ela assente com pesar.

— Bem, pelo menos eu seria demitida por uma coisa que eu fiz. Mas quer saber? Idiotice ou não, foi muito *bom*. Mas é como a história do leão quando tirou aquele espinho da pata: não fez muita diferença. Acho que vou descobrir logo se isso é verdade.

Depois de um tempo em que ficamos avaliando o dilema da delegada, faço uma pergunta:

— E se a gente pudesse mostrar que o Ritz é um lixo e que por isso a delegada teve que se livrar dele? Ajudaria?

Rik balança a mão como uma folha à deriva e diz:

— Mezza *mezza*.

— E como eu faria isso, Pinky? — pergunta a delegada. — Estou de olho no cara há doze anos.

— Meu informante desconfia que o Ritz está tramando alguma coisa no Tech Park. Isso faz sentido para você, delegada?

— Vojczek foi um dos incorporadores iniciais, e todo mundo diz que ele comprou um monte de lotes esperando pela Fase Dois. Mas foi tudo usando trustes e intermediários offshore.

— Mas faz sentido que ele esteja fazendo alguma coisa suja lá? — pergunto.

— Lá e em qualquer lugar.

— Tem algum palpite do que poderia ser?

— Com o Ritz, sempre penso primeiro em drogas. Mas no Tech Park?

Para Rik, já é o suficiente.

— É tarde — diz.

Ele tem aquela audiência amanhã, e todos nós precisamos de tempo para pensar.

A delegada nos acompanha até a porta e me dá um abraço.

— Desculpe — diz. — Foi só um pensamento imbecil que durou um segundo. Não fazia sentido dizer isso agora, mas eu queria que vocês entendessem. Foi por isso que, no começo, achei que não poderia ser franca com vocês. E depois, quando eu escolhi esse caminho... — Ela dá de ombros.

— Foi um pensamento lógico — digo. — Mas estou do seu lado, delegada.

— Eu sei. Foi o que eu disse a mim mesma.

Rik e eu vamos cada um para seu carro, ambos parados em frente à garagem da delegada.

— Clientes? — pergunto enquanto nos separamos.

— Clientes — diz ele.

29. SAIO DA CASA DA DELEGADA

Saio da casa da delegada e vou para a minha, mas não para dormir; só para pegar alguns itens do DETBOT: primeiro, meu binóculo de visão noturna, comprado do excedente do Exército; segundo, um bigode falso brega que comprei anos atrás em uma loja de brinquedos; e por último, duas placas antigas de carro que tirei do lixo quando um dos vizinhos de vovô, em West Bank, comprou um Tesla. (Os vigaristas do Capitólio exigem placas mais caras para veículos elétricos, supostamente para compensar o imposto perdido sobre a gasolina.) Eu uso suportes magnéticos para as placas, como aqueles que as concessionárias usam para poder fazer test drive com os carros novos. Coloco as placas antigas no Cadillac, cubro meu cabelo com um boné, coloco o bigode e vou até a Harrison, a rua em frente ao Tech Park. Lembrando do que Koob me disse, coloco o celular no modo avião. O objetivo do bigode e das placas falsas é que, mesmo com as câmeras de alta potência da Northern Direct, quando forem olhar o circuito interno, ninguém possa saber quem estava observando. Mas só vou poder fazer isso algumas noites, antes de eles colocarem alguém de plantão para me questionar, se me virem.

Todo mundo diz que o Ritz é um homem inteligente, e este é um bom exemplo. Supondo que esteja aprontando alguma, tem a Northern Direct aqui fazendo o papel de cão de guarda, com seus sofisticados sistemas antivigilância que frustram qualquer pessoa que queira ficar de olho nele. Sendo um ex-policial e, sem dúvida, entendendo um pouco como funciona a aplicação da lei federal, ele sabe que agências como o DEA se posicionariam em uma ampla área ao redor do Tech Park, em vez de arrumar confusão com a Agência de Contrainteligência e Segurança, que geralmente reprime outras investigações no seu território em nome da segurança nacional. Mesmo assim, o Ritz queria que Koob vigiasse. Ou Vojczek é paranoico ou está metido em algo tão grande e feio que a DCSA deixaria as agências de combate ao crime operarem aqui.

Sentada aqui, olho minhas mensagens que chegaram antes de eu entrar no raio do silêncio. Chegou uma, no início da noite, de uma mulher com quem fico de vez em quando, me convidando para ir lá amanhã à noite. Ela mora no subúrbio com um homem que ganhou zilhões com eletrodomésticos e que vai viajar a trabalho. Eu estive lá algumas vezes. Tem muitas fotos dele e de jogadores da NBA e da NFL nas prateleiras. Ele parece um lagarto; usa roupas justas demais para o corpo que tem agora e uma tintura que deixa seu cabelo ridiculamente preto. Deve ser pelo menos vinte anos mais velho que ela. Acho que minhas visitas não são secretas, porque ela me perguntou algumas vezes se eu aceitaria ir quando ele estivesse lá, mas não tenho interesse nele e fico dando desculpas. Só com China – deve ser um nome falso –, eu topo. Estarei lá.

Quando um relacionamento ou um apego – como se queira chamar – termina, muita gente precisa de um tempo. Mas eu sempre prefiro partir para outra. Se fico com outra pessoa, tenho a sensação de que não perdi tanto quanto imaginava. China diz que tem "dois feijões" – ou seja, duas cápsulas de uma droga sintética que chamam de Molly –, o que garante sexo selvagem por algumas horas. Isso é bom.

Estou ouvindo Dua Lipa para não dormir, porque não tive uma boa noite de sono naquele estacionamento em Pittsburgh, mas pego no sono mesmo assim, talvez por uma hora, e não sei se perdi o show todo. Mas dou sorte. Por volta das 2h45, uma van chega à entrada frontal do Tech Park, que está aberta a esta hora. A Northern Direct, uns cinquenta metros à esquerda, tem portões de ferro automáticos e um guarda em uma guarita, mas a van não segue nessa direção. Ela vai para a direita e contorna toda a enorme instalação da companhia. Enquanto ela segue, desço uns duzentos metros ao norte, pela Harrison, para não a perder de vista. Por fim, ela estaciona ao lado de outro prédio, uma estrutura baixa de concreto pré-fabricado. Um sujeito de cabelo comprido, camiseta, bermuda cargo e chinelos desce, abre as portas de trás do veículo e pega um caixote de frutas – cheio, pela maneira como ele o segura. Devagar, devido ao peso, ele leva o caixote para a porta dos fundos da empresa, seja ela qual for, no lado norte do prédio. Parece entregar o caixote a alguém – não consigo ver por causa da porta de aço aberta – e espera, enquanto a pessoa aparentemente esvazia a caixa lá dentro. A seguir, o homem volta com o caixote para a van. Tudo parece muito natural, como se ele estivesse entregando compras; exceto pela hora. O entregador fecha a van e sai voando.

Como Koob foi, para mim, a prova de que seguir sozinha uma pessoa raramente dá certo, rejeito a ideia de seguir a van. Fico com o carro parado até que as primeiras luzes começam a colorir o horizonte, e então vou para casa dormir. Penso em ligar para Koob para saber se ele estava ganhando muita grana para ficar de olho em uma entrega de dois minutos, mas também descarto essa ideia. Sei que o lance entre mim e Koob acabou.

Na terça-feira à noite, Tonya passa em casa assim que sai do trabalho, por volta das seis da tarde. Acabei de fazer uma pesquisa sobre o Tech Park. Pelo que descobri, a empresa que fica atrás da Northern Direct se chama Vox VetMeds e fabrica medicamentos especiais para animais. Só que, não muito surpreendentemente, descubro que a maioria dos produtos farmacêuticos veterinários é fabricada por divisões das mesmas empresas que atendem a humanos. A Vox, segundo seu site, atua em um nicho no qual as grandes farmacêuticas não querem trabalhar, como antibióticos que funcionam só em cavalos ou produtos para animais de zoológico – criaturas como girafas, rinocerontes e elefantes, pois, devido ao tamanho, os remédios humanos são ineficazes para elas. O único vínculo com o Ritz é que a Vojczek esteve à frente da fase de desenvolvimento do Tech Park que levou a VVM para lá, mas ele nem apareceu na coletiva de imprensa quando a nova fábrica da Vox foi anunciada. Há um vídeo na internet da prefeita falando. Sem dúvida ela esperava ser recebida como o próprio dr. Dolittle, o melhor amigo dos animais, mas acabou tendo que se defender das preocupações ambientais que os repórteres levantaram sobre o descarte de produtos químicos perigosos que a Vox poderia usar. No fim do vídeo, Amity está como alguém que ficaria muito feliz se a Primeira Emenda fosse simplesmente retirada da Constituição.

Dou uma cerveja a Tonya. Ela está com as roupas simples de detetive, inclusive uma jaqueta sem caimento que a deixa meio quadrada – deve ser esse o objetivo dela no trabalho. Ela se senta e diz que tem uma notícia boa.

— Aquilo que você falou sobre uma parte secreta no celular de Frito foi uma ótima pista — diz. — O pessoal do FBI já tinha comentado que o computador do trabalho dele era como o do apartamento: ele só usava mídia externa.

— Cartão de memória, pen drive, essas coisas?

— Esse é o palpite do FBI. Nós viramos a sala de Frito de cabeça para baixo de novo, e eu perguntei à Marisel se poderia voltar para dar uma olhada naquela gaveta que ele tinha em casa para guardar coisas da polícia. Eu estava procurando um compartimento secreto, mas, com uma lanterna, vi nas corrediças de aço... sabe aquele mecanismo que segura a gaveta e permite que abra e feche? Então, lá atrás, vi um suporte magnético para chave. Dentro, tinha dois drives USB.

— E?

— Tive que esperar os peritos do FBI no Center City quebrarem a proteção por senha, mas eles conseguiram.

— E?

Tonya se inclina para a frente e me olha nos olhos.

— Pornografia infantil.

Não acredito!

— Frito? Pornografia infantil?

— Pornografia infantil — repete ela. — Isso encaixa com o que a sua fonte disse: que o Ritz se referiu a um mínimo obrigatório de cinco anos e que Blanco queria que a vida particular dele continuasse particular. E com o fato de o Ritz o chamar de pervertido. Acho que era por isso que Frito não queria entregar o celular. Porque eram os sites que ele visitava na dark web.

— Pornografia infantil? Frito com certeza enganou muita gente com todo aquele papo de vida limpa. Acho que era porque ele queria desesperadamente ser uma pessoa assim.

— É segredo absoluto. Não queremos que Marisel e as crianças descubram.

— Então, era isso que ele fazia naquele apartamento? Você acha que ele molestava crianças lá?

A única emoção que dominou minha infância foi uma intensa sensação de impotência. Por isso, sempre acreditei que uma pessoa que toque uma criança de maneira imprópria deve ir para o esgoto do inferno.

— Não dá pra afirmar, mas não tem nenhuma evidência disso. A unidade de abuso infantil não detectou nada — diz Tonya. — Pelo que Frito disse ao Ritz, e pelo que encontraram naquela cadeira, meu palpite é que ele só observava e se masturbava.

— E o que Ritz tinha contra Frito é que ele assistia a pornografia infantil?

— É nosso melhor palpite. Não sei como descobriram, mas Frito devia estar na mão deles. Só pela posse dessa merda o cara pega muito mais que cinco anos; uns oito.

Anos atrás, vovô defendeu um executivo de setenta anos que foi pego visitando um site de pornografia infantil, que era uma fachada armada pelo FBI. Era um homem sério, diretor do conselho do banco de alimentos do condado de Kindle. Considerando a estranha gama de fantasias sexuais que sempre habitou meu cérebro, e considerando que o cliente de vovô só olhava, eu estava pronta para defender o direito do cara a seus desejos não realizados. Até que vi algumas daquelas coisas, que me fizeram vomitar. Quem paga para ver essa merda é cúmplice, porque envolve uma criança que provavelmente nunca vai se recuperar. Como eu disse, esgoto do inferno.

Mas é um crime muito triste. O cliente do vovô foi preso – sete anos, no caso dele – ainda jurando para a esposa e os filhos que não fazia ideia de como aquela porcaria tinha ido parar no computador dele. Ele deve ter pensado que o considerariam menos repulsivo se confessasse que torturava animais. E, pelo que vi de Frito, posso imaginar o tormento em que ele vivia. Acho que, toda vez que ele ia para o apartamento, dizia a si mesmo que nunca mais faria isso e implorava perdão a Deus. Mas cedo ou tarde voltava, tentando banir do seu cérebro as imagens que, como ele bem sabia, o mandariam direto para o inferno, enquanto segurava seu pau duro como uma barra de ferro. Dizem que, na maioria das vezes, as pessoas que têm essas fantasias foram vítimas de algum vagabundo doente quando eram crianças. Pois é, triste por todos os lados.

Por fim, pergunto a Tonya se houve outros acontecimentos menos dramáticos. Uma perita comparou as impressões digitais da ficha de Walter do arquivo municipal com as parciais encontradas no apartamento de Blanco.

— Ela disse que uma parcial que estava do lado de fora da janela da escada de incêndio, uns trinta centímetros acima da parte inferior, provavelmente é da palma da mão de Walter. Mas não há pontos característicos suficientes para que ela possa atestar. "Provavelmente", e só. E Walt vai dizer que a impressão é de quando ele abriu a janela na noite em que encontramos Blanco.

— Como a pessoa encosta do lado de fora da janela, a trinta centímetros da parte inferior, quando a abre por dentro? — pergunto. — Walt deixou essa impressão quando entrou.

Tonya concorda, mas a questão é que, sem uma identificação positiva da palma da mão, não temos base para implicar Walter.

— Como estão indo com o meu mosquito? — pergunto.

— Melhor. Walter é A positivo, mas, como eu disse, um a cada três humanos também é. Precisamos do DNA para poder implicá-lo.

— Se você solicitar, o que ele vai fazer?

— Provavelmente vai contratar um advogado e tentar evitar isso. O ruim é que nós temos uma chance mínima de derrubá-lo se formos por esse caminho. Vojczek provavelmente vai pagar o advogado de Walter e acompanhar tudo de perto.

— Então, você tem um plano? Sem jogar meu informante na fogueira — alerto.

— Claro — diz ela —, tenho o máximo respeito pelo seu namorado.

— Isso já perdeu a graça faz tempo. Você não larga o osso!

— Desculpe — diz Tonya —, não sabia que era um tema sensível.

— Não é! Anda logo, me conta qual é o seu plano com Walter.

Toy e eu ficamos em silêncio, cada uma em seu canto do ringue. Acho que sempre vamos brigar como ex-namoradas, sempre pisando no calo uma da outra.

— Acho que vou convidá-lo para tomar um café na delegacia — diz ela. — Vou dizer que preciso de um conselho.

— Conselho? De Walter?

— Isso. Vou tocar no assunto do mosquito, falar do sangue A positivo, assim, como quem não quer nada. Vou dizer que o mosquito-tigre-asiático não voa muito longe e pode picar um monte de gente, e que nós estamos querendo saber se conseguiríamos coletar DNA de cada morador do prédio. Vou perguntar se ele tem alguma ideia de como poderíamos fazer isso. O bom é que ele realmente vai querer ajudar, na esperança de que o mosquito tenha picado outra pessoa. Ele vai pensar com carinho no assunto.

— Tudo bem, mas não entendo o que você ganha com isso.

Tonya sorri, o que é raro nela, porque ela tem vergonha de seus dentes amarelos e tortos.

— Ah, eu consigo o DNA dele na xícara de café.

Na sexta-feira, eu esperava dormir até tarde, mas Tonya me liga e me convoca para estar na delegacia para uma reunião às oito e meia – dali a meia hora. Passei outra noite sentada no carro em frente ao Tech Park, só para ter certeza de que não perderia a chegada de um enorme caminhão-tanque ou algo mais notável que uma van. Mas não: na mesma hora, no mesmo lugar, o caixote de frutas chega pela porta dos fundos. Então, vi o que não havia notado da primeira vez. Pela maneira como ele apoiou o caixote no quadril ao abrir a porta da van de novo, percebi que não estava vazio. Ele não só faz uma entrega, mas também uma coleta. Essa era a parte que o Ritz não contava ao Koob. Talvez a vigilância que mais interessava ao Ritz começasse quando a van saía do Tech Park em direção à próxima parada.

— E aí — resmungo ao telefone, tentando voltar para o presente.

— Walter vai vir para outra reunião — diz ela. — Eu disse que nós avançamos um pouco no negócio do mosquito e que eu preciso conversar com ele sobre os próximos passos.

Walter também foi à delegacia na manhã de quarta-feira, e Tonya usou aquele papo sobre o mosquito-tigre-asiático e sobre como conseguir o DNA dos moradores do prédio. Ele ficou visivelmente abalado, mais do que ela esperava; talvez pelo papo sobre DNA, parece que ele percebeu que na verdade Tonya queria pegar o dele. Ele levou seu copo para a pia da sala de descanso e o lavou, bem na frente dela, apesar de ela dizer várias vezes que cuidaria disso e de, por fim, tentar tirá-lo dele.

E então, o idiota, como sempre fazem os criminosos – ou os que são pegos, como diria vovô –, marcou bobeira. A sala de Tonya dá para o estacionamento, e ela viu Walter, com suas botas de caubói, voltar para o carro. Mas ele ficou tão abalado com o que ouviu lá dentro que fez uma curva brusca e se dirigiu ao grupinho de policiais e funcionários civis que se reúne do outro lado do estacionamento em todas as delegacias – é um elenco rotativo, mas ficam todos ali para fumar um cigarro. Como Walter ainda conhece todo mundo, ficou por ali, ouvindo as fofocas e fumando um cigarro até o filtro. Quando acabou, jogou a bituca nos arbustos. Dois minutos depois de Walter sair do estacionamento com seu GTO antigo, Tonya chegou lá com uma perita. Encontraram a ponta alojada entre os galhos do alfeneiro. Ela a levou direto para o FBI, que a levou para o laboratório da base da Marinha, em Quântico, na manhã seguinte. Com uma boa amostra de referência – que era a ponta de cigarro não contaminada pelo DNA de nenhuma outra pessoa –, poderiam fazer a análise automatizada do DNA, o que significa que, em cerca de duas horas, os loci centrais em uma amostra são analisados e catalogados no CODIS, o banco nacional de DNA. Ao anoitecer de quinta-feira, reportaram compatibilidade de cem por cento na comparação entre o sangue dentro do mosquito e a saliva do cigarro, o que significa que só um homem branco, entre dois bilhões, compartilhava a mesma combinação de alelos (o que são mais homens brancos do que há na Terra, a propósito).

Meu papel esta manhã, como me explicou Toy, é ficar sentada de boca calada até ela me perguntar alguma coisa. Estamos em outra baia, desta vez com divisórias de meia altura, de plástico ondulado – não é exatamente uma sala de interrogatório, mas é mais formal que tomar café no intervalo. A aparência de Walter está pior desde que o vi no apartamento de Blanco; tem um olhar mais pesado, olheiras, e isso faz bem ao meu coração. Mas tem arrogância mais que suficiente para usar ainda nesta ocasião.

Ele para de repente quando me vê, exatamente como na noite em que foi encontrado o corpo de Frito.

— Olha — diz —, veja quem está aqui de novo. A menina do prego. Vocês duas parecem gêmeas siamesas unidas pelo quadril. Mas talvez eu tenha errado o ponto de conexão por uns quinze centímetros.

Tonya me disse que o único problema de rastejar entre os arbustos em busca da bituca de cigarro é que Walter ainda tem amigos na Delegacia Central. Ela pediu esta reunião sabendo que talvez ele já saiba que está na mira. Quando ele concordou em vir à delegacia, ela achou que havia uma chance de ele ainda estar no escuro, mas sua franca hostilidade não é um bom sinal. Dadas as circunstâncias, é meio difícil saber por que ele veio.

— Sente-se, Walter — diz Toy.

Ele pergunta por que estou ali, e ela responde:

— Ela é testemunha da ocorrência, assim como você.

— Ah, claro — ele se senta. — Sem café desta vez? — pergunta, com um sorriso doentio. — Eu sabia que você estava me manipulando.

— Walter, já que parece que nós estamos mais à vontade, vou te dizer uma coisa que você já deveria ter percebido há algum tempo: você não é tão esperto quanto pensa. O Ritz não precisa de mais ninguém além dele para ser o cérebro da equipe. E você não é. Para ele, você é o mesmo tipo de fungo que o Primo.

Tonya é boa nisso; ela ataca nas fendas que deixam a armadura vulnerável. Walter chega a mudar de cor.

— Só vamos precisar de um segundo, Walter. Só queria que você soubesse que nós resolvemos nosso problema com o DNA do mosquito.

— É mesmo?

— Sim. O DNA é seu. Curioso, porque, segundo as minhas anotações, você disse que não esteve naquele apartamento desde que o alugou para Frito. E que não ia ao prédio fazia vários dias.

— Acho que você entendeu errado — diz Walter.

— OK. Então, agora você vai ver por que a srta. Granum está aqui. Do que você se recorda, Pinky?

— Da mesma coisa. Ele disse que não ia ao apartamento desde que o mostrou a Frito. E, sobre o prédio, acho que o que aconteceu, Walter, foi que a detetive perguntou se por acaso você tinha estado ali ontem, ou seja, um dia antes de encontrarem o corpo de Frito, e você disse que não, e que não tinha estado no prédio a semana toda. Tenho boa memória, lembro de palavra por palavra. Tenho dificuldade em processar o presente, mas consigo trazer o passado de volta com detalhes.

— Tudo bem, foi o que eu disse, mas não é verdade — diz Walter. — Depois que eu vim aqui na quarta-feira, o Ritz me lembrou. Um babaca que foi despejado na semana anterior, um tal de Turnberry, foi ao escritório querendo o depósito de volta. Foi no dia em que Frito bateu as botas. Naquele dia eu fui até o prédio com outro cara, só para mostrar ao sr. Turnberry os buracos que ele fez nas paredes e o estrago que deixou no encanamento. No escritório, nós temos os registros do Ritz me mandando ir lá. Acho que foi quando aquele mosquito me picou; quando eu estava lá embaixo com Turnberry. — Ele sorri de leve.

Agora sabemos por que ele apareceu hoje. Ele soube da bituca de cigarro na quarta-feira e o Ritz o ajudou a inventar esse álibi fraco.

— O cara que foi com você, que vai corroborar a sua história, por acaso é o Primo? — pergunto.

Walter sorri para mim como se me mandasse tomar no cu.

— Engraçado você mencionar isso.

— Engraçado mesmo — digo.

— E tem ideia de onde nós podemos encontrar Turnberry? — pergunta Tonya.

— É melhor procurar em cada viaduto das Tri-Cities.

Toy assente e diz:

— Walter, você tem até o fim do expediente de hoje para salvar a sua vida. Volte aqui, com ou sem advogado, e diga que está pronto para abrir o bico e contar para nós o que aconteceu no apartamento de Frito na noite em que ele morreu. Todos nós sabemos muito bem que você estava lá...

— Eu não sei disso — diz Walter.

— Pois as impressões digitais dizem o contrário, Walter. Elas também colocam você no apartamento na noite anterior. Mas podemos deixar isso pra lá por enquanto. Volte aqui, diga que está pronto para falar e eu te levo até o procurador-geral pessoalmente. Talvez ele até te ofereça imunidade.

— Imunidade? — repete Walter. — Isso significa que você não tem o suficiente para levar o caso ao tribunal. Se tivesse, estaria me oferecendo redução de pena.

— Imunidade — diz Tonya — significa que você pode sair dessa hoje, e somente hoje. Você sabe como os federais trabalham, Walter. Eles têm toneladas de recursos, e vão focar muitos deles em você. O seu está na reta, Walter, e eu garanto que, quando te implicarmos no assassinato de Frito, você vai cumprir pena estadual, não federal. Nada de clube de campo para você, Walt. Você vai para Rudyard, onde os grandalhões tiram senha para transformar seu reto em uma vala bem larga.

Walter a escuta com o mesmo sorriso afetado. Ergue dois dedos e toca o primeiro com a outra mão, dizendo:

— Primeiro, você não tem nenhuma prova de que Frito foi assassinado. — E dobra o indicador. — Segundo, você nunca vai conseguir uma prova de que eu estive envolvido, porque não estive. Da próxima vez, ligue para Mel Tooley Jr. Ele é meu advogado.

Walter deixa o dedo médio estendido por alguns segundos, até que se levanta e sai.

30. UM BECO SEM SAÍDA

Diante de Walter mostrando o dedo do meio, Tonya e o FBI se encontram em um beco sem saída em relação à morte de Frito. Como disse Cornish, ainda nem temos provas de que Blanco foi assassinado.

Passo o resto da sexta-feira tentando descobrir qual é o interesse do Ritz na Vox VetMeds. Estou atrasada com as tarefas de Rik, mas vou recuperar no fim de semana.

Ligo para o escritório de direito imobiliário para onde Rik encaminha os documentos dos imóveis negociados pelos nossos clientes. Peço ajuda a um dos paralegais de lá, com quem já trabalhei antes. Mas não chegamos muito longe. Todas as propriedades do Tech Park foram primeiro transferidas para o município antes de serem vendidas aos atuais proprietários – por exemplo, a VVM, como é conhecida a Vox VetMeds. A identidade da pessoa – ou pessoas – que vendeu os imóveis ao município está escondida pelo véu branco de um fundo imobiliário, que não dá para contornar sem uma intimação. A razão de o Ritz ser citado como o incorporador da segunda fase, depois que a Northern Direct pegou o que queria, não está totalmente clara.

Quanto à VVM, também não há muito que eu possa descobrir sobre ela. Foi incorporada em Delaware, mas as ações não são negociadas em nenhuma Bolsa, e nenhum fundo de investimento da poderosa indústria farmacêutica consta como proprietário da empresa. Nos documentos da incorporação, o presidente/secretário registrou um endereço de Baltimore; quando pesquiso na internet, descubro que ele é ex-vice-presidente de uma das grandes empresas farmacêuticas e que trabalhou na divisão de medicamentos para pets.

Ligo para a VVM do meu TracFone para falar com ele. Digo que sou jornalista e que estou fazendo uma matéria sobre medicamentos veterinários para uma revista de negócios, mas ele, muito educadamente, diz que nunca fala com a imprensa.

— Por que tanto sigilo? — pergunto.

— Este é um setor regulamentado, como você sabe. Preferimos nos comunicar apenas com o FDA.

— Por acaso está tentando esconder seus acionistas? — pergunto.
Ele ri e diz:
— Somos uma empresa privada. — E acrescenta: — Adeus.

Como não cheguei a lugar nenhum, decido sair para observar o lugar à luz do dia. Tenho certeza de que a VVM está localizada no pior lugar do Tech Park. Fica no fundo, no canto, e a rodovia passa rugindo logo acima. Para chegar a ela, é preciso atravessar o complexo todo, mais uns oitocentos metros. A Northern Direct tem um perímetro de segurança tão grande que a VVM mal tem estacionamento. Há uma corrente de seis metros, com arame farpado por cima, entre as duas empresas, e uma cerca menor no limite da rodovia, que não precisa de muita proteção, pois dá para um barranco íngreme e coberto de mato que desce da 843.

Por outro lado, é um ótimo lugar para quem não quer que ninguém veja o que estão fazendo, pois o restante do Tech Park se estende por vários quarteirões ao norte, a Direct encobre a entrada da VVM no lado oeste do edifício e o limite sul do terreno dela fica ao lado da saída da 843, com mais vegetação rasteira e arbustos embaixo.

Não há um lugar para eu estacionar sem ser vista, por isso deixo o Cadillac no escritório de Rik e ando vários quarteirões, para poder entrar pelo lado sul, por baixo da rampa da estrada. Atravesso pelo mato até chegar a um lugar onde posso passar por baixo da estrutura de aço e, então, sigo em frente. É uma área muito suja, cheia de porcarias que as pessoas jogam pela janela do carro, especialmente latas de cerveja e de refrigerante e os copos encerados do Big Gulps que parece que todo porco tem para jogar. Há caixas velhas de todos os tamanhos e muito entulho que as pessoas não têm onde desovar, como pedaços de vergalhões enferrujados, um ar-condicionado usado e um colchão que alguém deve ter deixado aqui para usar à noite. Sem dúvida, os cães já descobriram este lugar, pois cheira a cocô, e o chão é uma mistura de cascalho e lama. Fico atenta aos ratos enquanto acampo atrás de um arbusto denso, parcialmente oculta das câmeras da Northern Direct. Logo descubro que ninguém se preocupa em dedetizar aqui embaixo; é como se tivesse uma placa para os insetos dizendo "Almoço grátis".

Estou com o boné e o bigode de novo e tirei o piercing, para o caso de as câmeras de vigilância da Direct me flagrarem atrás da vegetação. Está muito escuro aqui embaixo da rampa de saída, e duvido que mesmo equipamentos tão sofisticados quanto os que a Direct usa possam focar embaixo do sol forte de hoje e simultaneamente gravar imagens nítidas nas sombras. Mas, se eu estiver errada, algum federal vai estar gritando comigo em breve. Enquanto isso, fico posicionada na mesma linha da cerca leste da Northern, de onde posso ver as portas da frente da VVM e o logotipo vermelho do edifício.

Alguns carros vêm e vão, mas não tem muito trânsito até que vai chegando a hora de fechar. Com o fim de semana de verão pela frente, as pessoas começam a sair por volta das dezesseis e quinze, e durante a hora seguinte fotografo todas com minha câmera supersofisticada e uma lente telescópica, para poder ampliar os rostos mais tarde. Perto das cinco, chega o segurança noturno, com seu uniforme azul, e por algum motivo chama minha atenção. Talvez só porque imagino que é ele quem está de plantão quando a van chega, no meio da noite. Convenientemente, ele para no estacionamento e cumprimenta alguns funcionários que estão saindo, e eu tiro umas trinta fotos dele antes que desapareça. É um sujeito branco de bom tamanho, com um barrigão, e parece um policial aposentado ou coisa do tipo; talvez um ex-bombeiro. Desde o início, tenho a sensação de que já o vi antes; e, depois que ele entra no prédio, olho as fotos que tirei dele na tela digital da câmera.

Cinco minutos depois, enquanto observo as últimas pessoas saindo pelas portas da frente da VVM, os circuitos do meu cérebro finalmente se conectam. Lembrei! Eu já vi esse segurança sem uniforme, atravessando a Hamilton no centro de Highland Isle, encarando o trânsito do meio-dia com a indiferença de um alce. Ele fazia parte do grupo espalhafatoso que se sentava atrás de Koob no almoço. *Isso* é o que ele é: um membro do esquadrão do Ritz.

— Este? — diz Tonya quando vem falar comigo no escritório de Rik, na manhã de segunda-feira. — É Secondo DeGrassi, irmão de Primo. O pessoal o chama de Sid.

No fim de semana, em um tempinho que tive, fiz um monte de buscas na internet, mas não consegui associar um nome ao rosto do segurança. Não queria pedir ajuda a Tonya, mas quando ela ligou para dizer que vinha falar comigo sobre uma coisa importante, decidi que não tinha escolha, mesmo sabendo que ela ia querer saber por que estou com a foto dele.

— Por que você está de olho nele? — é o que ela pergunta.

— Ele é ex-policial? — pergunto.

— Tentou, mas, como ele mesmo disse: "Não sou tão bom com esse negócio de ler e escrever" — diz ela, com a voz mais rouca e duas oitavas mais baixa. — Primo é o menino prodígio daquela família.

— Até parece.

— Pois é. Acho que Sid tomou posse em uma delegacia do interior, mas não durou muito. Pinky, pela segunda vez: por que você está de olho nele?

— Não posso falar.

Ela está sentada em uma cadeira de madeira ao lado de minha mesa, com aquela cara séria e brava que faz parte da sua essência.

— Não me enrole. É mais um segredinho do seu namorado? Eu já falei que preciso saber de tudo.

— Eu já falei que te contaria tudo que ele dissesse sobre o que aconteceu no apartamento de Blanco. Foi o que você pediu, e foi o que eu fiz. E se eu conectar Sid a Blanco, eu te conto por que estou de olho nele. Mas ainda não tenho nada.

As narinas dela se dilatam.

— Não brinque comigo, Pinky. Adoro a sua bunda e tal, mas, se eu achar que você está me enrolando, vai receber uma intimação do grande júri federal antes do que imagina.

Essa foi sempre uma ameaça implícita, mas ela nunca a expressou em voz alta.

— Toy, você é minha amiga, certo? Minha grande amiga, uma das poucas que eu tenho. Não precisa me ameaçar, porque eu não engano meus amigos. Ponto. Mas sejamos honestas: estou em uma situação delicada. Um cara está morto e a minha fonte tem medo de que Vojczek tente matá-lo também. E, com base em tudo que eu sei e você sabe, ele não está errado. Portanto, dá um tempo, porque eu também fiz promessas a esse cara, começando por dizer que eu e você iríamos tentar mantê-lo vivo.

Ela abre a boca e respira fundo.

— Tudo bem, mas eu sou da polícia, você não, e sou eu quem tem que decidir o que é razoável.

— Não posso contar mais nada sobre Sid agora.

Ela sacode a cabeça.

— Você falou que tinha uma coisa urgente para falar comigo, não foi? — digo.

— Sim — Toy acaba dizendo. — E meio que se relaciona com isso.

— Com Sid?

— Com esse papo.

— Ok.

Tonya gira os ombros para relaxar e retomar o assunto.

— Fui à igreja ontem, e Paulette Cornish literalmente empurrou um monte de gente para poder sentar do meu lado antes de começar o culto. Chegou dizendo "Onde você esteve semana passada? Eu precisava falar com você". Eu disse que fui dormir muito tarde no sábado.

— Sexo?

— Estou saindo com uma menina — diz Tonya.

Ela tenta ficar séria, mas um leve sorriso brota. Dou um tapinha no ombro dela e digo:

— Muito bem, detetive.

— Ela é bem nova — diz Tonya. — Está na faculdade; vai começar o segundo ano.

— Tem idade suficiente, então.

— Mas tem a cabeça boa.

Ela para de falar, aparentemente distraída por seus sentimentos por essa mulher.

— Não sabia que eu gostava das novinhas — diz.

— Porque nós *éramos* novinhas.

Ela ri. Pelo que estou vendo, isso não lhe havia ocorrido.

— Ok, voltemos à Paulette — digo.

— Certo. Ela estava superestressada, e eu perguntei por que não me ligou. E ela disse "Não posso ligar para a delegacia, todo mundo conhece a minha voz. Aqui é o lugar mais seguro para conversarmos. Mas você não pode contar a ninguém o que eu vou te contar". Eu fiquei tipo: "Ei, ei, ei, espere aí", porque ela começou a impor condições, alguma coisa sobre os filhos, e eu não fazia ideia do que ela queria me contar. Então, perguntei se tinha a ver com Walter, e ela disse: "Sem dúvida". E eu não posso cadastrar essa mulher como informante; o comandante não vai gostar de mais um, porque já cadastrei você. E o FBI vai ter um ataque, pensando que estou escondendo informações deles. Além disso, Walter ainda tem amigos na delegacia, como nós vimos quando ele veio, na sexta-feira. Se ele descobrisse que ela estava fazendo fofoca dele, arrumaria algum encapuzado para quebrar os braços e amarrar a mandíbula da pessoa com arame. Literalmente.

— Literalmente — repito. — Então, qual é a solução?

— Ela vai falar com você.

— A mulher que não queria falar comigo dois meses atrás?

— Bem, primeiro eu disse que falar com você seria mais seguro para ela. E segundo, você meio que passou no teste.

— Explique.

— Você não revelou onde arranjou os relatórios do detetive particular que jogou em cima do Walter na inquirição cruzada. Cornish acha que Paulette nunca viu aquilo. Para evitar que Walt a atacasse por tê-lo mandado seguir, o advogado da Paulette disse ao do Walter que ele mesmo havia contratado o detetive e queria manter os depoimentos só entre os dois, para poupar Paulette.

Não estou entendendo nada.

— E como Walt achou que nós conseguimos os relatórios?

— Segundo o que o filho deles comentou com Paulette, Walter passou a perna no advogado que fez o divórcio dele; não pagou a maior parte dos honorários. Então, Walter achou que o advogado era amigo do Rik e se vingou entregando o arquivo para vocês por baixo dos panos.

Os policiais acham que os advogados são canalhas e sempre vão agir como canalhas. Acho que é isso que eles querem dizer com "prisioneiro dos seus próprios erros".

— Tudo bem, então eu falo com Paulette.

— E depois você fala comigo. Mas não vai me dar o nome dela nem nada que a identifique; ela é só mais uma fonte sua, protegida como se fosse um informante.

Isso é no mínimo um teatro, mas vai impedir que Tonya revele o nome de Paulette ao FBI, que pode estar menos preocupado em protegê-la de Walter. Mas é provável que não dê em nada, a julgar pelas suspeitas malucas que Tonya diz que Paulette sempre teve sobre o ex.

Por volta das seis da tarde, estou perto da entrada do Mercado Municipal com um carrinho de compras no qual coloquei algumas latas de ração para cachorro, quando uma mulher baixinha, de cabelo curto e nariz vermelho na ponta, bate suavemente seu carrinho no meu.

— Você me reconheceu? — pergunto baixinho, e ela ri alto.

Essa é a vantagem de ter um prego enfiado no nariz. Caminhamos lado a lado pelos corredores. Estamos no mesmo mercado onde a delegada e Wanda DeGrassi bateram boca no passado.

Quando Paulette volta da sua primeira parada – uma prateleira com dezoito variedades de Cheerios –, diz casualmente:

— Tome, eu te empresto esta sacola. Devolva quando puder.

Ela coloca uma sacola vermelha reutilizável, de pano, no meu carrinho. Noto a borda de outra sacola dentro, verde, de plástico, mas, por motivos óbvios, finjo que não vi nada.

Paulette tem mais ou menos um metro e meio de altura e, sendo meio indelicada, eu diria que tem um ar de ratinha; mas ela tem uma energia muito boa: olhos brilhantes e um sorriso generoso. Está com um vestido xadrez de tons pastel e sapatilhas. Minha primeira impressão de mulheres baixinhas que não usam salto quinze é sempre favorável.

— Meu filho, Rudy — diz ela —, meu bebê, está no último ano do ensino médio. E ainda passa as noites de quarta-feira com o pai e fins de semana alternados. Walter é um bom pai, tenho que admitir. O combinado é que ele traga Rudy de volta às quintas de manhã, a tempo de eu o levar à escola quando vou para o trabalho. E Rudy é... é um garoto...

— Espere — digo. — De que dia nós estamos falando?

Como Tonya pensou, Paulette se refere à quinta-feira em que o corpo de Blanco foi descoberto.

Paulette continua sua história:

— Nós tínhamos rodado meio quarteirão quando Rudy avisou que tinha esquecido o livro de cálculo. Estávamos com tempo, então dei a volta e... estranho, Walter ainda estava lá. Ele estava abrindo minha lata de lixo. Rudy voltou correndo para pegar o livro e eu perguntei: "Walt, o que está fazendo?". Ele respondeu: "O carro estava cheio de lixo. Não vai me acusar, vai?", e deu uma gargalhada. Ele acha que pode mentir para todo mundo, mas eu vivi com o cara por muito tempo. Fiquei só olhando para ele até que ele foi embora. Pelo jeito que ele olhava para a lata de lixo, notei que estava pensando em pegar de volta o que tinha jogado. Mas Walt não se deixaria intimidar por mim. Ele foi embora, e imediatamente eu desci do carro e olhei no lixo; e vi essa sacola de plástico verde que está no seu carrinho agora. Eu estava colocando ela no porta-malas quando Rudy voltou, e eu comentei: "Não tem lixeira no prédio do seu pai, é?". E Rudy ficou meio... — Ela segura meu braço e para seu carrinho. — Ninguém vai saber de nada disso, não é?

— Nós duas vamos decidir o que vou contar a Tonya. Só vou dizer o que você permitir, exatamente como eu falei por telefone.

— Ok, ok — ela assente e prossegue. — Rudy disse que o pai estava meio esquisito desde a noite anterior. Disse que estava no quarto estudando no fim da noite de quarta-feira quando Walt pôs a cabeça para dentro e falou que tinha que sair para trabalhar. Isso acontece às vezes, ele é administrador de imóveis e as coisas não têm hora para quebrar. Mas Rudy disse que o pai levou uma maleta de médico, o que é estranho, porque o cara nem gosta de médicos. E então Rudy contou que o pai só voltou no horário da escola, quando o alarme do garoto tocou. E que Walt estava com um humor do cão no café da manhã. Tipo: "Coma esse maldito cereal! Não dormi nada esta noite".

— Rudy comentou se Walter estava com aquela sacola que ela jogou no seu lixo quando foram para sua casa?

— Rudy não fazia ideia do que eu estava falando quando perguntei sobre a lixeira no prédio de Walter. Você consegue imaginar? O filho da mãe fica jogando suas seringas no meu lixo! Não sei o que ele está se injetando, mas dá pra acreditar? Quis se livrar das seringas e lembrou que o lixeiro passa às quintas de manhã na minha rua. Não sei se é um caso de polícia, mas se ele for viciado em algum tipo de droga, não o quero perto dos meus filhos. Na Narcóticos, alguns caras, especialmente o Ritz, gostavam dessas coisas. Walter sempre dizia que nunca chegaria perto dessas coisas, mas o Ritz é uma influência péssima, concorda?

O timing bate, se eu estiver fazendo as contas direito.

— Não vou olhar agora, claro — digo —, mas o que tem nessa sacola?

— Você vai ver. Duas seringas usadas e um par daquelas luvas de borracha. Não sei nada sobre essas coisas, mas acho que usam essas luvas esticadas para amarrar o braço, tipo para fazer a veia saltar.

Não me parece um bom palpite, mas eu digo:

— Posso entregar essas coisas para Tonya?

— Sem que ninguém saiba oficialmente que fui eu que entreguei.

— Exatamente. Vamos mandar analisar, depois Tonya me entrega tudo de volta e eu devolvo para você.

Eu me afasto dela, pois quanto menos tempo passarmos juntas em público, melhor. Se alguém perguntar, nós nos conhecemos por intermédio de Tonya e estávamos só nos cumprimentando. Mas, antes de eu me despedir, ela diz:

— Vá um dia com Tonya à St. Stephen's. Talvez você goste mais do que imagina.

Paulette é uma pessoa legal, é gentil e a igreja é importante para ela, de modo que apenas digo:

— É, nunca se sabe.

Entro no Cadillac e olho dentro da sacola, e perco o fôlego. O que ela chamou de "seringa" parece aquela caneta de epinefrina, um cilindro branco com uma agulha inserida em um êmbolo verde. Noto uma marca impressa nas canetas, e as viro com cuidado dentro da sacola para poder ler. Depois de pesquisar no Google, fica claro que Paulette desvendou o segredo profundo e obscuro de Walter Cornish: ele é diabético insulino-dependente.

Beco sem saída de novo.

31. O FBI INTERROGOU WALTER CORNISH

O FBI interrogou Walter Cornish hoje à tarde, dia primeiro de agosto, no gabinete da Federal Square, em DuSable. É uma segunda-feira, uma semana depois do meu encontro com Paulette. A delegada, Rik e eu assistimos ao vídeo do interrogatório à noite.

Moses Appleton informou a Rik, por volta das quatro da tarde de hoje, que ele e Jonetta Dunphy, a promotora local, determinaram que a delegada não é mais pessoa de interesse na investigação da morte de Blanco. Portanto, Moses sugeriu que Lucy assistisse ao vídeo para determinar ela mesma que outro papel deveria ter na investigação sobre Blanco — mas insinuou claramente que ela não deveria ter nenhum. Fui convidada porque fui eu que forneci as canetas de insulina e porque, pelas respostas de Walter, poderia ter mais informações para solicitar ou passar à minha informante (Paulette). Rik também está aqui, principalmente por FOMO,* mas ele também tem um motivo legítimo para estar presente: a delegada pode precisar de aconselhamento jurídico antes de decidir se deve retomar a supervisão da parte da investigação que cabe a seu departamento.

A exibição ocorre em uma sala de reuniões do gabinete de campo do FBI em Greenwood, que é uma salinha que parece uma agência de seguros. Rik não queria que aparecêssemos juntos em Center City, porque a imprensa poderia entender que isso significava que a delegada estava sob suspeita. Conosco estão os chefes de investigação das duas agências que têm cooperado com muito sucesso: Tonya, do Departamento de Polícia de Highland Isle, e Don Ingram, do FBI. Don é um sujeito preto caladão que eu conheci durante um dos casos de vovô. É supercompetente e parece um ex-atleta, como muitos agentes do FBI, mas é meio como Koob, no sentido de que parece ensaiar tudo que diz muitas vezes na cabeça antes

---

* Sigla de *fear of missing out*, que significa "medo de ficar de fora". (N.E.)

de soltar as palavras. Tonya gosta muito dele e diz que está em ascensão no FBI. Ele vai ser ASAC – agente especial assistente em comando – no gabinete de campo do FBI na Filadélfia ano que vem.

Antes de Don colocar o vídeo, Tonya nos informa o contexto. Walter foi abordado por Don e uma agente, Linda Farro, enquanto cobrava aluguéis em alguns prédios de Vojczek, no lado leste, não muito longe de onde o corpo de Blanco foi encontrado. Os federais mostraram suas carteiras de couro preto com as credenciais e o revistaram imediatamente, tomando a pistola que sabiam que ele estaria carregando. Ele estava usando um Kevlar também, como nos havia dito que era seu costume quando cobrava aluguéis naquela parte da cidade.

Tonya observava a abordagem inicial dentro de um carro do outro lado da rua, onde ela e mais dois agentes do FBI esperavam como backup. Se nunca mais houvesse outro grande momento em sua vida na polícia, diz Tonya, valeria a pena, só pela satisfação de ver a cara de Walter quando os agentes mostraram suas credenciais. Pelo jeito ele ficou surpreso e toda a sua arrogância desapareceu, e ele foi levantando as mãos, como se fosse se entregar. Tonya acrescenta que sempre vai acreditar que naquele momento Walter se lembrou dos avisos que ela lhe deu.

Os agentes pediram que Walter os acompanhasse até o centro. Ele perguntou se tinha escolha, e Don, com seu jeito habitual de falar o mínimo possível, respondeu que, naquele momento, só estavam pedindo. Não afirmou que, se Walter dissesse não, seria preso, porque então teriam que informar os direitos dele. Mas Walter pareceu se animar ao saber que sua ida era voluntária e abriu aquele sorriso ensebado dele, pronto para tentar se safar com suas mentiras.

O vídeo começa quando Walter entra em uma sala de reuniões com Don. É um pouco maior que o escritório de Rik, mas está longe de ser elegante. Tem cadeiras giratórias de tweed cinza e uma mesa de tampo laminado barato, brilhante. Outras pessoas entram atrás de Walter, começando com Moses Appleton, o procurador dos Estados Unidos, que Walter reconhece da TV. Moses leva um de seus assistentes favoritos, Dan Feld, um sujeito alto, magro e intenso, com cabelo preto brilhante, mais que o de Frito. Ele foi parceiro de Moses no último julgamento em que vovô e minha tia trabalharam. Moses é meio quadrado, tanto nas maneiras como na constituição. Como diz minha tia Marta, amiga íntima dele, Moses foi criado nos Grace Street Projects, e isso o tornou incapaz de pagar mais de cento e quarenta e nove dólares por um terno. Ele tem uma pele áspera que faz parecer que nunca se barbeou totalmente e um bigode antiquado que deve manter porque tem medo de que a esposa e os filhos não o reconheçam sem ele. Minha tia diz que ele tem um senso de humor melhor em particular do que se imagina, mas neste tipo de ambiente ele é todo profissional; nunca se irrita, mas também não gasta muita energia com charme. Ele é o procurador-chefe federal de uma área metropolitana de três milhões de pessoas, portanto, que se foda o charme.

Assim que Walter o vê, entende que está ferrado, pois o procurador dos Estados Unidos não estaria ali só porque ouviu dizer que Cornish é um sujeito divertido.

Don dá início à conversa dizendo a Walter que a reunião está sendo filmada e que qualquer declaração que ele fizer poderá ser usada contra ele. Se quiser, Walter pode simplesmente ouvir.

Mas Walter, sendo Walter, acrescenta:

— Sim, claro, vou só ouvir.

A última pessoa a entrar é Tonya, que está com as canetas-injeção, as luvas de borracha e a sacola de plástico verde, cada item dentro de um envelope grosso e transparente, todos selados com uma fita larga laranja do FBI que diz EVIDÊNCIAS em grandes letras pretas a cada dois centímetros – bastante intimidante por si só.

Enquanto assistimos pelo monitor de TV na sala ao lado do gabinete de campo, Toy diz à delegada e a mim:

— Nós sabíamos que ele ficaria espantado quando me visse.

Eu sei bem o quanto Toy odeia certos tipos de homens, e percebo que ela deve ter ficado radiante quando passou pela porta.

Vemos na tela que, assim que deixa os envelopes com as evidências, ela diz:

— Walter, você sabe que não deve jogar lixo médico no lixo comum. O pessoal do saneamento vai querer dar uma palavrinha com você.

Walter está olhando para as canetas-injeção desde que ela as deixou na mesa. Sem erguer os olhos, por fim ele diz:

— Eu sabia que aquela vadia ia me ferrar. Ela esperou a vida toda por isso. Os filhos dela nunca mais vão falar com ela.

— Walter! — diz Tonya bruscamente. — Primeiro, não sei a quem você está se referindo, mas presumo que esteja se referindo a uma mulher. Portanto, saiba que foi um informante, um ex-agente, que nos entregou essas coisas.

— Ah, claro! Então, se aquela vadia não teve nada a ver com isso, por que estou aqui? — diz Walter.

O que Walter quer dizer é como a polícia saberia que as seringas e as luvas têm alguma conexão com ele.

— Vamos chegar a isso — diz Tonya. — Mas a segunda coisa que eu quero dizer a você é que, se acha que a sua ex nos entregou essas coisas, saiba que ameaçar uma testemunha na presença do procurador federal, um procurador-assistente dos Estados Unidos e dois agentes do FBI seria uma estupidez imensa que eu nem acreditaria que você seria capaz de cometer. Mas, como está enganado a respeito dela, vai se safar dessa.

Walter fica tentando entender tudo.

— Acho que eu quero um advogado — diz por fim.

Então, Moses fala:

— Sr. Cornish, o senhor certamente tem direito a solicitar um dvogado a qualquer momento, mas, como todos nós sabemos que o advogado que mencionou à detetive Eo, Melvin Tooley Jr., está de pés e mãos amarrados a Moritz Vojczek, talvez seja melhor esperar um pouco. Porque, assim que o sr. Vojczek for alertado sobre o que está acontecendo, seu poder de barganha vai ser drasticamente reduzido.

— Não vou trair o Ritz — diz Walter. — De qualquer maneira, eu não fiz nada, e, mesmo que tivesse feito, jamais entregaria o Ritz.

— Bem, acho que o senhor não está avaliando bem a sua situação. Por que não deixa que a detetive Eo lhe conte um pouco mais? — diz Moses, e acena com a cabeça para Tonya.

— Walter — diz ela —, vamos direto ao ponto. Sabe, eu perguntei na delegacia e ninguém nunca ouviu falar que você é diabético. Você é diabético?

— Não. E essa merda não é minha, se é isso que você está pensando — responde ele, apontando para as canetas.

— Essas canetas, Walter, foram limpas com álcool para remover impressões digitais. Mas o interior da agulha, do cilindro e da ampola você não conseguiu desinfetar, e testou positivo para a presença de uma droga chamada carfentanil. Já ouviu falar?

— Não — diz Walter.

— É como fentanil com esteroides. É cem vezes mais potente que o fentanil e dez mil vezes mais potente que a morfina. Talvez lhe interesse saber que o dr. Potter analisou de novo o sangue, a urina e as amostras de cabelo do tenente Blanco, e encontrou em todos uma forte presença dessa droga, carfentanil. Foi isso que o matou: uma overdose de carfentanil.

— Mentira também — rebate Walter. — Pelo que eu sei, o exame toxicológico de Frito não deu em nada.

— O exame toxicológico padrão, Walter, não inclui teste para carfentanil. O Ritz provavelmente sabe disso. Para fentanil, sim, mas não para esse composto. Foi por isso que, durante tanto tempo, não conseguimos saber como Blanco morreu.

— Nunca ouvi falar dessa merda. Essas canetas, como você diz, não têm nada a ver comigo. Você disse que foram limpas, portanto não têm impressões digitais.

— Isso é curioso, Walter, porque, quando nós recebemos as canetas-injeção e as luvas, estavam juntas dentro de uma sacola de plástico verde, que tinha uma alça. Acho que você teve o cuidado de segurar a sacola pela alça, mas tocou nela em algum momento, porque tem várias impressões digitais suas na sacola. Aposto que você não a limpou com cuidado quando guardou as seringas e as luvas dentro dela e descartou tudo junto. Mesmo um sujeito durão como você entra em pânico quando mata uma pessoa.

Walter sacode a cabeça, como se ainda não conseguisse acreditar.

— Alguém está armando para mim e pegou uma sacola que eu usei para me incriminar. Essas canetas, com o que quer que tenham dentro, não são minhas e eu não tenho nada a ver com isso.

— Não, eu tenho certeza de que foi você quem limpou — diz Tonya.

— E, quando fez isso, estava usando essas luvas, porque os vestígios de uma solução de álcool isopropílico nas canetas-injeção e nas luvas são quimicamente idênticos: mesmos agentes químicos, mesma quantidade de água, concentração idêntica de álcool: sessenta e oito por cento. E sabe, Walter, você é um policial das antigas. Nos seus últimos dez anos de trabalho você estava acomodado e não se preocupou em aprender muitas coisas novas. Nem passou pela sua cabeça que era uma noite quente de verão quando você matou Frito.

Ela fica olhando para Walter, esperando que ele faça a conexão. Mas ele não faz.

— Você transpira no verão, Walter; especialmente usando luvas de borracha pesadas. E, quando transpira, deixa seu DNA.

— Mais mentiras — diz Walter. — Não tem DNA no suor. Não é o que se diz?

— Você não pode acreditar em tudo que lê na internet. É verdade, não tem DNA no líquido que sai dos nossos poros, mas, quando nós suamos, perdemos células nucleadas da pele que contêm nosso DNA. E o seu DNA, Walter, está dentro das luvas. Agora nós temos muitas evidências contra você, Walter. O seu DNA está no mosquito que foi esmagado na noite em que Blanco foi morto, o que prova que você estava lá. Sem falar da impressão palmar parcial do lado de fora da janela que vocês devem ter usado para entrar e sair do apartamento. Também identificamos o seu DNA nas luvas usadas para limpar as canetas-injeção. E o orifício das agulhas que estavam naquele saco plástico com as suas impressões digitais combina com as marcas de injeção no braço do Frito. Essas seringas automáticas, Walter, foram usadas para matar Blanco. E, acima de tudo, nós temos suas mentiras sobre a última vez que esteve naquele apartamento e naquele prédio. Walter, não é meu trabalho decidir o que constitui uma evidência além de qualquer dúvida razoável; isso é responsabilidade do sr. Appleton. Mas eu acho que, se você perguntar, ele vai te dizer que tem um caso sólido contra você pelo assassinato de uma testemunha federal.

Quando explicou por que eu deveria ver esse vídeo, Toy disse que, se Walter realmente fosse a julgamento, eu precisaria convencer Paulette a testemunhar. Mas Tonya está confiante de que ela vai acabar concordando. Se Paulette estava furiosa só de pensar em ter um viciado em drogas perto dos filhos, vai ficar alucinada quando souber que Walt é um assassino.

— E sabe, Walter — prossegue Tonya —, eu tenho um senso de humor estranho, mas acho isso muito engraçado. Blanco era uma testemunha em potencial porque o procurador federal ainda estava investigando esse falso "esquema de extorsão" que você, Primo e o Ritz inventaram contra a delegada Gomez. É muita ironia, não? Você vai ser processado por assassinato em âmbito federal porque as *suas* mentiras criaram a jurisdição federal. Interessante, não acha?

Acho que instruíram Tonya a enfiar a faca o mais fundo possível e torcê-la com força, e é evidente que ela está se divertindo muito interpretando o papel da policial má.

— Outra coisa engraçada, Walter — diz Tonya —, é que eu me lembro de que você foi um dos policiais que mais reclamaram quando a legislatura aboliu a pena de morte no nosso estado. Eu meio que concordava com você, pra ser sincera. Mas adivinha, Walter? O sistema federal é o mundo dos seus sonhos. Os tribunais federais ainda têm pena de morte. E, mesmo que não condene muita gente à morte, um dos crimes pelos quais houve execuções nos últimos anos foi assassinato de testemunha federal. E se somar a isso o fato de que o homem que você matou era um policial, para mim parece crime capital. Injeção letal por injeção letal? Isso é que é justiça à moda antiga!

Ela está se esforçando para não sorrir enquanto encara Walter.

A câmera está voltada para ele. Enquanto ouve as palavras de Tonya, ele parece oscilar entre a indignação, quando se apruma, e os instantes de pânico absoluto, quando se encolhe.

Então, Moses fala:

— O que nós podemos fazer pelo senhor, sr. Cornish, é o seguinte: há dez dias, eu disse à detetive Eo que autorizaria a concessão de imunidade ao senhor em troca da sua cooperação absoluta. Nós sabíamos que o senhor tinha mentido sobre não estar no apartamento em que Blanco morreu, mas ainda não tínhamos estabelecido que o tenente havia sido assassinado. Pensávamos que as suas respostas honestas iriam provar que sim, e que o senhor poderia nos ajudar a prender a outra pessoa, ou pessoas, responsáveis por esse crime. E eu creio que ela o avisou, então, como eu pedi que fizesse, que a imunidade estaria fora de questão se o senhor saísse da sala, como saiu, e que não teria uma segunda chance depois que nós reuníssemos mais evidências contra o senhor. E foi justamente isso que aconteceu. O senhor decidiu jogar os dados, jogou mal e, francamente, essa escolha custou a sua liberdade. O senhor vai para a cadeia, sr. Cornish. A conversa que nós estamos tendo agora é só para definir quanto tempo vai cumprir. Cabe ao senhor, hoje, decidir se vai ficar preso pelo resto da vida, independentemente de como a sua vida chegue ao fim, ou por um período mais curto, que lhe permitiria desfrutar dos seus últimos anos de vida como uma pessoa livre. O que estou oferecendo hoje é uma sentença de dez anos pelo assassinato em primeiro grau de Fabian Blanco em troca da sua total cooperação sobre esse crime e todos os outros crimes que conheça, federais ou estaduais. Sem esconder nada, sem proteger ninguém. Esperamos ouvir tudo que o senhor sabe sobre Moritz Vojczek e, além disso, sobre os policiais com quem serviu quando ainda estava na polícia de Highland Isle.

Calmo e implacável, Moses espera um instante para que suas palavras sejam absorvidas, mantendo seus olhos profundos em Walter.

— Sr. Cornish, entendo que é um momento muito difícil para o senhor. Já participei de muitas reuniões como esta nos meus quase trinta anos como promotor federal e vi muitas, muitas pessoas no ponto em que o senhor chegou agora. Entendo que é difícil entrar em uma sala se considerando uma pessoa livre e de repente ouvir que vai perder a liberdade por um período substancial de tempo. Se isso facilitar as coisas para o senhor, alguma coisa semelhante ao que está enfrentando acontece todos os dias com milhares de pessoas quando são informadas de que têm uma forma grave de câncer ou outras doenças terríveis. No seu caso, o tratamento, por assim dizer, vai durar mais do que, digamos, uma quimioterapia dura normalmente. Por outro lado, a cura é garantida. Daqui a dez anos, ou um pouco menos, se tiver bom comportamento na prisão, o senhor poderá retomar sua vida.

Mais um silêncio.

— Dez anos? — pergunta Walter por fim.

— Estamos falando de assassinato, sr. Cornish. De um policial. O que acha que a esposa, os pais e os filhos do tenente Blanco vão achar de dez anos? Para eles, vai ser como um tapa na cara. Dez anos é um bom acordo, sr. Cornish. E eu lhe asseguro, como o senhor já viu acontecer, que minha oferta não vai valer amanhã. Amanhã serão quinze.

— E eu não posso ter um advogado?

— Não, não é isso — diz Moses, sacudindo a cabeça vigorosamente.

— O senhor pode consultar o advogado que desejar. Mas aquele que o representou nas audiências da P&B, Melvin Tooley Jr., o advogado com quem estamos tentando negociar sobre seu testemunho no grande júri, foi pago pelo sr. Vojczek, correto? Inclusive, ele representa o sr. Vojczek em vários outros assuntos, não é?

— Melvin? Sim.

— Portanto, se escolher um advogado que seja obrigado, ou esteja disposto, a dizer ao sr. Vojczek que o senhor agora é uma testemunha do governo, vai destruir o valor da sua cooperação e teríamos que retirar nossa oferta. Porque, sejamos francos, é um advogado que não representaria o senhor, e sim o sr. Vojczek. Se quiser, creio que podemos chamar alguém da Defensoria Federal agora. Ou o senhor pode ligar para qualquer outra pessoa que seja independente e esteja disponível o mais rápido possível. Mas um advogado pago por Vojczek é inviável, porque não poderia aceitar um adiantamento dele sem explicar quais são seus sérios problemas legais. E Vojczek entenderá as implicações imediatamente.

Walter franze o cenho como se tivesse comido algo horrível.

— Então, você quer que eu arrume um advogado que vai me sugar e me dar adeus quando eu for para a prisão?

— Sr. Cornish, entendo que tem apenas escolhas difíceis, mas essa é a situação que o senhor criou para si mesmo.

— E cooperar completamente significa usar uma escuta com Ritz?

— Talvez.

Ele sacode a cabeça e diz:

— Isso eu não poderia fazer. Eu não conseguiria nem entrar com um microfone. O Ritz tem todo tipo de sistema de detecção no escritório e em todos os outros lugares, pelo que eu sei. Não podemos nem entrar com celular na sala dele, e esse é o único lugar onde ele fala sobre qualquer tipo de negócio. E seria uma sentença de morte para mim, de qualquer maneira. Vocês poderiam me esconder no buraco mais escuro que o Ritz iria arranjar alguém para me encontrar. E provavelmente é o que ele vai fazer se eu virar a casaca.

— Sr. Cornish, nós não faríamos nada que prejudicasse nossa investigação. E, se concluirmos que o senhor não é capaz de realizar alguma operação específica, não vamos pedir que o faça. Mas cooperação completa é exatamente isso: fazer o que nós pedirmos para levar as pessoas à justiça e assumir um compromisso total com isso. Assim que o seu papel se tornar público, vamos fornecer proteção ao senhor vinte e quatro horas por dia, sete dias por semana, onde quer que esteja.

Penso no caubói arrogante que Walter incorporou no banco das testemunhas durante a audiência da P&B e que, em geral, é seu *modus operandi*. Deixou-o na mão momentaneamente antes, enquanto ouvia Tonya falar, e agora evaporou completamente. Cornish foi afundando lentamente na cadeira, e agora parece estar derretendo. Está fazendo uns movimentos reflexos com a mandíbula, girando-a, como se quisesse se certificar de que ainda funciona. Ele passa um minuto em silêncio.

— E, Walter — diz Tonya, num tom bem mais simpático —, nós entendemos sua preocupação com o Ritz, mas você acha que ele vai lhe dar um tapinha nas costas quando descobrir que estamos com as seringas? Ele sabe exatamente onde a corda vai arrebentar. Uma testemunha já foi assassinada; se forem duas, você acha que vai ficar muito pior para ele?

Tonya tem toda a razão, e a consciência disso se espalha visivelmente pelo rosto de Walter. Ele pode dizer não a Moses e ser indiciado, e talvez enfrentar uma acusação de homicídio doloso, mas, assim que isso acontecer, o Ritz saberá que sua única chance de evitar ser ele mesmo acusado é garantir o silêncio de Walter. E só há uma maneira de ter certeza de que Walter não falaria. Walter não é ingênuo a ponto de dizer que o Ritz nunca faria uma coisa dessas. Seus olhos estavam inquietos, mas agora estão parados sob o efeito do fardo que cai sobre ele. É como Moses disse: Walter entrou como uma pessoa normal, mas agora sabe, como um pesadelo do qual não consegue acordar, que alguma coisa muito ruim vai acontecer com ele. Sua única escolha é sobre quão ruim pode ser.

— Está pronto para prosseguir? — pergunta Moses por fim.

Walter engole em seco e seu pomo de adão sobe e desce.

— Sobre os dez anos, está tudo gravado, não é? Você não pode voltar atrás?

— Não se o senhor cooperar completamente.

Walter assente, olha para as mãos e respira fundo, como um homem que está prestes a mergulhar na água gelada. Mas ele ainda não consegue. Pede cinco minutos para ficar sozinho.

32. VOCÊS ENTENDERAM ERRADO

— Vocês entenderam errado — diz Walter, quando a gravação é retomada.

Tonya diz que deixaram Walter sozinho na sala de reuniões e ficaram todos no corredor ao redor de Moses, elogiando ele e Tonya, que haviam feito um trabalho épico representando o policial bom/policial mau com Walter. Moses permaneceu solene; Linda Farro disse: "Aposto que ele abre o bico", mas Moses lhe lançou um olhar penetrante. Ele nunca aposta em nada, por motivos religiosos.

Cinco minutos depois, Ingram entrou para dizer a Walter que era hora da decisão e, à porta, fez sinal para que todos entrassem, e cada um ocupou seu lugar. Walter começou a falar imediatamente, com voz seca:

— Não foi assassinato. A morte de Frito foi um acidente. Ritz só queria que ele mantivesse a história, como tinha concordado em fazer desde o início. Com o Ritz, se você faz um acordo, tem que cumprir.

— E a história era que a delegada obrigou Blanco a fazer sexo com ela? — pergunta Dan Feld na tela.

Agora que não há necessidade de persuadir Walter usando um misto de intimidação e humilhação, é Feld quem conduz a maior parte do interrogatório.

— Sim, era essa história que Frito tinha que sustentar.

— E por que Blanco não estava disposto a isso?

Walter repete exatamente o que Koob disse: que Frito decidiu fazer valer seus direitos constitucionais, em vez de entregar o celular. Isso deixou o Ritz furioso porque Lucy se safaria e continuaria sendo delegada.

— E por que Vojczek não queria que Lucy continuasse sendo delegada? — pergunta Feld.

— Isso você teria que perguntar para ele. Mas, para nós, seria ainda pior se Frito obtivesse imunidade. Se ele contasse tudo, e provavelmente contaria, porque era um maldito escoteiro e morria de medo de ir para a cadeia, Primo, eu e talvez o Ritz seríamos acusados de perjúrio. Então, dissemos a Frito que precisávamos nos encontrar. Ritz levou um guru da eletrônica que havia contratado, um tal de Joe, do Arizona, para deletar as merdas nojentas que estavam no celular de Frito. Mas Joe ficou muito contrariado por estar lá, estava meio furioso e disse algo tipo "como eu vou saber?" quando o Ritz perguntou se um perito seria capaz de ver o que havia sido apagado.

Don Ingram interrompe para fazer algumas perguntas sobre Joe, mas Walter não tem informações sobre Koob, nem sobre o que ele fazia para Vojczek.

— Mas Frito não mudou de ideia — continua Walter. — O Ritz tinha certeza de que iríamos conseguir assustar Frito, ou convencê-lo a aceitar dinheiro; mas o Ritz sempre tem um plano, e a solução era injetar aquela merda em Frito; superfentanil, era assim que o Ritz chamava, para deixá-lo chapado por umas trinta e seis horas, ou o tempo que levasse para deixá-lo viciado. Acho que esse negócio é forte. E você sabe, se o Ritz disser que você está viciado, você acredita. Ritz imaginou que, quando Frito entrasse em abstinência, iria implorar para voltar a seguir o plano. E nós teríamos Frito na mão de novo.

— Quem levou o carfentanil? — pergunta Feld.

— O Ritz.

— Nas canetas-injeção?

— Isso.

— Onde o Ritz conseguiu essas canetas? — pergunta Ingram. — Ele é diabético?

— Acho que não, pelo que eu sei. Aquele filho da puta esquelético só come doce, então não parece ser diabético. Ele me disse que o carfe é tão poderoso que é perigoso até de manusear, por isso o tinha naquelas canetas. Além disso, assim era muito mais seguro andar com aquilo. Nenhum policial procura drogas ilegais em seringas para diabéticos.

— Tem ideia de onde ele conseguiu o carfentanil? — pergunta Don.

— Onde? Não sei exatamente. Mas o Ritz é um maldito viciado, tem muitas conexões.

— E como a droga foi injetada no tenente Blanco? — pergunta Feld.

— Depois que nós amarramos Frito e Joe foi embora, o Ritz ofereceu dinheiro a ele, tipo "quanto você quer?". Mas Frito não cedeu. O único acordo que ele aceitava era que os interesses dele não fossem expostos. E, se entregasse o celular, estaria em risco. Ele ficava dizendo a Ritz: "Eu fiz o que você pediu, repeti cada palavra de seu roteiro, fiz o que prometi". Então, o Ritz fez de conta que estava pensando e foi para trás de Blanco; e como uma cobra, deu o bote. Aplicou a primeira seringa no braço de Frito, por cima da camisa. Ele não conseguiu nem tirar uma frase completa da boca e apagou. Tudo certo. Mas umas duas horas depois o Ritz injetou de novo, e foi isso. Frito morreu em uns trinta segundos. Ele se vomitou todo e morreu. O Ritz ficou em choque. Tentou sentir a pulsação de Frito; nós deitamos a cadeira e eu comecei a fazer massagem cardíaca e o Ritz respiração boca a boca, com vômito e tudo. Ficou gritando comigo porque eu não tinha uma caneta de epinefrina, ou Nava-whoosy, que é um antídoto para opioides, como se eu entendesse disso. O Ritz era quem achava que sabia tudo sobre essas coisas, a dosagem certa e tal. Acho que ele disse que eram doze microgramas. Depois, o Ritz disse que alguém tinha dado informação errada para ele sobre quanto tempo aquela merda ficaria na corrente sanguínea de Frito. Ou talvez a segunda caneta tivesse muito carfentanil. Mas a morte de Frito foi um acidente estúpido.

Faz-se outro silêncio pesado, tanto na tela, entre as pessoas que testemunham o interrogatório de Cornish, quanto aqui no condado de Greenwood, entre os que estão assistindo ao vídeo. Estamos todos pensando no pobre Blanco e na maneira estúpida como ele morreu.

— Você conhece a lei o suficiente para perceber, sr. Cornish, que participou de um assassinato — diz Dan Feld. — Não pode injetar uma droga tão perigosa em alguém e dizer "Não foi culpa minha" quando a pessoa morre. Você submeteu o tenente Blanco ao risco de graves lesões corporais, e intencionalmente.

Walter franze o cenho, confuso.

— Está mudando o acordo?

— Não — diz Moses. — Estamos explicando por que o que lhe oferecemos é tão bom.

— E por que você acha que o Ritz é um usuário? — pergunta Ingram.

— É o que todo mundo acha. Isso vem desde a época em que nós trabalhávamos na Narcóticos. Às vezes, em uma apreensão, ele pegava um pouco e dizia: "Pra viagem". Nunca o vi se injetar nem nada, mas de vez em quando ele fecha a porta do escritório e diz: "É hora de ficar feliz". Portanto, na minha opinião, ele é viciado. Dependente químico. Mas ele não tem que se preocupar com onde conseguir a dose seguinte.

— Por quê? — pergunta Ingram.

— Está me perguntando de onde ele tira essas merdas? Não faço ideia. Conhece aquele ditado: "Que a mão esquerda não saiba o que a direita está fazendo"? É assim que o Ritz organiza as coisas. Eu cobro os aluguéis, contrato os zeladores e os prestadores de serviço. De vez em quando alguém precisa ser persuadido de uma coisa ou outra, tipo contratar nossa empresa, e Primo e eu cuidamos disso. Mas com o Ritz não dá pra fugir do script. Você tem que se ater estritamente ao que ele manda fazer. Portanto, não sei de nada sobre ele e as drogas.

— O Ritz é traficante? — pergunta Tonya.

— Não posso ajudar você a provar isso.

— As pessoas falam que ele é traficante? — pergunta Ingram.

— Olha, as pessoas falam tanta baboseira sobre o Ritz que, se você for acreditar em tudo, vai achar que ele é capaz de fundar sua própria religião. Ele é inteligente, demais da conta. E durão. E muito cuidadoso. Se ele usa essas coisas, sem dúvida tem um suprimento seguro. Talvez ele trafique, para se assegurar de controlar as coisas. Mas aposto que tem um muro inviolável entre ele e a origem das drogas. Você nunca vai pegá-lo sujando as mãos.

Moses, Feld e os agentes estão fazendo anotações.

— Se Vojczek é tão cuidadoso, por que estava lá com Blanco? — pergunta Moses.

— Eu não tinha conseguido nada conversando com Blanco, ameaçando e tal. Nada. Ele estava decidido. O Ritz estava fora de si porque todo o longo plano dele para Lucy ia desmoronar, e ele sabia que era o único capaz de assustar Frito. Fiquei surpreso por ele estar disposto a se envolver diretamente, mas isso mostra quanto o Ritz odeia Lucy.

— Blanco esteve com Ritz antes? — pergunta Moses.

— Nunca.

— Então, quem o recrutou para esse esquema? — pergunta Moses.

— Eu. Ou melhor, eu fiz o que Ritz pediu. Alguém, acho que Joe, invadiu o computador de Frito enquanto ele o estava usando e documentou tudo. Usou até a câmera do computador para tirar fotos de Frito na frente da máquina batendo punheta. E fez uma dúzia de capturas de tela do que ele estava vendo.

Fico surpresa com essa informação e imediatamente me toco de que Koob não me disse que havia hackeado Blanco. Mas logo me lembro de nosso acordo: ele prometeu me contar apenas o que aconteceu na noite em que Blanco foi assassinado; os detalhes sobre o trabalho que ele havia sido contratado para fazer para Ritz estavam fora de questão. Ele abriu exceções para o que importava diretamente para mim – me espionar e invadir o computador da delegada –, mas com a condição de que eu não contasse nada a Tonya, e ainda não contei. Ainda não sei se ele se sentiu obrigado a guardar os segredos de Ritz ou se os motivos dele eram esconder qualquer informação que pudesse facilitar sua identificação pelo FBI. Mas lembro que, quando eu perguntei o que Frito estava vendo no computador, Koob disse alguma coisa tipo "Não posso falar", e na hora eu não entendi.

— Ritz me mandou ir lá e mostrar aquelas fotos para Frito. Quando fui, pensei que teria que chamar uma ambulância. Ele não desmaiou, mas precisei arranjar um saco de papel para ele conseguir respirar direito. Quando se recuperou o bastante para poder me ouvir, eu disse que ele tinha uma alternativa: uma hora no banco das testemunhas, e ninguém jamais saberia.

— Quando foi isso? — pergunta Moses.

— Início de março, acho.

Moses olha para Feld para lhe devolver a palavra.

— Voltemos à noite da morte de Blanco — diz Dan. — O que vocês fizeram quando perceberam que Blanco havia falecido?

— O que pudemos. Cortamos as braçadeiras dos braços e pernas, e eu fui a uma farmácia vinte e quatro horas para comprar álcool e aquelas luvas para podermos limpar o local. Quando terminamos, o Ritz estava meio convencido de que não era tão ruim Frito ter batido as botas. Vocês têm razão, ele sabia que não faziam testes para aquela droga na autópsia e achava que a maioria dos patologistas não iria notar as marcas de agulha onde estavam. E disse que não tínhamos mais que nos preocupar com o que Frito poderia dizer se conseguisse imunidade. Eu não estava vendo nada de bom na morte de Frito, estava chocado; mas o Ritz disse: "Merdas acontecem, Walt; dê um jeito nessas coisas para ninguém encontrar". Ele tirou o chip do celular de Frito e mandou eu me livrar do telefone e das seringas usadas.

— O que aconteceu com o telefone e o chip? — pergunta Ingram.

— O Ritz me disse que ia derreter o chip com um isqueiro. O telefone ele me mandou jogar no rio, porque a água o destruiria, entende? Fiz isso logo que saí dali. Mas como sabíamos que as malditas seringas iriam flutuar, a ideia do Ritz foi que eu encontrasse um banheiro público que tivesse aquelas caixas de plástico vermelhas na parede. Acho que chamam de "recipientes para objetos perfurocortantes".

Depois de obter os resultados da autópsia e saber sobre os locais das injeções no braço de Frito, Tonya vasculhou todos os recipientes para objetos perfurocortantes um quilômetro e meio ao redor do apartamento de Blanco, mas todos já haviam sido esvaziados e o conteúdo incinerado. Quando recebi a sacola de Paulette, entretanto, todos nós percebemos que, mesmo que Tonya houvesse pensado antes nesses recipientes, não teria dado em nada. Agora, no vídeo, Walter explica por que ignorou a orientação do Ritz.

— Eu não ia entrar em um banheiro masculino, onde qualquer um poderia me ver com a merda que matou Blanco nas mãos. Sem chance. Eu tinha que voltar para casa para pegar meu filho, então levei as coisas comigo.

— E onde as descartou? — pergunta Tonya.

Walter sorri para ela. Definitivamente, não está acreditando no fingimento dela sobre Paulette.

— Deixei meu filho na casa da minha ex na manhã seguinte e vi as lixeiras na frente; era dia de coleta. Eu ainda estava com a sacola com as agulhas e as luvas no porta-malas, e achei que seria muito engraçado colocar aquela merda na lata de lixo dela. Não daria problema, mas, se tivesse uma chance em um milhão de dar e desse, adivinhe quem levaria a culpa?

Ele não está com humor para rir, mas consegue sorrir. Se alguém precisar de um comercial contra o casamento, Walter e Paulette são o casal ideal, unidos pelo ódio mútuo.

Ingram pergunta:

— E o celular de Blanco foi jogado no rio, conforme o planejado?

— Exato — diz Cornish. — Eu joguei pela janela do carro enquanto passava pela ponte Bolcarro.

Moses já ouviu o suficiente. Anuncia que vão fazer um intervalo e que os agentes vão arranjar um sanduíche ou outra coisa para Walter. Moses e Feld vão embora, mas verão Walter depois. Ainda no mesmo dia, os agentes Ingram e Ferro fazem mais perguntas a ele. E a gravação termina.

A delegada ainda está olhando para o monitor.

— O Ritz — diz, como se fosse a pior palavra do mundo.

Rik pede a Tonya que saia para que possamos falar sobre o assunto que Moses pediu à delegada que considerasse: se ela deve assumir o comando da investigação. A resposta é claramente não. O fato de o Ritz e Walter tentarem incriminá-la, acabar com sua carreira e talvez mandá-la para a prisão representa um motivo óbvio demais para que ela queira se vingar deles. A delegada precisa continuar mantendo distância. E Tonya vai continuar se reportando ao comandante, o número dois do Departamento de Polícia de HI.

— Você acha que o FBI vai tentar mandar Walter grampear o Ritz? — pergunta a delegada a Tonya quando ela volta.

— Eles não sabem se ele tem como se safar, e o Ritz é esperto demais para dizer qualquer coisa incriminadora, independentemente do que Walter diga a ele. E ninguém quer ver o Ritz disputando contra Walter em raciocínio rápido.

A delegada assente, enfática.

— O Ritz vai sacar Walter a um quarteirão de distância — diz. — E vai inventar um monte de merda, independentemente dos pretextos que o FBI invente para Walt.

Mas Rik acha que o FBI não vai ter escolha, que vai precisar tentar algo parecido. Um caso baseado apenas no testemunho de um cúmplice não é forte. Ritz vai apresentar a defesa padrão, desacreditando Walter ao alegar que Cornish matou Blanco sozinho e que está oferecendo um nome importante como o Ritz para transferir a culpa e reduzir a pena. Não importa quão banal ou típico seja, esse papo pode funcionar. Como se costuma dizer, para o júri é sempre noite de estreia. O governo vai precisar de corroboração para o depoimento de Walter.

— A propósito — diz a delegada —, que diabos é carfentanil e como foi que isso entrou na minha cidade?

— Está começando a aparecer aqui e ali — diz Tonya —, porque o fentanil ilegal está em falta. Dizem que os chineses pararam de fabricar os precursores químicos. Aparentemente os traficantes começaram a misturar o pouco que conseguem com pequenas doses de carfentanil. É um tranquilizante, mas não para humanos.

A ficha cai depressa para mim.

— Já sei — digo. — É para animais de grande porte, como rinocerontes e elefantes.

Tonya me olha com estranheza.

— Parece que você não está só adivinhando — diz.

33. A DELEGADA DECIDE

Rik, como sempre, acompanha Lucy até seu Toyota. Quando se afastam, olho para Tonya e aponto para meu Cadillac, onde nos sentamos nos confortáveis bancos da frente. Ela ainda não se conforma com meu carro.

— Acho que os seus amigos do FBI deveriam ver com o DEA se alguma empresa de Highland Isle informou que vai fabricar carfentanil — digo.

— Tudo bem — diz ela.

— Meu palpite é que o DEA vai dizer que sim: uma empresa chamada Vox VetMeds, VVM, no Tech Park.

— Ah — responde Tonya.

Digo a ela que alguém devia vigiar a VVM, começando hoje mesmo, a partir da meia-noite, sem usar rádio nem celular e atento aos vários sistemas antivigilância da Direct. Como a história de Cornish e o Ritz já saiu de Highland Isle, sugiro que seria melhor que ela ou o FBI vigiassem.

— Por volta das três da manhã, você vai ver uma van fazer uma entrega e retirar alguma coisa — digo.

— E eu prendo o motorista?

— Ainda não, porque isso deixaria Vojczek em alerta máximo. Talvez você possa seguir a van com alguém que você sabe que não vai pisar na bola. Se seguirem a van e conseguirem o suficiente para uma causa provável, seus amigos do FBI vão poder colocar um dispositivo de rastreamento no veículo e descobrir aonde o cara vai e com quem fala.

— Bem pensado, detetive.

— Meu palpite é que o que sai da fábrica na van é carfentanil — digo.

— Ok.

— E, se você chegar por volta das dezesseis e quarenta e cinco, vai ver o segurança da noite chegar. Ele ainda está de serviço quando a van aparece.

— Secondo?

— Secondo. Sem chance de não ter sido Vojczek que o colocou lá. Mas aposto que tem um muro separando Ritz da pessoa que recebeu o pedido para contratar Sid.

— Mas você acha que o Ritz é o dono do lugar?

— Talvez não no papel. A equipe de Moses vai citar gente para o grande júri, eles vão fazer um trabalho muito melhor que eu para provar isso. Considerando o que está acontecendo ali nos fundos, aposto que o Ritz tem o cuidado de não se envolver. Talvez ele tenha controle sobre a diretoria, ou tenha um laranja como principal acionista. Mas ele contou a Walter tudo sobre o carfentanil antes de aparecer com a droga no apartamento de Blanco, e só um lugar nesta cidade a fabrica.

— O DEA exige que empresas como essa mantenham registros rigorosos de todos os produtos usados para fabricar essas coisas — observa Tonya.

Fico pensando um instante.

— Certo — digo —, então, agora nós sabemos o que a van está entregando: suplementos para a fabricação de carfentanil.

Tonya inclina a cabeça, como um cachorro curioso.

— Com quanto dessa informação você voltou de viagem e quanto descobriu sozinha?

— Tudo sozinha. Já faz tempo que eu tenho a impressão de que o lance do Ritz com a delegada tem a ver com o Tech Park. Mas eu achava que era com a Northern Direct. Foi por isso que comecei a observar.

Em seus olhos cautelosos, vejo que ela sabe que estou enrolando e por quê.

— Mas esse Joe do Arizona é o seu namorado?

Não respondo.

— Mas você não poderia ter ido ao Arizona e voltado tão rápido. Você o encontrou em outro lugar. Kansas? Colorado?

Lanço um olhar mortal a Tonya e abro a porta do carro sem mais uma palavra.

Na quinta-feira, Rik pede à delegada que vá até o escritório. Rik já está se preparando para se mudar para um maior, no andar de cima, e a sala de reuniões me parece ainda mais apertada agora que sei disso. Ele entrevistou uma advogada que tem a minha idade e dois filhos e está interessada em trabalhar meio período com ele. Por fim, está conseguindo o que queria. Só espero que não morra por causa disso.

— Não deve ser nada tão terrível, já que não estou de camisola — diz a delegada.

Ela parece bem mais descansada. E está de uniforme.

Rik lhe indica uma cadeira e pega um café para ela.

— Houve uma complicação — diz.

— Ok.

— Você sabe que estou esperando Marc encerrar o caso da P&B desde que Blanco morreu, mas ele está enrolando. E ele acabou admitindo hoje de manhã: o reverendo e a sra. Langenhalter não querem encerrar o caso ainda. Eles não têm dúvidas de que as duas primeiras testemunhas mentiram e que o depoimento de Blanco precisa ser anulado porque não houve inquirição cruzada, mas, pelo que o reverendo disse, parece que a defesa não contesta que você andou dormindo com seus subordinados. Ele acha que você precisa responder a algumas perguntas sobre isso antes que o caso seja encerrado.

— Ah...

O tom rosado dela de um segundo antes desapareceu.

— Não era essa a acusação — digo.

Rik sorri, meio assustado, como se dissesse: "Olha ela, toda técnica". Mas diz:

— Tem razão, mas eles podem fazer emendas à queixa, se quiserem, se nós os obrigarmos a isso.

— E se eu disser que prefiro não responder? — pergunta a delegada.

— Eles podem ordenar que você testemunhe, e provavelmente vão fazer isso. Já expliquei a Marc que o contrato da Ordem Fraterna não tem regras sobre "confraternização" entre policiais, e ele sabe disso. Mas você pode adivinhar qual foi a resposta dele: "Ela é delegada".

— Vão me demitir depois de tudo isso?

— O reverendo não disse a Marc o que eles têm em mente, mas Marc desconfia que vão querer que você admita comportamento e julgamento questionáveis. Talvez te deem uma suspensão rápida, assim as regras vão ficar claras daqui para a frente. Mas eles vão reconhecer a ambiguidade como uma razão para não te demitir.

Ela franze o cenho, consternada. Esse é o resultado que ela disse que aceitaria, no começo, mas não parece tão bom depois de três meses de escanteio. A delegada quer que tudo isso acabe, mas parece a covid, não acaba nunca.

— Mas os comissários não vão perguntar a ela sobre aquela foto? — lanço.

Pela maneira como ele sacode a cabeça, entendo que Rik não queria falar sobre isso ainda.

— Vou tentar ser sutil — diz Rik. — Moses não vai querer que se faça menção ao Ritz em público. E talvez a Comissão aceite que aquela fotografia foi tirada antes de você assumir o cargo de delegada e que está fora do escopo da queixa.

Lucy sacode a cabeça com pesar.

— Steven vai pirar quando eu admitir que a foto é de verdade. Rik, foi você que me falou, na noite em que Blanco testemunhou, que a prefeita não pode aceitar que se faça sexo em um lugar pago pelo bolso do contribuinte.

Rik não responde; está pensando. Mas Lucia tem razão; a lógica diz que ela deveria renunciar agora, uma vez que testemunhar a condenaria de qualquer maneira.

— Andei pensando em uma coisa — comento.

— Ai, ai, ai — é a resposta de Rik, mas ele está sorrindo.

— E se nós invertêssemos o roteiro?

— Explique — pede Rik, cauteloso, mas interessado.

— E se a notícia bombástica sobre a delegada não tiver nada a ver com isso? Ou se for muito, muito mais poderosa que tudo isso?

— E o que poderia ser? — pergunta a delegada.

— Eu tive essa ideia ouvindo você pensar alto sobre Walter, delegada, e dizer que mandá-lo com uma escuta até o Ritz não teria muita chance de sucesso. E comecei a pensar: E se a pessoa que se aproximar do Ritz com uma escuta não for ninguém que ele esperaria e que não tem nenhuma ligação com o assassinato de Blanco? Alguém que ele odeia tanto que não quer perder a chance de falar com ela?

— Yo? — diz a delegada, apontando para os botões de sua farda.

Mas ela retorce os lábios, pensativa.

— E o que Lucy teria para falar com Vojczek? — pergunta Rik. — Ela não pode ligar e dizer: "Vamos conversar sobre a morte de Blanco".

— Vamos pensar em alguma coisa — diz a delegada. — Só preciso fazê-lo falar.

Rik a encara.

— Há poucos dias nós soubemos que o Ritz matou Blanco. Quer mesmo conversar com esse sujeito, Lucy?

— O FBI vai te dar cobertura — digo.

— O Ritz vai querer se encontrar com você dentro do cofre de um banco — diz Rik. — Em um lugar onde a vigilância seja impossível. E a primeira coisa que ele vai fazer será revistar você para ver se não está com uma escuta.

Por um momento, o olhar da delegada é ilegível. Apenas seus olhos se agitam enquanto ela avalia as coisas.

— Gostei da ideia — ela comenta.

— Eu não — diz Rik.

— Ricky, eu sou uma policial, esse é o meu trabalho. O Ritz é uma praga para esta cidade e para a humanidade. Se Moses aceitar a ideia, eu vou. Independentemente da P&B. — Ela sorri. — Acho que vai ser divertido.

34. WALTER ADORA FOFOCAR

Pelo que Tonya está ouvindo, Walter adora fofocar sobre o Ritz. Para manter seu disfarce, ele continua indo trabalhar todos os dias na Vojczek Administradora e, depois, a caminho do bar, faz um desvio para se reunir por umas duas horas com Ingram e outros agentes no North End.

Mesmo para quem o conhece há décadas, o Ritz, segundo Walter, é "estranho pra caralho". Enquanto servia no condado de Kindle, ele conheceu Jewell Green, uma funcionária civil de beleza lendária e recém-divorciada de um médico que a traíra. A mãe de Jewell era branca e o pai preto, e por causa disso a mãe do Ritz nem sequer ficava no mesmo ambiente que Jewell. Mas o Ritz se casou com ela mesmo assim e, supostamente, nunca mais falou com a mãe, que ele descrevia como "ruim como o diabo". De acordo com Walter, Jewell era a verdadeira cara-metade do Ritz: calorosa e graciosa como um diplomata, ao contrário do Ritz, que quase sempre é rabugento e pouco comunicativo, e tem uma vibração sinistra. Pouco antes de o Ritz sair da polícia do condado de Kindle, Jewell e ele se separaram. Walter disse que existem muitas histórias sobre o motivo, mas que ninguém sabe a verdade. Alguns ouviram dizer que o Ritz pegou uma IST e passou para ela. Muitos dizem que foi porque Jewell queria filhos. Algumas pessoas afirmam ter visto Jewell com hematomas. E muitas outras, somando dois mais dois, acham que Jewell deu um pé na bunda de Vojczek porque ele começou a usar drogas. Walter não sabe por que eles se separaram, afinal. Mais tarde, Jewell teve um filho, que nasceu durante seu breve relacionamento com um policial chamado Harris. O garoto é confiável e parece que não suporta o Ritz.

Apesar da separação, o Ritz e Jewell nunca se divorciaram e ainda são próximos. Ele não mora com ela há uns vinte anos, mas todos os domingos janta na casa dela, um casarão na West Bank que, pelo que eu sei, ele comprou para ela depois que se separaram. Walter disse que eles falam por telefone todos os dias.

O Ritz namorou uma chinesa por um tempo; era professora de idiomas dele. No entanto, conforme foi consumindo drogas mais regularmente, foi perdendo o interesse pelas mulheres, pelo jeito. Anos atrás, o Ritz dizia que dividia uma dose ao longo da semana, mas Walter disse que não o ouve dizer isso há anos. O Ritz parece viver o sonho do viciado com suprimento infinito. Ele passa as noites sozinho em sua cobertura, em um arranha-céu do outro lado do rio, também de propriedade e administração dele. Segundo a ex-namorada chinesa, que ficou arrasada quando o Ritz a largou, ele lê sobre todos os assuntos esotéricos – Walter disse que, no momento, o Ritz tem espalhados pelo apartamento livros sobre a arquitetura de Pompeia – enquanto ouve jazz, até se drogar pela última vez no dia e apagar.

Como o Ritz não abre muito o jogo, Walter não sabe o que Sid DeGrassi faz. Primo também está no escuro. Sid não abre o bico sobre o que faz na fábrica, mas Walter acha que o trabalho principal do cara é se fazer de idiota e não ver nada, responsabilidades para as quais mostra grande aptidão natural.

Mas Tonya obteve mais informações sobre o que acontece enquanto Sid está de plantão. Depois de uma semana de vigilância com o FBI, ela viu Sid deixar uma equipe de limpeza noturna entrar no prédio da VVM toda noite, por volta das oito horas. A empresa, Vojczek Limpeza e Higiene, é outra subsidiária que faz a limpeza dos imóveis ao fim do contrato, quando são entregues pelos inquilinos, nos edifícios administrados pela Vojczek em Highland Isle e Kindle. Mas há também uma equipe regular de zeladoria que trabalha durante o dia na VVM. Os faxineiros cumprem período integral na Vox VetMeds e, segundo os agentes que os vigiam, só limpam esse prédio. Quando o FBI por fim conseguiu identificar um dos faxineiros, descobriu, sem surpresa, que o sujeito tem mestrado em química.

Além de Sid DeGrassi e os faxineiros, não existe outra conexão visível entre a Vox VetMeds e o Ritz. Mas há mais uma exceção: no relatório anual da VVM em Delaware, constam os nomes dos três membros do conselho da empresa. Yolanda Green é um deles, e é também conselheira geral da VVM. É uma advogada na casa dos trinta que trabalha em um escritório de advocacia pequeno no condado de Kindle. Com base em fotos de seu Facebook e informações do Ancestry.com, ambos monitorados pelo FBI, acredita-se que ela seja parente de Jewell, a ex-Ritz, por parte de pai; provavelmente é sobrinha de Jewell.

Quando conto isso a Rik, ele dá uma risada barulhenta, incrédulo.

— Ritz é mesmo tão esperto quanto dizem. Consegue se isolar e proteger por privilégios. Yolanda não pode ser forçada a revelar suas conversas com Jewell, nem com Vojczek, por causa do privilégio advogado-cliente, e Jewell nunca vai ter que testemunhar sobre o Ritz, porque ainda pode alegar privilégio conjugal. Nossos amigos do Ministério Público dos Estados Unidos vão ter que rebolar.

Moses e Feld parecem ter um plano. Só que não nos contam muito quando Rik e eu levamos a delegada para conversar com eles e Ingram. Vovô sempre descrevia Moses como metódico, e, pelos fragmentos que ouço, entendo que ele acredita que Vojczek está envolvido em tanta merda que vão acabar pegando ele por alguma coisa. Feld comenta, a certa altura, que foi para gente como o Ritz – tipo um criminoso multifuncional – que foi criada a lei RICO, para Organizações Corruptas e Influenciadas por Extorsionistas.

Toy também falou com o DEA sobre a Vox VetMeds. Atualmente o carfentanil está disponível legalmente nos Estados Unidos apenas como composto químico, com receita específica para um único cliente. Há uns oito meses, a Vox obteve o registro de fabricante de substâncias controladas para formular um composto genérico de carfentanil para o zoológico do condado de Kindle. O zoológico fez dois pedidos, ambos relatados pela VVM ao DEA. O importante é que o registro dá à VVM um motivo para adquirir os insumos necessários para formular o material.

***

Desde o início, os federais *adoraram* minha ideia de a delegada falar com o Ritz. Mesmo que não funcione, não vai expor Walter; e Lucy, claro, é a última pessoa do mundo com quem Vojczek quer falar. A esta altura, depois de um acordo que Moses entregou a Rik – que protege a delegada se ela contar tudo –, os federais já sabem de toda a história dela, de Ritz e da foto. E Feld, que tem uma imaginação conspiratória e que, para sorte de todos, escolheu a polícia e não o crime, bolou um cenário que todo mundo acha que tem uma boa chance de fazer o Ritz falar.

Para preparar tudo, por instrução de Feld, Rik pediu a Marc Hess que informasse à imprensa que a Comissão exigira o testemunho da delegada. Marc entendeu esse pedido como parte de nossa estratégia para nos anteciparmos à mídia.

Depois que saem as matérias dizendo que ela vai testemunhar semana que vem, a delegada liga para o celular do Ritz — número que Walter forneceu — quando nossa vigilância determina que ele está no escritório dele, no centro de Highland Isle. Ela faz a ligação do gabinete de campo de Greenwood, e somos seis ouvindo.

— É Lucy, Ritz.

Longo silêncio. Até que Vojczek diz:

— Onde diabos você conseguiu este número?

— Sou da polícia, lembra? As companhias telefônicas abanam o rabo e sentam quando nós ligamos. Eu e você precisamos conversar.

— O caralho! — responde ele.

— Precisamos conversar, Ritz. E não quero falar por telefone.

Foi ideia de Ingram que ela agisse como se desconfiasse que está sendo vigiada.

— Nós não temos nada para conversar.

— Tenho que testemunhar semana que vem, Ritz.

— Problema seu.

— Tudo bem, mas o seu nome vai ser citado. Quero te dar uma prévia, pelo bem de nós dois. Me diga onde e quando podemos nos encontrar.

Ele desliga sem se despedir.

Nenhuma notícia no fim de semana; na segunda-feira, ao meio-dia, Ritz diz a Walter que precisa dele e do seu carro na terça de manhã. Não informa o motivo, mas, quando Walter pergunta no escritório, dizem que o Ritz está se preparando para uma reunião no dia seguinte. É só um palpite que o Ritz vai marcar alguma coisa com a delegada, mas o FBI convoca uma reunião para tarde da noite de segunda-feira, em um local externo, para prepará-la; só por precaução. Naturalmente, Rik e eu somos convidados a participar.

35. ASSIM QUE ENTRO NO MEU APARTAMENTO

Assim que entro no meu apartamento, sinto alguma coisa. São umas seis da tarde de segunda-feira e estou voltando do passeio com Gomer, o Cocô; e fui comer também, porque tenho a reunião com os técnicos do FBI. Mas sei que não estou sozinha. Gomer está no canto mais distante da sala com seus olhinhos arregalados. Ele costuma ir para esse canto quando recebo visitas, como se precisasse de espaço para planejar suas ações futuras. E, mesmo estando abaixo do limiar de minha audição, sinto a respiração de outra pessoa.

— Toy? — pergunto.

— Não atire — escuto.

Estranho, porque ainda não levei a mão à arma, debaixo do braço. Koob sai do meu quarto. Parece que quer sorrir, mas não sabe como esse gesto vai ser recebido.

— Caralho! — digo, absorvendo o choque que atinge meu corpo inteiro.

— Desculpe. Eu tentei te ligar.

— Número oculto?

— Esse é o meu nome — diz ele, com a mesma sugestão de sorriso.

Eu estava com Rik e um cliente e não pude atender quando a tela do celular acendeu, por volta das três e meia. Presumi que fosse o FBI com detalhes sobre a reunião desta noite, que recebi de Tonya por mensagem.

— Achei que nunca mais iria te ver — digo. — O que aconteceu?

A vida não é uma comédia romântica; pelo menos não a minha. Suponho que uma parte de mim ficaria emocionada se ele dissesse que deixou a esposa e que está aqui porque precisa ficar comigo todo dia, porque sou ótima e está totalmente apaixonado por mim. Mas outra parte, talvez a maior, jamais acreditaria nisso e ficaria em pânico com a perspectiva de compromisso. Na real, nenhuma parte minha espera que ele diga isso.

— Pelo que eu entendi, vai acontecer um encontro amanhã — comenta ele. — Que envolve sua cliente.

A princípio fico alarmada, mas logo percebo com quem ele andou falando. Nem Walter nem Lucy têm certeza, ainda, de que o encontro vai acontecer. Levo uns segundos para recordar a mim mesma que Koob e eu estamos em lados opostos de novo.

— Então, você sabe de coisas que eu não sei — digo. — Onde você ouviu isso?

— O Ritz me ligou.

— Certo.

— Ele quer que eu faça contravigilância. Acha que pode ser uma armação.

— Jura? — Sou evasiva. — Então, por que ele iria?

— Acho que ele está crente de que o pessoal dele vai enganar a polícia.

Ele quase sorri, mais que o normal, e acrescenta:

— E acho que está preocupado com o que a sua cliente vai dizer sobre ele no banco das testemunhas.

— Da última vez que nos vimos, você estava com medo de que o Ritz o matasse.

— Ainda não descartei isso. Só que, quando Darnell ligou para o cara que faz a intermediação dos pagamentos, descobriu que o Ritz ainda estava devendo para nós, e isso ajudou a explicar por que eu simplesmente fui embora. E parece que o Ritz acredita em nosso argumento de que cooperar com as autoridades seria letal para nossos negócios. Sem falar da nossa liberdade. Também já se passaram semanas e nada de ruim aconteceu com o Ritz nem com os assuntos que o preocupam. Portanto, acho que ele está se sentindo seguro.

— Mesmo assim, por que não dizer a ele "Foi um prazer, até mais"? Por que arriscar?

— Como eu disse, o Ritz nos deve muito dinheiro. Ele está dando desculpas, dizendo que o preço das bitcoins subiu muito, mas tudo indica que o pagamento vai acontecer no momento em que ele me vir amanhã. Esse tipo de jogo de poder é esperado com Ritz, para mostrar que quem dá as cartas é ele. E, obviamente, se eu aparecer de novo, qualquer suspeita que ele tenha tido de que eu o traí vai desaparecer.

— E esse dinheiro que ele deve a você é por me espionar?

Koob aperta os lábios para não sorrir de novo.

— Por muitos serviços. É muito dinheiro, mas *se for* uma operação secreta, provavelmente comandada pelo FBI, considerando o envolvimento anterior, prefiro não ir. Pelo menos não sem algumas condições prévias. Obviamente eu não tenho interesse em ser detido para interrogatório.

— Nós não falamos sobre nossos clientes, lembra?

— Entendo.

— Portanto, não tenho nada a dizer sobre o que eu sei ou deixo de saber.

— Eu entendo. Mas eu pensei um pouco no assunto... se eu for lá amanhã e for uma armação, tenha certeza de que eu consigo detectar. Seja qual for o meio que o FBI use para interceptar conversas, tipo rádio, gravador ou até um laser tap. Sabe o que é?

Assinto. O laser tap é o equipamento dos sonhos dos detetives; é um mecanismo que usa um laser para transformar as vibrações da fala contra uma superfície dura, geralmente uma janela, em som, aplicando os mesmos princípios de um microfone.

— Enfim, qualquer dispositivo que eles usem — continua —, acho que eu consigo detectar. Sem dúvida, se eu fosse do FBI, não gostaria de correr esse risco. Por isso eu quero propor um acordo bom para todo mundo: para mim, sua cliente e o FBI.

Faço um movimento com a mão indicando que ele explique.

— Se eu detectar alguma coisa, não vou falar nada. Vou fazer a busca normal, com o equipamento apropriado, mas, se descobrir alguma coisa...
— Ele coloca seu dedo fino sobre os lábios, na vertical. — E só o que quero em troca é um passe livre. Eu vou e saio de lá sem que ninguém me detenha. Nem me procure depois.

— E se eu disser que não posso ajudar?

— Vou para casa agora.

— E vai explicar o quê para o Ritz?

— Que é muito arriscado.

O que seria como mostrar uma placa de PARE. Se o guru da vigilância decidir que um encontro de Lucy com o Ritz é muito perigoso *para si mesmo*, o Ritz também não irá.

Koob raciocinou sobre isso com cuidado. Resumindo, o FBI precisa aceitar seus termos. É a única maneira de o Ritz se encontrar com Lucy.

— E digamos que ele descubra que era a polícia — instigo. — O Ritz não vai pensar que você estava envolvido, se ele for pego?

— Pode ser, mas meu nome nunca vai aparecer em nenhuma lista de testemunhas do governo. E eu posso inventar que os federais devem ter desenvolvido uma tecnologia avançada que enganou meu equipamento. Afinal, as agências federais fazem de tudo para não revelar suas mais recentes técnicas de vigilância, nem mesmo nos julgamentos, e os tribunais geralmente permitem que eles guardem seus segredos. Eu tenho como negar. E, francamente, se Ritz estiver preso, vai ter menos tempo para se preocupar comigo. Darnell e eu achamos que é o melhor caminho para nós.

Koob me olha daquele jeito inabalável que assume quando diz uma verdade incômoda. É um acordo bom para ele; eles recebem o dinheiro, não traem o Ritz aos olhos dele e discretamente ajudam a prender um homem sinistro que agora sabem que é um assassino.

Digo a ele que preciso fazer umas ligações.

— Vá fazer uma caminhada de uma hora — digo. — E... poderia levar o Gomer?

Ligo para Rik primeiro. Depois para Tonya. Ela me liga de volta quarenta e cinco minutos depois.

— O FBI *odeia* receber ordens — alega. — Alguns só queriam dizer: "Ele que se foda", mas o pessoal com a cabeça mais fria percebeu que não tem escolha. Mas Joe, ou seja lá qual for o nome dele, precisa entender que não pode fazer joguinhos. Se eles acharem que ele avisou o Ritz, o acordo evapora e o cara sai de lá algemado. Portanto, é melhor que ele seja superconvincente quando der o sinal verde ao Ritz. E eles foram enfáticos: você não pode confirmar para o Joe que é uma operação policial. Eles não querem correr o risco de ele deixar alguma coisa escapar para o Ritz, nem por acidente.

Quando Koob volta, traz as carnitas do Ruben's. Acho graça, e nos sentamos à mesa.

— Vá lá amanhã — digo. — De um jeito ou de outro, você vai poder seguir seu caminho.

— Obrigado.

Ele fala sobre sua filha enquanto comemos. Não vê sinais de que ela esteja amadurecendo; só pensa em sexo, drogas e rock 'n' roll. E compras.

— Não é uma sensação boa olhar para a própria filha e pensar: "Você é superficial" — diz.

— E jovem — completo. — Ela é jovem. As pessoas mudam, não é?

— Às vezes.

— Do jeito que você descreve sua esposa, sua filha tem muita coisa para superar. Talvez por isso ela precise ser superficial.

Ele me olha como se nunca tivesse pensando nisso.

Faltando dez minutos para as nove, dobro a embalagem da comida e me preparo para sair. Eu disse a ele que tenho uma reunião com Rik.

— Onde você vai ficar? — pergunto.

Ele dá de ombros.

— O Ritz pagaria um hotel.

— Você pode ficar aqui. Mas nada de cama — digo, pois já pensei nisso. — Não seria legal para mim. Bem, seria, mas depois não.

Ele assente várias vezes.

— Eu pensei a mesma coisa.

Acho que ele está sendo sincero. E parece meio aliviado.

— Então... fique à vontade no sofá — digo.

— Tudo bem. Se eu não estiver aqui, falo com você antes de ir embora.

Estamos perto da porta.

— Ah, foda-se. — E lhe dou um abraço rápido antes de sair.

36. A REUNIÃO COM OS TÉCNICOS DO FBI

A reunião com os técnicos do FBI ocorre em um local externo, no North End, onde Ingram tem se encontrado com Walter – um edifício comercial decadente, em cuja porta da sala, no segundo andar, há uma placa indicando uma empresa: National Industries. É meio assustador descobrir que o governo federal tem tantos esconderijos aleatórios pela cidade. Dentro, vejo a mesma falta de requinte: uma sala de reuniões com divisórias de metal móveis e uma mesa oval com superfície de plástico brilhante.

Somos Don Ingram, Tonya, Rik, Lucy e eu. A estrela do show é uma mulher atarracada chamada Mulligan, que tem mãos grandes e um cabelo curto todo amassado. Ela veio de Washington para instruir a delegada sobre o equipamento que o FBI vai usar amanhã. Pelo que Tonya me disse, Mulligan queria que o acordo com Koob incluísse a especificação do equipamento de contravigilância que ele usaria, mas o pedido foi descartado por superiores, que disseram que isso confirmaria que se tratava de uma operação policial. De qualquer maneira, eu tenho certeza de que Koob não estaria disposto a ir tão longe.

Mulligan tem o hábito irritante de se referir a todos pelo papel que desempenham na operação, como se não tivessem nenhuma existência humana. O Ritz é "o alvo".

— Nosso entendimento — diz Mulligan a Lucy — é que o alvo contratou um especialista em vigilância competente, de modo que nós temos que presumir que as defesas do alvo vão contar com os mais recentes e melhores dispositivos para detectar qualquer coisa que possamos usar para observar ou ouvir: câmeras, laser taps, transmissores de rádio, escutas na sala, GPS transponders etc. E temos que esperar que tudo que o alvo disser em voz alta vai ser encoberto por uma máquina que produz ruído branco nas mesmas faixas de frequência da fala humana. O objetivo disso é garantir que, mesmo usando um dispositivo de gravação, e você vai usar dois — continua Mulligan, apontando para Lucy —, ou um rádio, idem, o que for capturado seja completamente ininteligível. Mas nós temos truques para neutralizar isso.

"Nossa fonte — é assim que ela se refere a Walter — disse que atuou como guarda-costas do alvo em duas reuniões com um estranho, no passado. Todas as vezes o alvo tinha alguém para revistar a pessoa. Presumimos que amanhã será o sujeito da CV."

Contravigilância. Também conhecido como Koob.

— Nessas ocasiões — prossegue Mulligan —, o alvo usou seu próprio veículo. Isso lhe permitiu mandar fazer uma varredura em busca de grampos ou GPS. Esperamos o mesmo para amanhã. O alvo foi dirigindo, para que ninguém mais ouvisse o que ele dizia. Com o carro em movimento e seus homens o acompanhando pelas ruas, de todos os lados do veículo, vendo se ninguém o seguia, ele achava que poderia frustrar grande parte da vigilância. Depois de ter certeza de que não estava sendo seguido, ele estacionou embaixo de um viaduto, onde se forma um túnel. A fonte disse que, nas duas vezes, foi no mesmo local: no North End, condado de Kindle, não muito longe daqui, para impedir vigilância aérea, como drones, e para bloquear o sinal de rádio de algum dispositivo de transmissão que não houvesse encontrado.

"Achamos muito provável que ele estacione ali de novo. Quem sugeriu esse lugar ao alvo tinha razão: é um local difícil de vigiar. Mas temos maneiras de contornar isso. O principal problema, para nós, é a máquina de ruído. Como eu disse, você vai estar equipada com dois gravadores digitais."

Mulligan coloca a mão em um envelope e tira de lá os dois gravadores, e os deixa na mesa. São incríveis. Um é uma chave do carro, cópia perfeita da que a delegada usa para ligar seu Toyota de dez anos; e o segundo parece um cartão magnético desses que abrem fechaduras eletrônicas. Ela vai levar esse cartão, junto com outros normais – de débito e de crédito – em um envelope adesivo na parte de trás do celular.

— Usamos a gravação do telefonema da semana passada entre você e o alvo para desenvolver um envelope sonoro para cada voz. Os microfones em cada dispositivo são direcionais e têm cancelamento de ruído. Vão melhorar tudo dentro do envelope sonoro e acrescentar um marcador digital. Se deixar um desses gravadores perto de você, não vamos ter dificuldade para extrair sua voz depois por computador. Mas precisamos da sua ajuda para captar o lado do alvo na conversa. Quanto mais perto do alvo puder colocar o segundo gravador...

— Do Ritz, você quer dizer — diz a delegada.

Mulligan é como uma atriz que não consegue sair do papel, e seu jeito de falar é irritante, especialmente para gente como a delegada, que o interpreta como "Nós somos especiais, somos o FBI".

Mulligan meio que rosna, mas assente, e a delegada diz:

— Só para confirmar. Ok, segundo dispositivo o mais próximo possível do Ritz. O que mais?

— Fale alto, tanto quanto puder.

— Eu, sim, mas Moritz fala baixo.

— Sim, e nós pensamos em um jeito de solucionar isso. Pediremos que você vá à reunião usando isto.

Ela tira do envelope um par de aparelhos auditivos retroauriculares. Lucy torce os lábios, em dúvida.

— Ritz não vai achar estranho que de repente eu esteja usando isso?

— Quem disse que foi de repente? — pergunta Mulligan. — Seu cabelo é comprido, você pode estar usando isso há meses sem que ninguém perceba. Você só precisa justificar o que prejudicou sua audição na juventude e explicar que piorou há um tempo. Você gostava de ir a shows de rock?

— Não muito — diz a delegada —, nem de bate-cabeça. Mas fui instrutora de tiro quando estava no condado de Kindle.

— Perfeito — diz Mulligan. — E o protetor auricular que te deram estava com defeito, correto?

— É... Típica porcaria de baixa qualidade do condado de Kindle — responde Lucy.

— A outra questão do aparelho auditivo é que o cara da vigilância provavelmente não vai permitir que você fique com ele. Ele vai tirar qualquer dispositivo eletrônico que esteja usando, ou vai tirar as baterias, provavelmente as duas coisas, se for tão bom quanto acreditamos. Mas supostamente o sujeito da CV não vai alertar o alvo sobre nosso equipamento, de modo que pode deixar você ficar com o aparelho sem as baterias; o que é ótimo, porque o rádio de alta frequência que instalamos no aparelho do ouvido direito tem uma fonte de alimentação secundária. Agora, se o CV os tirar de você, não se preocupe, é provável que o rádio seja bloqueado debaixo daquela ponte, e nosso principal meio de rastreá-la será um microfone a laser que vamos começar a usar assim que você entrar no veículo do alvo.

— Vale a pena usar se ele vai ser confiscado? — pergunta a delegada, cutucando um dos aparelhos auditivos com sua unha esmaltada.

— Sim — diz Mulligan —, porque, se tirarem seu aparelho, você vai ter um motivo para pedir ao alvo que fale alto, e isso vai nos ajudar a minimizar o efeito da máquina de ruído. Então, proteste de qualquer maneira se o CV decidir tirá-los de você ou tirar só a bateria.

— Ok — diz a delegada, e sorri.

— Além disso — diz Mulligan —, preste atenção à máquina de ruído que o alvo usar. Deve ficar bem à vista, porque ele não vai querer que o ruído seja abafado. Se conseguirmos identificá-la, vamos conseguir reproduzir a frequência do sinal e retirar digitalmente a interferência do que gravamos. Como eu disse, nosso principal meio de ouvir vai ser um microfone a laser.

Mulligan pede à delegada que assine um formulário de consentimento, para que o uso do microfone a laser não viole a lei federal de escutas telefônicas. A seguir, explica como funciona a escuta. Eles estão apostando que o Ritz vai estacionar no mesmo lugar e já posicionaram um laser em um poste de luz. Também haverá um em um carro do FBI, que vai segui-lo, caso Vojczek os surpreenda e pare em outro lugar. Aparentemente as máquinas do FBI emitem um feixe que esconde o laser dos dispositivos que normalmente podem detectá-los.

— Lembre-se — alerta Mulligan —, o objetivo principal desses dispositivos de escuta é sua segurança. Se você gritar mais alto que a máquina de ruído dele, nós vamos ouvir. Sua palavra de segurança será "nazista". E, se fizerem uma segunda revista em você, diga "espaguete".

— Nazista e espaguete — repete a delegada.

Fico feliz com essa parte. A delegada tem andado impressionantemente despreocupada com sua segurança física, mas, como aprendi na Academia, qualquer pessoa a menos de três metros de nós pode nos matar com uma faca antes que consigamos sacar a arma. De modo que ela vai estar na zona de perigo dentro de um carro com Vojczek, especialmente desarmada. Mas, independentemente do que o Ritz faça, ela deve ter tempo de gritar.

— Para a revista inicial, o sujeito da CV deve usar um detector de campo eletromagnético, que vai alertar sobre qualquer dispositivo eletrônico ativo – como seu aparelho auditivo e o celular. Supondo que o alvo ou os homens dele estejam perto e vejam as luzes de alerta, o cara da CV vai ter que ser esperto. Depois de usar o detector, ele vai precisar desligar, porque vai ficar soando o alarme devido ao funcionamento da máquina de ruído. Talvez ele teste as vibrações no para-brisa do carro também, mas não acreditamos que o alvo ande por aí com abafadores no vidro que poderiam interferir no laser tap. Esse é um truque conhecido dos traficantes de drogas, de modo que é um convite para ser parado em uma blitz.

— Claro — diz a delegada —, imagine se o Ritz andaria por aí como se fosse um traficante de drogas...

Mulligan responde com um sorriso tenso.

— Para passar pelo detector de campo eletrônico, todo o equipamento que vamos usar em você pode ser ligado e desligado. O sinal do aparelho auditivo é controlado pela porta da bateria. Quando a porta é aberta, o sinal cai. Mas os gravadores que acabei de mostrar, a chave e o cartão, precisam ser ativados manualmente depois da revista.

Mulligan mostra à delegada os botões no centro da chave do carro e no logotipo do cartão. São sensíveis ao calor e à pressão, assim não será necessária muita manipulação para que a delegada possa ligá-los de novo com um movimento casual.

Mulligan pede a ela que teste os botões. Ela o faz duas vezes e se recusa a tentar mais. Quando Lucy começou como patrulheira no condado de Kindle, a Narcóticos a convocava com frequência para trabalhar disfarçada. Ela não era conhecida pelos traficantes e seu espanhol era perfeito. Ela enrolou meia dúzia deles. "Eu era muito boa", ela me contou, o que significa que ela arrasava. Disse que era como correr na corda bamba, mas que adorava tudo: a representação, o perigo, as reações improvisadas. E ela acredita que ainda tem as mesmas habilidades.

Quando estamos saindo, Don Ingram me para.

— Seu informante fez um ótimo acordo conosco. Ele parece inteligente. Não vai tentar jogar nos dois times, não é?

— Ele sempre mantém a palavra — respondo.

Já no Cadillac, considerando todas as jogadas que fizemos um com o outro, eu meio que me surpreendo com o que disse a Ingram sobre minha fé na honestidade de Koob. É possível ser um espião honesto? Mas eu acredito mesmo nele.

Fico feliz ao pensar que ele está na minha casa, esperando por mim. Mas claro que ele não está. Vejo um bilhete na mesa – deve ser a primeira vez que vejo sua caligrafia, que é muito bonita.

"Melhor ir embora", diz. Analiso as palavras por um momento, sem saber se ele abreviou a frase ou se escreveu assim pela influência da maneira como sua mãe falava inglês. "Melhor ficar", penso, mas imediatamente penso que não, que ele tem razão. Eu me sinto meio traída, porque Koob ainda está envolvido com a esposa, quer ele saiba quer não; mas é a hora errada para nós dois.

Eu sei que dizem que as pessoas mudam por amor, e eu já vi isso. No ensino médio, estudei com uma menina chamada Randi Berkowitz, que se apaixonou por um paquistanês. Encontrei-a no shopping, e ela estava com um hijab que caía sobre seus ombros e uma saia até o chão, com quatro filhos pequenos agarrados à bainha. E me pareceu feliz. Viver de acordo com regras que provavelmente desconhecia no ensino médio parecia certo para ela; uma maneira de expressar seu verdadeiro eu, a pessoa que ela escolheu ser.

Mas no fundo eu sei que ainda não estou pronta para uma pessoa só, e talvez nunca esteja. O máximo que posso tirar de tudo que vivi com Koob é que talvez seja uma ideia um pouco mais tentadora agora.

Fico olhando o bilhete por mais um segundo, dobro-o e o guardo cuidadosamente na primeira gaveta da escrivaninha. Tenho certeza de que vou pegá-lo e ficar olhando para ele por uns instantes de vez em quando.

37. O ENCONTRO

Um pouco antes das oito da manhã de terça-feira, Tonya me liga e diz: "Tudo certo".

A assistente do Ritz ligou para o celular da delegada e disse que o sr. Vojczek deseja se encontrar com Lucy em trinta minutos, em uma das mesas externas de um café na Madison, a cerca de um quarteirão da Vojczek Administradora.

Rik e eu não vamos ter permissão para observar nada da rua, pois poderíamos interferir involuntariamente; mas, considerando o que está em jogo para a delegada, Toy conseguiu lugares para nós no gabinete de Greenwood, que será o centro de comunicações da operação de hoje. Com meia hora para chegar lá, saio correndo sem lembrar de fazer xixi e passo o caminho todo batendo os pés a cada semáforo vermelho.

Chego poucos minutos antes de Rik, e o que encontro parece uma versão barata da Mission Control. Há quatro enormes monitores de computador dispostos sobre uma mesa dobrável comprida, e dois homens e duas mulheres com fones sentados em cadeiras de plástico em frente às telas. Dan Feld está em uma cadeira dobrável de metal, balançando-a para a frente e para trás até encostar na parede. Ele acena para mim.

Toy vem me cumprimentar e explicar o que estamos vendo.

— Ritz colocou Walter e outros homens para acompanhar a delegada para ter certeza de que ela não está sendo seguida — diz Toy. — O que é uma piada, porque estamos muito à frente deles.

Ela aponta para um dos monitores, que mostra uma visão aérea do Camry da delegada saindo da delegacia e pegando a Madison.

— Um drone? — pergunto.

O FBI tem um acordo antigo com Highland Isle e o condado de Kindle, que compartilham as imagens das câmeras de segurança do circuito interno 4K localizadas em vários cruzamentos. Diz a lenda que essas câmeras são tão potentes que, com boa luz, dá para ler a data impressa em uma moeda caída na rua.

A delegada estaciona em frente ao Coffee Kingdom.

— Aqui vou eu — diz para si mesma, e abre a porta.

Ela sabe que está sendo ouvida. O som do minúsculo rádio que ela leva na orelha direita está excepcionalmente claro até agora; aqui, ele sai por uns alto-falantes posicionados em cada extremidade da mesa.

Na tela, vemos a delegada entrando no Kingdom e saindo com um café com leite. Ela deixou o blazer de seu uniforme, com suas fileiras de botões, no carro. E sua estrela também. Ingram recomendou isso, imaginando que o Ritz ficaria preocupado que a farda chamasse a atenção para os dois juntos, o que seria uma visão inesperada. Então, ela está com a saia reta azul, lisa, que diz preferir às calças no calor de agosto, e a túnica cor de vômito, sem dragonas nos ombros, que usa em ocasiões especiais, quando não poderia tirar o blazer. Parece uma civil.

Um minuto depois, o Ritz passa a pé, com seu cabelo ensebado, suas botas de caubói de salto alto, uma calça jeans larga sobre o traseiro esquelético e um blazer esporte de tweed. Eu já deveria ter percebido isso há muito tempo, mas só agora me dou conta de que o Ritz usa esse blazer para esconder uma arma.

Ele passa pela delegada e nem olha para trás. Mas Koob, como é seu costume, surge do nada. Não percebo que é ele; está disfarçado para que nem o FBI nem ninguém saiba como ele é de verdade. Está com uma barba falsa cheia, óculos escuros grandes, um boné de beisebol e um nariz largo falso. Mas tem um ar descontraído. Está com uma calça cáqui e uma camisa de manga comprida, carregando uma maleta de bom tamanho. Um homem de negócios casual. Apenas mais um cara indo trabalhar.

Ele vai direto para Lucy.

— Delegada, poderia me acompanhar?

Ele aponta para a grande SUV preta do Ritz, uma Lincoln Navigator, estacionada um pouco à frente deles. As câmeras do circuito interno são melhores do que eu pensava com pouca luz, e os dois técnicos que estão trabalhando aqui na sala ampliam e iluminam a imagem da delegada e Koob entrando no banco de trás. Nesse momento, Tonya chama minha atenção, balançando a mão flácida diante do peito e murmurando "Dã-ã-ã", obviamente se referindo a Koob, apesar do disfarce. Eu a ignoro. Rik, que se sentou ao meu lado há alguns minutos, está rindo.

— Fique de frente para mim, delegada, por favor — diz Koob, e revista Lucy habilmente.

Ele faz um sinal para que ela tire do bolso da túnica o celular e as chaves; parece que ele os deixa no banco, entre eles. Então, Koob enfia a mão naquela grande maleta e tira uma máquina que eu já vi em revistas. É uma caixa preta com luzes, de uns trinta por trinta de largura e poucos centímetros de altura, conhecida como The Hunter, "O Caçador". Ela aplica vários tipos diferentes de contramedidas, como detecção de campo eletromagnético e localização de lentes. Koob mantém os olhos baixos, o que indica que a máquina captou as câmeras 4K; mas ele vai dizer ao Ritz que está tudo normal.

A seguir, ele encontra o aparelho auditivo da delegada e pede que ela o retire. Ela o entrega e Koob tira as baterias. Fica olhando um tempo para os dois lados, o que me faz pensar que está pensando em alguma coisa. A delegada pega o esquerdo – o que não tem rádio – e o passa na frente da máquina. Ela abre e fecha a portinha da bateria algumas vezes, e O Caçador não emite nenhum alerta. Ela está demonstrando que é só um aparelho auditivo, que sem a bateria não tem energia. Koob dá um sorrisinho tão sutil que acho que só eu noto. Ele já ouviu falar muito sobre a delegada, e imagino que esteja impressionado com a total indiferença dela ao tentar frustrar a máquina e dar a ele uma pista sobre qual lado testar.

Então, ele pega o celular da delegada, tira a capinha e a devolve a ela. Usando umas ferramentas de joalheiro, ele tira o chip da lateral, abre a parte de trás do aparelho e tira a bateria. Por fim, pega a chave do carro com o chaveiro, cujos botões amarelos abrem o porta-malas e trancam as portas do Camry. Usa as mesmas ferramentas para tirar a bateria do chaveiro e fica com a chave na mão por um instante – desconfio que ele também notou algo aí –, mas logo a deixa de lado.

Então, Koob desliga O Caçador e o coloca ao lado, e fica olhando para o banco do carro. Pela janela de trás, não podemos ver Koob nem a delegada da cintura para baixo, mas sei o que ele deixou no banco: os aparelhos auditivos, a chave do carro, o chaveiro aberto e as várias peças do celular dela. Acho que desde o início ele teria apostado que se tratava de uma operação policial, mas agora parece estar em dúvida. Por fim, pega a chave do carro e a devolve, mas fica com o celular e o aparelho auditivo.

Depois de mais um segundo de hesitação, ele fecha as portas das baterias dos dois lados do aparelho, e o rádio volta a funcionar.

— Eu preciso deles — diz a delegada. — Sem eles, não ouço nada. E não vou tirar os olhos do meu celular. Tenho muita coisa confidencial nele.

Koob a observa. Ele deve imaginar que ela sabe do acordo, mas está tentando decodificar as palavras dela.

— Acho que o sr. Vojczek vai querer guardar tudo isso até depois da reunião. Tudo bem?

— Tudo bem, mas diga para ele tomar cuidado com o aparelho auditivo — diz ela. — Custa cinco mil dólares. E guarde isto com o celular. Não quero perder meus cartões do banco.

Ela coloca a capinha com o porta-cartão no celular. Finge que está difícil, mas sei que ela está ativando o gravador do cartão.

— Prazer em conhecê-la, delegada — cumprimenta Koob, e desliza em direção à porta do carro.

— Igualmente. Mas faça um favor a nós dois: fique longe de minha cidade no futuro.

Ele leva a mão à têmpora e, com ironia, bate continência.

O homem e a mulher que operam a câmera que fica no cruzamento da Madison diminuem o zoom para que possamos ver Koob indo até o Ritz. O rádio que Koob tem na mão faz uns cliques ao bater no outro aparelho auditivo.

— Ela está limpa — diz a Ritz.

Estão conversando em inglês, não em mandarim. Acho que o Ritz e ele concordam que, quando estão na rua, o inglês chama menos atenção dos transeuntes que um homem branco falando em chinês. Mas o FBI se preparou e tem programas de IA para tradução. Uma mulher do outro lado da mesa fica mal-humorada quando os ouve falar inglês. Deve ser a responsável pela tradução...

— Lentes? — pergunta Ritz.

— Só o circuito interno no cruzamento.

— Laser?

— A máquina não pegou nada.

O Ritz assente com a cabeça e pensa.

— Acha que é seguro, então?
— É o que indica o equipamento.
— Ótimo.
— Você se vira sozinho agora, então? — pergunta Koob.
— Se você fez a porra do seu trabalho, sim.

Koob tira seu celular do bolso da calça e o consulta. A princípio não acredito que ele está lendo suas mensagens ali mesmo; mas logo percebo o que ele está procurando. Aparentemente, Darnell confirmou que o dinheiro que Ritz devia a eles foi pago.

— Vou indo, então — diz Koob.
— Talvez eu ligue de novo para você.
— Desculpe, não podemos aceitar de novo clientes com problemas de pagamento.

Ritz dá de ombros.

— Foi um mal-entendido, mas como quiserem.
— É nossa política — diz Koob.

Ele dá meia-volta, mas se vira de novo, como se tivesse esquecido alguma coisa.

— Eu disse à sua convidada que você ficaria com isto até o final da reunião.

Ele entrega as duas peças do aparelho auditivo e o celular da delegada – com o gravador ativado dentro da capa do cartão de crédito.

— Checou tudo isto aqui?
— Tirei as baterias, está tudo desligado. Ela tem medo de que você perca o aparelho, mas, por segurança, eu só os devolveria no fim da reunião.

O Ritz assente, satisfeito com a cautela de Koob. Ele coloca as coisas da delegada no bolso interno da jaqueta, bem sobre o coração. O agente sentado diante do último monitor à direita se levanta, agitando os punhos acima da cabeça, comemorando.

Tonya murmura para mim:

— Seu cara é bom mesmo.

A única solução melhor para captar a voz do Ritz seria se Koob o convencesse a pendurar o cartão no pescoço, bem em cima da laringe. Quanto ao sinal de rádio no aparelho auditivo direito, pode ficar limitado, dependendo de onde o Ritz estacionar, mas pelo menos os técnicos têm o microfone mais perto dele. E a delegada pode, mais tarde, repassar com eles sua parte na conversa.

Antes de ir embora, Koob mexe em alguma coisa dentro de sua pasta, acionando imediatamente o ruído branco. Ele faz um gesto indicando sua maleta, mas não conseguimos entender precisamente o que quer dizer. O Ritz vai para o Lincoln com a maleta. Sem olhar para trás, Koob se afasta, e sua imagem desaparece do monitor.

Outro agente, que está de fones de ouvido, diz a Toy:

— Canal 4.

Ela gira um botão do rádio e a transmissão do laser tap voltado para o Lincoln chega pelos alto-falantes. Ouvimos a delegada cantarolando baixinho. Acho que é "Don't Stop Believin'".

O barulho da máquina de ruído a encobre quando Ritz entra pelo lado do motorista. Ele coloca a maleta no banco do passageiro e começa a mexer nela. Não podemos ver o que ele está fazendo, mas logo fica claro que tirou de dentro da maleta a caixinha de ruído branco, pois o barulho se intensifica, e o que o microfone a laser capta se transforma em uma confusão de sons sibilantes. Mas a voz da delegada continua audível, porque ela fala alto.

— Jesus Cristo, Ritz, desligue essa porra! O cara da tecnologia pegou meu aparelho auditivo, não vou entender uma palavra do que você falar.

— Você não vai me ouvir dizer nada, Lucy. E eu estou te ouvindo bem.

Com o rádio bem sobre o coração do Ritz, sua voz agora está muito mais clara que a da delegada.

Ela responde imediatamente:

— O quê?

Por um segundo, o Ritz leva a mão ao bolso do blazer, aparentemente disposto a devolver os aparelhos a ela; mas parece reconsiderar, lembrando do conselho de Koob. Então, ele abaixa um pouco o ruído branco, provocando outra reação de alegria do mesmo agente, que agora sei que deve ser o cara do som.

— Quando foi que você começou a usar aparelho auditivo? — pergunta Ritz.

— Há um mês, mais ou menos.

Lucia explica sobre o campo de tiro e diz que finalmente cedeu à pressão das filhas, que há anos diziam que ela estava precisando. E foi por isso que deixou o cabelo crescer.

—Pois é — diz o Ritz —, eu também estou começando a precisar.

Ele faz um gesto para que Lucia passe para o banco da frente, mas ela diz:

— Não. Acho essa uma distância confortável.

— Pensei que você não conseguisse me ouvir.

— É só manter sua maldita voz alta, Ritz, que eu te escuto bem. Eu sei muito bem que você está armado; acho um pouco mais seguro sentar atrás de você.

— Você ainda é um pé no saco — diz ele.

— Eu não queria estar aqui tanto quanto você. Vamos acabar logo com isso, não tenho tanta coisa assim para dizer.

O Ritz levanta um dedo para silenciá-la.

— Segure essa língua um pouco — diz ele, e arranca com o carro.

Ele faz um caminho típico de quem quer ver se está sendo seguido: vira à direita e à esquerda aleatoriamente, às vezes de repente. Pega uns becos e faz vários retornos em U no meio da rua. O microfone a laser vem e vai – quase sempre vai –, mas conseguimos ouvir o pouco que estão dizendo graças ao rádio no bolso do Ritz, especialmente porque a delegada está falando alto.

Ela fica rindo e dizendo:

— Ninguém está nos seguindo, Ritz.

— Cale a boca, Lucy — responde ele após a terceira ou quarta manobra com o carro. — Vamos conversar quando eu quiser. Foi você que pediu este encontro.

Depois de dez minutos dirigindo de maneira evasiva, o Ritz pega a ponte Bolcarro em direção ao extremo norte de Kewahnee, e o carro desaparece da tela por um tempo. Rik segura meu braço, com medo de que o FBI tenha perdido o carro, mas depois de não mais que um minuto os técnicos captam as imagens das câmeras do condado de Kindle. Ironicamente, o North End é o distrito de maior criminalidade da cidade, por isso as câmeras de circuito fechado têm visão de praticamente todos os quarteirões.

Toy está usando fones, ouvindo atentamente; toco em seu ombro e aponto para minha orelha, perguntando o que ela está ouvindo.

— Os carros que os estão seguindo — balbucia.

Apesar da boa visão das câmeras, três ou quatro veículos do FBI ainda estão atrás do Ritz, com Don Ingram no comando. Estão longe o suficiente para não serem detectados, mas nas proximidades, para poder correr se a delegada precisar de ajuda de repente.

Como Walter previu, o Ritz chega ao túnel que usou anteriormente. Fica no Pulaski Park, formado por vários quarteirões de área verde, dois laguinhos e ciclovias. O nome do parque é uma homenagem a um herói polonês da nossa Guerra da Independência. À noite é um território supostamente neutro para as gangues, mas esse acordo não impediu que sete jovens fossem baleados aqui ano passado.

O terceiro e o quarto monitores se iluminam com as imagens das câmeras do FBI, que foram posicionadas ali embaixo com antecedência para filmar pelas janelas dianteiras e traseiras do carro do Ritz. Os dois ângulos estão nos monitores. Dou um tapinha no ombro de Rik para ter certeza de que ele notou. Ele anda extraordinariamente quieto e concentrado. Sei que está preocupado com Lucy, mas, como é obcecado por eletrônicos, toda esta tecnologia o deixa enfeitiçado.

Embaixo do viaduto, o veículo do Ritz fica sob a viga de ferro e a superfície de aço da ponte acima. O sinal de rádio está mais fragmentado, mas os microfones a laser ainda nos dão um som claro e inteligível, apesar da interferência constante da máquina de ruído, que emite uma onda oscilante, como se alguém respirasse alto em nosso ouvido. Tonya faz uns gestos com as mãos e o técnico faz que o som do microfone a laser saia por um alto-falante e o do rádio no bolso do Ritz pelo outro.

— Posso falar agora? — É a primeira coisa que a delegada diz depois que o Ritz para.

Ele levanta a mão e responde:

— Ok, fale.

— A P&B vai exigir que eu testemunhe.

— Você já disse isso. Não entendo muito bem por quê. Sabe, andei acompanhando o caso, porque tenho muito carinho por você depois de tantos anos trabalhando juntos. E achei que o grande júri estivesse interessado em você. Pelo que eu soube, Moses Appleton esperneou um monte porque a P&B ordenou que você testemunhasse, porque, se você conseguir imunidade, ele não vai poder dar o showzinho dele.

— As investigações federais acabaram, pelo que eu sei. Mas não graças a você.

— Que culpa eu tenho?

— Vá se foder, Ritz. Não vou fingir que estou fingindo. O FBI concluiu que os três imbecis que você arranjou para me caluniar são uns mentirosos. Portanto, não sou mais objeto ou alvo de uma investigação de extorsão.

— Mentirosos? Walt e Primo só tiveram uns lapsos de memória, acontece com todo mundo. E o pobre Blanco? Por que acham que ele não disse a verdade?

— Por exemplo, porque a esposa dele, Marisel, falou que Frito não tinha um tio que morreu durante a queda de Saigon nem que estudou na St. Viator. Acho que também houve outros problemas com Frito, mas isso ninguém me explicou. Mas não vou questionar, já que disseram que estou livre.

— Entendi. Mas, pelo que eu li na internet, achei que você tivesse outro problema.

— Qual?

— Corre o boato de que as mentiras de Blanco deixaram você com tanta raiva que você mandou calar o pobre garoto.

— Houve mais descobertas nisso também.

— Tipo?

— Não é da sua conta, Ritz. Não vim aqui para falar da investigação do homicídio de Blanco com você.

— Agora é investigação de homicídio?

— Qual é, Ritz? Por que está tão interessado em Blanco?

— Algumas pessoas gostam de esportes, eu gosto de investigações policiais. Está no sangue.

— Engraçadinho — responde ela, e tenta voltar a falar do depoimento.

— E por que eu deveria me importar com o que você diz sob juramento? — pergunta ele.

— A foto.

— A foto de você forçando o pobre Blanco a te dar prazer debaixo da mira de uma arma? Estarrecedora — diz o Ritz. — Fiquei chocado de verdade. Foi muita justiça ele ter tirado aquela foto.

— Ritz, não vou agir como se fôssemos personagens de videogame que você inventou. Nós dois sabemos que Blanco não tirou aquela foto. E nós dois sabemos que alguém invadiu meu computador para pegá-la.

— Eu não sei de nada disso — diz ele.

— Ritz, eu ainda tenho as outras três fotos. Seu capanga tirou as que estavam no meu computador, mas ainda tenho o celular antigo com as originais. Você não estava mais bonito naquelas fotos do que está agora, mas é você lá. Eu não vou destruir evidências porque já as mostrei a Rik e ele não trabalha desse jeito. Até agora consegui não dar explicações, mas logo vou ter que contar para ele e depois para a Comissão por que Moritz Vojczek está com a cabeça no meio das minhas pernas e por que a minha arma de serviço está na cabeça dele.

Pela primeira vez, o Ritz parece parar para refletir. A delegada continua:

— Meu palpite é que você ainda não gostaria de ver isso de novo.

— Ok... qual é sua ideia? — pergunta ele.

— Estou pensando em dizer que você e eu tivemos um caso breve. Nós dois éramos solteiros, nada demais. E que aquela foto foi só uma brincadeira nossa. E que nós tiramos muitas fotos bizarras. Daí, quando fui nomeada delegada, eu sabia que poderia dar ruim por vários motivos e terminei o relacionamento. E que você ficou tão puto comigo que saiu da polícia. Então, quando essa coisa toda começou, você se vingou dando a fotografia a Blanco e mandando ele falar que era ele.

Ritz inclina a cabeça e a encara por um momento.

— Mas você não era toda certinha como uma freira, que andava na minha viatura dizendo que nunca iria mentir sob juramento?

— Acho que eu cresci, Ritz. Não tenho muitas opções no momento.

— Quem diria! E você quer que eu diga que tirei a foto?

— Isso mesmo.

— Sem chance. Não tenho nada a ver com Blanco, eu mal conhecia o cara.

— Ok... vamos tentar alguma coisa mais perto da verdade. Vou dizer que eu tirei a foto e que o meu computador foi hackeado faz uns meses. Eu posso provar isso, mas não quem hackeou. E a fotografia chegou à mão do Blanco por meio de alguém que queria reforçar o caso contra mim e que sabia, já que você me odeia, que você não iria esclarecer as coisas.

— Se é isso que você quer dizer... — diz ele.

— O que eu quero saber, Ritz, é se você validaria essa história.

— Acho que eu estaria te fazendo um grande favor. Você quer dar uma de certinha, mas na verdade é podre. Talvez eu conte a porra da verdade: que você violou meus direitos civis e tudo mais.

— E vai correr o risco de eu contar para o FBI que você roubava de traficantes?

— Não faço ideia do que você está falando. Você nunca disse merda para o FBI, não é? Você é uma servidora da lei juramentada e tal... Será que andou negligenciando seus deveres ou só está falando um monte de merda?

— Eu tirei você da polícia, Ritz, para parar com esse negócio de intimidar traficantes. Portanto, considero que isso foi uma boa aplicação da lei, especialmente porque eu não tinha nenhuma evidência. Se você quer contar a história verdadeira, por mim, tudo bem. Aposto que o FBI não iria considerar antigo demais para investigar o fato de você roubar drogas. Com a lei RICO, eles podem processar você por merdas que aconteceram antes dos seus avós chegarem aos Estados Unidos. Eu achei que você iria preferir que eu não dissesse isso; por isso nós estamos sentados aqui: para encontrar uma solução boa para os dois.

— Você nunca iria contar a história verdadeira. Eles me processariam, mas poderiam processar você por agressão sexual ou algo do tipo.

— Isso não se encaixa na RICO, Ritz. Além disso, eu tenho um acordo de imunidade. Rik já disse para eles que é você na foto.

— Acho que você está falando merda. Se você admitir que me chantageou com aquela foto, a única coisa que Amity vai poder fazer por você talvez será te arranjar um emprego de barista onde você compra o seu café com leite. Porque com certeza você não vai continuar sendo a delegada da polícia dela.

— É por isso que eu preciso que você diga que aquela foto é só um momento nosso.

Ele fica calado por um momento, até que diz:

— Eu ainda não estou gostando da minha parte nesse negócio. O que eu ganho com isso?

— Além de eu não contar que você roubava entorpecentes? Isso me parece bastante. Mas o que mais você quer, Ritz? Sua armação contra mim foi muito boa, admito. E, para ser sincera, não tenho forças para enfrentar mais três rounds dessa luta. Mas o que você fez comigo é mais que vingança, sem dúvida tem um objetivo, além de acabar com a minha vida. Você poderia ligar para Steven amanhã, se quisesse, e transformar meu caso em um assunto irrelevante na disputa para prefeito.

— Eu não controlo Steven, Lucy, sinto muito.

— Ok. Quer saber qual é o meu objetivo? Se eu continuar no cargo por mais três anos, completo trinta. É uma aposentadoria ótima, noventa por cento do meu salário atual, mais um reajuste anual pelo resto da vida. Para uma pessoa rica como você isso é merreca, mas para mim ajudaria muito. Então me diga, Ritz: se eu levantar a bandeira branca, o que quer? Estamos sentados aqui, ninguém está ouvindo a gente. O que você quer para me deixar em paz por mais três anos?

— Ah, claro! Eu perdi a minha aposentadoria, mas você vai ficar com a sua. Nem fodendo.

— Você caiu em pé, Ritz!

— Era meu direito, eu trabalhei para isso. Ainda estou mais puto com isso que com a maldita foto.

— E você se vingou nos últimos meses. Então me diga: do que mais você precisa para esquecer o passado?

Ritz está olhando por cima do ombro para a delegada, que está no banco de trás. A expressão cruel não abandona seu rosto nem mesmo enquanto ele está pensando.

— Sabe, Lucy, o que muita gente tem contra você é que você é uma delegada de merda.

— Por quê?

— Stanley era um ótimo delegado.

— *Stanley*? Por que você acha isso?

— Pelo que ouvi dizer, ele não era uma pessoa curiosa.

— Entendi. E o que você quer que eu ignore? Deve ser algo em Highland Isle, claro.

— Eu não sei nada sobre isso, só estou dizendo que Stanley sabia trabalhar. Ficava na dele, sabia o que era da conta dele e o que não era.

— E como eu vou saber o que não é da minha conta?

— Não sei, Lucy, não sei. Mas, se alguém ligar para você e disser: "Fique na sua", eu ficaria, se fosse você. É um conselho. Não é nada para mim, mas talvez Steven e os outros gostem disso.

— Ok. Mas como eu vou saber que essa pessoa que vai me pedir para ficar na minha fala em seu nome?

— Você é uma mulher esperta, Lucy, vai ser capaz de descobrir o que precisa saber e o que não.

— E você me deixa em paz por mais três anos, é isso?

— Não sei, não cabe a mim. Sou só um observador, não tenho nada a ver com nada disso.

— Tudo bem, Ritz, tudo bem. Mas qual é sua opinião? Se eu fechar os olhos algumas vezes quando alguém mandar, consigo mais três anos?

— Vamos ver.

— Ver o quê?

— Lucy, você está na corda bamba; dizem que Amity já queria ter dispensado você. Então, se alguém fosse te salvar, teria que ter certeza de que você sabe onde não meter o nariz.

— Ok, tudo bem, faça um teste comigo.

— Um teste, é?

O Ritz parece estar pensando, mas Feld já previu o que ele vai dizer.

— Não é nada para mim, mas, já que você não queria contar, diga quais são as novidades sobre Blanco e por que os federais de repente têm certeza de que você não teve nada a ver com isso. Esse é o seu teste, desembuche. Por que você disse que agora é uma investigação de homicídio?

— Por que isso te interessa, Ritz? Não posso brincar de verdade ou desafio com um assassino.

— Não interessa a mim, interessa a você. Quer que eu diga: "Ok, ela vai ficar na dela"? Então, responda à maldita pergunta. Quer uma chance de completar trinta anos de serviço ou não?

No banco de trás, Lucy se recosta e suspira profundamente. Ela é simplesmente maravilhosa representando. Feld imaginou o cenário: comece com a foto, mostre-se vulnerável e você vai ver o Ritz mudar o tom para Blanco assim que você mencionar a palavra "homicídio". Dan percebeu que Vojczek se sentiria exposto demais para não fazer perguntas quando soubesse que os investigadores haviam estabelecido que a morte de Blanco não ocorrera por causas naturais. No entanto, por mais engenhoso que fosse o plano, seria um fracasso se Lucy fosse menos convincente.

A delegada diz, então:

— Você tem que saber que o FBI não me conta nada. O que eu sei é o que Tonya Eo, que está trabalhando com eles no caso de Blanco, parece saber.

— O que é?

— Fizeram outra análise do sangue de Frito, não sei por quê. E agora eles têm certeza de que ele morreu de overdose de uma droga da qual eu nunca ouvi falar. Começa com C, parece fentanil, mas é uma forma muito forte.

Na tela, o Ritz volta o rosto, e não conseguimos mais ver sua expressão em detalhes por causa das sombras do viaduto. Mas sem dúvida ele parece paralisado em ambos os ângulos da câmera.

— E como eles acham que isso aconteceu? — pergunta.

— Tem dois furos de injeção no braço de Frito. Mas eles ainda não sabem por que nem quem aplicou. Parece que Blanco tinha um segredinho bem feio que precisava esconder. Ele poderia até ter se matado, só que faltavam umas coisas: o celular dele e as agulhas. E as marcas de agulha estão na parte de trás do braço, onde seria difícil para ele alcançar. Então, as melhores hipóteses são: um, ele estava se drogando com outra pessoa, que caiu fora com o celular e as seringas, provavelmente para se proteger quando percebeu que Frito estava morto. Ou dois: alguém matou Frito.

— Por que alguém o mataria? — pergunta Ritz. — Era você quem precisava se livrar do cara.

— Como eu amarraria um cara com quinze centímetros e vinte quilos a mais que eu? Mas, como eu disse, por alguma razão, eles não acham que fui eu, o que me deixa muito feliz. E outra, eu não faço tantas perguntas. Como você deve imaginar, estou fora da investigação, por isso tudo que ouço é limitado e de terceiros. Eu sei que estão tentando descobrir de onde veio aquela merda, o C-fentanil, sei lá o nome. Parece que tem dessa coisa por aí, mas nunca apareceu em nenhum caso nosso. O exame toxicológico padrão não detecta isso, talvez seja mais usado do que achamos. Sabe alguma coisa sobre isso?

— Não sei nada sobre nada disso.

— Você parece bem interessado.

— Eu? Já disse, sempre vou ser um policial no coração. Mataram um policial, fico interessado. Blanco era um sujeito legal, de família legal; lamento por todos eles, mas não faço a menor ideia.

— Ok. Mas eu passei no teste?

— Talvez. Você vai saber.

— Legal. Mas uma resposta eu preciso agora: vai validar minha história ou não, Ritz?

Ele se cala; talvez esteja pensando, talvez só a fazendo esperar.

— Tudo bem — diz por fim. — Se eu for intimado, confirmo toda essa coisa excêntrica entre você e eu. Mas fui eu que te larguei. Você começou a querer coisa séria, mas para mim você era só mais um buraco para tapar. Acho que isso eu poderia dizer. Eu terminei com você e você chorou como se a sua mãe tivesse morrido. Então, você foi escolhida para ser delegada, e eu tive que cair fora porque já sabia o que me esperava. "Ninguém é mais vingativo que uma mulher rejeitada." Mas, sobre a foto, nunca esteve comigo e eu não tive nada a ver com Blanco ter ficado com ela.

Em duas tomadas da câmera, vemos que os dois estão se encarando.

— Muito bem — diz o Ritz —, acho que é hora de você sair.

— Aqui?

— Sim, aqui. Chame um Uber, porra.

— Você está com meu celular, imbecil.

Ele joga o celular desmontado e os aparelhos auditivos para trás. Ela tem que tatear no chão para encontrar o que o Ritz jogou.

— Saia, Lucy.

— Vou sair quando montar tudo e vir que está funcionando.

Nós a vemos e a ouvimos tentar montar tudo por quase um minuto. Então ela vira o celular para si mesma e assente com a cabeça.

— Ok — diz, e abre a porta do passageiro. — Ah — acrescenta, já com um pé na rua —, mais uma coisa.
— O que é?
— Sorria, Ritz.
Ela bate uma foto e desaparece.

38. SENTADA NO MEU SOFÁ SURRADO

Quando volto ao meu apartamento, por volta do meio-dia, para passear com Gomer, vejo Koob sentado no meu sofá surrado. Ele pegou um copo d'água, que está na mesa à sua frente. Não há sinal de seu disfarce.

— Queria saber como você abre esse tipo de fechadura — digo.

— Do mesmo jeito que você abriu os cadeados do meu depósito — responde ele. — Só com um pouco mais de força.

— Ponto pra você.

Digo que ele fica melhor assim, sem o disfarce, e ele dá de ombros.

— Como foi com a sua cliente? — pergunta. — Achei ela bem ótima. O FBI ficou satisfeito?

Penso em ser evasiva, mas lembro que Koob perderia o benefício do acordo que fez com os federais se contasse alguma coisa ao Ritz. E ainda acredito que ele não iria quebrar sua palavra comigo.

— Por que você tem tanta certeza de que era o FBI? — pergunto. — Por causa dos aparelhos auditivos?

— Os dois tinham pesos diferentes. Era muito sutil, mas tenho certeza de que havia um transmissor em um deles. Presumo que foi acrescentado à lista de equipamentos depois que fizemos nosso acordo. Além disso, vi a câmera na Madison descendo para focar em nós. Não sabia que o FBI também podia usar essas câmeras. Muito esperto.

— Tive a impressão de que você recebeu seu pagamento.

— Sim. Mas você não respondeu: o FBI ficou satisfeito?

— O pessoal estava nas nuvens. Todo mundo ficou se parabenizando, e o procurador-assistente que estava lá nos pediu para dizer à delegada que ela era "excelente". Mas não sei o que estão planejando nem como vão aproveitar o que a delegada o fez falar. O Ritz fez muitas perguntas sobre a morte de Blanco. Nada do que ele disse o condenaria, mas ajudaria a corroborar outras evidências, pelo menos um pouco.

— Existem outras evidências?

Balanço a cabeça, sem deixar claro exatamente o que quero dizer com esse gesto.

— Pelo que sei, você está liberado, se é isso que quer saber — digo.

— Disso eu já tinha certeza. Imagino que eles ficaram encantados comigo quando o Ritz guardou todo aquele equipamento no bolso. Eu só vim ver você antes de ir embora.

— Ok. — Por fim me sento no sofá ao lado dele.

— Sabe, não achei ruim voltar para Highland Isle porque não fiquei feliz com o jeito como terminaram as coisas entre nós em Pittsburgh.

— Por quê?

— Por causa das suas observações sobre Mel — ele está se referindo à esposa —, acho que você achou que eu estava mentindo para você enquanto estava aqui.

— Não sei se mentiu — rebato —, mas acho que você não sabe bem o que quer. Os homens sempre dizem que as mulheres são loucas. Precisa ver o que dizem sobre mim. Mas, se sua esposa é tão desequilibrada quanto você afirma, acho que você já deveria ter percebido que merece coisa melhor. E isso me faz pensar que talvez, no fundo, você goste de viver assim.

— Não nego que me sinto culpado só de pensar em ir embora; eu já te falei isso. Mas vou superar isso. Ela é uma mulher extremamente instável; perdeu a licença de corretora por um ano porque despejou uma lata de tinta no carro de outro corretor. Às vezes ela é violenta e se recusa a procurar ajuda.

— Violenta com você?

— Sempre. E eu sei que, se eu revidar, vou preso. Mas eu preciso proteger meu filho. Eles brigam uma vez por semana, de um jeito tão feroz que nunca sei o que pode acontecer, e então eu intervenho. Daqui a um ano, quando ele estiver na faculdade, vou estar mais livre para seguir minha vida.

— Bem, espero que você consiga o que quer, Koob.

— Clarice, eu entendo seu ceticismo a meu respeito, mas o nosso... — ele está procurando a palavra. — O tempo que nós passamos juntos foi muito importante para mim. Você mesma disse muitas vezes que eu não conheço ninguém como você. E foi uma revelação para mim o fato de eu me sentir tão à vontade ao seu lado, querer tanto estar com você. Foi uma grande mudança, e agora estou vendo meu futuro de um jeito muito diferente. Você é uma pessoa admirável.

— Obrigada, mas isso parece mais uma medalha de participação.

— Estou falando sério, Clarice. Mas e quanto a você? O que *você* quer?

— De você?

— De qualquer um.

— Que bom que você quer falar sobre isso. Eu queria *isso*. Não me interprete mal pela noite passada. Eu adorei o que aconteceu entre nós, igual a você; ainda sinto paixão por você e por estar com você. Mas, sabe, de todos os meus relacionamentos aleatórios ou sexo casual, a única coisa que nunca me atraiu foi ser a outra. Isso significa que uma pessoa está no controle e a outra não. Uma pessoa consegue tudo que quer e a outra tem que se contentar com menos. Eu nunca conseguiria suportar isso. Então, sabe, se daqui a um ano você colocar a sua vida em ordem e quiser me ligar, claro, a gente conversa. No mínimo seria legal sair com você em público. Mas não vou ficar esperando, porque não acredito que isso vai acontecer. Se você realmente se separar da sua esposa, vai levar muito tempo para descobrir o que você quer, as coisas são assim. Mas vou ficar feliz se você descobrir que eu fiz parte de seu processo.

— E eu fiz parte do seu?

— Sim, eu acredito nisso. Talvez eu esteja vendo algumas coisas de um jeito meio diferente. Acho que foi muito legal o nosso lance. Frustrante no final, mas não tive um relacionamento que não fosse. É a vida.

— É a vida — repete ele.

Ele se levanta e eu o acompanho, e por um instante ficamos nos olhando em silêncio.

Então, ele sorri.

— Sabe no que eu estava pensando antes de você chegar? Lembra que você lambeu meu rosto da primeira vez que eu vim aqui?

— Claro!

— Foi maravilhoso, porque foi inesperado e diferente. Lembro que eu senti uma alegria diferente por ter tido coragem de bater na sua porta, e já estava experimentando uma coisa, por menor que fosse, que era totalmente nova para mim.

Ele abre os braços e eu fico na ponta dos pés para lhe dar um longo abraço.

Antes de nos separarmos de vez, ele me segura pelos ombros e passa a língua pela minha testa. E então sai pela porta.

39. DURANTE ALGUNS DIAS, NADA ACONTECE

Durante alguns dias, nada acontece. A delegada me liga com frequência para saber se Tonya me contou mais alguma coisa, mas a resposta é sempre não. Walter relatou que o Ritz voltou do encontro com a delegada de mau humor e que quase não falou com ninguém no escritório. Com o incentivo de Don Ingram, ele perguntou ao Ritz se algo o estava incomodando, e a resposta foi um olhar tão duro que deixou Walter tão apavorado que ele teve certeza de que o patrão havia descoberto sua traição. Por uns dois dias, Cornish chegou a dizer com veemência que queria ser indiciado e entrar sob custódia imediatamente, mas os agentes o acalmaram, lembrando que ele se prejudicaria se reduzisse o valor de sua cooperação.

Então, na sexta-feira, um pouco antes das seis da manhã, meu telefone começa a enlouquecer, chacoalhando na mesa de cabeceira como se tivesse alguma coisa viva dentro dele. Atendo, é Toy.

— Ligue no 4 — diz ela. — Agora.

Vejo na TV local uma daquelas cenas noturnas com figuras escuras agitadas sob o brilho de vários holofotes. Lentamente percebo que estou vendo gente com blusões azuis e as letras FBI nas costas. O repórter diz que eles estão executando um mandado de busca na Vojczek Administradora, mas ninguém comentou sobre o propósito da operação. Penso em ir até lá para observar por trás do cordão de isolamento da polícia, mas as notícias chegam tão rápido pelas redes sociais, especialmente o Twitter, que não saio. Mais dois mandados estão sendo executados agora também: um na VVM e outro na cobertura do Ritz, do outro lado do rio.

Mais tarde, vou até o escritório para falar com Rik. A história continua se desenrolando. Rik e eu não fazemos praticamente nada, só ficamos olhando para a tela, assistindo ao noticiário de um canal local a cabo. Cada vez que nos preparamos para voltar ao trabalho, os âncoras interrompem a programação, afoitos. Primeiro há relatos não confirmados de que pelo menos oito indivíduos estão sob custódia federal. Meia hora depois, um dos presos é identificado como Secondo DeGrassi.

Ao meio-dia chegam as notícias mais importantes. Mona Thayer, do Canal 4, anuncia: "A WKCO-TV confirmou que um mandado de prisão foi emitido pelo tribunal federal contra o bilionário incorporador de imóveis Moritz Vojczek, que ainda está foragido".

A delegada, que já ligou algumas vezes, telefona de novo, absolutamente exultante.

— Justiça! — grita para Rik, tão alto que eu ouço.

Entro no site do tribunal federal do distrito, que fica do outro lado do rio, mas ainda não postaram nenhum documento relacionado às buscas e prisões. Eu me ofereço para descer e ficar por ali para examinar os documentos quando forem arquivados, o que não deve demorar.

Meu timing é perfeito. Depois de meia hora no tribunal, já escaneei os documentos – uma pilha de uns cinco centímetros de altura –, incluindo as queixas criminais contra o Ritz e Sid e várias outras pessoas. Entre os detidos estão o motorista da van – o sujeito que transportava drogas e insumos de e para a VVM –, dois funcionários noturnos da empresa e os três faxineiros. Também pego o inventário dos três mandados de busca, que chegam enquanto estou digitalizando o último documento.

Quando estou saindo do tribunal, vejo repórteres entrando. Uma delas, Hanka Alguma Coisa, que eu meio que conheço, diz que as pessoas que foram presas no início da manhã vão ser indiciadas agora.

Os acusados comparecem perante a juíza principal, Sonia Klonsky, no grande Tribunal Cerimonial. Essa juíza é muito amiga de vovô e da minha tia Marta, e me dá um sorriso austero quando me vê na galeria.

Os oito homens entram arrastando os pés, todos de macacão laranja e algemados. Devido aos anos em que trabalhei com vovô, sei que este é um dia tenso para cada um deles, que, como todos os criminosos, fizeram o que fizeram porque tinham certeza de que nunca seriam pegos. Mas foram, e as acusações contra eles são pesadas: conspiração para fabricar uma substância controlada de categoria Tabela II, a saber, carfentanil, cuja pena mínima obrigatória é de dez anos. A única possibilidade de cumprir menos tempo é, no jargão, vomitar tudo; ou seja, contar aos federais tudo que eles querem saber. Cada advogado – a maioria da Defensoria

Pública Federal – informa ao juiz que seu cliente vai cooperar com o governo. Os advogados declaram isso para solicitar fiança, mas não é concedida a ninguém, visto que a acusação de conspiração implica uma presunção contra a liberação antes do julgamento. Sid DeGrassi não aceita isso muito bem e está tremendo de tanto chorar enquanto é conduzido pelos policiais, junto com os outros réus, de volta à prisão.

Quando volto para Highland Isle, Rik me diz que a delegada está louca de vontade de ver a queixa que o governo apresentou contra o Ritz; ou seja, ela quer ver as alegações factuais que embasam as acusações contra Vojczek. Então, imprimo o documento. Nada vai deixar Lucy mais contente que ver o cabeçalho na primeira página: "Estados Unidos da América *versus* Moritz L. Vojczek", além de uma lista dos estatutos criminais que ele violou. Vou correndo com os documentos à Delegacia Central, onde a delegada está, literalmente, esperando à porta. Com uma das mãos ela pega os papéis e com a outra me abraça.

Então, volto para o escritório para finalmente ler a denúncia com Rik. Como os outros réus, o Ritz foi acusado de conspiração para fabricar carfentanil, mas também de posse de substâncias controladas. Quando leio o retorno do mandado de busca, vejo que entre os itens inventariados da casa e do escritório do Ritz estão "canetas-injeção para diabéticos, que se acredita terem sido reaproveitadas e conterem uma substância controlada".

— São como as canetas que usaram em Blanco? — pergunto.

— É o que parece — diz Rik.

O laboratório, segundo a denúncia contra o Ritz, rapidamente confirmou que as canetas continham carfentanil, levando à acusação de posse.

Agora também entendo o que os federais estavam esperando: ver se a conversa entre a delegada e o Ritz forneceria mais evidências da conexão dele com a VVM. E foi o que aconteceu. Depois que a delegada contou ao Ritz que os federais estavam tentando encontrar o carfentanil que havia matado Blanco, as vans que iam duas vezes por semana à VVM à noite pararam imediatamente de ir. O entregador, pego pelos federais em casa, disse aos agentes que havia sido instruído a suspender as entregas por pelo menos um mês devido a uma "possível denúncia". Um dos três químicos – os supostos faxineiros – contou uma história parecida. Ritz pode alegar que foi mera coincidência e que outra pessoa poderia ter ouvido falar das suspeitas dos federais, mas isso não explica por que ele tinha as seringas com o mesmo material fabricado naquela empresa, tanto no escritório quanto em seu apartamento.

— Notou alguma coisa faltando na denúncia? — pergunta Rik.

Estou boiando.

— Nenhuma acusação pelo assassinato de uma testemunha federal — diz ele.

— Você acha que não vão acusá-lo? — pergunto.

Estou indignada, mas Rik sorri.

— Não, sem dúvida vão acusá-lo. Estão só esperando.

— Esperando o quê?

— Primeiro vão querer fazer a espectrometria e outros testes para confirmar que o carfentanil que estava na casa do Ritz tem exatamente a mesma estrutura química do que matou Blanco. Isso vai ajudar muito a implicar o Ritz no assassinato. Mas o meu palpite é que a principal razão para não apresentar essas acusações ainda é que Moses e Feld não perderam a esperança de usar Walter para grampear o Ritz. Se os federais conseguirem prendê-lo sem fiança, ele vai entrar em abstinência, e, depois de alguns dias muito tensos, talvez ele fique muito menos cuidadoso com o que diz quando Walter aparecer no MCC para visitá-lo.

Metropolitan Correctional Center é a prisão federal.

— E por que ainda não prenderam o Ritz?

— Parece que não conseguiram encontrá-lo. Ele deve ter se escondido assim que soube dos mandados de busca.

— Ele deve ter uns cem imóveis por aqui onde poderia se esconder, mas você acha que ele vai fugir do país?

— Não é impossível — observa Rik —, mas ele teria que deixar muita coisa para trás. Eu acho que Junior — Rik se refere a Melvin Tooley Jr., o monstro do lago que provavelmente vai representar Vojczek — vai ligar para o Ministério Público Federal em breve para providenciar a rendição do Ritz. Ter o FBI e os fuzileiros na cola dele deve ser uma experiência desconfortável.

Rik pega o telefone.

— Preciso ligar para Lucy e pedir permissão para dizer algumas coisinhas a uns amigos jornalistas.

Como Moses e Feld estão mantendo Walter em segredo, a denúncia dá à delegada o papel principal, uma vez que faz várias referências à reunião do Ritz na manhã de terça-feira com uma "Testemunha Cooperativa" não identificada. Rik supõe que, em contraste, a declaração que Don Ingram prestou perante um juiz federal para obter os mandados de busca na casa e no escritório do Ritz fez uso livre das informações de Walter. O Ritz e seu advogado não verão essa declaração antes que Vojczek seja indiciado e o papel de Walter seja revelado; mas a denúncia agora é pública. A astuta redação de Feld deixa a impressão de que o principal caso que o governo tem contra o Ritz o relaciona com a VVM. Sem dizer isso explicitamente, a denúncia sugere que o FBI revistou as propriedades do Ritz em busca de evidências sobre a ligação de Vojczek com a Vox VetMeds e que encontrou sem querer as canetas-injeção cheias de carfentanil. Portanto, a delegada parece ter o papel de protagonista no processo que vai levar o Ritz à justiça.

Depois que Rik fala com Lucy, liga para dois repórteres de tribunal com quem se dá bem. Fico no escritório dele para ouvir. Rik diz que deseja fornecer informações, como fonte anônima, sobre a prisão de Moritz Vojczek. Os dois jornalistas aceitam prontamente.

— Posso confirmar para você — diz Rik, falando com o primeiro, Stew Dubinsky — que a "Testemunha Cooperativa" mencionada na denúncia de Vojczek é minha cliente, a delegada de Polícia de Highland Isle Lucia Gomez-Barrera. Como policial corajosa que sempre foi, Lucy colocou sua vida em risco para isso. Ela compareceu ao encontro totalmente desarmada, ao passo que o Ritz estava com todos os seus pesos-pesados a poucos metros e provavelmente estava armado. Mas o que você vai descobrir, quando ouvir as gravações da conversa entre eles, é que todos os problemas que a delegada teve nos últimos tempos, as falsas acusações contra ela, faziam parte da conspiração de Vojczek para se livrar dela, para que ele pudesse colocar no lugar outra pessoa, que permitiria que ele dirigisse seus negócios com drogas.

Rik balança a cabeça vigorosamente enquanto ouve a resposta de Stew Dubinsky.

— Pode apostar — diz. — Vai dar uma ótima matéria.

Quando Rik termina a segunda ligação, aponta o dedo para mim.

— Parabéns, Pinky. Está tudo saindo como você previu. Até o fim da semana, Amity e Moses vão dar uma medalha à delegada, e na TV. E Lucy vai estar nos noticiários durante dias.

— Sabe como é, chefe. Uma vez por ano eu tenho uma ideia que não é maluca.

— Não, não — diz ele —, foi brilhante. Você deu a Lucy uma chance de salvar a carreira dela.

Sempre que eu recebo um elogio, fico cheia de sentimentos confusos, e o elogio de Rik me provoca uma reação extrema; mal consigo respirar ou me mexer. Murmuro:

— Obrigada...

E saio da sala de Rik o mais rápido que consigo.

**

Quando anoitece, já não há mais notícias sobre o Ritz. Toy pergunta se pode passar por aqui e chega por volta das oito. Ofereço uma cerveja a ela, mas ela diz que precisa trabalhar.

— Nesse caso? — pergunto.

— Sim, Melvin Jr. ligou para Moses no fim da tarde dizendo que o cliente dele estava disposto a se render, mas só se concordarem com fiança.

— Fiança? Sendo que todos os outros presos não conseguiram? O Ritz está é desesperado, com medo da abstinência.

— Concordo. Mas Jr. está pressionando. Diz que quer colocar o Ritz em um programa de tratamento de drogas.

— Será que ele está só enrolando para dar ao Ritz uma chance de fugir?

— Pode ser. Mas eu ouvi de terceiros que Moses jogou duro com Junior e o fez recordar que, sendo ou não advogado, quem ajuda alguém a fugir da justiça é indiciado também.

Melvin Tooley Jr. trabalha com o pai, que atua principalmente na Flórida hoje em dia. Mel pai, como Rik gosta de dizer, é tão corrupto que, quando morrer, vão ter que parafusá-lo no chão para não roubar mais. Melvin Junior é menos bajulador, mas não mais honesto. Seria possível encher um anfiteatro com os promotores que adorariam apresentar acusações contra os dois.

— Moses acha que o Ritz vai acabar se entregando — diz Tonya. — Ele e Junior devem conversar de novo amanhã, mas, por via das dúvidas, estamos de olho em todos os pontos de escape. Estações de trem, rodoviárias. E no aeroporto.

— Não imagino o Ritz pegando um ônibus ou um trem — digo.

— Acha que não é o estilo dele?

— Definitivamente, não é o estilo dele; mas fazem muitas paradas, e a polícia pode embarcar e fazer revistas, e uma viagem longa aumenta a chance de os outros passageiros verem alguma coisa no celular e talvez o reconhecerem. Mas também não acho que o aeroporto seja muito melhor, com a foto do Ritz em todos os lugares.

— Mandamos o alerta à Secretaria de Transportes, para o caso de não lerem jornal. E o passaporte do Ritz foi cancelado.

— Se o Ritz fugir, acho que vai de carro. Vai atravessar a fronteira, ir para o México, aposto.

— A patrulha de fronteira e a Imigração têm as mesmas fotografias de Rik. E seria como você disse sobre ônibus ou trem. Fugir de carro daria ao FBI tempo para identificar o veículo e emitir um alerta.

— Acho que, se decidir fugir, o Ritz vai precisar de um disfarce e de um passaporte falso. Vou te falar uma coisa: se eu tivesse a grana do Ritz, alugaria um jatinho. A vigilância é menor em Greenwood.

— Meus colegas acham que não. Desde o Onze de Setembro o CBP — ela se refere à Proteção de Alfândegas e Fronteiras — mantém uma vigilância bastante rigorosa dos voos privados, por causa de traficantes de drogas e terroristas. Se o piloto não preencher o manifesto de passageiros com exatidão no mínimo uma hora antes de decolar, pode perder a licença. O CBP está de olho nesses documentos agora. Quando veem alguma coisa suspeita, tipo um piloto que já foi alertado no passado, correm para lá. E um representante do condado de Greenwood fica lá o tempo todo, cuidando de tudo até eles chegarem. Se resolver fugir, o Ritz não tem saída, vai correr um grande risco. O procurador federal vai bloquear cada centavo que ele tenha aqui, milhões e milhões, todas as contas bancárias e propriedades, para garantir o confisco do dinheiro proveniente das drogas que o governo vai exigir. Por isso Moses acha que Vojczek vai se render.

Dou de ombros. Não conheço o Ritz, mas nada do que ouvi sobre ele combina com a palavra "rendição".

— Sabe de uma coisa? — acrescenta Toy. — O pessoal do FBI está feliz por ter feito aquele acordo com o seu Joe. A delegada foi sensacional, mas conseguir fazer o Ritz enfiar todo aquele equipamento no bolso é o motivo de as gravações serem tão boas, especialmente depois de extrair o ruído branco — Tonya me dá uma olhadinha. — Como foi para você?

— Como foi o quê?

— Ver Joe Kwok de novo; ou sei lá como é o nome dele.

Decido não ser evasiva. Isso é um sinal de que Tonya e eu somos amigas agora.

— Complicado — digo.

— Vocês se viram?

— Conversamos um pouco. Mas sabe? No fundo eu nunca acreditei que ele era a pessoa certa, porque ainda nem sei se é isso que eu quero. Foi um problema entre nós duas antes, porque você queria compromisso e eu sempre achei isso meio que um par de algemas.

Toy não diz nada, mas deve ser reconfortante para ela saber que, doze anos depois, eu tenho os mesmos problemas que surgiram entre nós.

— Mas será que ele não estava um pouco mais perto de ser a pessoa certa? — pergunta ela.

É uma pergunta corajosa.

— Talvez.

Estou gostando da honestidade de nossa conversa; está chegando a um nível que não alcançamos no passado.

— O que atraiu você?

— Ele é adulto, muito centrado. E uma pessoa muito legal. E calmo. Gostei do fato de ele ser superinteressante sem tentar ser. Não sei, talvez as pessoas queiram se relacionar com alguém que seja como elas nunca vão ser... sem dúvida ele não é como eu. E vice-versa. Mas acho que o melhor de tudo foi ele realmente gostar do fato de eu ser diferente. Foi ótimo sentir isso.

— Então, é isso que você quer? Um homem assim?

— Ou uma mulher — acrescento.

É meio irônico, mas às vezes acho que Tonya tem tanta dificuldade de imaginar meus anseios quanto os pais dela têm de imaginar os da filha.

— Afinal, quem sabe? "O coração tem razões que a própria razão desconhece." Tem que viver para saber. Tipo você e a universitária. Quem diria, né?
— É.
— Ainda está com ela?
— Sim. Quer conhecê-la um dia?
— Claro! Tenho certeza de que ela é muito legal.

Ainda estamos falando sobre a namorada de Tonya quando ela recebe uma ligação. Deve ser alguém do FBI, porque ela olha para o celular e diz que precisa atender. Vai ao banheiro para isso e fica um bom tempo lá. E sai bem séria.

— Quando Walter chegou à casa dele hoje, encontrou um celular descartável na caixa de correspondência — diz ela.

— Do Ritz?

— Escute. Depois que saíram as matérias dizendo que Lucy é testemunha do governo, Walter recebeu uma mensagem de voz há cerca de uma hora; uma única frase.

— Qual?

— "Vou matar aquela puta."

— Que simpático — digo. — Acham que é sério?

— Ninguém sabe, mas você tem que avisar a delegada. Ingram e Feld acham que talvez o objetivo do Ritz seja testar Walter, ver se ele está dando com a língua nos dentes. Ritz vai pedir a seu cupincha na Delegacia Central que avise se Lucy começar a andar com guarda-costas, e isso vai ser o sinal de que Walter está falando com a polícia.

— Quer dizer que a delegada tem que se proteger sozinha? Isso é complicado. Pensei que o FBI sempre cuidava de suas testemunhas.

— Não, eles querem que ela ande com proteção armada, mas que faça o possível para evitar que o Ritz perceba. Querem saber se você poderia ficar com ela. Ninguém iria questionar se te visse lá; e à noite eu trocaria com você, para você poder dormir um pouco.

Fico radiante com a ideia. É uma velha fantasia minha, desde que eu era criança: ficar responsável pela segurança de alguém.

— Só tem um problema — digo a Tonya. — Lucy gosta de espaço, não vai concordar com isso.

40. SEXTA-FEIRA, ÀS DEZ E MEIA DA NOITE

Sexta-feira, às dez e meia da noite, eu me mudo para a casa da delegada. Ela se opôs com muita firmeza, mas Moses pessoalmente a convenceu a aceitar. Ele prometeu que seria só até pegarem o Ritz, o que poderia ser a qualquer momento.

Passei tanto tempo nesta casa analisando as gravações do sistema de segurança dela que é quase como um reencontro. Eu admiro a delegada, gosto muito dela e sei muito sobre seus hábitos; como o fato de ela sempre pigarrear antes de atender o telefone; ou de ela e a filha mais velha conversarem um pouco toda noite antes de uma delas ir dormir; ou de ficar mordiscando os dedos quando acha que ninguém está vendo. Mas ela tem seus limites, e nunca vamos ser amigas próximas. Mesmo assim, estou feliz por ter que passar um tempo com ela e saber o que ela pensa sobre tudo que aconteceu esta semana.

Quando chego, ela está assistindo a um filme antigo, *Os imperdoáveis*, que é um dos favoritos de vovô. Eu já o vi umas três vezes, mas me sento para ver o final com ela. Quando acaba, ela me oferece uma bebida; para ela, serve uma taça de vinho branco. Eu escolho cerveja, mas, recordando a mim mesma por que estou aqui, não a deixo abrir a lata. Tomo um refrigerante e ficamos sentadas no sofá florido da sua sala nada minimalista.

— O Ritz não vai me matar, Pinky. Ele me quer viva. Ele tem muito prazer em me odiar e planejar vingança.

— O Ritz acabou de ser indiciado por dois crimes federais, graças a você, e um deles com pena mínima de dez anos. Ele deve estar com muita raiva.

— Garanto que ele acha que vai sair dessa.

Rik já me disse que Melvin Junior vai querer cobrar o preço que custa para ir a julgamento, por isso deve ter incentivado o Ritz a acreditar que não vai ser condenado. As evidências de que o Ritz é dono da VVM são poucas e circunstanciais, deve ter dito Melvin. E, se derrubarem essa acusação, ninguém vai mandar Vojczek para a prisão por simples posse de drogas. Essa é outra razão de Rik achar que o Ritz vai se entregar; não vale a pena fugir dessa acusação.

— Duvido que as acusações sejam a principal preocupação dele, delegada. Você viu a acusação; o Ritz é usuário.

— Por causa das canetas-injeção? São perfeitas para ele. O Ritz é um filho da puta muito inteligente; pode andar na rua com essa merda no bolso, ou se injetar no banheiro público sem precisar se esconder.

— Sim, mas isso acabou. Agora a grande preocupação dele é entrar em abstinência na MCC. Vai ter que parar de usar de uma hora pra outra e a culpa disso é sua. Além disso, nada poderia deixar o Ritz mais furioso que o jeito como você o enganou. Se te matar, ele vai provar quem é o mais inteligente, afinal.

Ela dá de ombros.

— Nunca dá para saber exatamente o que se passa dentro de um cérebro transtornado, mas não o imagino piorando a situação dele tentando me matar. Ele ainda não sabe que vai ser indiciado pelo assassinato de Blanco.

— Falando em transtornado e inesperado, quando você estava no carro dele, na terça, cheguei a pensar que ele estava falando sério sobre contar a verdadeira história daquela foto.

— Eu sabia que ele estava blefando. Ele nunca iria admitir que eu o estava ameaçando, principalmente porque estar de joelhos só provaria que era verdade.

— Entendo, mas por um instante parecia que ele iria fazer praticamente tudo para te obrigar a dizer a verdade, só para te prejudicar.

— Vai prejudicar; não vou mentir sob juramento. E, mesmo que tenham se passado doze anos, vai ser muita sorte se o meu castigo for só uma licença sem remuneração depois de contar essa história.

Rik acha que, contando ao FBI sobre a fotografia e usando-a para prender Vojczek, a delegada terá feito todo o possível para transformar o negativo em positivo. Mas ninguém pode prever o que vai acontecer com o emprego dela. As discussões vão girar em torno do que aconteceria se fosse um homem que tivesse feito a mesma coisa, mesmo doze anos atrás, e a suposta vítima fosse uma pessoa muito podre. Mas uma coisa positiva é que Lucy não vai ser obrigada a testemunhar por um bom tempo, pois Moses foi enfático ao dizer que colocaria em risco o processo judicial de Vojczek se a delegada fosse forçada a falar sobre esses eventos sob juramento antes de testemunhar no julgamento do Ritz. A julgar pelo andamento demorado dos processos, isso só vai acontecer bem depois da eleição, talvez daqui a um ano, um ano e meio.

Agora, o tempo que se passou para que o caso da delegada fosse formalmente resolvido, além de seu atual célebre status de heroína, pesam a favor do arquivamento do processo da P&B. Rik continua pedindo a Marc que recomende isso aos comissários, e ele diz que sim, e que acha que eles vão concordar, talvez já semana que vem. Assim, mesmo que o Ritz use essa alegação, a história da foto pode nunca ser contada. Mas até então a delegada vai amargar no purgatório, uma punição que até eu sei que ela merece – e Lucia também.

— Não posso dizer que eu não sabia que era errado — diz ela. — Mas também achava que era justiça. Mas era errado, e por isso também eu parei.

Ela me olha longamente por cima do copo.

— Tenho certeza de que você ficou muito decepcionada comigo quando te contei essa história.

— Decepcionada?

É meio animador para mim que a delegada perceba minhas reações ou sequer se importe com elas. Se fiquei decepcionada? Não sei... afinal, minha vida diária é tipo um monumento ao limitado valor de seguir as regras.

— Talvez — prossigo. — Eu sei que aquilo foi muito contra a lei, um abuso de poder e tal, e isso é sempre uma coisa ruim para um policial fazer. Talvez eu achasse melhor se você pensasse em fazer aquilo, mas não fizesse. Mas também fiquei surpresa e orgulhosa de você ao mesmo tempo. Homens como o Ritz se livram dessas merdas que fazem com aquelas mulheres na rua desde sempre, e é muito gratificante ver o jogo virar. Por isso, às vezes, quando olho para aquela foto, sabendo de toda a história, fico meio horrorizada, mas de vez em quando dou risada pra caramba.

Ela dá um sorriso melancólico.

— Eu já parei de rir faz tempo. Em resumo: como eu disse, foi errado.

— Eu sempre quis te fazer uma pergunta. É meio pessoal.

A delegada assente. Se o Ritz a visse agora, aposto que se sentiria vingado. Ela carrega um peso e um cansaço novos agora. E o pior é que há apenas menos luz em seu rosto.

— Qual é a pergunta?

— É uma coisa que nunca entendi direito. Você queria fazer com o Ritz o que ele fazia com aquelas mulheres, não é?

— Isso mesmo.

— E você parou assim que tirou as fotos? Porque, se fosse eu, ia querer mostrar a ele como é estar naquela posição. E, se tivesse ido tão longe, contra a lei ou não, ia me assegurar de que aquele filho da puta sentisse o gostinho.

Lucy ri, apesar de tudo, mas logo fica olhando para o tapete.

— Bem, talvez eu não tenha parado assim que tirei as fotos. Mas não durou muito, porque comecei a ficar com medo.

— De quê?

— De mim mesma. Porque eu gostei. Não a parte do sexo, em relação a isso só senti frieza. Mas adorei ver que tinha tanto poder sobre ele. Foi muita adrenalina, eu me senti sem limites, imensa. Mas então ouvi o canalha abrir o zíper, e isso meio que despertou minha consciência. De um jeito ou de outro, foi um momento muito estranho, porque eu não sabia que tinha esse poder dentro de mim, nunca tinha se manifestado. Mas foi uma ótima lição para aprender antes de virar delegada.

***

Tonya chega tarde, por volta das três da manhã, mas me deixa dormir até quase nove. É sábado, mas Lucia vai passar o dia na delegacia. Como muitos delegados, ela aproveita o fim de semana para pôr em ordem tudo que não é emergência. Concordamos que ela ela vai estar segura dentro da Delegacia Central. Como a maioria das delegacias e agências policiais, é totalmente blindada com vidros à prova de balas e portas de aço com fechadura eletrônica para impedir a entrada de malucos e terroristas. Além disso, tem uma dúzia de policiais armados lá dentro que atirariam imediatamente no Ritz.

Então, passo para ver vovô, que está grudado na TV e quer saber tudo sobre o caso da VVM. Conto a ele o que posso e depois vou ao escritório para fazer minhas coisas. Por volta das quatro da tarde, a delegada liga e eu vou buscá-la. Estaciono o Cadillac na esquina; assim, se o Ritz colocou uma pessoa para vigiar, não vai ver um carro a mais na garagem.

A delegada quer preparar o que ela chama de "um bom jantar".

— Você gosta de mexicano?

Conto a ela sobre o Ruben's, do qual ela nunca ouviu falar. Nem precisa, porque ela cozinha de verdade. Vai fazer tamales, pois as filhas dela vêm almoçar no domingo. Ela faz vários, e também faz carne assada. Eu faço uma salada.

Os tamales estão incríveis.

— Sério, maravilhoso — digo.

— Dá muito trabalho — comenta ela —, mas sempre vale a pena.

Tonya chega no final do filme a que assistimos. Ela vai pegar o turno da manhã, por isso esta noite posso tomar uma cerveja enquanto a delegada toma sua saideira.

Sentadas à mesa de canto da cozinha, nós três rimos muito de uma velha história sobre Sid DeGrassi. Aparentemente, na primeira vez que ele se inscreveu em HI, a P&B o mandou fazer uma segunda prova, sem qualquer explicação. E Sid ficou arrasado quando soube que havia sido reprovado.

"Devo ter sido reprovado por pouco", parece que Sid disse a Stanley, o antigo delegado. "Por isso eles me deram outra chance."

"Não", disse Stanley. "Foi porque ninguém podia acreditar que um ser humano pudesse ir tão mal se não fosse de propósito."

Não sou de gargalhar muito, mas essa história me pega, e ainda estou rindo quando, de repente, vejo Tonya enrijecer do outro lado da mesa. Ela segura nossas mãos e leva o dedo indicador aos lábios. Prestamos atenção, e meu coração dá um pulo, porque ouço barulho de galho quebrando. Tonya, que está de frente para a janela da cozinha, grita:

— Eu vi alguém. — E corre para a porta da frente, enquanto me passa instruções, gritando.

Por ordem de Tonya, levo a delegada por um corredor até perto da porta do porão, para o caso de ela precisar se esconder, e saio correndo pelos fundos. Isso tudo leva alguns segundos. Quando saio, vejo um sujeito grande correndo, olhando por cima do ombro para Tonya, que está correndo atrás dele. Ele está de chapéu e roupa escura, e tem alguma coisa na mão direita – meu instinto me diz que é uma arma. Quando ele chega à parte de trás da casa, mais ou menos paralelo à escada dos fundos, eu o acerto com o ombro a toda velocidade. Ele cai como uma fruta madura e eu me jogo em cima dele e começo a socá-lo. Mas imediatamente percebo que tem alguma coisa errada. Mesmo sendo grande, o sujeito estava todo mole quando o acertei. E imediatamente começou a berrar e a choramingar, implorando para eu parar. E não há sinal do que eu pensei ser uma arma.

Tonya o algema enquanto ele ainda está de bruços. Ela liga a lanterna do celular e, quando o vira, tenho certeza de que não é um assassino mandado pelo Ritz. Ele tem uns dezoito anos, o rosto cheio de espinhas, óculos grandes e uma cabeleira desgrenhada. À luz, vejo uma grande mancha de pizza na frente de sua camiseta. Está na cara que é um bobalhão.

Tonya tira a carteira do bolso de trás dele.

— Robert Gamal?

O sujeito não consegue parar de chorar, de modo que demoramos um pouco para entender sua história. Ele é calouro da universidade, faz fotojornalismo.

— Pensei em tirar uma foto da delegada Gomez. O caso está ganhando tanta cobertura... uma foto inocente dela em casa com as filhas iria valer alguma coisa.

Vasculho atrás de nós e encontro a câmera digital nos arbustos, mas nada de arma.

Então, de repente dou um grito de pânico quando me dou conta: Robert Gamal não é um assassino, está aqui para nos distrair. Desorientação, sim, é a cara do Ritz.

Corro de volta para a casa com minha Glock na mão.

— Delegada? — grito.

— Estou aqui.

Ela ainda está no corredor, com a arma na mão.

Quero revistar a casa, mas ela tem certeza absoluta de que ninguém entrou.

— Quem era lá fora? — pergunta ela, apontando o queixo para o quintal.
— Jimmy Olsen, do *Planeta Diário* — respondo.
Quando explico sobre Robert Gamal, ela não consegue parar de rir.
— Está de brincadeira! Eu tenho *paparazzi*? Eu tenho *paparazzi*, porra! Não vejo a hora de contar para as meninas.
Tonya chega minutos depois. Jimmy Olsen está ali fora, algemado à grade de ferro. Ela já falou com a delegacia; Robert não tem ficha nem mandados.
— Vamos fichar ou liberar? — pergunta Tonya à delegada, que se volta para mim.
— Eu acho melhor fichar — respondo. — Ele precisa aprender.
Olha quem fala, penso. Mas sei que estou certa.
Tonya chama uma viatura, que chega em cinco minutos. Vão fichar Robert por invasão de propriedade, que é só uma contravenção; ele vai pagar a fiança sem ter que passar a noite na prisão. Sem dúvida isso vai lhe dar assunto para escrever para a aula de fotojornalismo.

***

Depois que tudo acaba, tomamos um uísque para nos acalmar. A delegada esvazia seu copo e acha que já vai conseguir dormir, então sobe para o quarto dela, mas Tonya e eu ainda estamos elétricas e ficamos na cozinha.
— Agimos bem — diz Toy.
— Sim.
— Acho que vou retirar minha candidatura no FBI e nós duas podemos abrir uma empresa de detetives particulares ou de segurança.
Ela fala meio brincando, meio séria. Até agora ela não havia dito explicitamente que se candidatara ao FBI, mas eu já desconfiava. Ela precisa ser discreta, pois todo mundo em HI iria surtar se soubesse que ela vai sair. Talvez começando pela delegada.
— Não — respondo. — Toy, eu adoraria trabalhar com você, juro, mas também amo Rik e esse rolê de detetive. Ter empresa própria não é fácil, e eu não sei se nós temos talento para arranjar clientes. E segurança privada é a mesma coisa. Quanto trabalho para gente importante você

acha que existe por aí? Você não vai querer ser segurança em casamentos ou bat mitzvahs, né? Além disso, acho que estamos indo muito bem como amigas. Sócios, quando brigam, é pior que divórcio.

— Certo — diz ela, feliz. Acho que ouviu exatamente o que queria.

— Concordo que nós estamos indo bem como amigas.

Dada sua experiência anterior comigo, ela fica mais tranquila.

— Além disso, você não pode abandonar a ideia de ir para o FBI sem tentar.

— Ainda estou em dúvida. Trabalhar em HI será ótimo enquanto a delegada estiver aqui. Você teria uma grande aliada se tentasse entrar para a polícia agora, sabia?

Estranhamente, esse pensamento nunca me passou pela cabeça, mas eu sei que Tonya acertou em cheio quando disse que eu seria uma policial de merda. Eu sempre iria arrumar confusão por quebrar regras que considero imbecis ou inúteis. Como ela disse, ninguém muda tanto assim.

***

No domingo, enquanto as filhas da delegada estão na casa dela, fico dentro do meu carro, que mudei para o outro lado da rua, mas descendo o quarteirão, tentando impedir que minha presença seja muito óbvia.

Tonya aparece às quatro com uma ótima notícia para todas.

— Moses chegou a um acordo com Melvin. O Ritz vai se entregar no tribunal federal amanhã ao meio-dia.

— Fiança?

— O Ministério Público vai se opor ferozmente. A única coisa que Moses concedeu a Junior é que levariam o Ritz imediatamente para uma audiência de fiança. E na audiência o Feld não vai negar que o Ritz é dependente químico.

Batemos um *high five*.

— E adeus babás — diz a delegada. — Não que eu não ame vocês...

— Também amo você — respondo.

Rimos mais. Somos um trio alegre.

Quando a delegada sai para assistir ao resto do jogo dos Trappers, Tonya me diz que Feld tem um novo plano.

— O Ritz não vai conseguir fiança, porque no início da audiência o MP vai apresentar uma nova denúncia acrescentando acusações pelo assassinato de uma testemunha federal. Eles já podem corroborar a declaração de Walter porque deu correspondência química exata do carfentanil nas canetas-seringa da casa do Ritz com o que matou Blanco. Mas a nova denúncia só vai mencionar as evidências científicas; Walter vai continuar incógnito. Depois que o Ritz estiver no MCC, vão mandar Walter visitá-lo. E sabe com qual pretexto? É diabólico: Walter vai dizer que quer ter certeza de que o Ritz não vai virar as costas *para ele*. E o Ritz vai ter que responder, senão vai saber que a única opção de Walter será correr para o Ministério Público.

***

Na manhã de segunda-feira, a delegada sai cedo para a delegacia. Ela gosta de chegar antes da mudança de turno, às sete. O gabinete da prefeita também lhe mandou uma mensagem pedindo informações mais recentes sobre o Ritz e outros assuntos, e Lucy ficou de entregar o relatório às oito.

— Eu vou junto — eu digo.

— Nem fodendo.

— Aquela garagem no subsolo do Gabinete da Prefeitura é sinistra!

— Tem muita segurança lá, e só concordei com a vigilância de vocês até o Ritz ser pego. Agora foi. E seria muito embaraçoso perante a prefeita se eu passasse a impressão de que não posso confiar que meus próprios policiais me protegeriam. E seria muito difícil explicar por que eles não estariam lá.

Ainda insisto em segui-la até a delegacia. No estacionamento, ela se debruça na janela do carro e me abraça de novo.

— Conhecer você foi a melhor parte dessa experiência de merda, Pinky.

— Pois é. Sou um pouco melhor que merda.

Rimos de novo; ela dá meia-volta e acena para mim da porta dos fundos da delegacia.

41. HOUVE UM CONTRATEMPO

— Houve um contratempo — é a primeira coisa que Tonya diz quando atendo o celular, às oito e meia, cerca de uma hora depois de eu chegar ao escritório. — Onde está a delegada?
— Com a prefeita, pelo que eu sei.
— Vou ligar para ela — diz Tonya.
— Ela não vai atender enquanto estiver falando com a prefeita.
— E quanto tempo vai durar a reunião?
— Sei lá. Mas ouvi a delegada reclamar que a prefeita sempre atrasa. Pela mensagem que Lucy recebeu, a prefeita tem muita coisa para falar com ela. Quer saber de tudo que a delegada possa contar sobre o Ritz. A prisão dele vai dar um grande impulso à campanha eleitoral dela.
— Bosta!
— É... mas acho que a delegada sai de lá até as nove e meia, não acha?
— Vou mandar uns policiais para ver se está tudo bem. Por via das dúvidas.
— De que dúvidas?
— Coisa do FBI.
— Não me venha com essa, amiga. Se você está preocupada com minha cliente, tenho o direito de saber por quê.
Tonya pensa um pouco.
— Walter recebeu uma mensagem meia hora atrás.
— Do Ritz?
— Parece. Para Walter ir à casa de Jewell às onze e pegar uma mala com ela. O Ritz disse que Jewell vai para o aeroporto sozinha, mas é para Walter levar a mala para ele no estacionamento externo.
— Ritz vai enterrar um tesouro antes de se entregar ou está pensando em fugir?
— Fugir, parece.
— Caralho! — digo.
Desorientação: levar todo mundo a Center City para ver o Ritz ser algemado, enquanto ele está dentro de um avião, é a cara dele.

— A história de se entregar é uma farsa, então? — pergunto.

— É o que parece. Acabei de falar com a TSA. Checaram as listas de passageiros de hoje e encontraram Jewell em um voo direto para a Cidade do México. A passagem dela, de primeira classe, foi reservada pela mesma agência de viagens que o Ritz usa, e ela comprou também passagens para o filho e um terceiro passageiro, um sujeito nascido em 1956, cujo número de passaporte pertence a um homem de Waukegan, Illinois, que morreu há dois anos. Eles fariam conexão em Jacarta. A Indonésia não tem tratado de extradição com os Estados Unidos.

— E você acha que o Ritz vai dar uma passadinha para matar a delegada quando estiver saindo da cidade?

— Acho que estou sendo paranoica. Mas é melhor prevenir.

— Verdade — digo. — Qual é o plano agora?

Tonya diz que vários agentes foram despachados para o KCO, o aeroporto internacional ao norte da cidade. O FBI vai vigiar todas as entradas, mas a instrução é para não deter Jewell enquanto o Ritz não aparecer.

— E se eu estiver passeando pelo KCO perto das onze, o que você acha? — pergunto.

— Acho que você vai reduzir sua expectativa de vida. O Ritz conhece seu rosto melhor que o de qualquer outra pessoa. Quando ele vir esse seu prego, vai sair pela porta.

— O que eu devo fazer, então?

— Nada. Vou voltar para a delegacia. Continue ligando para a delegada e as filhas dela e me avise se ela atender antes de os meus homens a acharem.

Tento os três números repetidamente durante vários minutos. Mas não consigo ficar sentada aqui; deve ter alguma coisa útil que eu possa fazer. Depois de um tempo, começo a me perguntar se as passagens de avião não seriam tão falsas quanto a rendição. Se for isso, o Ritz vai fugir em um avião particular. Entendo que ele tem mais chances de passar despercebido e não ser reconhecido no meio da multidão do KCO que como um dos poucos passageiros em uma salinha de espera, mas, pelo menos, eu estaria sendo útil se fizesse o trajeto de meia hora até o Campo de Pouso do Condado de Greenwood, o aeroporto particular, para dar uma olhada.

Tiro o prego e o deixo em cima da mesa. Enquanto corro pela 843 no Cadillac, eu me dou conta de que Vojczek é astuto e que, se vai realmente fugir em um avião fretado, pode muito bem dirigir algumas horas até outro aeroporto privado, talvez perto de Chicago ou St. Louis. O que significa que tem uma chance ainda maior de eu estar perdendo meu tempo.

No caminho, por fim consigo falar com as duas filhas da delegada. Nenhuma das duas falou com a mãe. Faço o máximo para não assustar as moças, mas peço que digam à mãe para me ligar o mais rápido possível se conseguirem falar com ela.

Vinte minutos depois, Tonya me liga de novo. Está muito mais agitada que o normal, acelerada, e tenho que pedir que fale mais devagar. No início desta manhã, Don Ingram instruiu Walter a ir à casa de Jewell para ver se conseguia descobrir alguma coisa sobre os planos do Ritz. O filho de Jewell, Tal, que Walter conhece um pouco, estava cortando a grama. Tal disse que sua mãe está em Cleveland porque a mãe *dela* está doente. O garoto não sabia de nada sobre uma viagem ao México, e Walter tem certeza de que Jewell nunca se mudaria permanentemente sem o filho. Tal olhou dentro de casa para ver se Jewell havia deixado alguma mala, mas, depois de vasculhar vários cômodos, não encontrou nada. Walter e os agentes descobriram que o que Cornish temia é verdade: o Ritz descobriu sobre Walt, ou no mínimo suspeita o suficiente para não confiar nele.

— Ritz deve estar relembrando a conversa com a delegada agora que sabe que foi armação do FBI — diz Tonya. — Depois de tudo que ele perguntou sobre a investigação da morte de Blanco, entendeu que foi enganado. E a razão mais provável para o MP já estar construindo um caso contra ele pela morte de Frito seria Walter ter aberto o bico. Muitas coisas se encaixaram na cabeça dele, o que também explica por que ele está fugindo. O Ritz sabe que vai ser pego por assassinato.

Digo a ela que estou a caminho de Greenwood.

— Bem pensado, detetive — diz Tonya. — Vou pedir a Ingram que envie alguém do gabinete de campo de Greenwood para ir até lá.

— E a delegada? — pergunto.

— Estou falando com os dois patrulheiros que mandei para a prefeitura. Espere, estão ligando aqui. Ligo para você assim que desligar — diz Tonya.

Uns cinco minutos depois, ela liga, com a pior notícia até agora.

— Os policiais que foram à prefeitura descobriram que a prefeita não tinha reunião com a delegada hoje. Olharam no estacionamento do subsolo e encontraram o carro dela, mas não ela.

— Ai, meu Deus, caralho! — Jogo o carro no acostamento, e a mulher que eu fecho me mostra o dedo do meio. — Vou voltar; quero ajudar.

— Negativo — responde Tonya. — A melhor maneira de encontrar Lucy talvez seja encontrando o Ritz.

— Caralho! — digo. Isso não é um bom prenúncio.

— Procure o Ritz quando chegar lá. Se o vir, ligue para mim, mas não o confronte. Ele é considerado armado e perigoso.

Dez minutos depois, entro correndo no campo de voo do aeroporto Greenwood, onde vejo três aviões particulares de tamanhos diferentes perto do pequeno terminal. No maior, um G-IV com dois motores na cauda, vejo a nuvem de fumaça saindo dos motores.

Eu já estive aqui algumas vezes; uma vez, vovô representou um bilionário de Indianápolis que gostava de mandar seu avião buscar ele para reuniões cara a cara. É um rolê bem tranquilo, apesar do que Tonya acha. A pessoa espera no lounge até o piloto chamar. Há um magnetômetro na entrada, mas nunca o vi ser usado. Afinal, o que a pessoa vai fazer? Sequestrar seu próprio avião? Eles checam a identidade, mas só para ter certeza de que a pessoa é quem diz ser. Mas a TSA não cuida dos aeroportos privados. A coisa mais parecida com segurança de aeroportos é um assistente do delegado de Greenwood, que está em frente à entrada, fumando um cigarro enquanto fala em seus intercomunicadores brancos. Os assistentes do delegado de Greenwood usam chapéu tipo o do Urso Smokey, mas parece que ele deixou o seu no carro. É um sujeito barrigudo, na casa dos cinquenta, com costeletas fora de moda. Não parece pronto para a ação, a menos que seja pegar uma rosquinha fujona. Esse é o tipo de tarefa que um policial aceita depois de esgotar os nervos nas ruas.

Corro pela frente dele e entro no terminal, que não passa de uma grande sala de espera, com pôsteres emoldurados nas paredes, basicamente anúncios das várias empresas de aviões particulares que operam aqui. Uma jovem radiante, de blazer, está atrás do balcão, com um homem vestido igual, mexendo em um computador. Tirando eles, tem poucos passageiros no saguão, todos sentados em poltronas macias de couro preto, onde um por cento da população consegue descansar a bunda enquanto espera seu voo. Minha opinião é que essas pessoas sentadas ali, juntas, são sinal de um país melhor: uma família afro-americana, com uma mãe, um pai, dois filhos e o vovô dormindo em uma cadeira de rodas. Parecem ser muito mais ricos do que qualquer pessoa que eu conheça – se desconsiderarmos o cliente de vovô –, visto que não conheço ninguém que poderia sequer pensar em andar de avião particular. Pelo menos essas pessoas são pretas.

Já voltei para a porta quando Tonya liga de novo.

— O Ritz está aí?

— Não estou vendo. Só se estiver disfarçado de mulher preta muito mais baixa que ele, ou de marido dela, que é muito mais alto. Conte o que está acontecendo.

Ela diz que dois agentes do FBI do gabinete de campo de Greenwood e vários assistentes do delegado estão a uns dez minutos daqui.

— Acho que vão perder o tempo deles — digo. — Talvez devessem ir para a rodoviária ou para a estação de trem. Ou tentar os outros aeroportos privados dentro de um raio de duzentos quilômetros.

— Isso não é bom — diz ela —, porque eu tenho certeza de que o Ritz pegou a delegada.

Quando ouço isso, meu coração bate tão forte que chega a doer.

— Ai, merda! — digo. — Viva ou morta?

— Bem que eu gostaria de saber.

Tonya recebeu informações mais completas dos dois policiais de HI que foram até o gabinete da prefeita. Assim que constataram que não houve reunião entre ela e a delegada – a prefeita, na verdade, estava fazendo campanha no porto da balsa, apertando a mão dos passageiros –, eles checaram as câmeras de segurança da garagem onde estava o Camry de Lucy e viram a delegada sair do carro e ir para os elevadores, falando ao celular. O vídeo capturado por uma das duas câmeras dos elevadores mostrava a delegada se aproximando. O que aconteceu depois foi, em grande parte, escondido por um pilar quadrado de concreto, razão pela qual esse lugar foi escolhido como ponto de ataque. Lucy foi pega de surpresa. Um braço passou de repente em volta do pescoço dela, por trás, e ela quase imediatamente desfaleceu, como se fosse desligada da tomada.

O último vídeo que os policiais analisaram era de uma câmera da saída, que mostrava um Chevy Suburban sem placa traseira subindo a rampa para a rua.

— Foi o Ritz quem a pegou?

— Não dá pra ver.

— E você disse que ela simplesmente desmaiou?

— Eu perguntei se parecia que ela tinha sido drogada, se talvez não injetaram alguma coisa nela, e eles disseram que foi exatamente isso que pareceu.

— Ai, merda — digo.

— Tem certeza de que o Ritz não está aí? — pergunta Tonya.

Olho para trás, pela entrada de vidro, para ver se mais alguém entrou por outra porta. A família ainda está conversando, exceto o vovô, que agora está meio caído para a esquerda. Ele estava com aqueles óculos escuros grandes para degeneração macular, mas agora seu chapéu caiu sobre o rosto. Eu o observo a distância.

— Escute — digo a Tonya —, enquanto estamos falando, você não pode pedir a seus amigos da Alfândega e Proteção de Fronteiras que chequem as listas de passageiros de todos os aviões que devem partir daqui nos próximos trinta minutos?

— Claro, espere aí.

A linha fica muda uns três minutos.

— Ainda estão procurando os outros voos — explica ela —, mas um Gulfstream está programado para decolar a qualquer momento, levando uma família chamada Green.

— Como Yolanda Green?

— Exatamente. É o primeiro nome da lista. Como você sabia?

— É a sobrinha de Jewell, a advogada da VVM.

— Merda! E o assistente do delegado de Greenwood está lá fora? O que ele está fazendo?

— Esperando a aposentadoria, pelo jeito.

O cara não entrou no terminal desde que estou aqui. Sugiro a Tonya que ligue para os policiais de Greenwood que estão vindo para cá e peça que mandem o cara fazer todo o possível para evitar que a família Green embarque.

Em dois minutos, ele tira o rádio do cinto, joga fora outro cigarro que acabou de acender e balança a cabeça enfaticamente, enquanto olha na minha direção. Levanta as calças e vem rapidinho na minha direção.

— Você é a detetive de Highland Isle? — pergunta.

Ele diz que não conseguiu entender o que estavam tentando lhe explicar pelo rádio. Esse assistente está substituindo alguém chamado McGonnigle, que ligou dizendo que estava doente.

— Disseram para eu fazer o que você mandar. Falaram alguma coisa sobre um fugitivo.

Entramos, e digo a ele para pedir à família Green que mostre seus documentos. Nesse mesmo instante, o piloto entra pela porta de segurança, que tem uma janelinha e dá acesso à aeronave. É um homem branco de meia-idade, magro e completamente careca; está com uma camisa branca com dragonas. Ele dá um amplo aceno aos Green e todos se levantam, exceto – claro – o velho da cadeira de rodas. O assistente do delegado – Wronka, segundo seu crachá de identificação – e eu bloqueamos o caminho entre a família e a porta.

— Preciso ver os documentos de vocês de novo — diz Wronka.

Yolanda é quem fala. Ela tem uns quarenta anos, está com um elegante vestido verde-limão e um cinto amarelo contrastante e sapatos de salto baixo. Muito profissional e serena.

— Já checaram no balcão — diz.

Wronka dá de ombros, como se não pudesse fazer nada.

— Meu tenente quer que eu cheque de novo todos que vão partir na próxima hora.

Yolanda e seu marido, que tem a aparência sóbria e bem cuidada de um banqueiro, mostram suas carteiras de habilitação. Depois de fuçar em sua bolsa de couro de avestruz, Yolanda também tira cópias das certidões de nascimento das crianças.

— E o dele? — digo, dirigindo-me a Wronka e indicando o velho da cadeira de rodas, que está a menos de meio metro de mim.

Eu prestei atenção e ele pareceu se mexer quando Wronka falou dos documentos; mas não consigo ver seu rosto. O chapéu de tweed cobre o nariz dele, e uma máscara cirúrgica azul – uma precaução contra a covid que ainda se esperaria ver em um idoso que vai viajar – cobre a boca.

— Meu tio-avô? — pergunta Iolanda. — Ele está dormindo.
— Onde está o documento dele? — pergunto.
— Não sei — responde ela. — Acho que está com ele. Não, espere, aqui.

Ela encontra a habilitação do tio-avô na bolsa e a entrega a Wronka. Está vencida – que belo toque –, mas parece verdadeira. Era o que eu esperava: identifica o homem da cadeira de rodas como Morris Sloane.

— Podemos ver o rosto dele? — pergunto.
— Ele está *dormindo* — repete Yolanda. — Ele é um velho doente, deixe-o em paz.

Eu me dirijo a Wronka, que me dá apoio e repete que temos que ver o rosto do velho.

— Não vou tolerar isso — diz Yolanda Green, e aponta para o piloto, que está atrás de nós. — Vamos embora.

Seu marido e os filhos imediatamente vão em direção à porta, enquanto ela segura as alças de inox da cadeira de rodas, preparando-se para empurrá-la sozinha.

Rapidamente, tiro o chapéu do rosto do sr. Sloane.
— O que está *fazendo*? — grita Yolanda. — Isso é contra a lei!

Quem quer que seja, ainda parece estar dormindo. Mesmo sem o chapéu, não consigo ver o rosto por trás dos óculos e da máscara. Vejo uma barba esbranquiçada de vários dias nas bordas do TNT azul-claro. E, então, noto algo inequívoco quando olho para a testa dele. Ele é branco.

Peço a Yolanda que tire os óculos e a máscara.
— Não vou fazer isso. Vamos embora agora.

Ela chama o piloto para que a ajude com a cadeira de rodas.
— Prenda todos eles — digo a Wronka.

Wronka olha para mim, em dúvida.
— Pelo menos ele — digo.

E, sem dizer mais nada, eu me abaixo de novo e tiro os óculos escuros do velho. É o Ritz.

— Desculpe incomodá-lo, sr. Vojczek — digo —, mas há um mandado federal de prisão contra o senhor.

— É ele? — pergunta Wronka.

— Sim, é ele.

— Está bem, então. Você está preso, senhor.

Wronka começa a informar os direitos ao Ritz, que arregala seus olhos cinzentos e me encara com aquele olhar desumano sobre o qual Koob me alertou.

— Onde está o prego? — pergunta. — Você cresceu?

— Não tenho pressa para isso — respondo. — Mas, se isso acontecer, vou te ver na cadeia. Você ouviu o policial; está preso, sr. Vojczek.

Ele ri – um breve ronco arrogante – e se levanta devagar. Wronka dá um passo para trás, mas leva a mão ao coldre onde está sua arma.

— Você não pode me prender — diz a Wronka. — Acabou de ver minha identidade, meu nome é Sloane. Ela acha que sou outra pessoa, mas está enganada.

Noto a preocupação no rosto pesado de Wronka.

— Vamos — diz o Ritz aos quatro Greens, que observam em silêncio, e se aproxima do piloto.

— Segure ele — digo a Wronka.

— Mas eu vi a identidade dele — responde ele.

— Pelo amor de Deus! Ele estava se passando por um velho doente de cadeira de rodas. Quer que ele carregue uma placa dizendo "Sou um fugitivo"? Use seu celular e veja a primeira página do *Tribune*. A foto dele está ali há quatro dias.

— Ok, esperem — responde Wronka, dirigindo-se a todos. — Boa ideia. Vou dar uma olhada no jornal.

Ritz passa pelo piloto e abre a porta que leva à pista. O enorme barulho dos motores e o cheiro do escapamento inundam o saguão.

Levo a mão para baixo da camisa aberta que estou usando por cima de uma regata e tiro minha Glock. A filha de Yolanda Green, de nove anos, grita ao ver a arma.

— Você está preso — repito para o Ritz, à porta.

— Pelo que me lembro — responde o Ritz —, você não é policial. Você foi reprovada na Academia, não foi? Esse homem é o policial, e não está me prendendo. Vamos — repete para o piloto. — Ela está incomodando as pessoas.

— Pare — digo —, ou eu atiro.

— Você não pode atirar em mim — responde o Ritz. — Meu nome é Sloane. O policial não me prendeu e não tem nenhuma vida em perigo. Se atirar em mim, você é quem vai acabar na cadeia.

Ele chama os Greens com a mão, contorna o piloto e vai para a pista, caminhando com segurança para a escada do Gulfstream, a uns trinta metros de distância. Passo por Yolanda e corro até conseguir me posicionar entre o avião e Vojczek. Fico em posição de tiro, com os joelhos ligeiramente dobrados, segurando meu pulso com a mão esquerda.

Ritz dá um leve sorriso. Para seu disfarce, até tirou seu eterno blazer. Está com um paletó azul, e vejo seus dedos da mão direita descendo em direção à bainha.

— Pare! — grito. — Mãos ao alto, Ritz. De joelhos.

Ele sacode a cabeça com confiança.

— De joelhos — digo de novo. — Se for preciso eu atiro em você, Ritz. Não vou deixar que entre naquele avião.

— Não — diz ele. — Você não vai atirar em mim e eu não vou atirar em você. Eu tenho uma coisa que você quer, por isso você vai nos deixar ir embora.

Sinto uma onda de choque. Com toda a adrenalina e o foco no Ritz e nos Greens, esqueci completamente da delegada.

— Onde ela está? — pergunto.

— Por que eu te contaria, se você está tentando me prender? Se você se afastar e nos deixar embarcar, antes que a porta se feche eu te conto o que você quer saber.

— Acho que não é assim que funciona. Depois de preso, você pode tentar negociar com os promotores. A menos que seja por assassinato. Aí vai ser injeção letal, com certeza.

— Ela está viva — diz ele. — Por enquanto. Mas eu não esperaria muito se fosse você.

— Você está preso — repito. — Fique de joelhos.

Estou só repetindo o que já ouvi, porque não faço ideia do que fazer. Os agentes do FBI é que são treinados para essas situações; já devem estar chegando.

— Você vai ser responsável pela morte dela — diz ele. — A escolha é sua.

— De joelhos, Ritz.
— Ok, vou te dar uma coisa, um sinal de boa-fé. E o resto eu conto quando estiver no alto da escada, antes de a porta se fechar.
Ele leva a mão direita para trás de novo, devagar, por baixo do paletó.
— Não! — grito. — Não, Ritz!
Meu dedo enrijece no gatilho. Então, ouço o estampido de uma arma, um som muito forte e dilacerante – dois tiros rápidos, *bang bang*, rasgando o ar com sua força. Fico surpresa quando olho para baixo, me perguntando como fui capaz de atirar. A Glock não tem trava de segurança; mas, quando toco no cano com cuidado, está frio. Enquanto isso, o Ritz está completamente parado; então, vejo-o vacilar, como um galho de trigo sob a brisa, cair de cara no asfalto e rolar sobre o ombro.

Por fim, vejo Walter Cornish diante da cerca de arame que separa a pista do estacionamento. Ele está a uns dez metros, segurando seu revólver prateado com as duas mãos, estendido. Ele abre o portão trancado com um chute e corre para o Ritz, que está caído em uma poça de sangue.

Com a ponta do sapato, Walter cutuca o pé do Ritz, que não se mexe. Walter olha para mim com aquele seu sorriso ganancioso.

— Isso é cooperação pra você? — pergunta.

42. A POLÍCIA DE GREENWOOD CHEGA

A polícia de Greenwood chega, em uma viatura com as luzes girando, antes da ambulância. Já coloquei minha arma no coldre de novo; Walter imediatamente se identifica como o atirador e entrega sua arma antes de ser algemado. Enquanto isso acontece, ele acrescenta, com considerável orgulho:

— Sou testemunha cooperativa do FBI.

— É melhor mesmo, pelo seu próprio bem — responde a policial mais velha.

Ela tem mais ou menos a minha altura e uma compleição sólida como eu, e tem as listras de sargento sobre os ombros.

— O FBI chega em um minuto — acrescenta.

O pequeno aeroporto está totalmente parado. O pessoal de campo, os carregadores de bagagem e o pessoal que trabalha na pista já se aproximaram, e quase todas as pessoas que estavam no terminal estão em volta da porta da pista para olhar – inclusive Yolanda Green, que está chorando. Não sei se ela está de luto pelo querido e velho tio Ritz, ou simplesmente reagindo à velocidade e ao drama com que as coisas se desenrolaram; ou se percebeu que sua vida acabou de dar uma guinada nada animadora.

Como todos os policiais são treinados para fazer, Walter mirou no tórax – o maior alvo –, e vejo o ferimento de saída da bala e o sangue jorrando do meio das costas do paletó do Ritz. A cada dois minutos tenho que dar um ou dois passos para trás, para evitar duas grossas linhas de sangue do Ritz que escorrem em direção às minhas botas.

Chamo Wronka, que finalmente saiu pela porta depois que os outros policiais de Greenwood chegaram. Baixando a voz, e sem apontar para Yolanda, digo:

— É melhor deter a mulher que estava tentando nos enrolar. O FBI vai prendê-la por ajudar e incitar uma fuga ilegal, e alguém vai responsabilizar você se ela desaparecer.

Wronka assente, grato, e pega com a mão esquerda as algemas que leva no cinto. Mesmo com tudo isso acontecendo, estou controlando minha vontade de gritar e implorar que todos parem para que possamos pensar na delegada.

Nesse ínterim, Walter explica à sargento o que aconteceu com o Ritz.

— Ele ia puxar a arma — diz a ela. — Eu conheço esse cara, conheço bem demais. Ele ia matar aquela garota ali.

Ele se refere a mim, e lança um olhar demorado em minha direção, me implorando para corroborar suas palavras. A sargento também se volta em minha direção.

Quer eu deva quer não, sou grata a Walter. Ele não me salvou do jeito que pensa, pois eu teria apertado o gatilho assim que visse a arma do Ritz, mas não tinha ideia do que fazer se ele não a sacasse, se continuasse falando sobre a delegada e subisse a escada do avião. Walter deve ter pensado que uma "garota" nunca teria coragem de atirar, e achou que tinha que atirar para me salvar.

— Sim, eu achei que Vojczek ia puxar a arma — digo. — E Walter conhece muito mais esse homem que eu — acrescento.

Os três agentes do FBI do gabinete de campo, todos de terno escuro, finalmente aparecem. Conto a eles sobre Yolanda e dois vão direto assumir o caso dela, já com os distintivos na mão. Quando Wronka volta, o segundo policial o chama de lado para saber sua versão sobre o tiroteio.

— E a delegada? — pergunto à terceira agente, uma mulher, aparentemente latina.

Já nos conhecemos de vista das reuniões ocasionais a que eu compareci com a delegada no gabinete de campo. Mas a outra sargento está ao nosso lado, e falo também me dirigindo a ela.

— Ritz disse que ia me dar informações sobre a delegada. Achei que eu ia ganhar uma bala, mas talvez ele estivesse procurando outra coisa em vez da arma.

A sargento assente e vai depressa para o carro-patrulha. Está parado bem perto da cerca de onde Walter atirou, e ninguém se deu ao trabalho de desligar a sirene luminosa. Ela volta com dois pares de luvas de borracha azul e entrega um para o outro policial, com quem chegou. Todos, de dentro e de fora, se aproximam um pouco mais enquanto os policiais viram o Ritz ligeiramente para o lado e enrolam seu paletó com extremo cuidado, para não mexer em mais nada. Encontram o coldre traseiro e a arma que ele carregava, que parece uma Beretta .32, como a da delegada.

Walter fica balançando a cabeça o tempo todo.

— Eu disse que conheço esse cara — diz aos policiais, e se volta para o agente do FBI e para mim. — Quando fui à casa de Jewell, soube exatamente para onde esse maldito iria. Ele sempre falava como era bom viajar de avião particular; já tinha viajado duas vezes. E, enquanto eu estava vindo para cá, de repente me ocorreu. Estou me consumindo há semanas por tê-lo delatado, e o filho da puta estava indo para algum lugar para curtir os zilhões que tem em criptomoedas, enquanto deixava todo o peso pelo Blanco cair sobre mim. Quanta lealdade!

Ele sorri de novo. Mas, como é o mesmo idiota de sempre, falou mais do que deveria e passou a impressão de que correu para cá com a intenção de apagar o Ritz no instante em que o visse. Os promotores vão descobrir isso.

A ambulância, com a sirene ligada, finalmente para diante das portas do terminal. Ouço outra sirene se aproximando, com o mesmo som das usadas em Highland Isle. Os paramédicos correm para o pequeno grupo que cerca o Ritz. De jaleco e luvas, os dois o examinam rapidamente. O Ritz não tem pulso, e acho que suas pupilas também não respondem. Colocam uma máscara de oxigênio nele, mas um dos paramédicos se limita a sacudir a cabeça. O outro corre para a ambulância e volta empurrando a maca de rodinhas. Enquanto os paramédicos estão colocando o Ritz nela, Tonya chega.

Ela olha para o corpo pálido do Ritz amarrado à maca.

— Puta merda! Você teve que atirar nele?

— Walter — digo.

— Tá de brincadeira! — diz Tonya.

A sargento, que conhece Tonya, chega com algo na mão.

— Acha que isto pode ser o que ele estava procurando? — pergunta para mim. — Estavam no bolso de trás dele.

São duas chaves em uma argola. Rapidamente, conto a Tonya o que o Ritz disse sobre a delegada.

— Você acha que ele a prendeu em algum apartamento? — pergunta Tonya.

Levaria uma eternidade para procurar em todas as propriedades de Vojczek em Highland Isle.

Peço à sargento que se aproxime para que eu possa ver melhor as chaves sem as tocar. São mais curtas que chaves de casa, mas me parecem familiares. Em segundos eu ligo os pontos: vi chaves como essas quando estava tentando descobrir como entrar no depósito de Koob no subsolo do Archer.

— São de cadeado — digo. — Acho que a marca é Superlock.

— Cadeado? — pergunta Tonya. — Então ela está tipo em um armário?

— Ele disse que não tínhamos muito tempo — digo a Tonya.

— Por causa das drogas, aposto — aponta ela.

Não acreditei muito no Ritz quando ele disse que a delegada estava viva, mas, quando Tonya diz isso, entendo o plano dele. Ele deu uma dose a ela, provavelmente de carfentanil, como um bilhete de despedida para todos nós. Acho que foi o suficiente para matá-la, mas não de uma vez. Ele a queria viva por um tempo, mas não porque sentisse alguma simpatia pela delegada. Se ele fosse pego antes de o avião decolar, trocaria Lucy por sua liberdade. E era exatamente isso que ele estava tentando fazer comigo.

Enquanto penso nisso, de repente registro tudo que vi, mas sem absorver, enquanto os paramédicos atendiam a Vojczek. Vi uma movimentação estranha, pois todas as outras atividades do aeródromo foram interrompidas. Os Green ainda estão lá dentro, observando a distância enquanto dois agentes interrogam Yolanda, mas a bagagem deles foi levada em um carrinho de mão e colocada em um elevador mecânico, que subiu até o porão do G-IV. Havia um grande baú marrom – Louis Vuitton, tenho certeza –, e, procurando em minha memória, quero acreditar que vi um cadeado nele. Mas o avião já vai começar a taxiar; já foi levado para o outro lado por um daqueles reboques com um longo braço branco.

Quando o jato começa a virar devagar para a cabeceira da pista, grito:

— Segurem esse avião! Segurem!

E saco minha arma de novo enquanto corro para a aeronave.

Ninguém parece me dar atenção, exceto Tonya, que está correndo um ou dois passos atrás de mim.

— Atire nos pneus! — digo, olhando para trás.

— Por quê?
— Atire! — repito.
— Atire você, Pinky. Você é duas vezes melhor que eu.

Atiro. Seis pneus, dois em cada trem de pouso. Acertei, mas os pneus menores do trem de pouso dianteiro parecem perder o ar muito lentamente. Os quatro que ficam sob as asas murcham quase ao mesmo tempo.

Don Ingram e sua equipe de Center City apareceram – não faço ideia de quando chegaram –, e, quando ouvem Tonya, Ingram e outros dois cercam o avião, de armas na mão. Don se coloca abaixo da janela da frente e mostra suas credenciais. Um minuto depois, a escada da portinha desce de novo e o piloto aparece com as mãos para cima. É magro, está com um uniforme falso – uma camisa branca de manga curta e calça azul-marinho com debrum prateado –, e o pouco cabelo que tem nas laterais da cabeça está espetado por causa do escapamento do avião. Gaguejando, ele desce, com os braços ainda levantados. Ingram pergunta se ele estava tentando fugir, mas o piloto insiste que estava simplesmente seguindo as instruções que recebeu por escrito do cliente, que era embarcar toda a bagagem e decolar no horário, mesmo sem passageiros. Balbuciando, o piloto diz que o destino do voo era Taiwan. Ingram me explica que esse é outro país que não tem tratado de extradição com os Estados Unidos.

— E o Ritz fala a língua de lá — respondo.

Don acena com a cabeça.

Meu cérebro volta para o cadeado que acho ter visto antes, e de repente entendo as instruções do Ritz de decolar mesmo sem passageiros.

— A delegada está naquela bagagem — grito para Don.

Assim, o Ritz garantiria que Lucy morresse mesmo que ele fosse preso.

Corro para a área restrita atrás do terminal, mas Tonya já está correndo com dois carregadores. Chamo a atenção da sargento e grito para ela trazer as chaves que tinha nas mãos.

Quando chego, toda a bagagem está no elevador, na metade da descida. O baú marrom, com quase um metro e vinte de comprimento, está ali, e, mesmo ainda estando no alto, reconheço o Superlock.

Enquanto a bagagem desce, tenho muito tempo para pensar. Vida ou morte, esse é o código binário fundamental. Corro assim que as malas chegam ao chão, gritando para os carregadores que não percam tempo tirando o baú do elevador.

É muito estranho. É como no apartamento de Blanco. À primeira vista, sei a diferença entre uma pessoa viva ou morta. Assim que levanto a tampa do baú, percebo os leves sinais de que Lucy está viva; especialmente sua cor. Ela está no interior acolchoado do baú, ainda com seus sapatos de salto baixo, com as pernas dobradas recatadamente sob o corpo dela. Mas está de olhos fechados, inconsciente, respirando bem fraquinho. Não responde quando um dos paramédicos sacode seu braço. A falsa caneta de insulina que Ritz usou para administrar o carfentanil foi jogada ao lado dela.

Os paramédicos fazem um exame apressado e injetam naloxona na coxa da delegada, para reverter a overdose do opioide. Em poucos segundos ela se mexe, mas parece estar presa atrás de uma parede invisível. Dois minutos depois eles aplicam uma segunda injeção. Desta vez, seus membros começam a se mexer mais livremente, e as pálpebras se erguem ligeiramente sobre os olhos escuros, ainda sem foco. Os paramédicos, Tonya e eu ajudamos a tirá-la do baú e a colocá-la em uma maca dobrável.

Agora ela vai gostar de mim de verdade, penso.

Sem muita conversa, os dois paramédicos levam a delegada para a ambulância e correm para o hospital com a sirene ligada. O corpo do Ritz, ainda amarrado na primeira maca, espera, desamparado, na rotatória em frente ao terminal. Sua camisa, paletó e calça estão sujos de sangue, e a mancha chega até o alto de suas botas de caubói. Durante os dez minutos que a segunda ambulância leva para chegar, ninguém se aproxima dele.

AGRADECIMENTOS

Meus sinceros agradecimentos a todos os que me ajudaram com este livro: minha perspicaz primeira leitora, minha esposa, Adriane; e minha agente, Gail Hochman. Tive grande ajuda, na Grand Central, de meu editor, Ben Sevier, e de Elizabeth Kulhanek, que dedicaram a este livro algo que é raridade no mundo editorial de hoje: paciência. Embora muitas vezes sejam heróis desconhecidos, quero agradecer ao preparador de texto, Rick Ball, e à editora sênior de produção, Mari Okuda, que, como já fizeram antes, mais uma vez examinaram cada palavra e fizeram o possível para respeitar meu estilo idiossincrático. Agradeço profundamente também a outros primeiros leitores, como minha filha, Eve Turow-Paul, e minha enteada, Lily Homer, que tentaram me ajudar a acertar com Pinky; e a Julian Solotorovsky.

Apesar dos grandes esforços de todas as pessoas mencionadas acima, muitos erros de todo tipo provavelmente serão descobertos por leitores atentos. A culpa por eles é inteiramente minha.

SOBRE O AUTOR

Scott Turow é autor de doze best-sellers de ficção, incluindo *The Last Trial*, *Identical*, *Innocent* e *Acima de qualquer suspeita*, bem como de dois livros de não ficção, incluindo *One L*, sobre sua experiência como estudante de direito. Seus livros foram traduzidos para mais de quarenta idiomas, venderam mais de trinta milhões de cópias no mundo todo e foram adaptados para o cinema e a TV. Ele contribui com frequência, com ensaios e colunas de opinião, para publicações como o *New York Times*, *Washington Post*, *Vanity Fair*, *The New Yorker* e *The Atlantic*.

Para mais informações, visite:
www.ScottTurow.com
X: @ScottTurow
facebook.com/scottturowbooks

LEIA TAMBÉM

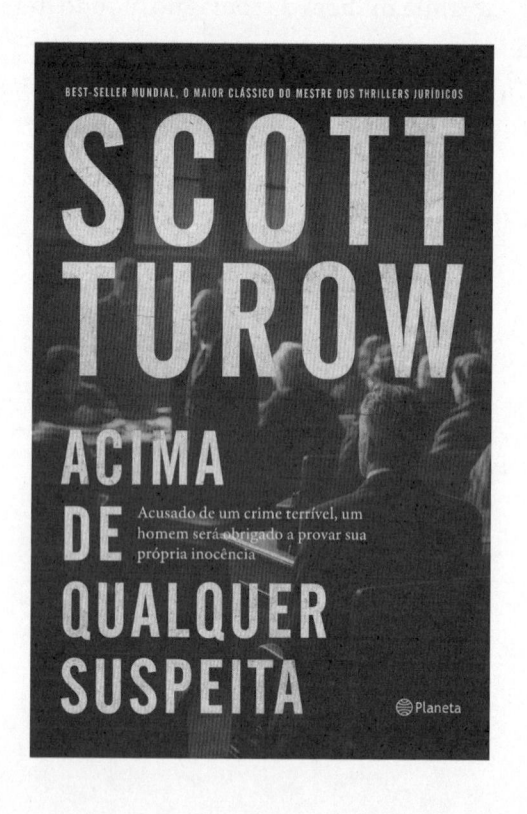

SCOTT TUROW

ACIMA DE QUALQUER SUSPEITA

BEST-SELLER MUNDIAL, O MAIOR CLÁSSICO DO MESTRE DOS THRILLERS JURÍDICOS

Acusado de um crime terrível, um homem será obrigado a provar sua própria inocência

Planeta